古典文獻研究輯刊

二十編

曾永義　主編

第14冊

思無邪：明清通俗小說的情慾敘事（下）

李明軍　著

國家圖書館出版品預行編目資料

思無邪：明清通俗小說的情慾敘事（下）／李明軍 著—初版
—新北市：花木蘭文化事業有限公司，2019〔民 108〕
目 6+220 面；19×26 公分
（古典文學研究輯刊 二十編；第 14 冊）
ISBN 978-986-485-888-0（精裝）
1. 明清小說 2. 通俗小說 3. 文學評論
820.8   108011753

ISBN-978-986-485-888-0

9 789864 858880

古典文學研究輯刊
二十編　第十四冊
ISBN：978-986-485-888-0

思無邪：明清通俗小說的情慾敘事（下）

作　　者　李明軍
主　　編　曾永義
總 編 輯　杜潔祥
副總編輯　楊嘉樂
編　　輯　許郁翎、王筑、張雅淋　美術編輯　陳逸婷
出　　版　花木蘭文化事業有限公司
發 行 人　高小娟
聯絡地址　235 新北市中和區中安街七二號十三樓
　　　　　電話：02-2923-1455／傳眞：02-2923-1452
網　　址　http://www.huamulan.tw 信箱 hml 810518@gmail.com
印　　刷　普羅文化出版廣告事業
初　　版　2019 年 9 月
全書字數　666570 字
定　　價　二十編 19 冊（精裝）新台幣 40,000 元
　　　　　　　　　　　　　　　　　　版權所有・請勿翻印

思無邪：明清通俗小說的情慾敘事（下）

李明軍　著

目

次

第十六章 《歡喜冤家》：姦情故事的文化背景和性別意蘊

　　偷情是違背傳統禮法規範的行爲。自從有了婚姻制度，也就有了偷情通姦，但到了明代之後，偷情通姦現象大大增多，在公案文書的案件分類中，姦情是最多見的一類，在話本故事和世情小說中，偷情通姦是最常見的題材。對偷情通姦的關注，固然有獵奇心態，男女之事是街談巷議的興趣話題，但也反映了當時的現實和社會觀念的變化，隨著經濟特別是商業的發展和城市的繁榮，社會思潮發生變化，個人的情慾得到肯定。正是出於對人的自然本性、本能慾望的肯定，很多小說對出於男女雙方意願的私情及通姦行爲表現出的較大程度的寬容，特別是對未婚男女的偷情持讚賞態度，對寡婦的遭遇表示同情，甚至對合理性需求得不到滿足的妻子的偷情予以理解。但公案故事和世情小說中給姦情男女安排的結局，又體現了禮法與情理的矛盾。從男人的角度說，女人最好還是堅守貞操，所以明清時期的小說一邊對女人偷情給予同情理解，另一方面又寫了很多女子堅守節操、從一而終的故事。明清小說一方面對寡婦的遭遇表示同情，但寡婦一旦不耐寂寞饑渴發生姦情，都沒有好的結局。明清時期描寫偷情通姦的小說，最值得注意的是《歡喜冤家》和《一片情》。

一、偷情故事中的性道德

　　《歡喜冤家》是一部白話短篇小說集，在清代屢遭查禁，多次更名刊行，有《貪歡報》《豔鏡》《歡喜奇觀》《三續今古奇觀》等名，現存山水鄰原刊本、

賞心亭刊本、石印本等。《歡喜冤家》分正、續二集，每集各十二回，每回演述一個故事。據序言說，小說篇數的安排是「演說二十四回，以紀一年節序」。《歡喜冤家》是眾多擬話本小說中能與三言二拍媲美的少數擬話本集之一，作者署名西湖漁隱主人，真實姓名無考。書前序署名「山水鄰」，「山水鄰」是杭州一書鋪名，作者籍貫當為杭州，或為書鋪老闆，美國學者韓南認為作者為高一葦。小說集當成於明代崇禎十三年後。

《歡喜冤家》中有二十個故事圍繞性愛展開，小說序言說「非歡喜不成冤家，非冤家不成歡喜」，希望能藉此書達到「使慧者讀之，可資談柄；愚者讀之，可滌腐腸。稚者讀之，可知世情；壯者讀之，可知變態……公之世人，喚醒大夢」的效果。〔註1〕這部小說集在清代康熙年間被查禁之後，一直被認為是淫藝小說。孫楷第在《中國通俗小說書目》中將其和《僧尼孽海》《弁而釵》等書列為猥藝一類。胡士瑩認為這部書和《弁而釵》《宜春香質》等書一樣，是「把整個集子作為宣淫的工具」。〔註2〕美國學者韓南認為《歡喜冤家》「以道德目的為名，實際上是寫色情」。〔註3〕

《歡喜冤家》中二十四個故事，除七篇有題材來源外，其他均寫現實，所寫人物多為生活在社會下層的商人、書生、行伍、僧尼、塾師、醮婦、妓女等，內容多是平凡的家庭生活及婚內外兩性關係。值得注意的是該書反映現實的視覺，那就是男女私情及通姦行為，而在描寫私情通姦時，又大都以女性為中心。第一回《花二娘巧智認情郎》寫花二娘嫁給花林後，孝敬公婆。丈夫花林在外面專結交些不三不四的人，「專一好賭錢爛飲」，常偷家中錢物換酒吃。賢惠孝順的花二娘獨自一人挑起了家庭重擔。花二娘得不到丈夫關愛，生理欲求也得不到滿足。花林義兄光棍李二白對花二娘心生「愛慕」，花二娘「並不理帳」。她結識了其夫義弟，年青俊雅，舉止風流的書生任龍，兩下相悅，好了起來。後來花二娘聽說任龍的未婚妻張氏未婚先孕，她不禁產生了憐惜之意，用計救了張氏性命。李二白挑唆花林殺死花二娘和任龍，張氏母親為了報恩，將消息告訴花二娘，花二娘將計就計，與李二白發生關係，用智讓花林殺死了李二白，又巧妙地為自己辯解。後來花二娘與任龍兩下收

〔註1〕〔明〕西湖漁隱主人《歡喜冤家》序，《思無邪匯寶》第 10 冊《歡喜冤家》第 78 頁。

〔註2〕胡士瑩《話本小說概論》第 481 頁，北京：中華書局，1980。

〔註3〕〔美國〕韓南《中國白話小說史》第 158 頁，杭州：浙江古籍出版社，1989。

心，不再走動，好好過日子。該篇總評認為花二娘與人偷情根源在其丈夫愚昧，又說：「香偷玉竊者，兩心相照也。」對花二娘與任龍的姦情抱同情態度，對花二娘更大加讚揚：「若三人者，從情癡內，得已覺之靈機；於苦海中，識回頭之彼岸。較之今日蠅趨蟻附，戀戀於勢利之物者，大相遠矣。」〔註4〕按照作者的觀點，女人有權從別的男人身上去獲得丈夫不能給予的安慰與性愛滿足，對此加以破壞阻撓的邪惡小人要受到懲罰。

第三回《李月仙割愛救親夫》寫中李月仙丈夫出門做生意，耐不住寂寞，與養叔章必英私通。章必英為了與月仙做長久夫妻，設計陷害月仙丈夫王文甫，先是將王文甫推落水中，接著誣陷王文甫，使王文甫被捕入獄，又派人偷走王家僅存的一點銀子。李月仙驚恐無奈，決心去見丈夫一面，然後回家自盡。替章必英謀她的李禁子勸她再嫁，得到聘金，可以保全夫妻二人性命，她沒有答應：「餓死事小，失節事大。」李禁子說：「若是背夫尋漢，或夫死再嫁，謂之失節。今日之嫁，是為救夫之命，非失節之比。」她聽了心中惶愧：「李禁說那失節之言，二般俱是他犯了。」〔註5〕她內心痛苦，但為了救出丈夫，還是屈從命運安排而改嫁章必英。後來她發現章必英是謀害其前夫的兇手，明白了章必英的險惡用心，義無反顧地揭發了章必英，救出身陷囹圄的丈夫，和好如初。該篇總評說：「月仙割愛救夫，果神使之也。」〔註6〕對月仙「義」戰勝「慾」表示讚揚。

第四回《香荼根喬裝姦命婦》寫進士張英死了夫人，非常寂寞，讀《牛鰥賦》排遣，他嫌本鄉無絕色女子，便去揚州娶了一房十八歲的美貌夫人。婚後不久，他自己去陝西赴任，留夫人在家掌管大小事務。夫人中了廣東賣珠客丘繼修的奸計，失了貞節，想想自己獨守空房，正常的性慾望得不到滿足，便遂順水推舟，養起漢子。兩年後張英才回來，發現了姦情，他不動聲色地設計害死了丫鬟和夫人，還告了賣珠客。丫鬟屈死，陰魂不散，託夢於洪院，洪院破了此案，劾奏張英罷職。作者認為張英殺人滅口，手段毒辣，他只知男子鰥居難耐，卻不能理解少年夫人守活寡的苦味。

〔註4〕〔明〕西湖漁隱主人《歡喜冤家》第1回，《思無邪匯寶》第10冊《歡喜冤家》第118～119頁。

〔註5〕〔明〕西湖漁隱主人《歡喜冤家》第3回，《思無邪匯寶》第10冊《歡喜冤家》第185～186頁。

〔註6〕〔明〕西湖漁隱主人《歡喜冤家》第3回，《思無邪匯寶》第10冊《歡喜冤家》第198頁。

第七回《陳之美巧計騙多嬌》寫猶氏嫁給潘磷後，因夫家貧窮，她「日夜續麻，相幫丈夫過活」。徐州巨富陳彩偶見猶氏貌美，策劃了一場騙局。他出資給潘磷做生意，他出手闊綽，假仁假義，逐步取得潘家信任。後來陳彩和潘磷二人同去做生意，伺機把潘磷推入水中淹死，潘家人卻對他感激不已。後潘家貧窮，度日艱難，猶氏公公想「以媳婦招一丈夫，贅家料理」。陳彩從中阻攔，繼續施以小恩小惠，使潘家對他感恩戴德。後來陳彩串通媒婆說合娶猶氏，猶氏不肯，她公公勸她。為顧全大局，養活年邁的公婆和幼子，一向孝順的猶氏只好答應改嫁。她嫁給陳彩後，生活得很快樂，又做了大娘子，養了兩個兒子，但對死去的前夫仍有情義，時常偷偷接濟潘家。猶氏和陳彩夫妻生活很幸福，後來陳彩得意忘形，吐露實情，猶氏得知陳彩為謀害前夫的兇手時，毫不猶豫地出首了陳彩，為前夫訴冤，她斷然拒絕去獄中與陳彩訣別。陳彩被殺後，猶氏離開陳家，「空身回到潘家，仍舊續麻，甘處淡薄，人皆服其高義」。〔註7〕

第八回《鐵念三激怒誅淫婦》寫年輕貌美的香娘嫁給比自己大一倍的崔福來，婚姻生活不和諧。她覺得生活索然無味，與丈夫的同營夥伴沈成私通，更加嫌惡丈夫，竟思量用老鼠藥毒死丈夫，「一把火燒了就完事」。沈成本來為人直氣，見香娘如此薄情，早已心生忿恨，聽到她要毒死丈夫的話，不由又驚又怕，心下細想道：「看此淫婦，果然要謀死哥哥了，那時夥伴中知道，體訪出來，知我和他有姦，雙雙問成死罪，不必言矣。就是不知道，淫婦斷要隨我，那時稍不如意，如哥哥樣子一般待我，我鐵念三可是受得氣的？必然不是好開交了。我想這不過五兩銀子討的，值得什麼？不如殺了淫婦，大家除了一害，又救了哥哥一命，有何不可？」〔註8〕沈成一時義憤殺死了香娘。

第十五回《馬玉貞汲水遇情郎》寫年輕寡婦馬玉貞在媒婆撮合下嫁給了差人王文。王文脾氣暴躁，經常喝醉了撒酒風，打罵玉貞。馬玉貞生活苦悶的時候，遇到了溫柔體貼的宋仁。她沒有背棄丈夫，而是期待丈夫迴心轉意，最終經過權衡後，才決定隨宋仁私奔。玉貞隨宋仁走時，只帶上自己日常用的衣物，「傢伙什物」、「箱中銀兩」一毫不取。逃至杭州後，兩人坐吃山空，

〔註7〕〔明〕西湖漁隱主人《歡喜冤家》第 7 回，《思無邪匯寶》第 10 冊《歡喜冤家》第 313 頁。

〔註8〕〔明〕西湖漁隱主人《歡喜冤家》第 8 回，《思無邪匯寶》第 10 冊《歡喜冤家》第 336 頁。

又無生計可做，進退兩難之際，玉貞偶然被一醉酒書生誤認爲是妓女，要出銀嫖她。馬玉貞「心下見了銀子，巴不得要，『奈何他只管認我煙花』，倒笑了一笑」，〔註9〕少年見她笑，以爲她同意了，玉貞先是猶豫不定，事畢後她暗自慶幸有了賺錢門路，心一橫，索性破罐子破摔，成了私娼。其丈夫王文在家被惡棍楊祿誣陷殺害妻子，被捕入獄。後來玉貞、宋仁被人發現捉回，王文被放了出來，念及舊情，爲玉貞向縣主求情，玉貞終被斷爲尼，隨王文回家，到了家，取出男衣還了宋仁，把上好女衣付與王文收了，身邊取出二百銀子，稱了五十兩付與宋仁道，剩下一百五十兩銀子付與王文，讓王文另取一房好妻室，又將手上金銀戒指除下，和幾件首飾都交給了王文。最後玉貞與王文終於重新結合，王文吃酒「有了時度，再也不撒酒風」，兩人恩恩愛愛，且生了個兒子。

　　這部小説集值得注意的是對慾望的肯定，反映了晚明的社會風氣。這部小説集的中的故事大都以男女性關係來展開情節，顯現了性在人的生命中尤其是女性生命中的重要意義，性和諧被認爲是情感的重要表現。《歡喜冤家》第一回《花二娘巧智認情郎》、第三回《李月仙割愛救親夫》、第九回《乖二官偏落美人局》、第十回《許玄之賺出重囚牢》、第十五回《馬玉貞汲水遇情郎》等篇都以非常細膩的筆觸描寫了女性在性愛過程中感受到的強烈的生理刺激和心靈震撼。花二娘「不想此事這般有趣」，李月仙「從來未有今朝這般快活」，莫氏説「若得二年夜夜如此，死也甘心」，香娘心想「早知嫁了他，倒是一生快活」，都強調了性在人生中的地位。性不僅有倫理和生殖意義，性本身就是個體生命快樂的源泉，性與情愛無法分開，性是愛的生理基礎，愛是性的情感昇華。

　　本著性權利、性道德的原則，《歡喜冤家》不以通姦爲淫，不以偷情爲惡，反而對女性私通持一定程度的理解、同情。第十回寫施蓉娘年已二十一歲了，親事高不成低不就，她在樓上偶然看見了姿容俊雅的書生許玄，不禁自憐自歎。許生見了蓉娘美貌，也害起了相思，將書房搬到了施家對面的花樓上。兩人做了同樣的夢，夢中互換金釵和玉墜作爲信物。後來由丫環秋鴻撮合，兩人終成歡好。一次許玄與蓉娘幽會後出來，被人當作竊賊扭送官府。許玄「不忍蓉娘出醜」，不說實情，被下於獄中。蓉娘知道後，當即寫下呈

〔註9〕　〔明〕西湖漁隱主人《歡喜冤家》第 15 回，《思無邪匯寶》第 10 册《歡喜冤家》第 534 頁。

狀，勇敢地承認與許玄的私情，說「自己願託百年」，她為自己辯解說：「況上古乃有私通，奴氏豈能貞潔。重夫重婦，當受罪於琴堂；一女一男，難作違條之論。」她懇求縣尹「察其情，恕其罪，若得終身偕老，來生必報深恩」。〔註10〕

《歡喜冤家》作者認為，女子有外遇，責任往往在男子。夫妻雙方要互相尊重，如果丈夫不尊重妻子，妻子的合理的性需求得不到滿足，妻子從別的男子身上獲取性愛的滿足就無可厚非。《花二娘巧智認情郎》中的花二娘渴望得到丈夫的關愛，但她連基本的生理慾求也得不到滿足。丈夫蠻橫粗暴，不顧家庭。孤獨寂寞的花二娘不能從丈夫那裡得到溫情，才會對經常碰面的青年俊雅、舉止風流的書生任龍產生好感，隨後的越軌也就順理成章。《馬玉貞打水遇情郎》中的馬玉貞嫁給王文，半年後，王文對夫妻之事不再上心，去當差常十天半月不歸。而且王文生性兇暴，酒後常打罵玉貞，毫無恩愛。在這樣的情況下，單身漢宋仁的關心體貼使玉貞倍感溫暖，於是二人有了私情。《歡喜冤家》的女主角幾乎都有通姦行為，唯一被作者稱為「淫婦」的女子是第八回中的香娘，原因並不在於她的偷情，而是由於香娘對其丈夫過於冷酷無情，甚至要毒死丈夫。《歡喜冤家》對女性失節表現出前所未有的寬容。第一回中，花二娘和任三官私通，又將計就計，主動和李二白發生性關係，借前來捉姦的丈夫之手將李二白殺掉。作者沒有責備二娘失節，反而對她大為欣賞，稱讚她「出奇制勝，智者不及」。對於那些被男子巧計誘騙或強行霸佔、姦污而失去貞操者，小說更不認為有失貞潔，對她們表示同情。

《歡喜冤家》肯定慾望，對通姦給以理解寬容，但又不是宣揚縱慾，慾望的滿足有個底線，那就是情感和道義。《歡喜冤家》中的女子多為慾望滿足而主動追求男子，但又不單是為了色慾滿足，所謂「但得情長，不在取色」，「固非貪淫，但無此不足以取真愛耳」，〔註11〕性是生活的一部分，一旦過上幸福美滿的生活，她們大多收心斂性。小說中的女子看重男女之情，甚至達到沉溺的程度，可當她們一旦發現情慾與道義發生衝突，兩者不能兼得時，她們都能為道義而割捨私情。第三回中的李月仙因耐不住寂寞與養叔章必英

〔註10〕〔明〕西湖漁隱主人《歡喜冤家》第10回，《思無邪匯寶》第10冊《歡喜冤家》第412～413頁。

〔註11〕〔明〕西湖漁隱主人《歡喜冤家》第10回，《思無邪匯寶》第10冊《歡喜冤家》第406頁。

私通，被騙改嫁章必英後，雖然獲得了極度的性滿足，但在知道事情原委後，義無反顧地揭發了情夫章必英，救出了獄中的丈夫。第七回中的猶氏在丈夫潘璘落水身亡後，改嫁給富商陳彩，雖然她婚後生活愉快，但知道陳彩謀害其丈夫潘璘的眞相後，猶氏立即前往州衙叫屈，爲丈夫伸冤。李月仙和猶氏等偷情通姦的女性大都本性善良，沒有喪失良知，這也是小說作者對她們表示理解同情的基礎。第一回中的花二娘得知任三未婚妻與人私通而懷孕，出於惻隱之心而加以救助。第九回中的方二姑見丈夫起心不良，欲侵吞張二入夥的三百兩銀子，就勸丈夫「務本做生意」，不騙人天理不容。

　　值得注意的是，這部小說集中的小說寫性愛的時候，常常與財利聯繫在一起，小說中的男女追求性慾滿足，又追求物質財富，既謀色，又謀食，謀色謀食都受到肯定，反映了晚明時代的「好貨」、「好色」的時代風氣。小說中偷情的女子面對色與食、名與利時的選擇，表現了她們的理性與明智。在小說中，無論是以色騙財還是以財騙色，都受到了諷刺譴責。第九回《乖二官騙落美人局》中貌美如花的方二姑嫁給了又老又醜、心術不正小商人王小山，王小山因爲生意蕭條，日子窘迫，便要妻子勾引鄰居張二官，以此來借錢鈔作資本。方二姑見張二官年輕且做人有趣，便動了眞情，經常瞞著丈夫與他歡會，並生了一個兒子。惱怒的王小山逼迫張二官離店，方二姑竟幫著情人算計丈夫，私與張二官銀兩、貨物，讓他自己開店。後來，小山死去，二人在鄰居攛掇下「做了長久夫妻」。在這個故事中，作者對方二姑、張二官的偷情歡愛表示同情，王小山存心不良，爲了錢財，以妻子美色作誘餌引誘張二官，最後財色兩失，一命嗚呼，一點也不值得同情。

　　《歡喜冤家》在肯定情慾的同時，又對情慾的毀滅性感到擔憂和恐懼，對那些爲滿足一己之慾而欺騙強迫、喪失良知的男子嚴厲譴責。第三回中的章必英貪戀李月仙的美色，意圖通過陰謀和欺騙，謀夫奪妻，最後死無全屍，「沉於獄底，拖屍而出，鴉鵲爭搶」，作者仍嫌此懲罰太輕：「必英罪惡貫盈，碎屍不足以雪公忿，僅死獄底。……天道冥冥也，令人聞此，不無遺恨。」〔註12〕第五回中的蔣青，垂涎袁元娘的美色，利用暴力，將袁元娘強搶豪奪，最後被奴才誤殺，他的百萬家私也盡歸袁元娘。作者認爲這是蒼天有眼，是對他作惡多端，無故拆人恩愛夫妻的報應。第七回中陳彩處心積慮，謀夫奪

〔註12〕　〔明〕西湖漁隱主人《歡喜冤家》第 3 回，《思無邪匯寶》第 10 冊《歡喜冤家》第 198～199 頁。

妻，數年後陰謀敗露，受到了應有的懲罰。第十一回《蔡玉奴避雨遇淫僧》中的印空、覺空，第十六回《費人龍避難逢豪惡》中的馮吉等等，或耍奸使詐，或仗勢欺人，或借機施暴，爲了滿足自身的色慾，完全不顧他人的感受。這些貪戀女色、損人利己的惡人都不得好死。

二、對女性性權利的肯定

另一部專寫偷情的小說集是《一片情》。《一片情》目前存世兩部，一部藏日本東京大學東洋文化研究所雙紅堂文庫，目錄與正文均爲四卷十四回。另一部爲北京中央美術學院所藏嘯花軒刊殘本，次頁爲目錄，共九回，今僅存前三回，且第二回後半及第三回前半均有殘缺。北京大學圖書館藏醒世居士編輯的《八段錦》中的第二、四、五、八共四段輯自《一片情》的第十一、二、四、九回，僅將題名、人名、居里等稍作了改動。《一片情》第十二回《小鬼頭苦死風流》交代本篇故事發生在「弘光南都御極」之時，最後又說「今此案未結」，可證作者即爲當時之人。第三回《憨和尚調情甘繫頸》提及「明太祖」云云，顯係入清後口氣。第十二回云「奉旨來杭遴選淑女」以及書中的杭州一帶的吳語方言，可見作者當爲杭州一帶人。《歡喜冤家》的作者高一葦、《無聲戲》《十二樓》、肉蒲團》的作者李漁等都成爲被懷疑對象。

《一片情》作者在序言中聲稱這部小說集中所收小說都是爲勸諷而作，但這些故事實際上顯示了性慾的力量。《一片情》第一回《鑽雲眼暗藏箱底》寫老富翁符成娶妾數人，半個男女不曾生育，又以錢財爲誘餌，娶得少女新玉。不料過了一月，符成百病纏身，無法滿足新玉的性慾，讓新玉慾火難熬，十分氣悶。符成也覺得不好意思，就對新玉說：「我南山有園，北村有屋，東邊有田，西邊有蕩。我與你盡好過日。」但新玉不希罕他的財富，她罵道：「老骸入的！自古道得好：『家有千貫，不如入進分文。』」〔註13〕新玉偶見近村浪子燕輕，二人眉目傳情，勾搭成姦。夜間二人插花爲號，燕輕躲入新玉房中的空箱中。本想等支走符成後兩人交歡，但符成賴在新玉的床上。等符成睡著後，新玉鑽出被子，急忙與燕輕交媾。正交媾到高興處，符成醒了要夜壺，接著再也睡不著，說起了家務事，嘮嘮叨叨沒完沒了，一直到了五更，才沉沉睡去，新玉這才下床接著與燕輕交媾。天快亮時，燕輕又躲到了箱子

〔註13〕〔清〕無名氏《一片情》第1回，《思無邪匯寶》第14冊《一片情》第32頁。

裏，等符成起床出去了，才從後門走了。第二天，天還沒黑，新玉就折花插在後門上，燕輕看了，早早就進去藏在了箱子裏。符成要和新玉一起飲酒賞月，新玉不耐煩，將符成推出臥室，然後開始和燕輕一邊飲酒一邊交媾。燕輕問新玉：「你與符老亦有此樂否？」新玉說：「還要提他起來，若不遇你，可不誤我一生。只道男女不過大略如此，如今才識裙帶之下有如此樂境。」〔註14〕兩人私通的事被丫環撞見了，丫環把同夥丫鬟、家人媳婦都叫來一起偷窺竊聽。事情傳到符成的妻子那裡，符成的妻子告訴了符成。符成於是將新玉房中的衣箱床帳都移到上房，又將新玉的臥室鎖住，把各處廊房全部塞斷，只留正路出入。新玉自知漏泄，不敢聲張，忍氣吞聲，暗自氣苦。符成氣憤不過，派家人殺了燕輕。半年後，新玉也鬱悶成病而死。在這篇故事的開頭，作者說明講述這個故事的用意：「單道老人家，不可容留少艾在身邊。男情女慾，總是一般的，而女猶甚。以少配少，若有風流俊俏的勾引，還要被他奪了心去，而況以老配少，既不遂其歡心，又不飽其慾念，小則淫奔，大則蠱毒，此理勢之必然。」〔註15〕

　　第二回《邵瞎子近聽淫聲》寫的是湖州府有一占卜爲生的邵瞎子，因家財頗豐，爲鄰人所看中，將女兒羞月嫁給他，邵瞎子娶妻後終日嚴加防範，唯恐其妻行爲不軌。邵家隔壁小夥子杜雲有心勾引羞月，幾次未得手，反受唾罵。時間久了，羞月也就動心了。有一天，羞月央求杜雲幫助煎銀子，杜雲煎了銀子回來，看見羞月隱几而臥，就用手去摸她的胸部。正在這時，邵瞎子進來了，杜雲趕緊出去。二人後來乾脆當著邵瞎子的面交媾，邵瞎子看不見，但能聽見響聲，心裏疑惑，羞月告訴他「是老鼠數銅錢響」，邵瞎子不相信，羞月又說是狗舔冷粥聲，邵瞎子覺得不像：「明明響得古怪。」羞月說是貓嚼老鼠聲，邵瞎子也認爲不像，小說寫道：

> 邵瞎道：「好古怪，這響來得近，娘的你再細聽。」羞月正在酥麻的田地，含糊答道：「是響是響，是隔壁磨豆腐聲。」邵瞎道：「不是不是，這響不像那響。」羞月道：「你聽麼，架子搖散了。」邵瞎道：「不是，等我來摸看。」於是立起身來。杜雲早已了事閃開，羞月忙去坐在坐桶上。卻是響聲已歇了。羞月道：「那有甚響？偏你耳朵聽得。」邵瞎遂立定了腳，側耳一聽道：「如今不響了。」瞎子

〔註14〕〔清〕無名氏《一片情》第1回，《思無邪匯寶》第14冊《一片情》第46頁。
〔註15〕〔清〕無名氏《一片情》第1回，《思無邪匯寶》第14冊《一片情》第29頁。

被他瞞過。你道這呆膽大的事，那個做得來？〔註16〕

後來羞月心生一計，假裝洗衣服，用水聲掩蓋交媾時發出的聲響，邵瞎子一開始還不懷疑，時間長了就發現了問題：「有這許多衣服洗，縱然要洗，這雨天洗他做甚？」〔註17〕終於有一天，兩人正在交媾的時候，被邵瞎子一下子撲過去抓住了。邵瞎子請眾人評理，有人就勸他休了羞月，讓她另嫁，打官司不方便，又要花錢，如果將她留在身邊，時間長了不僅還要偷情，甚至有可能將他害了。邵瞎子聽從了眾人的勸告，杜雲送給邵瞎子幾兩銀子，乾脆娶了羞月，搬到別的地方去住了。

第八回《待詔死戀路邊花》的開篇是一首詩：「從來水性婦人心，不遂歡情恨怎平。若果風流能慣戰，村樓翻作楚雲亭。」接著解釋說：「這首詩，單表人要跟老婆，須三事俱全，那老婆自然跟得牢。那三件事？一要養得他活，二要管得他落，三要有本錢，中得他意。三事之中，大本錢尤要緊。若沒這本錢降伏他，莫說茶前飯後都是鬧，有個大本錢來撥動他，就順順溜溜的隨了去。」〔註18〕故事講仰恭的妻子水氏因丈夫性能力弱，不能滿足她的性慾，經常吵鬧。仰家隔壁有個待詔叫賈空，專借剃髮理妝之機與別人妻妾私通，水氏久慕其名，而賈空知道水氏吵鬧的原因後，暗喜自己有了機會。賈空在與一個婦人私通時，故意露出碩大的性具來，讓水氏看到：「長有徑尺，大有一圍。數條筋突起，儼似蚓攢；一個頭豎著，宛如鴨蛋。顛了又顛，好像個醉漢搖身；昂了復昂，更像個僧人覓食。正是：慣消美女揭，一見欲傾魂。」〔註19〕水氏看看過賈空的性具後，對自己的男人恨得咬牙切齒。鄰婦向她講述自己與賈空的性交之樂，勸她及時行樂，水氏心動了，正在這個時候，賈空從床下鑽了出來，要與水氏交歡，水氏答應了。從此賈空和水氏經常到鄰婦家私通。時間久了，賈空的老婆楊氏知道了，把仰恭帶到樓上看水氏與賈空交歡的情景，仰恭恨得咬牙切齒，決定採取報復行動。第二天他拿著切桑葉的刀，到了樓上，趁著兩人正在交歡的時候，將賈空殺了，接著殺死了水氏。作者最後評論說：「你看賈空有本錢不善用，故喪身。仰恭沒本錢，不善

〔註16〕〔清〕無名氏《一片情》第2回，《思無邪匯寶》第14冊《一片情》第58～60頁。

〔註17〕〔清〕無名氏《一片情》第2回，《思無邪匯寶》第14冊《一片情》第60頁。

〔註18〕〔清〕無名氏《一片情》第8回，《思無邪匯寶》第14冊《一片情》第163頁。

〔註19〕〔清〕無名氏《一片情》第8回，《思無邪匯寶》第14冊《一片情》第166頁。

照管，故招辱。我所以說畜妻妾者，那三者俱全也。」〔註20〕

　　《一片情》倡導男女性愛平等。《老婆子救牝詭擇婿》肯定五十多歲的婦女仍然有性慾，仍然有滿足性慾的權利。《多情子漸得佳境》認爲不准寡婦再嫁爲悖情逆性。小說認爲性生活和諧是婚姻美滿的基礎，首先女子的性慾應該得到滿足。小說將女人偷情的責任歸於男人一方，男子自己不正，或者不能滿足妻子的正常性愛要求。小說認爲不相稱的婚姻是女人偷情的主要原因。不相稱的婚姻首先是雙方年齡不般配。第一回《鑽雲眼暗藏箱底》開頭說，「男情女慾」是人之常情，而「以老配少，既不遂其歡心，又不飽其慾念，小則淫奔，大則蠱毒，此理勢之必然」。小說中的新玉父母貪慕符成的錢財，把女兒送給年已望六的符成爲妾，一老一少間性生活無法和諧，新玉與浪子燕輕勾搭私通，後被家人察知，燕輕被叉死，新玉也抑鬱而亡。小說沒有譴責燕輕和新玉偷情，而是悲劇的原因歸到符成身上，歸到老夫少妻這種極不合理的、有違人性的婚姻制度上。第十二回《小鬼頭苦死風流》寫一個十八、九歲的姑娘嫁給十二、三歲的男孩，而十八歲的小夥子則娶了十一、二歲的小媳婦，難免各人心懷怨恨。作者感慨：「不論年庚應配不應配，一味亂塞，全不想女兒心腸，致生出許多風波來，豈不可歎！故擇配可不愼？」〔註21〕雙方的條件特別是身體條件不般配，才貌有差距，女性的情感和慾望得不到滿足，就會偷情。第十回《奇彥生誤入蓬萊》中利娘子說：「只是摟著個男人，聰聰俊俊，你貪我愛，樂是不必說了。若伴著粗粗蠢蠢的，就是躋這兩躋，也不見妙。」〔註22〕男主人公奇英由於父母給他娶了個醜婦，「把這醜妻丟在一邊，看見有幾分顏色的婦人，越覺得眼睛餓起來」。〔註23〕女主角也嫌丈夫是個「木撞子」，總想著有一個「聰聰俊俊」的男人，「你貪我愛」。丈夫性功能有障礙，妻子有口難言，或屈於禮教，認命守活寡，或承受社會輿論壓力去尋找性慾滿足。第八回《待詔死戀路傍花》中的水氏就遇著個丈夫是「雞形」，「如雞打個雄一般」，有時連「打個雄兒的手段也支不來」。饑渴的水氏

〔註20〕〔清〕無名氏《一片情》第8回，《思無邪匯寶》第14冊《一片情》第176頁。
〔註21〕〔清〕無名氏《一片情》第12回，《思無邪匯寶》第14冊《一片情》第251頁。
〔註22〕〔清〕無名氏《一片情》第10回，《思無邪匯寶》第14冊《一片情》第199頁。
〔註23〕〔清〕無名氏《一片情》第10回，《思無邪匯寶》第14冊《一片情》第192頁。

常常「恨得咬牙嚼齒」，「一日不與家公鬧兩三場不歇」，一開始「認命」，到後來決心不做「貞女節婦」，與情夫私通，最後與情夫雙雙死於丈夫的斧下。

婚後別離分居，女人寂寞孤獨難耐，也會偷情。第七回《缸神巧誘良家婦》中的勝兒因丈夫出外經商，心生怨恨：「今丟了我兩年，全不念我青春虛度，把好時節都將來錯過了。」後來她與人私通，落了個悲慘的結局。寡婦守節，違背人情，其偷情可以理解。第九回《多情子漸得佳境》寫沛縣有一家兄弟三人相繼而亡，留下一老母三寡婦一孩兒，三寡婦誓不再嫁。後生強仕過其門，見三美而動心，三寡婦也有心通姦，四人遂一同淫亂。事發後三寡婦均改嫁，不得善終，強仕亦為盜賊所殺。作者一方面批判這四人都是「一個個都遭其報，此乃天道惡淫，然皆人自取」，〔註24〕同時又對讓寡婦守節這種違反人性的事提出質疑：「單說人家不幸，有了寡婦，或五十六十，此時火氣已消，叫他終守可也，若三十以下，二十以上，此時慾心正熾，火氣正焰，如烈馬沒韁的時節，強要他守，鮮克有終。與其做出事來再醮，莫若早嫁為妙。」〔註25〕還有一種情況是出家人的偷情。小說對和尚偷情表示理解和原諒，因為禁慾扼殺人性。第三回《憨和尚調情甘繫頸》說：「天地生物，惟人最靈，即癡蠢如鳥獸，無知若蟲蟻，也成雙作對。」出家做和尚，「陰陽亢而不用，情慾鬱而不伸」，性慾受到嚴重壓抑，「則千奇百怪，俗人做不出的，都是和尚做出來」。〔註26〕

《一片情》出現在明末，反映了市民階層新的性愛觀。小說一方面肯定人生的情慾是「除死方休」的本能，反對「情慾鬱而不伸」，又譴責「世之鍾情者，汨而不返也，迷而不悟也，沉而不醒也，蕩而不節也」，認為對「情」應該「即焉而於衷無染，觸焉而於意無繫，停焉而於目無礙，過焉而於心無著，任其來，任其去，任其變幻，任其彌漫……而絕無留戀」。（《序》）〔註27〕第八回中說「從來水性婦人心」，認為女人水性楊花，男人要時刻防範其紅杏出牆。第十回《奇彥生誤入蓬萊》中說：「大凡貞女淫婦只在這一念開頭，若一失手決難挽回。」〔註28〕第三回《憨和尚調情甘繫頸》中說：「凡婦人之可

〔註24〕〔清〕無名氏《一片情》第9回，《思無邪匯寶》第14冊《一片情》第190頁。
〔註25〕〔清〕無名氏《一片情》第9回，《思無邪匯寶》第14冊《一片情》第177頁。
〔註26〕〔清〕無名氏《一片情》第3回，《思無邪匯寶》第14冊《一片情》第63頁。
〔註27〕〔清〕無名氏《一片情》序，《思無邪匯寶》第14冊《一片情》第25頁。
〔註28〕〔清〕無名氏《一片情》第10回，《思無邪匯寶》第14冊《一片情》第205頁。

挑者有五。那五件？第一好嘴，嘴若一饞，就好將些飲食去打動她。第二好利，利心一萌，就好將些財帛去打動她。第三好色，這著也容易騰那，若有美少年如桂三官的人物，假充校尉，裝個相兒，到臨時暗地掉包。不是誇口說，半生也不知做過多少。第四好嬉遊，或燒香玩水，這也是我的專門。第五好淫，這一發與和尚對絡。俗語道得好：走出山門只一跌，石頭縫裏挂個凹。」〔註29〕但總體上說，小說對女性充滿了同情，認為女人有自由的性權利，不能拘管，越拘管越會引起女人的反感，促使其偷情。小說對本性並不淫蕩，最基本的性慾不能得到滿足，因而逾越禮法而偷情，最後卻落了個悲劇結局的女性寄予了同情，如第一回中嫁給望六老翁的黃花閨女新玉，第二回中迫於父命而嫁給瞎子的羞月，第三回中被和尚陷害的羅氏，第五回中被閒置他鄉的小妾如花，第九回中年輕守寡的三個媳婦，第十二回中嫁給十二、三歲男孩的大姑娘掌珍。對那些出外覓利和「腰間貨不真」的男性，小說則給以嘲諷。

三、小說中不同的偷情者

　　明清時期小說中的姦情故事是現實社會風氣的反映。明代後期小說對男女私情的寬容態度，和明代中後期高揚個性、肯定人慾的社會思潮有著直接的關係。但另一方面，通姦的盛行也反映了社會道德的沉淪，畢竟婚姻家庭乃至整個社會需要忠信來維持，而婚外通姦無論如何都含有欺騙的成分。

　　但未婚男女的偷情則不存在誠信欺騙問題。未婚男女偷情故事的女主角姿容出眾，男主角多是書生，男女主角幽會，多是女方主動。小說寫未婚男女的私通交合，用語含蓄，對性交合細節很少加以描寫。未婚男女兩情相悅，能夠成就婚姻，私情就可以諒解。《警世通言》卷二十九《宿香亭張浩遇鶯鶯》寫張浩與友人在後花園進行詩會，與住在隔壁的鶯鶯相遇，鶯鶯父母管教嚴厲，兩人不敢往還。後來兩人禁不住思念，鶯鶯託香火院的老尼姑惠寂送信給張浩，張浩得惠寂之助，與鶯鶯幽會，後來鶯鶯父母調官北遷，張浩的叔父又為張浩訂下親事，鶯鶯知道後到官府申說自己與張浩的關係，希望官府判她與張浩成親，最後官府亦成人之美，讓他們有情人終成眷屬。

　　有夫之婦偷情的故事情況比較複雜。一種情況是婚姻不幸，特別是女子被父母逼迫著出嫁，與丈夫沒有感情，生活不和諧，離婚又很難，於是選擇

〔註29〕〔清〕無名氏《一片情》第3回，《思無邪匯寶》第14冊《一片情》第68頁。

婚外通姦以釋放壓抑的情慾。《古今小說》卷三十八《任孝子烈性爲神》中，任珪妻未嫁之時與對門周待詔之子周得相好，有了姦情，任珪妻的父母知道此事，覺得丟人，硬是強將女兒嫁給任珪。任珪妻自出嫁之日起就心懷怨恨，再次見到周得後，繼續通姦。兩人爲了達到雙宿雙棲的目的，設計陷害公爹。任珪得知實情，殺死了二人，還殺死了其妻子的父母及丫鬟。任珪投案，大尹判任珪凌遲，任珪坐化成神。

還有一種情況是丈夫長期在外經商或做官，妻子獨守空房，寂寞難耐，其他男人乘虛而入，設計誘惑。《蔣興哥重會珍珠衫》（《古今小說》卷一）、《計押番金鰻產禍》（《警世通言》卷二十）、《喬彥傑一妾破家》（《警世通言》卷三十三）、《李月仙割愛救親夫》（《歡喜冤家》第三回）等故事中的女性都是如此。《蔣興哥重會珍珠衫》中的王三巧和丈夫蔣興哥非常恩愛，後來蔣興哥外出經商，留三巧獨自在家，她「足不下樓，甚是貞節」，日日盼望丈夫歸來。陳大郎偶遇三巧，傾慕不已，託賣花婆從中做媒，賣花婆步步誘導三巧，最後讓陳大郎冒充自己與三巧同床，三巧在不知情的情況下被陳大郎姦淫。「陳大郎是走過風月場的人，顛鸞倒鳳，曲盡其趣，弄得婦人魂不附體」，「三巧兒到此，也顧不得許多了」，〔註30〕此後二人你歡我愛，日日相會。蔣興哥得知妻子的姦情後，自責道：「只爲我貪著蠅頭微利，撇她少年守寡，弄出這場醜來，如今悔之何及。」〔註31〕豔情小說《癡婆子傳》中的阿娜、《海陵佚史》中的奈剌忽、《載花船》中的芸娘、《一片情》中的如花和勝兒、《燈草和尚傳》中的汪氏、《桃花影》中的小玉等等，都是難以忍受夫妻分離，久曠寂寞，於是與別的男人偷情。《肉蒲團》中的玉香體驗到了房中之樂後，未央生一去了無音信，玉香「竟像好飲的人戒了酒，知味的人斷了葷，就是三夜五夜也熬不過，何況經年隔歲守起活寡來」。無處發洩，她只好看些春宮冊子、淫詞小說來望梅止渴，結果更是浮想聯翩，一發難以忍受。她盼望丈夫回來，「一齊發瀉」，誰想未央生一毫音信也沒有，她怨恨起來，心想：「我看見這些書上，再沒有一個婦人不相處幾個男子的，可見婦人偷漢不是甚麼奇事。我前世不修，嫁著這樣狠心男子，成親不上幾月，一去倒去了幾年。料他那樣好色的

〔註30〕〔明〕馮夢龍《古今小說》卷1第26～27頁，《古本小說集成》第4輯第3冊《古今小說》第54～55頁，上海：上海古籍出版社，1994。
〔註31〕〔明〕馮夢龍《古今小說》卷1第31頁，《古本小說集成》第4輯第3冊《古今小說》第63～64頁，上海：上海古籍出版社，1994。

人，再沒有熬到如今，不走邪路之理。他既走得邪路，我也開得後門，就與別個男子相處相處，也不爲過。」她看見權老實，「就像餓鷹見雞，饞貓遇鼠，不論精粗美惡，只要吞得進口，就是食了」。〔註32〕她去聽權老實與如意幹事，在洗澡時故意露出色相勾引權老實，很快與權老實發生了關係。

　　有的女子生性輕浮、性慾旺盛，或者丈夫不能滿足自己的慾望，或者自己主動尋求新的刺激。《警世通言》卷三十八《蔣淑眞刎頸鴛鴦會》中的蔣淑眞二十歲時就與鄰居阿巧交合，阿巧「驚氣沖心而殞」。她後來嫁給了四十多歲的李二郎，十餘年後，李二郎身體不行了，而蔣淑眞正在妙齡，性慾旺盛，與家裏的塾師私通。李二郎死後，她被夫家逐回娘家，又嫁給了張二官。張二官外出收賬，半月未歸，她與對面的朱秉中偷情，張二官早有懷疑，回家後正撞見妻子與秉中手拉手坐在一起，知道他倆早有姦情，於是殺死了姦夫與妻子。豔情小說《繡榻野史》中的金氏，《浪史》中的李文妃、櫻桃、文如、安哥，《載花船》中的秦氏，《一片情》中的新玉、水氏、呂阿巧，《桃花影》中的瑞娘子，《春燈鬧》中的元氏，《巫夢緣》中的鮑二娘、順姑、王媚娘，《濃情決史》中的周玉妹，等等，都是因爲從丈夫那裡得不到性滿足而出軌偷情。

　　有夫之婦與人偷情，男子多未婚，又多爲僕人。有夫之婦偷情的結局都不如未婚男女偷情結局圓滿。在少數故事中，有的女性最後迴心轉意，和原夫安穩過日子，還有的女性先轉嫁他人，後又和原配和好如初。《歡喜冤家》第一回《花二娘巧智認情郎》中的花二娘和任三各自收心，與原配安穩過日子。《歡喜冤家》第十五回《馬玉貞汲水遇情郎》中馬玉貞酗酒的丈夫最後原諒妻子，並改掉惡習，夫妻二人幸福終老。但更多的情況下，偷情的已婚女性受到或輕或重的懲罰，有的時候偷情雙方死亡，有的時候女性被轉賣爲娼。《一片情》第一回寫水氏在鄰婦的教唆下與待詔賈空有了首尾，最後仰恭殺了二人，並得到官府的獎賞。《一片情》第十四回《騷臘梨自作自受》中二十三歲的巧姐嫁給年過半百的酒鬼裁縫丈夫，「慾火炎蒸」的巧姐先與醜徒弟臘梨煞火，後又看中了新來的俊俏而又善戰的徒弟戈利，將本事不濟的臘梨甩在一邊，臘梨心有不甘，挑撥師傅捉姦殺人，巧姐、臘梨當場被殺，戈利半年後亦亡，殺人的酒鬼卻得到官府的獎賞。

〔註32〕　〔清〕情隱先生《肉蒲團》第 14 回，《思無邪匯寶》第 15 冊《肉蒲團》第 371 至 374 頁。

與有夫之婦相比，寡婦的偷情常常得到同情。到明代中後期，寡婦改嫁已不鮮見，但迫於外在壓力或出於自願，選擇「從一而終」、不再改嫁的也不在少數。被輿論所迫而守節的寡婦，靈肉交戰極為劇烈，一旦有誘惑，很容易出軌。在多數情況下，小說作者對寡婦偷情表示理解。寡婦在丈夫死後大都過著遁規蹈舉的生活，本性都不淫蕩，到後來受不住誘惑而與人發生姦情。《型世言》第六回《完令節冰心獨抱，全姑醜冷韻千秋》中有一段文字描寫三十歲左右的寡婦偷情的心態：「想那寡婦怨花愁月，夜雨黃昏，好難消遣。欲待嫁人怕人笑話，兒女夫妻，家事好過，怎不守寡？待要守寡，天長地久，怎生熬得？日間思量，不免在靈前訴愁說苦，痛哭一場。夜間思量起，也必竟搗枕槌床，咬牙切齒，翻來覆去，歎氣流淚。」〔註33〕

《警世通言》卷三十五《況太守斷死孩兒》寫邵氏與丈夫丘元吉感情甚篤，丘元吉得病身亡時，邵氏只有二十三歲，夫家勸其改嫁，但她立誓守寡，過了十年。閒漢支助垂涎邵氏美色，被邵氏堅拒，他唆使下人得貴在夏夜赤身而眠以亂邵氏之心。邵氏接連幾次見到已經成人的小廝赤身裸體的樣子，便動了情，禁不住春心蕩漾，慾火如焚。邵氏與得貴有了私情，後來懷孕，產下一子。邵氏防別人發覺，溺死了初生的兒子，怕婢女秀姑知道，讓得貴想法姦了秀姑。後來邵氏知道得貴受支助教唆，支助以其醜事威脅她，勒索金錢，她才深感後悔，最後她殺死得貴，然後自殺。後來況太守根據死孩子，斷出了支柱是主謀，判其死刑，並追回了所詐之款。《拍案驚奇》卷十七《西山觀設籙度亡魂，開封府備棺追活命》寫寡婦吳氏未滿三十，領著十二歲的兒子達生度日。吳氏到西山觀做齋醮功果超度亡夫他，受不住黃知觀和兩個道童的引誘，與他們發生姦情。吳氏與黃知觀長期偷情，被兒子達生知曉了，達生不好當面斥責母親，就用盡各種方法百般阻撓，使二人無法接近。吳氏因寂寞難熬，慾火難消，與兒子暗裏相鬥，對兒子懷恨在心。後來在道士黃妙修的唆使下，吳氏以忤逆之罪將兒子告上公堂，並急切要求縣官當堂打死「逆子」。縣官明察秋毫，問明真相，處死道士，並要對吳氏施以重刑。但達生卻要替母受刑，他的行為感動了縣官，吳氏被釋放，她深感兒子孝順，母子二人抱頭痛哭。這篇故事中展現了吳氏在人慾與人倫間的掙扎。吳氏為了自己的情慾得到滿足，竟欲置親生獨子於死地，可見性慾的力量。在一些偷

〔註33〕 〔明〕陸人龍《型世言》第 6 回第 4～5 頁，《古本小說集成》第 5 輯第 11 冊第 250～251 頁，上海：上海古籍出版社，1995。

情故事中，寡婦因爲姦情被男人騙去財產。《歡喜冤家》第二十回《楊玉京假恤孤憐寡》中，三十一歲的寡婦商氏家財鉅萬，與借住的「書生」楊玉京發生姦情，在一次酒醉後，被楊玉京卷走所有錢財。性壓抑得越厲害，釋放得也就越徹底。豔情小說《浪史》中的潘素秋守了三年寡，竟然被貪財的錢婆子以看母豬交配引動了春心，很快與浪子發生了姦情。《巫夢緣》寫二十出頭的卜氏守寡近三年，只因看了《天緣奇遇》，越發惹得孤枕難眠，勾起了偷情的念頭，看中了小秀才王嵩，先與裝作王嵩的小廝存兒發生關係，接著與王嵩私會。

　　有的故事寫了尼姑偷情。尼姑遁入空門，卻難斷絕世俗的情慾。《拍案驚奇》卷三十四《聞人生野戰翠浮庵，靜觀尼晝錦黃沙巷》中的靜觀本是楊家女兒，因身體虛弱，其母受尼姑之騙而將她送到翠浮庵出家。庵中的幾個尼姑不守本分，常有苟且之事，最初老尼也是看靜觀美貌，所以才誘使其出家。靜觀平日在庵裏嫻靜淑定，一日偶遇才貌雙全的聞人生，喜歡上了他。二人後又於船上相遇，彼此有意，於是有了私情。靜觀將聞人生帶回庵中，幾個尼姑日日與他尋歡，使得聞人生日漸招架不住。後來靜觀趁三個尼姑外出之機，和聞人生私奔。聞人生最後考取功名，靜觀蓄髮還俗，二人喜結連理。小說中說：「看官聽說，但凡出家人，必須四大俱空。自己發得念盡，死心塌地，做個佛門弟子，早夜修持，凡心一點不動，卻才算得有功行。若如今世上，小時憑著父母蠻做，動不動許在空門，那曉得起頭易，到底難。到得大來，得知了這些情慾滋味，就是強制得來，原非他本心所願。爲此就有那不守本分的，污穢了禪堂佛殿，正叫做『作福不如避罪』。奉勸世人再休把自己兒女送上這條路來。」〔註34〕

四、姦情故事的情節模式

　　明清時期姦情故事的情節模式受到《水滸傳》的影響。《水滸傳》中第二十一、二十二回寫了張三與閻婆惜的姦情，第二十四、二十五、二十六回寫了西門慶與潘金蓮的姦情，第四十五、四十六回寫了裴如海與潘巧雲的姦情。

　　《水滸傳》創造了「拉皮條」的情節模式。小說寫西門慶見到潘金蓮後，賄賂王婆爲之通款。王婆從潘金蓮和西門慶的對話中感覺到兩人情動，西門

〔註34〕　〔明〕凌濛初《拍案驚奇》卷34第13頁，《古本小說集成》第5輯第6冊《拍案驚奇》第1471～1472頁，上海：上海古籍出版社，1995。

慶在茶館前徘徊，她洞悉西門慶內心所想，故作姿態，東拉西扯，引逗西門慶。她在心底打定了借售姦以生財的主意：「這個刷子趤的緊！你看我著些甜糖，抹在這廝鼻子上，只叫他舐不著。那廝會討縣裏人便宜，且教他來老娘手裏納些敗缺！」西門慶許以十兩銀子，她說出了「挨光十計」。〔註35〕在後來的偷情故事中，中間人往往有著非常重要的作用。《古今小說》卷一《蔣興哥重會珍珠衫》中的薛婆幾乎是《水滸傳》中王婆的翻版。《醒世恒言》卷十六《陸五漢硬留合色鞋》寫張藎看上了潘壽兒，央及陸婆爲之通款。《拍案驚奇》卷六《酒下酒趙尼媼迷花，機中機賈秀才報怨》中通款的是一個尼姑，故事開頭入話有一段議論：「話說三姑六婆，最是人家不可與他往來出入。蓋是此輩工夫又閒，心計又巧，亦且走過千家萬戶，見識又多，路數又熟，不要說那些不正氣的婦女，十個著了九個兒，就是一些針縫也沒有的，他會千方百計弄出機關，智賽良、平，辨同何、賈，無事誘出有事來。所以宦戶人家有正經的，往往大張告示，不許出入。其間一種最狠的，又是尼姑。他借著佛天爲由，庵院爲囮，可以引得內眷來燒香，可以引得子弟來遊耍。見男人問訊稱呼，禮數毫不異僧家，接對無妨。到內室念佛看經，體格終須是婦女，交搭更便。從來馬泊六、撮合山，十椿事倒有九椿是尼姑做成、尼庵私會的。」〔註36〕

《水滸傳》中王婆教給西門慶的「挨光計」，爲後世小說中姦情描寫所借用。《金瓶梅》第十回用了整整一回寫王婆傳授「挨光十計」。《熊龍峰四種小說》中《張生彩鸞燈傳》對「挨光」作了闡發，名謂「調光經」。〔註37〕《古今小說》卷二十三將此篇改寫爲《張舜美燈宵得麗女》，對「調光」一段又有新的演繹：「雅容賣俏，鮮服誇豪。遠覷近觀，只在雙眸傳遞；挨肩擦背，全憑健足跟隨。我既有意，自當送情；他若留心，必然答笑。點頭須會，咳嗽便知。緊處不可放遲，閒中偏宜著鬧。訕語時，口要緊；刮涎處，臉須皮。冷面撇清，還察其中眞假；回頭攬事，定知就裏應承。說不盡百計討探，湊成來十分機巧。假饒心似鐵，弄得意如糖。」〔註38〕《醒世恒言》卷三《賣

〔註35〕〔明〕施耐庵、羅貫中《水滸傳》第 305 頁，北京：人民文學出版社，1997。
〔註36〕〔明〕凌濛初《拍案驚奇》卷 6 第 1 頁，《古本小說集成》第 5 輯第 3 冊《拍案驚奇》第 213～214 頁，上海：上海古籍出版社，1995。
〔註37〕〔明〕熊龍峰《熊龍峰四種小說》第 5～6 頁，上海：上海古籍出版社，1987。
〔註38〕〔明〕馮夢龍《古今小說》卷 23 第 4～5 頁，《古本小說集成》第 4 輯第 4 冊《古今小說》第 930～931 頁，上海：上海古籍出版社，1994。

油郎獨佔花魁》又有「幫襯」之說：「年少爭誇風月，場中波浪偏多。有錢無貌意難和，有貌無錢不可。就是有錢有貌，還須著意揣摩。知情識趣俏哥哥，此道誰人賽我。這首詞名爲《西江月》，是風月機關中撮要之論。常言道：妓愛俏，媽愛鈔。所以子弟行中，有了潘安般貌，鄧通般錢，自然上和下睦，做得煙花寨內的大王，鴛鴦會上的主盟。然雖如此，還有個兩字經兒，叫做『幫襯』。幫者，如鞋之有幫；襯者，如衣之有襯。但凡做小娘的，有一分所長，得人襯貼，就當十分。若有短處，曲意替他遮護，更兼低聲下氣，送暖偷寒，逢其所喜，避其所諱，以情度情，豈有不愛之理？這叫做『幫襯』。」〔註39〕

明清時期的偷情故事中，未婚男女的姦情大都是「才子佳人式」的情節模式。《古今小說》卷二十三《張舜美燈宵得麗女》中的劉素香和張舜美，《警世通言》卷二十九《宿香亭張浩遇鶯鶯》中的李鶯鶯和張浩，卷三十四《王嬌鸞百年長恨》中的王嬌鸞和周廷章，《醒世恒言》卷八《喬太守亂點鴛鴦譜》中的劉慧娘和孫玉郎，卷二十八《吳衙內鄰舟赴約》中的賀秀娥和吳彥，如此等等，男主人公多是書生，女主人公多是小姐，男女一見鍾情，但多是女方主動邀請男方。才子佳人私會的地方大都在後花園。男女兩家往往是鄰居，偶而在後花園裏一見而動心鍾情。相見的時機，通常是元宵節、清明節等節日，女子外出遊玩，或在門首看街景，得與男主人公相遇。才子佳人式的姦情大多出於情慾。《古今小說》卷四《閒雲庵阮三償冤債》中的玉蘭小姐深鎖閨閣，偶然聽到街上有人吹彈就動了心，派丫頭去打探看是誰在彈奏，聽說是鄰居阮三，心下想到：「我若嫁得恁般風流弟子，也不枉一生夫婦。」〔註40〕《二刻拍案驚奇》卷十一《滿少卿饑附飽颺，焦文姬生仇死報》中焦文姬十八歲了還養在家裏，她渴慕風情，看到滿少卿長得周正，便有一二分動心，兩下乾柴烈火，很快發生了關係。

有夫之婦的姦情情況很複雜。發生姦情的有夫之婦不少是商人家庭的婦女，家庭經濟條件不錯，生活比較安閒，飽暖思淫慾，特別是丈夫長久在外，寂寞難耐，一旦中人穿針引線，很容易爲慾望滿足而出軌。《蔣興哥重會珍珠

〔註39〕 〔明〕馮夢龍《醒世恒言》卷 3 第 1 頁，《古本小說集成》第 4 輯第 9 冊《醒世恒言》第 81〜82 頁，上海：上海古籍出版社，1994。

〔註40〕 〔明〕馮夢龍《古今小說》卷 4 第 3 頁，《古本小說集成》第 4 輯第 3 冊《古今小說》第 208 頁，上海：上海古籍出版社，1994。

衫》中的王三巧，《酒下酒趙尼媼迷花，機中機賈秀才報怨》中的狄夫人，都是在丈夫外出的時候，每天在臥室閒坐，偶而出門或在窗邊看景時，被某個男子看上，男子想辦法勾引，找到能自由出入閨房的尼姑或婆子作中人，不費多少工夫就將這些寂寞的思婦搞到手。有夫之婦的姦情故事中，姦夫或為鄰居，或為丈夫的同事或下屬，或為雇工。有不少姦情故事寫已婚女子與丈夫的朋友私通，比如《金瓶梅》中的李瓶兒就與自己丈夫花子虛的朋友西門慶私通。《拍案驚奇》卷三十二《喬兌換胡子宣淫，顯報施臥師入定》中狄氏丈夫圖謀朋友胡綏的妻子，而胡綏正好圖謀狄氏的美色，兩家經常宴飲，於是發生了姦情。還有一種情況是女子出嫁前即有姦情，出嫁後繼續和情人保持姦情關係，《古今小說》卷三十八《任孝子烈性為神》中的梁聖金婚前便與鄰居周得偷情，出嫁後碰到周得來訪，兩人在瞎眼公公在家的情況下，公然在樓上偷情。

在男子見色起意的姦情故事中，男子常常使用欺詐的手段。《古今小說》卷三十五《簡帖僧巧騙皇甫妻》中的簡帖僧原是和尚，因為偷盜了寺廟裏的銀器而逃亡。他看到皇甫松的妻子楊氏美貌無比，頓生邪念，設計離間皇甫松與楊氏的關係。他打扮成官員模樣，找來賣餶飿的僧兒，讓他到皇甫松府上給楊氏送去一對落索環兒、兩隻短金釵子和一個簡帖兒。皇甫松發現後，誤以為楊氏背地裏與他人私通，不聽楊氏辯解，將她休掉了。楊氏走投無路，準備投水尋死，簡帖僧暗中派一老婦人冒充楊氏多年不見的姑姑前來搭救，引入家中安置，趁機說服楊氏嫁給了自己。《醒世恒言》卷十三《勘皮靴單證二郎神》中的孫神通原是二郎廟中的廟官，他無意中聽到前來廟中求籤的宋徽宗後宮夫人韓玉翹想嫁個像二郎神模樣丈夫的禱告，便利用自己在江湖上學得的妖法，裝扮成二郎神模樣，趁夜色來到韓夫人的房中，自稱與韓夫人仙緣有分，前來度脫她成為仙人。韓夫人信以為真，孫神通趁機誘姦了她。

另一種騙姦的方式是男子假扮女人而姦淫女性。《醒世恒言》卷十《劉小官雌雄兄弟》中的桑茂原本是單純樸實的農家子弟，他在冷廟中避雨時受到一個男扮女裝的「老嫗」的誘惑，知道了假扮女人以騙色的邪門歪道。他拜「老嫗」為師，「學那婦道妝扮，習成低聲啞氣，做一手好針線」，〔註41〕自稱鄭二娘，各處行遊哄騙，走過一京四省，所姦婦女不計其數，後來得到了

〔註41〕〔明〕馮夢龍《醒世恒言》卷10第1頁，《古本小說集成》第4輯第9冊《醒世恒言》第524頁，上海：上海古籍出版社，1994。

嚴厲的懲罰。男子假扮女子，一旦被懷疑，很容易被查出，於是有的男子學習所謂「縮陽術」。《拍案驚奇》卷三十四《聞人生野戰翠浮庵，靜觀尼晝錦黃沙巷》講一個會縮陽術的和尚假扮尼姑，與庵裏眾多尼姑發生姦情，姦淫好人家的內眷。袁理刑看出蹺蹊，將幾個尼姑一一勘驗，還是沒有發現問題，懷疑其中一個年輕的尼姑是男子假扮，但那年輕尼姑又確實沒有陽物。袁理刑猛想到有縮陽之術，用一法以破之：「命取油塗其陰處，牽一隻狗來餂食，那狗聞了油香，伸了長舌餂之不止。元來狗舌最熱，餂到十來餂，小尼熱癢難熬，打一個寒噤，騰的一條棍子直統出來，且是堅硬不倒，眾尼與穩婆掩面不迭。」袁理刑喝叫拖翻，重打四十，又夾一夾棍，假尼姑才從實招了，最後假尼姑被打死，四個尼姑各責三十，官賣了。假尼姑的屍首拋在觀音潭，很多人去看，「見他陽物累垂，有七八寸長，一似驢馬的一般」。〔註 42〕平日與假尼姑往來的人家內眷因為羞愧，弔死了好幾個。《歡喜冤家》第四回《香菜根喬裝姦命婦》中，賣珠客人香菜根看上了莫夫人，用心打聽，得知莫夫人的丈夫張御史上任去了，留夫人獨自在家。他於是喬裝成賣婆模樣，假以賣珠為名，進入張家。莫夫人看珠子時，香菜根故意將珠子散落在地，因天色晚了，莫夫人留他住下，等第二天再找散落的珠子。莫夫人請香菜根吃酒，香菜根挑逗莫夫人的情慾，說沒有男人的時候，女人可以用一種叫「三十六宮都是春」的寶貝自己取樂，也可以兩個女人在一起取樂。莫夫人被說得動了心，想試一試滋味。香菜根見等夫人上了床睡好，解去衣服，脫得赤條條的，上了床。從此後香菜根白天藏在庫房裏，晚上就和莫夫人通姦。這樣一直過了兩年，張御史轉升外道，歸家取家眷赴任。莫夫人取了十餘封銀子送給香菜根，香菜根哭著離開張家。後來張御史察知姦情，將丫鬟愛蓮和莫夫人害死。香菜根因為姦淫命婦而被處斬。

五、偷情故事的文化闡釋

　　偷情是違背傳統禮法規範的行為。自從有了婚姻制度，也就有了偷情通姦。先秦時期的《詩經》《左傳》中記載了很多偷情事件。《詩經》中的《陳風·株林》暗諷陳靈公與夏姬通姦。《左傳·宣公九年》記載，陳靈公和夏姬私通，常與佞臣孔寧、儀行父坐車到夏姬家，後被成年後的夏姬之子徵舒所

〔註42〕　〔明〕凌濛初《拍案驚奇》卷 34 第 5～7 頁，《古本小說集成》第 5 輯第 6 冊
　　　　　《拍案驚奇》第 1456～1459 頁，上海：上海古籍出版社，1995。

殺。《鄘風·牆有茨》諷刺衛國統治階級淫亂無恥，據說寫的是衛宣公妻宣姜在衛宣公死後與其庶子公子頑私通，生下齊子、戴公、文公、宋桓夫人及許穆夫人，衛國百姓厭惡這種醜行，故作詩以諷。《齊風·南山》諷刺齊襄公的淫亂無恥。據《左傳·桓公十八年》載，齊襄公與同父異母妹妹有私，魯桓公三年，桓公娶文姜為妻，十八年與文姜到齊國去，發現文姜與齊襄公的姦情，斥責了文姜。文姜把此事告訴了齊襄公，齊襄公惱羞成怒，派公子彭生謀害了魯桓公。《詩經》中的《鄭風·將仲子》描寫姑娘拒絕情人來偷情約會：「將仲子兮！無逾我里，無折我樹杞。豈敢愛之？畏我父母。仲可懷也，父母之言，亦可畏也！」《召南·野有死麕》說：「野有死麕，白茅包之，有女懷春，吉士誘之。林有樸樕，野有死鹿。白茅純束，有女如玉。『舒而脫脫兮，無感我帨兮，無使尨也吠。』」一個男子在樹林中引誘姿色如玉的女子，拿著獵獲的野物向女子示好，女子顯得嬌羞，但還是半推半就地答應了男子的要求，男子開始解女子的衣服。

秦漢魏晉時期，很多辭賦詩歌和故事寫到了偷情通姦，到南北朝時期出現了不少姦情公案故事。《搜神記》中的《費孝先》講的就是一個姦情公案故事，商人王旻在成都求卦，費孝先授以「教住莫住，教洗莫洗，一石穀搗得三斗米。遇明即活，遇暗即死」，〔註43〕原來他的妻子和姦夫通姦，想要暗害他，陰謀在他洗澡的時候殺死他，結果此卦使他躲過了此次暗害。後來在昏官的嚴刑拷問下，他屈打成招，誣服殺妻，最終清官斷案，原來姦夫也就是兇手，是他的鄰人康七。《搜神記》中的《嚴遵》記載：「嚴遵為揚州刺史，行部，聞道傍女子哭聲不哀。問所哭者誰，對云：『夫遭燒死。』遵敕吏舁屍到，與語訖，語吏云：『死人自道不燒死。』乃攝女，令人守屍，云：『當有枉。』吏白：『有蠅聚頭所。』遵令披視，得鐵錐貫頂。考問，以淫殺夫。」〔註44〕

到了唐代，姦情公案小説更多。《蔣恒》寫御史蔣恒斷案如神，利用一個老婆婆做誘餌，抓住了通姦殺人的兇手。〔註45〕除了姦情公案故事，唐傳奇中有很多篇寫到了一般的偷情。元稹的《鶯鶯傳》寫張生遊蒲州，居普救寺，遇到了崔鶯鶯。蒲州兵變，張生救護崔氏，崔母設宴答謝張生。張生慕

〔註43〕〔東晉〕干寶撰、汪紹楹校注《搜神記》第39頁，北京：中華書局，1979。
〔註44〕〔東晉〕干寶《搜神記》第144頁，北京：中華書局，1985。
〔註45〕〔唐〕張鷟《朝野僉載》卷4，北京：中華書局，1979。

鶯鶯美貌，二人最終偷情私合。但其後張生赴京應考後便與鶯鶯決絕，甚至與人津津樂道其風流韻事，並斥鶯鶯爲「不妖其身，必妖於人」的「尤物」。〔註46〕皇甫枚的《步非煙傳》寫的是公子趙象與武公業的小妾步非煙的偷情故事。武公業任河南府功曹參軍，鄰居趙象慕其小妾步非煙美貌，二人互通款曲，在武公業當值時偷情，後被武公業發現，趙象逃走，步非煙被打死。沈亞之《馮燕傳》寫俠士馮燕遇見張嬰妻子，被其美貌吸引，讓他人代傳心意後，與她偷歡。張嬰酒醉歸來，張妻讓馮燕躲藏起來，爲丈夫開門。張嬰酒醉酣睡，馮燕要穿衣離開，他的衣服與佩劍放在一處，他以手示意讓張妻遞衣服給他，張妻卻遞過來佩劍。馮燕認爲張妻太絕情不義，竟然有殺夫之意，凝視張妻良久，將她殺了。第二日張嬰酒醒，誤以爲是自己殺了妻子，意欲自首，馮燕主動澄清了事實。因馮燕所殺乃不義之人，所以官府免了他的死罪。小說最後讚美馮燕：「嗚呼，淫惑之心，有甚水火，可不畏哉！然而燕殺不誼，白無辜，眞古豪矣！」〔註47〕

　　五代和凝父子的《疑獄集》等收集了大量姦情公案故事。宋元時期耐得翁的《醉翁談錄》、鄭克的《折獄高抬貴手》、桂萬榮的《棠陰比事》、宋慈的《洗冤集錄》等書中都收錄了很多姦情公案小說。收入《醉翁談錄》的《三現身》後來被馮夢龍編輯入《警世通言》，改名爲《三現身包龍圖斷冤》。宋元話本《刎頸鴛鴦會》講的是蔣淑眞的偷情故事。元代無名氏的雜劇《爭報恩》演梁山好漢關勝、徐寧、花榮驅姦扶正故事，其中寫到趙通判之妾王臘梅與家人丁都管有姦情，後來被宋江下令「綁在花標樹上，碎屍萬段」。雜劇《村樂堂》中二夫人、王六斤被「明正典刑」。《還牢末》中蕭蛾、趙令史被「剖腹剜心」。王實甫的《西廂記》、白樸的《牆頭馬上》等雜劇寫青年男女未婚私合，也是偷情。

　　俗話說：「妻不如妾，妾不如婢，婢不如妓，妓不如偷，偷得著不如偷不著。」〔註48〕這句話道出了男性的「偷情」心理。其實女性也有類似的好奇心。偷情具有冒險性，能激起好奇心，還能激起男性的征服欲。把屬於別人的妻妾占爲己有，從某種程度上能滿足男性的虛榮心，比較典型的是《金瓶

〔註46〕張友鶴選注《唐宋傳奇選》第110頁，北京：人民文學出版社，1964。
〔註47〕〔唐〕沈亞之《沈下賢集》卷4，光緒觀古堂本。
〔註48〕〔明〕馮夢龍、〔清〕華廣生等《明清民歌時調集》第39頁，上海：上海古籍出版社，1987。

梅》中的西門慶。喜新厭舊是男人獵豔、女人偷情的心理基礎。男女結婚後，慢慢地對婚姻中性對象的失去新鮮感，爲了尋求新的刺激，男性就會將目光轉向家庭之外的世界，開始獵豔，尋求新的性對象。女性也是如此。到明代中後期，隨著商品經濟的發展和個性解放思潮的推動，縱慾成爲一時風氣，很多人漁獵聲色，追求感官刺激，姦情因而屢屢發生。

　　未婚男女兩情相悅，私定終身，無可責備。《古今小説》卷四《閒雲庵阮三償冤債》中說：「常言道：『男大須婚，女大須嫁；不婚不嫁，弄出醜吒。』多少有女兒的人家，只管要揀門擇戶，扳高嫌低，擔誤了婚姻日子。情竇開了，誰熬得住？男子便去偷情嫖院；女兒家拿不定定盤星，也要走差了道兒。那時悔之何及！」〔註49〕男人喪妻可以續弦再娶，女人喪夫也就可以再嫁。《二刻拍案驚奇》卷十一《滿少卿饑附飽颺，焦文姬生仇死報》中有一段議論：「天下事有好些不平的所在，假如男人死了，女人再嫁，便道是失了節，玷了名，污了身子，是個行不得的事，萬口訾議。及至男人家喪了妻子，卻又憑他續弦再娶，置妾買婢，做出若干的勾當，把死的丟在腦後，不提起了，並沒人道他薄倖負心，做一場說話。就是生前房室之中，女人少有外情，便是老大的醜事，人世羞言。及至男人家撤了妻子，貪淫好色，宿娼養妓，無所不爲，總有議論不是的，不爲十分大害。所以女子愈加可憐，男人愈加放肆，這些也是伏不得女娘們心裏的所在。」〔註50〕《宜香春質》花集第三回中說：「婦人最苦，所樂止爭此一線，而一線之樂，又寄之男兒，非貌足以得其心，樂不可得也。生老病死，所去幾何？惟十四至二十四，乃爲上色，過則衰，少則釋。而此十年內，日之所去者半，喜怒哀樂所去者又半，而且有車塵馬足，飲食喪祭，總計純擅共樂，不過數百日，若益之以外遇側室，則不堪屈指矣。」〔註51〕《肉蒲團》中豔芳說：「我們前世不修，做了女子，一世就出不得閨門。不像男人有山水可以遊玩，有朋友可以聚談，不過靠著行房之事消遣一生。難道好教做婦人的不要好色？」〔註52〕

〔註49〕　〔明〕馮夢龍《古今小説》卷4第1頁，《古本小説集成》第4輯第3冊《古今小説》第203頁，上海：上海古籍出版社，1994。

〔註50〕　〔明〕凌濛初《二刻拍案驚奇》卷11第3～4頁，《古本小説集成》第5輯第8冊《二刻拍案驚奇》第528～529頁，上海：上海古籍出版社，1995。

〔註51〕　〔明〕醉西湖心月主人《宜春香質》花集第3回，《思無邪匯寶》第7冊《宜春香質》第196頁。

〔註52〕　〔清〕情隱先生《肉蒲團》第9回，《思無邪匯寶》第15冊《肉蒲團》第281頁。

　　男人可以納妾、嫖妓、偷情，女人與別的男人有私情也就不算失節，如果對丈夫還有感情，如果最後能改過，丈夫仍能接受。《歡喜冤家》第十五回《馬玉貞汲水遇情郎》中馬玉貞與宋仁有了私情，二人私奔，最後經種種波折，玉貞又回到丈夫那裡。《拍案驚奇》卷二《姚滴珠避羞惹羞，鄭月娥將錯就錯》中，姚滴珠給吳大郎為妾兩年，最後仍與潘甲完聚，潘甲沒有嫌惡。《古今小說》卷三十五《簡帖僧巧騙皇甫妻》中皇甫松一年後在廟裏遇到已被他休掉的前妻，得知一切都是簡帖僧設下的圈套時，他把簡帖僧扭送到官府後，與前妻復合。重要的不是貞操，而是是否有感情。《二刻拍案驚奇》卷三十八《兩錯認莫大姐私奔，再成交楊二郎正本》中，莫大姐與楊二郎有姦情，倆人本想私奔，不想被郁盛頂替，郁盛最後將莫大姐賣入妓院。後來莫大姐託鄰人向官府報案並通知徐德，揭開事情真相。兵馬宣判莫大姐與楊二郎續到頭緣。莫大姐曾被賣妓院，又與郁盛有染，但因為楊二郎一直衷情與她，所以將莫大姐判給楊二郎，楊二郎心滿意足，絲毫沒有嫌棄。

　　但是從男人的角度說，女人最好還是堅守貞操，所以明清時期的小說一邊對女人偷情給予同情理解，另一方面又寫了很多女子堅守節操、從一而終的故事。《警世通言》卷二十四《玉堂春落難逢夫》寫玉堂春和王景隆真心相愛，王景隆錢財用盡，玉堂春仍不捨棄他。後來玉堂春被人強娶而不從，被官冤判而不屈，歷盡千辛萬苦，最後終於與王景隆成就姻緣。《古今小說》卷二十七《金玉奴棒打薄情郎》中，寒士莫稽得丈人錢財資助，得中科舉，但想到丈人是個乞丐頭子，認為是終身之玷，在赴任途中動了惡念，將妻子金玉奴推入江中。玉奴巧被莫稽上司轉運使救起。金玉奴不改「從一而終之志」，又和莫稽重成夫妻。《醒世恒言》卷三十六《蔡瑞虹忍辱報仇》寫蔡瑞虹受到歹徒姦污，忍受了長期的垢辱，在報了仇後，自殺以完節。

　　整體來看，明清小說對出於慾望的偷情是持否定態度的。《醒世恒言》卷十五《赫大卿遺恨鴛鴦絛》開頭入話部分有一大段議論「好色」與「好淫」的區別：「皮包血肉骨包身，強作嬌妍誑惑人。千古英雄皆坐此，百年同共一坑塵。這首詩乃昔日性如子所作，單戒那淫色自戕的。論來好色與好淫不同。假如古詩云：『一笑傾人城，再笑傾人國。豈不顧傾城與傾國，佳人難再得！』此謂之好色。若是不擇美惡，以多為勝，如俗語所云：石灰布袋，到處留跡。其色何在？但可謂之好淫而已。然雖如此，在色中又有多般。假如張敞畫眉、相如病渴，雖為儒者所譏，然夫婦之情，人倫之本，此謂之正色。又如嬌妾

美婢，倚翠偎紅；金釵十二行，錦障五十里；櫻桃楊柳，歌舞擅場；碧月紫雲，風流婍豔。雖非一馬一鞍，畢竟有花有葉，此謂之傍色。又如錦營獻笑，花陣圖歡。露水分司，身到偶然留影；風雲隨例，顏開那惜纏頭。旅館長途，堪消寂寞；花前月下，亦助襟懷。雖市門之遊，豪客不廢；然女閭之遺，正人恥言。不得不謂之邪色。至如上蒸下報，同人道於獸禽；鑽穴逾牆，役心機於鬼蜮。偷暫時之歡樂，爲萬世之罪人。明有人誅，幽蒙鬼責。這謂之亂色。又有一種，不是正色，不是傍色，雖然比不得亂色，卻又比不得邪色。填塞了虛空圈套，污穢卻清淨門風。慘同神面刮金，惡勝佛頭澆糞，遠則地府填單，近則陽間業報。奉勸世人，切須謹愼！正是：不看僧面看佛面，休把淫心雜道心。」〔註53〕夫妻之情謂之正色、妾室之情謂之傍色、街頭妓院謂之邪色、奸人妻女謂之亂色，這幾種色是有區別的。世人應該修心戒色。

六、歷史和故事中的罪與罰

「萬惡淫爲首」，歷來通姦被視爲萬惡不赦的醜惡行爲。通姦在古代又稱和姦。有了婚姻制度，就會有違反婚姻制度的姦淫現象。《小爾雅·廣義》中說：「男女不以義交謂之淫，上淫曰蒸，下淫曰報，旁淫曰通。」〔註54〕「義交」指婚姻以內的性行爲，「不以義交」是指婚姻以外發生的性行爲。古代刑法中，「姦」的法律含義是指婚姻以外男女之間發生的性行爲，包括強姦、和姦、誘姦等，只要「不以義交」，都屬於「姦」。遠在雜交時代，就已出現了限制性交時間和地點的習俗，違反習俗便要受到制裁。《列女傳》記載楚平王夫人伯嬴說：「若諸侯外淫者絕，卿大夫外淫者放，士庶人外淫者宮割。」〔註55〕《尚書·大傳》云：「男女不以義交者，其刑宮是也。」〔註56〕《尚書·呂刑》中說：「宮闢疑赦，其罰六百鍰，閱實其罪。」李悝《法經》中規定：「夫有一妻二妾，其刑賊；夫有二妻則誅；妻有外夫則宮，曰淫禁。」〔註57〕

秦漢時期已對姦罪有了基本的分類，即和姦與強姦，同時還出現了親屬相姦、禽獸行、居喪姦等更爲細緻的規定。《史記·始皇本紀》中記載秦朝規

〔註53〕〔明〕馮夢龍《醒世恒言》卷15第1頁，《古本小說集成》第4輯第10冊《醒世恒言》第739～741頁，上海：上海古籍出版社，1994。

〔註54〕寧漢林、魏克家《中國刑法簡史》第10頁，北京：中國檢察出版，1997。

〔註55〕張濤《列女傳譯注》第148頁，濟南：山東大學出版社，1990。

〔註56〕寧漢林、魏克家《中國刑法簡史》第10頁，北京：中國檢察出版，1997。

〔註57〕〔明〕董說《七國考》卷12《魏刑法》第366～367頁，北京：中華書局，1956。

定：「飾省宣義，有子而嫁，倍死不貞。防隔內外，禁止淫佚，男女絜誠。夫爲寄豭，殺之無罪，男秉義程。妻爲逃嫁，子不得母，咸化廉清。」〔註58〕對「私通」定以極刑，「人人得以誅之」，格殺勿論，並可以不告而殺，私刑亦合法。漢朝延續秦的法律，對和姦的處罰稍有改動：「諸與人妻和姦，及其所與皆完爲城旦舂。其吏也，以強姦論之。」對於強姦，漢代有了更爲明確的法律規定，西漢初年規定：「強與人姦者，府（腐）以爲宮隸臣。」〔註59〕東漢時處罰爲：「強與人姦者及諸有告劾言辭訟治者，與姦皆髠以爲城旦。其以故枉法及吏姦駕加罪一等。」〔註60〕親屬相姦在漢代被稱爲禽獸行。秦代規定：「同母異父相與姦，可（何）論？棄市。」〔註61〕漢代規定更爲具體：「同產相與姦，若取以爲妻，及所取皆棄市。其強與姦，除所強。」〔註62〕漢代還出現了居喪姦，其處罰方式，有的按照不孝罪判處棄市，有的按普通姦罪判「完爲舂」。

到了唐代，「私通」從重罪變成了輕罪。《唐律疏議》區分不同主體的姦罪，分爲凡姦、良賤相姦、主奴相姦、親屬相姦、官員的姦、和尚、道士的姦等。唐朝明確規定了有夫姦和無夫姦，兩者處以不同的刑罰。《唐律疏議》卷二十六《雜律》規定：「諸姦者，徒一年半，有夫者，徒二年。」疏議說：「和姦者，男女各徒年半，有夫者二年。」唐代的姦罪還開始處罰媒合姦通之人，即姦罪的撮合幫助犯。宋代延續唐代法律，《宋刑統》中姦罪的立法內容基本承襲了《唐律疏議》中的規定，但將姦罪獨立成爲一門，統稱諸色犯姦。《宋刑統》卷二六《雜律諸色犯姦》規定：「諸姦者，徒一年半，有夫者，徒二年。」〔註63〕在元代，姦罪統稱爲姦非，排在盜賊之前。元代法律首次規定了對姦淫幼女罪和輪姦罪的處罰。與幼女行姦，無論其同意與否，都認定爲強姦。強姦分有夫姦和無夫姦，處以不同的懲罰，還規定了對姦未成以及誘姦婦逃的處罰：「誘姦婦逃者，加一等，男女罪同，婦人去衣受刑。未成

〔註58〕〔西漢〕司馬遷《史記》第1777頁，北京：中華書局，1963。
〔註59〕張家山二四七號漢墓竹簡整理小組編著《張家山漢墓竹簡（二四七號墓）》第159頁，北京：文物出版社，2001。
〔註60〕胡平生、張德芳《敦煌懸泉漢簡釋粹》第11頁，上海：上海古籍出版社，2001。
〔註61〕睡虎地秦墓竹簡整理小組《睡虎地秦墓竹簡》第225頁，北京：文物出版社，1978。
〔註62〕張家山二四七號漢墓竹簡整理小組編著《張家山漢墓竹簡（二四七號墓）》第158頁，北京：文物出版社，2001。
〔註63〕〔唐〕長孫無忌《唐律疏議》第493頁，北京：中華書局，1983。

者，減四等。強姦有夫婦人者死，無夫者杖一百七，未成者減一等，婦人不坐。」〔註64〕元代首次規定了對容止者和私和者的處罰：「其媒合及容止者，各減姦罪三等，止理見發之家，私和者減四等。」元朝受理學影響，加重了對通姦即和姦的處罰。和姦分有夫姦、無夫姦：「諸和姦者，杖七十七；有夫者，八十七。婦人去衣受刑。未成者，減四等。」〔註65〕元朝法律規定本夫不僅可以捉姦，且可當場殺死「姦夫淫婦」。

明朝沿襲了元朝的法律，允許本夫捉姦（《問刑條律》刑律二人命），在當場殺姦無罪（《明律集解附例》九刑律一），通姦的處罰是「無夫姦杖八十，有關姦杖九十」。明朝沿襲了對女人「去衣受杖」的規定：「其婦人犯罪，決杖者，姦罪去衣受刑。」在《大明律》中，姦罪在刑律篇中作爲獨立一門，稱爲犯姦，與賊盜、人命、鬥毆等並列。明代首次出現有關習姦的規定，習姦的處罰高於和姦，並且男女共同坐罪：「習姦，謂姦夫習誘姦婦，引至別所通姦，亦和姦也。」「凡和姦，杖八十；有夫，杖九十。習姦，杖一百……其和姦、習姦者，男女同罪。」明律規定了姦生子女及姦婦的處置：「姦生男女，責付姦夫收養。姦婦從夫嫁賣。其夫願留者，聽。若嫁賣與姦夫者，姦夫、本夫各杖八十，婦人離異歸宗，財物入官。」《大明律》規定，非姦所捕獲、事後指姦不認定爲犯姦，如果姦婦有孕，則只懲治姦婦：「其非姦所捕獲，及指姦者，勿論。若姦婦有孕，罪坐本婦。」《大明律》首次規定了對縱容抑勒妻妾犯姦者的處罰：「凡縱容妻、妾與人通姦，本夫、姦夫、強婦，各杖九十。抑勒妻、妾及乞養女與人通姦者，本夫、義父，各杖一百，姦夫，杖八十；婦女不坐；並離異歸宗。若縱容抑勒親女及子孫之婦、妾人通姦者，罪亦如之。」

清朝的法律沿襲明朝和元朝的法律，允許私刑，允許捉姦，並可當場殺死通姦男女，通姦也和明朝一樣，「杖九十」。《大清律例》首次將姦罪獨立編爲一卷，犯姦門下有犯姦條、縱容妻妾犯姦、親屬相姦條、誣執翁姦條、奴及雇工人姦家長妻條、姦部門妻女條、居喪及僧道犯姦條、良賤相姦條、官吏宿娼條、買良爲娼條等。清律中原無關於輪姦的規定，雍正五年新增條例規定了對輪姦的懲處，嘉慶十九年增加了對輪姦犯姦婦女的懲處。雍正十二年增加強姦有殺傷行爲的條例，乾隆十二年增加姦夫拒捕，毆傷捕人的條例，

〔註64〕 〔明〕宋濂等《元史》第 2653 頁，北京：中華書局，1976。
〔註65〕 〔明〕宋濂等《元史》第 2653 頁，北京：中華書局，1976。

乾隆四十年增加條例規定先行和姦，後有別故拒絕，致將被姦之人殺死，「俱仍照謀故鬥毆本律定擬」。〔註66〕雍正十二年條例明確對強姦幼女致死、強姦誘拐幼女、強姦十歲以上十二歲以下幼女的處罰；乾隆十四年增加條例明確強姦幼女幼童未成的處罰。《大清律例》中規定：「若以強合，以和成，猶非強也。」〔註67〕強姦必須是強合強成，即在強姦的過程中，婦女要一直處於被迫的狀態下，才能認定為強姦罪，由施暴者單獨承擔刑事責任，被姦婦女無罪。若以強合開始，以和成結束，只能認定為和姦罪，男女雙方要一起坐罪。所謂和成，指被姦婦女在強合以後轉變為心甘情願，主動配合，與施暴者成姦，在這一情形下，男女雙方要以和姦罪論處。婦女因絕望或無力而放棄抵抗的姦事，仍然認定為強姦罪，只懲罰施暴者，婦女不坐。《大清律例》中規定：「又如見婦人與人通姦，見者因而用強姦之，已係犯姦之婦，難以強論，依習姦律。」〔註68〕如果看見一個婦女在和別的男子通姦，撞到姦情的人強姦了已經犯姦的婦女，那麼他的行為將被認定為習姦罪，而不是強姦罪。犯通姦的婦女本性淫蕩，不守婦道，所以就算被強姦，也以習姦罪認定。「圖姦」、「調姦」是用語言動作等挑逗求姦。和姦成功，婦女受其誘惑，同意與其和姦，調姦、圖姦就轉化為和姦，按和姦罪認定，犯姦的男女雙方均需坐罪。求和姦未成，婦女不但沒有受其誘惑，反而將其調戲行為告知親族、鄉保，稟告地方官，按調姦、圖姦未成認定。

　　辛亥革命後頒佈的《暫行新刑律》第二百八十九條規定了對通姦罪的處罰：「和姦有夫之婦者，處四年以下有期徒刑或拘役，其相姦者，亦同。」〔註69〕1928 年 7 月的《刑法》作出新的規定：「有夫之婦與人通姦者，處二年以下有期徒刑，其相姦者，亦同。」1936 年 1 月 1 日頒佈的《刑法》規定：「有配偶而與人通姦者，處一年以下有期徒刑。與其相姦者，亦同。」〔註70〕新中國成立後廢除了通姦罪，通姦納入道德範疇予以制約，不過與現役軍人的配偶同居或結婚的被定為「破壞軍婚罪」，處有期徒刑或拘役；和幼女通姦的以強姦論處；有配偶而重婚的或者明知他人有配偶而與之結婚的是「重婚罪」，處有期徒刑或拘役。

〔註66〕〔清〕薛允升《讀例存疑》卷 43《刑律十九‧犯姦》，光緒三十一年京師刊本。
〔註67〕田濤、鄭秦點校《大清律例》第 521 頁，北京：法律出版社，1999。
〔註68〕田濤、鄭秦點校《大清律例》第 521 頁，北京：法律出版社，1999。
〔註69〕黃榮昌編《司法法令判解》第 256～261，北京：中華圖書館，1916。
〔註70〕蔡鴻源《民國法規集成》第 65 冊第 251 頁，合肥：黃山書社，1999。

從歷代法律看，對通姦男女的處罰是不平等的。歷代法律對有丈夫的婦女與人通姦均從重處罰。唐律規定：「諸姦者⋯⋯有夫者徒二年。」〔註71〕元律規定：「諸和姦者杖七十七，有夫者杖八十七。」（《元史・刑法志》）明律規定：「有夫姦，杖九十。」〔註72〕元代規定：「諸夫獲妻姦，妻拒捕，殺之無罪。」〔註73〕清律明文規定：「凡妻妾與人姦通而於姦所親獲姦夫姦婦，登時殺死者勿論，若只殺死姦夫者，姦婦依律斷罪，當官價賣，身價入官。」〔註74〕《禮記》云：「飲食男女，人之大欲存焉。」《孟子》說：「好色，人之所欲。」色為人之大欲，是自然賜予人類的本能。當性慾在夫妻關係中無法得到滿足的時候，夫妻之間的忠誠度就會大大降低。丈夫和妻子沒有直接的血緣關係，卻是血緣關係的發端，夫妻關係的穩定直接決定家庭的穩定，進而影響整個家族的綿延，這對宗法制度嚴格的傳統社會來說至關重要。正因為如此，男性可以自由選擇性伴侶，女性卻必須忠貞。

　　明清時期小說中姦情故事的結局，反映了當時社會對婚外姦情的態度。值得注意的是，與已婚女性通姦相比，未婚女性偷情得到較大的寬容。未婚女性偷情，有的選擇私奔，如《張舜美燈宵得麗女》（《古今小說》卷二十三）中的劉素香、《陶家翁大雨留賓，蔣震卿片言得婦》（《拍案驚奇》卷十二）中的曹姓女子和陶幼芳、《崔待詔生死冤家》（《警世通言》卷八）中的秀秀。有的因為姦情敗露，無法承受父母責罵和社會輿論壓力而自殺。《金明池吳清逢愛愛》（《警世通言》卷三十）中的愛愛和《錯調情賈母罵女，誤告狀孫郎得妻》（《二刻拍案驚奇》卷三十五）中的賈閨娘，還未真正發生姦情，受不了父母責罵而自殺。《王嬌鸞百年長恨》（《警世通言》卷三十四）中的王嬌鸞、《陸五漢硬留合色鞋》（《醒世恆言》卷十六）中的潘壽兒、《滿少卿饑附飽颺，焦文姬生仇死報》（《二刻拍案驚奇》卷十一）中的焦文姬、《甄監生浪吞秘藥，春花婢誤泄風情》（《二刻拍案驚奇》卷十八）中的春花都因為姦情敗露而自殺。《鬧樊樓多情周勝仙》（《醒世恆言》卷十四）中的周勝仙遭父親辱罵，聽說父親要取消婚約，一時急火攻心而氣死，復活後又被范二郎誤認為是鬼而打死。偷情後另嫁他人的，如《任孝子烈性為神》（《古今小說》卷三十八）

〔註71〕　〔唐〕長孫無忌《唐律疏議》第493頁，北京：中華書局，1983。
〔註72〕　懷效峰點校《大明律》第197頁，北京：法律出版社，1999。
〔註73〕　〔明〕宋濂等《元史》第2655頁，北京：中華書局，1976。
〔註74〕　馬建石、楊玉棠《大清律例通考校注》第778頁，北京：中國政法大學出版社，1992。

的梁聖金，爲女兒時與周得私通，父母爲了不讓人說是非，將她遠嫁到江干，不過江干到底也不算特別遠，周得尋了過去。兩人繼續姦情，後來任珪發覺。「才子佳人」類型的偷情故事中，未婚男女在偷情之後成婚，一種情況是父母愛面子，無可奈何地承認既成事實，讓女兒嫁給情人，如《計押番金鰻產禍》中的周三與慶奴；一種情況是才子高中，父母不追究姦情或者官方惜才，做主讓二人成婚，如《宿香亭張浩遇鶯鶯》（《警世通言》卷二十九）、《喬太守亂點鴛鴦譜》（《醒世恆言》卷八）、《吳衙內鄰舟赴約》（《醒世恆言》卷二十八）。

未婚女性的偷情，如果是兩情相悅，小說基本上給予肯定。《喬太守亂點鴛鴦譜》中，孫潤代姊出嫁，沒料到對方家裏卻以女兒慧娘陪宿，二人私下偷歡，但很快就事發。更麻煩的是，此時慧娘已經許婚裴政，孫潤也已聘徐雅之女。雙方家長都有氣，又有人從中挑撥，鬧得不可開交，告到官府，喬太守亂點鴛鴦譜，將慧娘嫁與孫潤，讓裴政娶徐雅之女爲妻。喬太守認爲孫潤與慧娘偷情，如「移乾柴近烈火，無怪其燃」。這個判決眾人都認爲極爲公允，「街坊上當做一件美事傳說，不以爲醜」。〔註75〕但未婚男女偷情也並不值得提倡讚揚，從未婚男女偷情的結局安排，可以看出當時社會對道德貞節等還是很在意，以《閒雲庵阮三償冤債》爲例，小說中的男主人公阮三脫陽而死，女主人公玉蘭一生不嫁，教子成名，其子高中狀元，朝廷爲玉蘭啓建賢節牌坊。這顯然是在肯定婦女守貞，讚賞女子爲丈夫終生守節，恪守婦道，教子成名。

對已婚的偷情者，小說大都給以譴責。已婚通姦者情慾的放縱常常伴隨著死亡。有的是通姦者姦情暴露而被本夫殺姦。《水滸傳》中潘巧雲與裴如海的姦情及張三與閻婆惜的姦情結局均爲通姦者遭到殺身之禍，裴如海、潘巧雲被石秀、楊雄所殺，閻婆惜被宋江所殺。已婚女性偷情，對丈夫是一種極大的恥辱，很多丈夫會憤怒地拿起刀子殺姦。《古今小說》卷三十八《任孝子烈性爲神》中，商人任珪的妻子梁金聖屢次趁任珪外出時與姦夫周得偷歡，眾人知曉此事後，都恥笑任珪懦弱，議論道：「眾人聽說了，一齊拍手笑起來，道：『有這等沒用之人！被姦夫淫婦安排，難道不曉得？』這人道：『若是我，便打一把尖刀，殺做兩段！那人必定不是好漢，必是個煨膿爛板烏龜。』」又

〔註75〕　〔明〕馮夢龍《醒世恆言》卷8第33頁，《古本小說集成》第4輯第9冊《醒世恆言》第466頁，上海：上海古籍出版社，1994。

一個道：『想那人不曉得老婆有姦，以致如此。』」〔註76〕後來任珪殺了姦夫淫婦，還殺了岳父全家，自去官府自首。按照當時法律，殺姦是法律允許的。刑部奏過皇帝，認為殺死姦夫淫婦雖情有可原，但因殺了其他三人，判其凌遲處死。行刑之日，天昏地暗，未經動刀，任珪已化為神。這個故事結局表現了當時社會輿論對偷情者的痛恨。

有的已婚通姦者在偷情時不擇手段地清除障礙，偷情被人發現後，會殘酷地謀害知情者，甚至想方設法除掉女方的丈夫，最後案情暴露，被官府處以死刑。《警世通言》卷十三《三現身包龍圖斷冤》中，押司老婆與小孫押司偷情，兩人把孫押司殺掉，幸得官府查得兩人姦情和殺人罪行，雙雙問成死罪。《古今小說》卷十《滕大尹鬼斷家私》中，趙裁縫的妻子劉氏和沈八漢偷情，沈八漢害死趙裁縫後，還慫恿劉氏誣告他人，結局是雙雙抵罪。有的已婚通姦婦女羞愧自殺或者病死。《汪大尹火焚寶蓮寺》（《醒世恆言》卷三十九）和《聞人生野戰翠浮庵，靜觀尼晝錦黃沙巷》（《拍案驚奇》卷三十四）都講到良家婦女和和尚發生姦情，後來和尚的淫窩被端除，很多婦女因為懷羞而自殺。《拍案驚奇》卷六《酒下酒趙尼媼迷花，機中機賈秀才報怨》中的狄夫人因為丈夫加緊防備，沒有辦法再與姦夫相會，最終相思而死。《拍案驚奇》卷三十二《喬兌換胡子宣淫，顯報施臥師入定》中的狄氏因為姦情被丈夫發現，姦夫又病死，鬱鬱成病，飲食不進而死。

律法規定，丈夫有權賣掉與別人通姦的妻妾。《二刻拍案驚奇》卷三十七《兩錯認莫大姐私奔，再成交楊二郎正本》中，莫大姐陰差陽錯與郁盛私奔後被賣入娼家，丈夫不願意再將她領回家。因為莫大姐丈夫徐德向官府告狀，官府將楊二郎收監，楊二郎無辜坐了牢，要找徐德的麻煩，在街坊的調停下，徐德將莫大姐賣給了楊二郎，楊二郎正是莫大姐以前偷情的姦夫。在少數姦情故事中，通姦婦女的丈夫病死，得以與姦夫結婚，如《喬兌換胡子宣淫，顯報施臥師入定》中的門氏，《二刻拍案驚奇》卷七《呂使者情媾宦家妻，吳大守義配儒門女》中的董孺人。《拍案驚奇》卷十六《張溜兒熟布迷魂局，陸蕙娘立決到頭緣》中的陸蕙娘則與姦夫私奔，後來姦夫做到江陰縣知縣，她竟成了知縣夫人。

〔註76〕〔明〕馮夢龍《古今小說》卷38 第13 頁，《古本小說集成》第4 輯第5 冊《古今小說》第1513 頁，上海：上海古籍出版社，1994。

－520－

在一些偷情故事中，有姦情的女性最後回到了丈夫身邊。《蔣興哥重會珍珠衫》中的蔣興哥將出軌的妻子王三巧休了，王三巧改嫁，幾經曲折，還是回到了原夫那裡，只不過由妻變成了妾。《拍案驚奇》卷二《姚滴珠避羞惹羞，鄭月娥將錯就錯》中，姚滴珠的丈夫經商遠行之後，姚滴珠不滿公婆的辱罵而回娘家，在回家的路上被汪錫哄騙，與吳大郎維持了一段長達兩年的婚外情。被發覺後，丈夫潘甲「自領了姚滴珠，仍舊完聚」。《歡喜冤家》中的《花二娘巧智認情郎》《李月仙割愛救親夫》等故事中，偷情的女人最後都回到原配身邊。在這些故事中，偷情的女人得到丈夫的原諒。有人認為，這類故事反映了晚明時期思想的解放，貞節觀念的淡薄，女性地位的上升，等等。實際上，這類故事數量不多，而且多發生在社會下層。對於處於社會底層的男性來說，因為經濟條件差，娶妻不易，如果不是實在忍無可忍，有些人會選擇容忍妻子的通姦行為。《任孝子烈性為神》中的任珪、《滕大尹鬼斷家私》中的趙裁縫、《兩錯認莫大姐私奔，再成交楊二郎正本》中的徐德都在知道妻子偷情後好言相勸，只要妻子改過，可以既往不咎，繼續維持家庭生活。《李月仙割愛救親夫》中的李月仙雖和情夫偷情，但對丈夫有情有義，當得知丈夫是被情夫所害時，毅然決然的告發了情夫，救出丈夫，最後和丈夫美滿終老。《馬玉貞汲水遇情郎》中的馬玉貞，她因丈夫粗暴而與外人有了私情，但和情夫私奔時並未帶走任何錢財，最後夫妻二人重歸於好。《花二娘巧智認情郎》中的花二娘和任三先有婚外性關係，但最後都收了心，和各自的愛人安穩過活。

明清的小說中一方面對寡婦的遭遇表示同情，但寡婦一旦不耐寂寞饑渴發生姦情，都沒有好結局。《警世通言》卷三十五《況太守斷死孩兒》中，邵氏與下人得貴通姦，生子溺死，怕姦情暴露，先是殺死了得貴，然後自殺。對寡婦通姦的這種矛盾態度，與明代的貞節觀念有關。明初明太祖朱元璋下詔：「凡孝子順孫、義夫節婦、志行卓異者，有司正官舉名，監察御史、按察司體履，轉達上司，旌表門閭。」「凡民間寡婦，三十以前夫亡守制，五十以後不改節者，旌表門閭，除免本家徭役。」〔註77〕由於統治者大力提倡，貞節觀念深入到社會各階層。《明史・列女傳》說：「明興著為規條，巡方督學歲上其事。大者賜祠祀，次亦樹坊表，烏頭綽楔，照耀井閭，乃至於僻壤下

〔註77〕〔明〕申時行等《明會典》卷79 第1254頁，北京：中華書局，1989。

戶之女，亦能以貞白自砥。其著於實錄及郡邑志者，不下萬餘人。」〔註78〕據《古今圖書集成・明倫彙編・閨媛典》的《閨烈部》及《閨節部》統計，自明初至明末，節婦烈女高達 36049 人。

　　另一類特殊的通姦者是出家人，通姦的出家人幾乎無一例外都受到嚴懲。《拍案驚奇》卷二十六《奪風情村婦捐軀，假天語幕僚斷獄》中，井慶之妻杜氏與太平禪寺大覺及其徒弟智圓有姦情，師徒二人由於爭風吃醋，大覺殺死了杜氏。杜氏的婆家和娘家因杜氏失蹤而對簿公堂，最後終於查明真相，大覺被處死。小說開篇入話說：「看官，你道這些僧家，受用了十方施主的東西，不憂吃，不憂穿，收拾了乾淨房室，精緻被窩，眠在床裏，沒事得做，只想得這件事體。雖然有個把行童解讒，俗語道『吃殺饅頭當不得飯』，亦且這些婦女們，偏要在寺裏來燒香拜佛，時常在他們眼前晃來晃去。看見了美貌的，叫他靜夜裏怎麼不想？所以千方百計，弄出那姦淫事體來，只這般姦淫，已是罪不容誅了。況且不毒不禿，不禿不毒，轉毒轉禿，轉禿轉毒，為那色事上專要性命相博、殺人放火的。」〔註79〕《醒世恒言》卷三十九《汪大尹火焚寶蓮寺》中，寶蓮寺僧人借良家婦女求子之機，將她們騙入寺內姦污，最後僧人全被殺死，寶蓮寺被燒毀。

　　從男性方面說，與已婚女性通姦者，大都沒有好下場，或被本夫殺死，或被官府處死，或被婦女為掩蓋姦情而殺死。在很多故事中，好色的男子看中了已婚婦女，使用種種手段進行騙姦甚至強姦，最後都受到了嚴厲處罰。《古今小說》卷三十五《簡帖僧巧騙皇甫妻》中的簡帖僧設計謀取皇甫松的妻子楊氏，後來被重杖處死，合謀的假姑姑編管臨州。《醒世恒言》卷十三《勘皮靴單證二郎神》中，韓夫人對天禱告，要嫁個似二郎神的丈夫，不想被孫神通聽到，他扮作二郎神，姦污了韓夫人。府尹通過靴子中的字條找到了太師府，又通過太師提供的線索找到了楊知縣，通過明察暗訪，知道是孫神通所為，將他抓獲。最後孫神通被判「剮刑」，韓夫人聽其嫁人，永不進宮。《醒世恒言》卷十六《陸五漢硬留合色鞋》張藎與潘壽兒一見鍾情，潘壽兒以一隻合色鞋與張藎定情，沒想到這個鞋被陸五漢拿到，陸五漢冒充張藎與潘壽兒偷情，結果陰差陽錯，錯殺了潘壽兒的父母。太守聽潘壽兒言語將張藎屈

〔註78〕〔清〕張廷玉等《明史》卷 301 第 7689〜7690 頁，北京：中華書局，1974。
〔註79〕〔明〕凌濛初《拍案驚奇》卷 26 第 4 頁，《古本小說集成》第 5 輯第 5 冊《拍案驚奇》第 1076 頁，上海：上海古籍出版社，1995。

打成招，判其有罪。後皁隸們讓潘壽兒與張藎當面對質，才知道兇手另有其人。後太守依線索追蹤，終於查出真凶是陸五漢，將其緝捕，問成死罪。潘壽兒也擬判死罪，但其自殺而亡。張藎涉嫌企圖姦騙，問徒罪，召保納贖。陸婆說誘良家女子，依律問徒。《拍案驚奇》卷六《酒下酒趙尼媼迷花，機中機賈秀才報怨》趙尼姑幫助卜良騙姦了賈秀才的妻子巫氏，巫氏意欲自殺，被其夫賈秀才勸住。後，夫妻二人設計，殺死了趙尼姑和她的徒弟，而嫁禍給卜良，最後報了仇。《拍案驚奇》卷三十六《東廊僧怠招魔，黑衣盜姦生殺》寫馬家女子與人有私情，因父母反對，約好私奔，被奶娘之子牛黑子冒名頂替。私奔的夜裏，牛黑子被小姐認了出來，牛黑子將小姐強姦並殺死。東廊僧目睹了一切，被牽涉案中。後牛黑子賭博露出了馬腳，被人揭發，縣官因此破案，牛黑子被處死。《二刻拍案驚奇》卷二十五《徐茶酒乘鬧劫新人，鄭蕊珠鳴冤完舊案》寫徐達覬覦鄭蕊珠，新婚之夜將她拐出，推到井中。趙申、錢巳恰巧走到井邊，救了鄭蕊珠。錢巳為了獨佔鄭蕊珠和錢財，用石頭砸死了趙申。鄭蕊珠後在鄰媽的幫助之下報官，錢巳問成死罪，徐達被判三年徒刑。

　　與意大利的小說集《十日談》進行比較，可以看出明清時期姦情故事對通姦者的嚴厲態度。《十日談》中所收的偷情故事中，偷情者不僅不受懲罰，而且還常常嘲笑、捉弄捉姦者。第三天的第八個故事中，修道院院長和費隆多的妻子偷情，把費隆多關在地窖裏。後來費隆多吃醋的毛病給治好了，他的妻子一有機會就瞞著丈夫去跟院長幽會。第七天第七個故事中，白特麗絲讓情夫暴打丈夫一頓，從此情夫情婦尋歡作樂益發方便。第七天第八個故事中，富商阿里古丘娶了身份高貴的妻子茜絲夢達，但他常年在外奔波，茜絲夢達便和一個叫魯貝托的青年偷情。他們的私情被阿里古丘察覺後，茜絲夢達設計把丈夫痛罵了一頓。第七天第九個故事中，麗迪雅為了討得情夫的歡心，扯掉了丈夫的鬍子，拔掉了丈夫最好的一顆牙齒，從此情夫情婦便隨心所欲，尋歡作樂。第二天第二個故事中，商人林那多・達司蒂在途中被歹徒劫去財物，蜷縮在城門外一屋簷下凍得瑟瑟發抖，屋內的寡婦對他動了惻隱之心，收留了他，又見他長得器宇軒昂，儀容端莊，舉止不俗，於是動了春心，與林那多快活了一夜。《十日談》第六天第七個故事中說普拉托這個地方的法律：「凡是婦人與情人通姦被丈夫捉住的，其罪與有夫之婦為貪圖金錢而

賣身者同，一律活焚，不加區分。」〔註 80〕但一個偷情的婦女狡辯說女人可以滿足多個男人，這條法律就被廢除了。偷情婦女所受的懲罰，最嚴厲的就是處死她們的情人，讓她們承受悲傷的折磨。第四天第一個故事中，唐克萊發現女兒綺思夢達與侍從紀斯卡多偷情後，處死了紀斯卡多，挖出了他的心臟，並把心臟送給了綺思夢達。綺思夢達因此服毒身亡，唐克萊懊悔不已。第四天第五個故事中，莉莎貝達與夥計羅倫佐偷情，被她的三個哥哥發現了，他們就找機會殺死了羅倫佐，莉莎貝達知道真相後哀慟而亡。妻子偷情而被丈夫殺死的，只有第四天第三個故事，在這個故事中，瑪達萊娜因為偷情而被丈夫殺死。

〔註80〕 〔意大利〕薄伽丘著，方平、王科一譯《十日談》第 361 頁，上海：上海譯文出版社，2006。

第十七章 《肉蒲團》：「肉蒲團」上的參悟與果報的悖謬

　　《肉蒲團》可以說是現存藝術成就最高的豔情小說。《肉蒲團》又名《覺後禪》《耶蒲緣》《野叟奇語》《鍾情錄》《循環報》《巧姻緣》《巧奇緣》等，現存清刊本，左封中欄題「肉蒲團」，右署「天道禍淫此說原爲淫者戒」，左署「吾心本善斯書傳與善人看」，方框上題「情隱先生編次」，首序尾署「癸酉（1633）夏正之望西陵如如居士題」，正文卷端題「覺後禪」，署「情死反正道人編次，情死還魂社友批評」，六卷分標「花」「落」「家」「僮」「未」「掃」。清代劉廷璣在《在園雜誌》中說：「李笠翁漁，一代詞客也。著述甚夥，有《傳奇十種》《閒情偶寄》《無聲戲》《肉蒲團》各書，造意紉詞，皆極尖新。」〔註1〕以爲《肉蒲團》作者即清初的李漁，後世多採其說。將作者定爲李漁的根據，除了離李漁時代較近的劉廷璣的記載外，其筆墨、意想、情節模式也與李漁的其他小說比較接近。《肉蒲團》的勸懲色彩以及實現勸懲的手段，也都有李漁特色。有的研究者還發現《肉蒲團》中出現的回道人，在李漁的其他小說中出現過，而李漁曾自號爲「回道人」。《肉蒲團》中對未央生的陽具改造手術的細緻描寫，也可以從李漁對醫學技藝的精通上找到一點痕跡。李漁出身於中醫世家，對醫學典籍、中醫理論甚爲熟悉，其雖未行醫，但對中醫卻有許多大膽創新和設想。在小說《肉蒲團》的第一回，作者用人參附子類比色慾。正是從「救得病活，即是良醫」的原則出發，李漁常常從生活常情入手，特別是從肯定人的情慾出發，構造故事，以醫療因爲過和不及所導致

〔註1〕〔清〕劉廷璣《在園雜誌》卷1第40頁，北京：中華書局，2005。

的病患，而現實的背景往往十分模糊。《肉蒲團》所要醫治的正是過度放縱淫慾的病患，所以他在開頭所宣揚的性交的樂趣與他在小說結尾給過分放縱性慾所安排的果報結局似乎也不矛盾。現實生活中的李漁生活頗為放縱，他不加掩飾地說自己有「登徒子之好」。

　　《肉蒲團》中對世情的反映極少，很難稱為世情小說。但是《肉蒲團》與《浪史》《繡榻野史》又有不同。《肉蒲團》實際上是以性冒險為載體的寓言小說，小說的第八回情死還魂社友評語云：「小說，寓言也。」〔註2〕作者以其特有的詼諧手法，以一種故作嚴肅的態度，將性的放縱作了誇大描寫，藉以說明一個道理，無論是儒家的關於慾望的教誨還是佛教關於色慾的戒律，只有經過切身的體驗後，才能得到深刻的認識，也就是只有在肉慾之上打坐，才可以真正參透真諦。

一、以淫窒淫的小說主旨

　　在佛教中，色與空是對立的兩面，能夠參悟色即是空之理的人，才能求得大道。雖然佛教中所說的「色」指的是塵世的一切，但其中最重要的恐怕還是情色，飲食與情色是世人難以割捨的，而與飲食相比，情色更容易使人沉淪，墮入萬劫不復的深淵，所以出家人修行，第一要戒的是情色，是肉慾。既然經典上說色就是空，可以經由色而悟空，那麼肉慾也可以看做參禪的蒲團，可以叫做肉蒲團。覺世稗官就是這麼想的，他的《肉蒲團》被後人視為黃色小說，而他卻認為自己的作品是一部陰騭文，因為可以教人向善。他在《肉蒲團》的開篇，闡述了自己的理論，說明了寫作色情故事的真實用意：

　　　　但凡移風易俗之法，要像大禹治水一般，因其勢而利導之，則其言易入。近日的人情，怕讀聖經賢傳，喜看稗官野史。就是稗官野史裏面，又厭聞忠孝節義之事，喜看淫邪誕妄之書。風俗至今日，可謂靡蕩極矣。有心世道者，豈可不思挽回？若還著一部道學之書勸人為善，莫說要使世上的人將銀錢買了去看，就如好善之家施捨經藏的一般，刊刻成書，裝訂成套，賠了貼子送他，他不是拆了塞甕，就是扯了吃煙，那裡肯施捨眼睛去看一看？不如就把色慾之事去歆動他，等他看到津津有味之時，忽然下幾句針砭之語，使他瞿

〔註2〕〔清〕情隱先生《肉蒲團》第8回，《思無邪匯寶》第15冊《肉蒲團》第277頁。

　　然歎息道:「女色之可好如此,豈可不留行樂之身?常遠受用,而爲
牡丹花下之鬼,務虛名而丟實際乎?」又等他看到明彰報應之處,
輕輕下一二點化之言,使他幡然大悟道:「姦淫之必報如此,豈可不
留妻妾之身自家受用?而爲隋珠彈雀之事,借虛錢而還實債乎?」
思念及此,自然不走邪路。不走邪路,自然夫愛其妻,妻敬其夫,《周
南》《召南》之化,不外是矣。〔註3〕

　　他甚至將自己以淫窒淫之法與戰國齊宣王時孟子游說齊宣王相比。齊宣
王見到孟子,首先聲明自己大是聲色貨利中人,先是說:「寡人有疾,寡人好
貨。」接著又說:「寡人有疾,寡人好色。」〔註4〕他的意思是讓孟子不要勸
他了,他的好貨好色之心是無法改變的了。但孟子不僅沒有指責他,也沒有
勸他改變,反而誇獎他好貨好色很好,如果能讓天下百姓和自己一起好貨好
色就更好了,那樣天下百姓不僅不會咒罵他是桀紂,反而會歌頌他是堯舜。
覺世稗官聲稱,他的這部小說雖然不能把人人都變爲堯舜,但可以將人人都
變爲活佛,關鍵是讀者要將它當作經史來讀,不要當小說來看。

　　小說中的主人公是未央生。所謂「未央」,指的是長夜不盡,顧名思義,
他希望沒有白天,只有黑夜,因爲夜晚是享受性快樂的好時光。人生短暫,
紅顏易老,不及時行樂,白髮生出時,就會後悔莫及,而人生最大的快樂就
是房中之樂。覺世稗官用一首詞表達了自己的觀點:

　　　黑髮難留,朱顏易變,人生不比青松。名消利息,一派落花
　　風。悔殺少年不樂,風流院放逐衰翁。王孫輩,聽歌金縷,及早戀
　　芳叢。世間眞樂地,算來算去,還數房中。不比榮華境,歡始愁終。
　　得趣朝朝暮暮,酣眠處,怕響晨鐘。睜眼看,乾坤覆載一幅大春宮。
　〔註5〕

　　性不僅給人帶來快樂,而且可以治病,使人長壽。覺世稗官認爲縱慾傷
身的說法是不對的,女色就好比人參附子,是大補之物,只宜長服,不宜多
服。只可當藥,不可當飯。女色也是如此,如果當藥來用,可以寬中解鬱,
當飯吃就要傷筋耗血了。覺世稗官由以藥比女色引申開去,人參附子是野生

〔註3〕〔清〕情隱先生《肉蒲團》第1回,《思無邪匯寶》第15冊《肉蒲團》第139
　　～140頁。
〔註4〕〔戰國〕孟子《孟子》第13頁,上海:上海古籍出版社,1987。
〔註5〕〔清〕情隱先生《肉蒲團》第1回,《思無邪匯寶》第15冊《肉蒲團》第135
　　頁。

的好，家中栽種的沒有營養，但女色則相反，自己的妻子可以與她自由地享受合歡之樂，不用花費金錢，不用擔驚受怕，既可養護元氣，又可生子傳宗接代。

孤峰長老一見未央生，就勸未央生出家修行，因爲未央生有慧根，充滿了靈明之氣，即使是那些參禪的學士都比不上他。未央生表示，他也有修道之心，但必須是在完成兩個志願之後。他說出了第一個志願，那就是做天下第一才子，要讀盡天下異書，交盡天下奇士，遊盡天下名山，如果獲得功名就爲朝廷做一番事業，否則就著書立言傳於後世，也不失爲千古之人。孤峰長老馬上猜出了未央生的第二個志願「娶天下第一位佳人」。未央生自負地說，他不僅才華出眾，相貌也不差，應該不遜色於潘安、衛介，所以他絕對是一個才子，既然是才子，就一定要娶一個佳人，這也是他年過二十尚未定親的原因。

當孤峰長老指出，所謂第一，很難確定，娶了一位佳人，覺得是第一了，過一段時間可能會遇見更美的，難道拋棄第一個轉而追求這一個？還有一種可能，那就是第一佳人已經出嫁了，難道要不惜一切去搶去誘嗎？果眞如此，那是要墮入地獄了，就要受到報應。陰報不說，陽報就在眼前。俗語說：「我不淫人妻，人不淫我婦。」淫人妻女，妻女也就會被爲人所淫，這就是陽報。

但未央生不相信天堂地獄之說，不相信因果報應。上天不可能挨家逐戶去訪緝姦淫，要是那樣，上天就有窺淫癖的嫌疑了。再說有的人沒有妻女，他如果姦淫了別人的妻女，他拿什麼去還債？還有一說，一個人的妻女有限，天下的女色無窮盡。如果一個人只有一兩個妻妾，卻姦淫了很多女人，即使以妻女還債，也是本少利多，上天的懲罰是否不公？

孤峰長老反駁未央生說，不要說天堂地獄、因果報應明明不爽，即使沒有天堂，也應該做善事，即使沒有地獄，也不可做惡事。實際上，世間姦淫者沒有不受到報應的，只不過有的報應在暗處，有的人受到報應，自己承受，怕丟面子，不向外人透露。不要說眞的有姦淫之事，即使有了姦淫之念，也會受到報應。比如自己的妻子生得醜陋，夜間與妻子交合時就想著別的美麗女子，把妻子權當了那個美女，這個時候妻子心上也會想著哪個瀟灑的男子，把丈夫權當了俊男。這個也是報應。

未央生堅持自己的觀點，孤峰長老見無法說動他，只好作罷，讓他自己從肉蒲團上參悟去。臨別之時，孤峰長老送給未央生一首偈子：

　　　　請拋皮布袋，去坐肉蒲團。須及生時悔，休嗟已蓋棺。〔註6〕

　　未央生接了偈子，本想扯碎，又想著要作為憑據，來證明孤峰長老因果之說是錯的，於是將偈語折好藏在衣帶中。

　　未央生開始著手實現他的第二個也是最重要的願望。回到家中，他委託媒婆到處尋找美人，最後選中的是鐵扉道人的女兒玉香，不僅因為玉香容貌出眾，又有文才，還因為她的父親是個高士，很古板，對女兒管教得很嚴，所以如果娶了她，有鐵扉道人監管著，不用擔心紅杏出牆，自己可以放心地外出獵豔。

　　但閨門嚴謹也有嚴謹的壞處，那就是玉香不懂得風情。玉香平時所讀的書不是《烈女傳》就是《女孝經》，所以做事循規蹈矩，不懂得風情，所以未央生給它取個外號叫「女道學」。未央生白天要交歡，她死活不答應，晚上交歡也是應付，不肯改變性交的姿勢。未央生開始想辦法引導玉香，他先是買一副春宮冊子，送給玉香看。玉香一開始不願意看，後來被未央生說動了心，開始和未央生一起看畫:

　　　　第一幅乃縱蝶尋芳之勢。跋云:女子坐太湖石上，兩足分開。
　　　　男子以玉麈投入陰中，左掏右摸，以探花心。此時男子婦人俱在入
　　　　手之初，未逢佳境，故眉眼開張，與尋常面目不甚相遠也。
　　　　第二幅乃教蜂釀蜜之勢。跋云:女子仰臥錦褥之上，兩手著實，
　　　　兩股懸空，以迎玉麈，使男子識花心所在，不致妄投。此時女子的
　　　　神情近於饑渴，男子的面目似乎張惶，使觀者代為著急，乃畫工作
　　　　惡處也。
　　　　第三幅乃迷鳥歸林之勢。跋云:女子欹眠繡床之上，雙足朝天，
　　　　以兩手扳住男人兩股，往下直椿。似乎佳境已入，惟恐復迷，兩下
　　　　正在用功之時，精神勃勃。眞有筆飛墨舞之妙也。
　　　　第四幅乃餓馬奔槽之勢。跋云:女子正眠榻上，兩手纏抱男子，
　　　　有如束縛之形。男子以肩承其雙足，玉麈盡入陰中，不得纖毫餘地。
　　　　此時男子婦人俱在將丟未丟之時，眼半閉而尚睜，舌將吞而復吐，
　　　　兩種面目，一樣神情。眞畫工之筆也。

〔註6〕〔清〕情隱先生《肉蒲團》第2回，《思無邪匯寶》第15冊《肉蒲團》第163頁。

第五幅乃雙龍鬥倦之勢。跋云：婦人之頭欹於枕側，兩手貼伏，
其軟如綿。男子之頭又欹於婦人頸側，渾身貼伏，亦軟如綿，乃已
丟之後。香魂欲去，好夢將來，動極近靜之狀。但婦人雙足未下，
尚在男子肩臂之間，尤有一線生動之意。不然竟像一對已斃之人，
使觀者悟其妙境，有同棺共穴之思也。〔註7〕

看到第五幅時，玉香已經春情萌動，接著未央生與玉香開始實戰。一場
交歡之後，玉香心滿意足，將春宮畫稱為寶貝。未央生的教導有了效果。未
央生又到書鋪中買了許多黃色小說，像《繡榻野史》《如意君傳》《癡婆子傳》
等，共有一二十種，玉香把《烈女傳》等放到了一邊，開始迷上了黃色小說，
變得風流有情趣了。

未央生的志向其實不僅僅是娶第一佳人，他還要尋找第二、第三佳人，
他要淫遍天下美女。未央生假託遊學，離開了家，踏上了獵豔之旅。

二、「盜亦有道」的性道德

在一個荒郊旅店中，未央生遇見了盜賊賽崑崙，所謂「賽崑崙」，意思是
超過崑崙奴，而崑崙奴是唐代的俠客。之所以稱「賽崑崙」，不僅因為他能像
崑崙奴那樣能飛簷走壁，還因為他講義氣，像古代的盜跖一樣「盜亦有道」，
嚴格遵守「五不偷」的原則。

賽崑崙向未央生解釋什麼叫「五不偷」。一是遇凶不偷。有凶事的人家正
在急難之中，如果偷竊了，有損陰德。二是遇吉不偷。有喜事的人家，正在
吉慶頭上，若去偷他，就會使他失去好彩頭。三是相熟不偷。相熟的人，不
會起疑心，如果偷了他，自己心裏會感到慚愧。四是偷過不偷。財主家裏金
銀很多，偶而去偷竊一次，只當打抽豐，如果一偷再偷，就會給他增加負擔，
自己也成了貪得無厭之人。五是不提防不偷。那些夜夜防賊的人家，偷他一
次算是給他一個教訓，叫他知道真正的盜賊是不容易防的，也算是給他長點
見識。胸懷開闊，視錢財為身外之物的人家，根本不存防備盜賊之心，去偷
他就是個欺軟怕硬的人了。

未央生聽了，覺得他真的是盜賊中的豪傑。但未央生最感興趣的還是獵
豔，如果遇見了佳人，可以請他像崑崙奴一樣到高門大宅之中去盜取佳人，

〔註7〕〔清〕情隱先生《肉蒲團》第3回，《思無邪匯寶》第15冊《肉蒲團》第180
～181頁。

所以當賽崑崙要與他結拜時，他雖然內心不十分情願，最後還是答應了。結拜之後，兩人同床而睡，未央生向賽崑崙提起了自己的尋找佳人的心願。賽崑崙於是向未央生講述了他自己的經驗，因為他在偷竊時，經常出入大戶人家的深宅大院，不僅能看到深藏不露的美女，而且還能看到她們洗了脂粉脫了衣服之後的裸體，不但看清了面貌肌膚，甚至能看到陰部的陰毛。有的時候，他還看到她們與男人交合時的情景。但他嚴格遵守俠盜的原則，不偷女人，年輕時候，看見美人裸體，也有動情的時候，於是就自己手淫，後來見多了，再也沒有感覺了。

　　賽崑崙根據自己的觀察，總結出了兩個規律。一個是婦人絕大多數喜歡性交，不喜歡的一百個裏只有一兩個。而喜歡性交的婦人又有兩種，一種是心上喜而口裏也說要，另一種是心上喜而故意裝作不要，而第二種婦人最難打發。第二個規律是婦人交合的時候，會「浪」的多，不會「浪」的少。而「浪」又有三種情況。一種是先假「浪」，引丈夫動興，口裏叫出來的字字清楚。到了快活時節，心裏舒服，口中叫出聲，叫出來字字模糊，上氣不接下氣。到快活盡處，精神倦了，手腳軟了，發出的聲音在喉嚨裏面，幾乎聽不出了。未央生聽得情興勃發。

　　過了幾天，兩人更加熟悉了，交情更親密了，未央生才提出自己的請求，希望賽崑崙從他見過的女子中選一個最漂亮的，想辦法讓他見見，如果他看中了，就請賽崑崙像崑崙奴那樣，幫助他把美人搞到手。但賽崑崙拒絕了，因為他有偷過不偷之戒，偷過了財物尚且不忍再偷，何況偷婦人而損其名節呢？但他答應以後替未央生留心，見到有標緻婦人的人家，就不偷財物，而幫助未央生做成好事。未央生欣喜不已。

三、性具改造與生殖器崇拜

　　未央生住到了一個廟中，因為這個廟供的是送子張仙，到這裡燒香的女人很多。未央生專門做了一個冊子，紀錄他看到的美女的有關情況，未央生這才知道和他妻子玉香一樣漂亮的女子太多，所以玉香根本算不上第一，而他在廟中也沒有發現真正算得上第一的美女，直到有一天三個絕色美女到廟中求子，未央生才驚喜莫名。他假裝拜神求子，靠近幾個女子仔細觀看，從此以後對三個女子念念不忘，弄得神魂顛倒，但不知道她們的住址，也只好作罷。

　　正在這時，未央生在大街上遇見了賽崑崙，賽崑崙告訴他，他已經找到了三個美女，兩個大戶人家的，一個貧窮人家的。他替未央生分析了一下，勸他從貧窮人家的女子下手，一是因為容易設法，可以財動其心，二是因為她的丈夫剛好外出做生意，當然也因為這個女子很漂亮。賽崑崙描述了這個女子的容貌，隔著簾子看，「只覺得面龐之上紅光灼灼，白焰騰騰，竟像珍珠寶貝，有一段光芒從裏面射出來一般」，〔註8〕當她取絲時，看見她的十個指頭就如藕芽一般，一雙小腳還沒有三寸。她取架子上的一捆絲時，兩雙大袖子褪到肩上面，露出一雙手臂，連胸前的兩乳也隱隱約約可見，都是雪一般白，鏡子一般光亮。

　　未央生急著要動手，賽崑崙提出一個問題，那就是他有多大的「本錢」，所謂本錢，也就是指他的性具。未央生很自負，他告訴賽崑崙，他可以做一更時間，賽崑崙認為很一般，未央生說可以使用春方延長時間，賽崑崙告訴他，春方不能使本錢變得粗大，而粗大草最重要。賽崑崙堅持要看一看他的性具的大小，未央生不得已掏出自己的「本錢」：

> 　　賽崑崙走近身去，仔細一觀，只見：本身瑩白，頭角鮮紅。根邊細草蒙茸，皮裏微絲隱現。掂來不響，只因手重物輕；摸去無痕，應是筋疏節少。量處豈無二寸，稱來足有三錢。外實中虛，誤認作蒙童筆管；頭尖眼細，錯稱為胡女煙筒。十三處子能容，二七孌童最喜。臨事時，身堅似鐵，幾同絕大之蟶乾；竣事後，體曲如弓，頗類極粗之蝦米。〔註9〕

　　賽崑崙看了之後不覺失笑，因為他的「本錢」太小，卻不知分量去偷別人的老婆。別的人且不說，就是那個女人的丈夫權老實的「本錢」就是他的一兩倍大，一兩倍長。未央生又自我解嘲說，婦人與男子相處，也不單為色慾，也有憐才愛貌的，是有才貌不濟才全靠本事，賽崑崙反駁他說，才貌只是偷婦人的引子，就如藥中的薑棗一般，將藥力引入臟腑，引入之後，全要藥去治病，薑棗都用不著了。男子偷婦人也是如此，才貌引入門，入門之後就要用真本事，在被窩裏不可能相面，肚子上用不著做詩，才貌完全沒有用

〔註8〕〔清〕情隱先生《肉蒲團》第6回，《思無邪匯寶》第15冊《肉蒲團》第230頁。

〔註9〕〔清〕情隱先生《肉蒲團》第6回，《思無邪匯寶》第15冊《肉蒲團》第238頁。

場了。賽崑崙勸未央生趕緊回家,保得住自家妻子。未央生一團高興被賽崑崙說得冰冷,但他還是不相信賽崑崙的評價,他與朋友會文的時節,朋友小解,他也隨著小解,留心觀察朋友的本錢,才發現別人的本錢眞的都比自己的大很多。未央生心灰意冷,準備放棄獵豔之舉了,但就在這時他看到了權老實的妻子豔芳。回到寓所,解開褲子,取出性具看了又看,痛哭失聲。

　　但他還是有機會。他在廟的照壁上看到一張報帖,上面寫著:「天際眞人,來受房術,能使微陽,變成巨物。」〔註10〕未央生根據上面的線索找到了那個術士。術士告訴他,房中術有兩種,一種是爲人之學,一種是爲己之學。爲人之學指的是只使婦人滿足,自己不圖歡樂,這樣的房中術最容易。爲己之學指的是自己和婦人一齊快活,男子越快活而越不丟,婦人越丟而越快活,這種房中術最難,必須有修養的工夫,需要幾年時間,未央生等不了那麼久,他要馬上見效,第一要緊事就是改造性具。術士向未央生講述了尺寸短小性具的改造方法,這一段很有意思:

> 改造之法,先用一隻雄狗、一隻雌狗關在空屋裏面,他自然會交媾起來。等他一邊交媾不曾完事之時,就把兩狗分開。那狗腎是極熱之物,一入陰中,長大幾倍,就是泄精之後,還有半日扯不出來,何況不曾完事?趁這時節,先用快刀割斷,然後剖開雌狗之陰,取出雄狗之腎,切爲四條。連忙把本人的陽物用麻藥麻了,使他不知疼痛,然後將上下兩旁割開四條深縫,每一條縫內塞入帶熱狗腎一條,外面把收口靈丹即時敷上。只怕不善用刀,割傷腎管,將來就有不舉之病,若還腎管不傷,再不妨事。養到一月之後,裏面就像水乳交融,不復有人陽狗腎之別。再將養幾時,與婦人幹事,那種熱性,就與狗腎一般。在外面看來,已比未做的時節長大幾倍;放入陰中,又比在外的時節長大幾倍。只當把一根陽物變做幾十根了,你道那陰物裏面快活不快活?〔註11〕

　　但術士又警告未央生,這樣傷筋動骨的改造不僅有危險,還有很多不便之處。第一個不便就是做過之後三個月不可行房,一行房就有傷損,人陽、

〔註10〕〔清〕情隱先生《肉蒲團》第7回,《思無邪匯寶》第15冊《肉蒲團》第251頁。
〔註11〕〔清〕情隱先生《肉蒲團》第7回,《思無邪匯寶》第15冊《肉蒲團》第254～255頁。

狗腎兩下分開，假的生不牢，真的也要爛。第二個不便是做過之後只能與二三十歲的婦人行房，因為性具太大，未滿二十歲的女子無法承受，未出嫁的處女更是「幹一個，死一個」，﹝註12﹞如果不注意，就會有損陰德。更大的一個不便是改造之後，先天的元氣洩漏，再也不能生男育女。未央生表示，自己可以忍住三個月不行房，而他本就喜歡與婦人交合，不喜歡處女。至於不能生育，他也不在意，天下的不肖子太多，孝順的太少，不要也罷。術士見他如此堅決，這才答應給他做手術。

小説中術士將生殖器改造手術理論闡述得頭頭是道，看起來很科學，他甚至提到了排斥反應，手術過後三月內行房，加在性具上的狗腎會脫落，而原來的性具也會壞死。實際上，排斥反應使狗的生殖器無法與人的生殖器融合，這一點古人還不知道其中的科學道理。在《肉蒲團》之前，還沒有任何醫書提到這種生殖器改造手術，《肉蒲團》將生殖器改造手術講得頭頭是道，而《肉蒲團》又曾暢銷一時，一定有人嘗試過按照術士的方法改造過生殖器，而結果也一定是因為排斥反應而生殖器爛掉。

古人很早就能做外科手術了，春秋戰國時候的扁鵲就已經開始了，到漢代的華佗達到了一個高峰。華佗研製麻沸散解決了手術病人的疼痛問題，內服中藥和外敷中藥粉或生草藥渣解決了感染問題。《資治通鑑》記載了一個手術案例，現在看來還是比較先進的：「甲寅，前尚方監裴匪躬、內常侍范雲仙坐私謁皇嗣，腰斬於市。自是公卿以下皆不得見。又有告皇嗣潛有異謀者，太后命來俊臣鞫其左右，左右不勝楚毒，皆欲自誣。太常工人京兆安金藏大呼來俊臣曰：『公既不信金藏之言，請剖心以明皇嗣不反。』即引佩刀自剖其胸，五臟皆出，流血被地。太后聞之，令車載宮中，使醫納五臟，以桑皮線縫之，傅以藥，經宿始蘇。太后親臨視之，歎曰：『吾有子不能自明，使汝至此。』即命來俊臣停推，睿宗由是得免。」﹝註13﹞

對於男性生殖器的手術也有，不過不是使生殖器增大，而是將生殖器割去，也就是閹割。在殷商時就有了閹割男性生殖器的手術了，當時的閹割術可能是將陰莖與睾丸一併割除的，秦漢時期的閹割術已較為完備，已經注意到閹割手術後的防風、保暖、靜養等護理措施。當時施行閹割的場所稱為「蠶

﹝註12﹞ 〔清〕情隱先生《肉蒲團》第 7 回，《思無邪匯寶》第 15 冊《肉蒲團》第 257 頁。
﹝註13﹞ 〔北宋〕司馬光《資治通鑑》卷 25 第 6490 頁，北京：中華書局，1956。

室」。《漢書·張安世傳》顏師古注釋說:「凡養蠶者,欲其溫而早成,故為密室蓄火以置之。而新腐刑亦有中風之患,需入密室乃得以全,因呼為蠶室耳。」〔註14〕古代的閹割方式大致有兩種,一是「盡去其勢」,也就是用利刃男性生殖器完全割除,這樣的手術很簡單,也很危險。第二種情況是用利刃割開陰囊,剝出睪丸,稍微複雜一點。據說還有所謂的「繩繫法」與「揉捏法」。「繩繫法」指在男童幼小時,用麻繩從生殖器的睪丸根部繫死,阻礙了生殖器的正常發育,最後使生殖功能喪失。「揉捏法」指在男童幼小時,成人每天輕揉其睪丸,逐漸加大力量,最後將睪丸捏碎。但古代宮廷宦官都是採用「盡去其勢」之法,這樣才能徹底斷絕其慾望,不會對皇帝的女人想入非非。

　　但割除整個生殖器存在著很大的危險,相當一部分人死於傷口感染,所以在手術前往往要立生死文書。將手術刀在火上烤一下消毒,先割除睪丸,再割陰莖,這看似簡單,實際上需要相當高的技術,淺了會留有餘勢,需要「刷茬」,深了會在痊癒後往裏塌陷。陰莖割除後,要插上一根大麥稈,然後把一個豬膽劈開,呈蝴蝶狀地敷在創口上,或者是用栓狀白蠟針插入尿道,並用冷水浸濕的紙張,將傷口覆蓋包紮。被閹割的人在手術後由人攙扶著在室內遛二至三個小時,然後方可橫臥休息。三天後白蠟針或麥稈拔除,尿液能夠排出,手術即告成功。所以割除生殖器實際上很複雜,雖然可能比不上生殖器延長增大術,而其危險性可能超過了生殖器延長增大術,所以閹人常常把受閹之日當作自己新的誕辰,從此以後開始了另外一種完全不同的人生。

　　未央生不懼危險,甚至甘願絕子絕孫,也要改造生殖器,這種對生殖器的迷戀,讓人想起古代的生殖器崇拜和現代仍存在的生殖器崇拜遺風和遺跡。生殖器崇拜是性崇拜的主要內容,而性崇拜又是自然崇拜、祖先崇拜和圖騰崇拜的混合。人類的生殖繁衍像自然界萬物的生生不息,特別是在農業時代,人類的生殖被與穀物、牛羊的生產繁殖聯繫到了一起,於是用人類的生殖象徵穀物牛羊的多產,或者用人類的繁殖刺激穀物牛羊的生產,古人把女子的肚腹看成是土壤,把男人的精子看成是種子,把性交譬為「雲雨」,春風化雨,點滴入土,種子生根、發芽,於是性交崇拜和女性生殖器崇拜一起產生。

　　在中國上古神話中,女媧煉五色石補天,又用黃土造人,在另一種傳說中,女媧和伏羲實行兄妹婚,繁殖出了全人類,然後又廢除兄妹婚,制定婚

〔註14〕〔東漢〕班固《漢書》第 2651 頁,北京:中華書局,1962。

禮。所有這些傳說，都與生殖與關。實際上，從「媧」的字形來看，女媧或者是上古時代人們所崇拜的女性生殖器的變形。在很多地方，舉行與農業有關的節日時，特別是那些與播種和收穫有關的節日上，性放縱被允許。史書記載說，春秋時鄭國久旱不雨，國君問其故，大臣說這是因爲全國曠男怨女太多了，陰陽不調，所以風雨不順。於是國君就採取了一些措施，諧調婚嫁，男歡女悅，於是天降甘霖，旱象解除。

男性生殖器的崇拜應該比較晚，是在男性掌握了氏族的權力之後，是女性的權威衰弱之後。與男性生殖器崇拜相關聯的是祖先崇拜。古人供奉一種陰莖狀的陶製物、石製物、玉製物或銅製物，分別稱爲「陶祖」、「石祖」、「玉祖」、「銅祖」，所謂的「祖」最早指的是男性生殖器，後來用來指祖先，之所以有這樣的關聯，是因爲女性的生殖器雖然還被認爲是生命之源，但男性生殖器的作用在生命繁殖中更爲關鍵，在人口稀少、生產力低下、生存環境惡劣的上古時代，人類只有以生命的繁衍來戰勝災難和死亡，保證種族的生存和發展。古希臘哲學家阿那克薩多拉認爲，胎兒完全是由父親的種子形成的，母親只爲它的發育提供了一個場所，就像一個植物的種子植入大地後可以生長一樣。這種觀點或許也就是上古時代人們的看法。很早的時候，人們便注意到，如果男子不同女子交配，女子就不會生孩子，於是人們斷定，男子對創造一個新的生命享有完全的榮譽。

在與自然災害的抗爭中，在與野獸的搏鬥中，男性的力量越來越重要，而男性突出挺拔的生殖器象徵著男性的雄健，又與生殖緊密聯繫，於是成爲崇拜的對象。於是男性生殖器被推崇爲「祖」，被稱爲「根」，被叫做「陽」。在現存在的岩畫中，雖然也有女性生殖器崇拜的遺跡，但畫得最多的是男性生殖器，即使在描繪男女性交的岩畫中，男性的生殖器被突出誇大。在爲數不少的表現跳舞、打獵、放牧和戰鬥等等的岩畫中的男性身上都有一個明顯的、碩大的男性生殖器，放牧、打獵、戰鬥等主要是男子所做之事，男性的勇力在這些行動中得到充分的展示，而男性的生殖器正是陽剛有力的象徵。

所以對男性生殖器的崇拜逐漸由生殖繁衍的意義延伸出對陽剛力量的崇拜。按照弗洛伊德的說法，凡是長形的、會膨脹的、具有動力和穿透力的物體，都可能是男性生殖器的象徵，比如自然景觀及人爲景觀中的石柱、樹幹、摩天大樓、煙囪、塔、旗杆等，動植物中的鰻魚、蘿蔔、茄子、香蕉、蛇、兔、犀牛、鳥等，服飾中的帽子、領帶、拐杖、雨傘、口紅等，武器及器械

中的刀、劍、槍矛、弓箭、鞭子、加農炮、來復槍、匕首、太空火箭、犁、
錘子等，日常生活用品中的蠟燭、筆、鑰匙、香煙、雪茄、香檳酒、冰棒、
棍棒、水管、帚柄等。弗洛伊德的想像實在是太豐富了，這種泛性主義受到
了一些人的批評，但他的看法也確實含有一定的眞實。《尙書‧禹貢》記載，
大禹治水的時候，每到一處，就要「隨山刊木」〔註15〕，祭奠高山大川。《神
異經》說，崑崙山上有一根高聳入雲的銅柱，人稱「天柱」，朝它頂禮膜拜。
《華陽國志》說，古蜀國開明王朝時候開始建立宗廟，每個國王死後都要立
一塊三丈長的大石爲墓誌，現在稱作「石筍」。所謂「刊木」、「銅柱」、「石筍」
以及「華表」等，應該都是男性生殖器的崇拜物，其外形與男性生殖器相似，
而其高聳的姿勢也表現出了男性生殖器的陽剛。

四、「爲人之學」中的性征服慾

　　這種由生殖到力量崇拜的變化，伴隨著的是男權統治的確立。男人不僅
要在牧場、獵場和戰場上表現出勇力，超過女人，吸引女人的目光，引起女
人的讚歎，還要在性的戰場上征服女人，戰勝女人，這樣才能使女人最後眞
正臣服，才能成爲眞正的男人。這正是古代房中術大談將性交稱爲戰鬥，大
談特談生殖器的堅挺和持久的原因。

　　在現存最早的房中書《素女經》中，素女告訴黃帝說：「御敵家，當視敵
如瓦石，自視如金玉。若其精動，當疾去其鄉。御女當如朽索御奔馬，如臨
深坑下有刃，恐墮其中，若能愛精，命亦不窮也。」〔註16〕《玉房秘訣》將
與女子交合稱爲「能服眾敵」〔註17〕，《洞玄子》將玉莖之「左擊右擊」稱爲
「猛將之破陣」〔註18〕。所以豔情小說中將男女性交比喻爲戰鬥，並非僅僅
是比喻，確實表現了男人的性征服心理。《一片情》寫奇英與二女交合：「連
戰二將，還未見輸。」〔註19〕《浪史》中寫浪子與素秋的性交，浪子自恃英
勇，卻連連泄了三次，感到羞愧，相約次日晚再比，次日晚浪子先服用了金
鑽不倒丸，被素秋用冷水解去，浪子連連泄了幾次，最後浪子使用了相思鎖，
才取得了勝利。

〔註15〕〔清〕孫星衍《尚書今古文注疏》第136頁，北京：中華書局，1986。
〔註16〕《素女經》，李零《中國方術考》第501頁，北京：東方出版社，2001。
〔註17〕《玉房秘訣》，李零《中國方術考》第514頁，北京：東方出版社，2001。
〔註18〕《洞玄子》，李零《中國方術考》第524頁，北京：東方出版社，2001。
〔註19〕〔清〕無名氏《一片情》第10回，《思無邪匯寶》第14冊《一片情》第203頁。

所以古代房中書對女性是否獲得快感特別關注，並不是真的關心女性，更不是無私的利他主義，女性達到性高潮是男性獲得性勝利的標誌，說明男性征服了女性。在《玉房秘訣》中，黃帝素女：「何以知女之快也？」素女告訴他回答說：「有五徵五欲，又有十動，以觀其變，而知其故。」「五徵」指面赤、乳堅鼻汗、嗌乾咽唾、陰滑、尻傳液，所謂「五欲」：「一曰意欲得之，則屛息屛氣；二曰陰欲得之，則鼻口兩張；三曰精欲煩者，振掉而抱男；四曰心欲滿者，則汗流濕衣裳；五曰其快欲之甚者，身直目眠。」「十動之效」包括「兩手抱人」、「伸其兩肥」、「張其腹」、「尻動」、「舉兩腳拘人」、「交其兩股」、「側搖」、「舉身迫人」、「身布縱」、「陰液滑」等等，女子有了這些動作表現，就說明女子就要達到性高潮了，男子馬上就要獲得勝利了。〔註20〕

在《肉蒲團》中，術士將房中術分爲「爲人之學」和「爲己之學」：

> 若單要奉承婦人，使他快活，自己不圖歡樂，這樣的房術最容易傳。不過吃些塞精之藥，使腎水來得遲緩；再用些春方搽在上面，把陽物弄麻木了，就像塊頑鐵一般，一毫痛癢不知。到後來丟也得，不丟也得。這就是爲人之學了。若還要使自家的身子與婦人一齊快活，他的陰物要知痛癢，我的陽物也要知痛癢。抽一下兩邊都要活，抵一下兩邊都要死。這才叫做交歡，這才叫做取樂。只是快活之極，就未免要丟。婦人惟恐丟得遲，男子惟恐丟得早。要使男子越快活而越不丟；婦人越丟而越快活，這種房術最難，須是修養的工夫做到八九分上，再以藥力助之，方才有這種樂處。尊兄要傳，除非跟在下雲遊幾年，慢慢的參悟出來，方有實際，不是一朝一夕可以傳得去的。〔註21〕

未央生毫不猶豫地選擇了「爲人之學」。術士告訴他，改造性具可能造成絕後：「第三樁不便，做過之後，後天的人力雖然有餘，那先天的元氣，割的時節未免洩漏了些，定然不足，生男育女之事，就保不定了。即使有兒女生出來，也都是夭折者多，長命者少。」〔註22〕未央生表示：「至於子息一事，別人看得極重，學生看得甚輕。天下人的子嗣，克肖者少，不肖者多；孝順者少，忤逆者多。有幾個善繼的武周？有幾個養志的曾子？若還僥倖生得個

〔註20〕《玉房秘訣》，李零《中國方術考》第 503 頁，北京：東方出版社，2001。

〔註21〕〔清〕情隱先生《肉蒲團》第 7 回，《思無邪匯寶》第 15 冊《肉蒲團》第 252～253 頁。

〔註22〕〔清〕情隱先生《肉蒲團》第 7 回，《思無邪匯寶》第 15 冊《肉蒲團》第 257～258 頁。

好的出來，我做了現成人家交與他，他備些現成飲食供養我，只算扯得個直，不叫甚麼奇事。若還生個不肖不孝的來，把家業敗去，把父親氣死，到那時節，還悔恨當初多行了這一次房，多淌了那些膿血，以致如此。這是說有子的不過如此了。況且天下的人，十個之中定有一兩個無子，那是他命該絕嗣，難道也是因改造陽物，泄了元氣，所以絕嗣不成？我今日起了這點念頭，就是個無子之兆了，又自己情願無子，一定要割，沒有一毫轉念。」〔註23〕所以未央生的生殖器情結已經與生殖無關，他甚至為了將生殖器變大而放棄生殖，放棄傳宗接代的責任。更奇怪的是，他將性具變大的目的竟然也不是為了自己獲得性快感，而是「為人」。粗看起來，未央生的這種「無私的利他主義」舉動太不可理解，冒著危險，放棄生育，改造性具，又不是為了自己性交的快感，難道還有別的樂趣嗎？有，那就是性征服之樂。未央生帶著他的半人半狗的碩大性具，開始了他的性征服之旅。

　　未央生的第一個性征服對象就是原來賽崑崙推薦的權老實的妻子豔芳。豔芳在經歷了兩次婚姻之後，總結出作為女人的人生經驗，要找丈夫的話，如慕虛名，就找個文雅的，如圖外貌，選個標緻的，如想獲得性快樂，就選性能力強的人。而在豔芳看來，如果三者兼得最好，否則還是選精神健旺、氣力勇猛、性能力超群的男人，因為所謂的「才貌」是中看不中用的東西。她之所以願意嫁給粗笨而貧窮的權老實，就是看上了他的雄壯，而一經交合，果然是性具碩大，性能力超群，所以她對權老實是死心塌地的忠心。權老實外出做生意去了，豔芳正在寂寞的時候，未央生出現了。但她不相信未央生的性具大過權老實，不相信未央生的性能力超過權老實，所以她先讓鄰家醜婦在晚上冒充她試驗一下未央生的本領。未央生真的將鄰家醜婦當成了美人豔芳，他要顯示自己的本領，要給她一個下馬威，所以他不顧假豔芳的疼痛，不理會她的哀求，使用最粗猛的動作，小說中描寫未央生的性交動作時，連用了幾個「攻」字，讓人想到古代房中書中素女的關於「禦敵」的告誡，而未央生顯然也是將性交當作一場競賽或者戰爭，所以在假豔芳滿足之前，不敢泄精。小說寫到：

　　　　未央生認作真話，再不敢丟。抽到後來，忍耐不住，只得瞞了
　　婦人自己丟了一次，丟過之後又不敢住手，就像醉漢騎驢一般，走

─────────

〔註23〕〔清〕情隱先生《肉蒲團》第 7 回，《思無邪匯寶》第 15 冊《肉蒲團》第 259
　　～260 頁。

一步路，點一點頭，不復有勇往直前之氣。婦人見陽物逡巡不進，就問他道：「心肝，你丟了麼？」未央生怕笑他本事不濟，只得也説：「不曾。」起初未問之先，一下軟似一下，自從問了這一句，竟像小學生要睡，被先生打了一下，那讀書的精神比未睡時節更加一倍，覷了空振作起來，一連抽上幾百，力也不停一停，喘也不息一息。那婦人叫起來道：「心肝，我丟了，我要死了！我經不得再弄了！你摟了我睡一睡，不要動罷。」（第十回）〔註24〕

豔芳這才出現，她要親自考驗未央生的本領，而未央生也更加賣力地表現。一場「翻天倒地」的性交之後，豔芳徹底「愛」上了未央生，因為他三者俱全，而在這之前，她還以為天下男子才貌與實事決不能相兼，所以她才把粗蠢的權老實當作寶貝一樣。既然遇見了未央生這樣有「本領」的才子，她就要學習紅拂妓、卓文君「棄暗投明」。

豔芳給未央生寫信表達了自己私奔的願望，然後開始折磨老實人權老實，想逼他與她離婚。權老實從鄰居和丫鬟那裡知道了事情的原委，但他害怕俠盜賽崑崙，於是聽從鄰居的勸告，將豔芳以一百二十兩銀子賣給了未央生，於是豔芳成了未央生名正言順的妾，可以無所顧忌地享受交合的快樂了。讓未央生沒有想到的是，豔芳竟然懷了孕。未央生當然高興，但不能性交了，又讓他感到寂寞難耐。於是他想到了他的冊子，想到了他原來在廟中見到的三個美人。

未央生使用才子佳人小説中才子慣用的穿牆逾穴和揀還詩扇等手段，很快勾搭上了鄰家少婦香雲，又通過香雲，找到了他原來在冊子中列為上等佳人的兩個女子瑞珠、瑞玉。瑞珠、瑞玉最關心的就是未央生的性具大小，香雲先向瑞珠、瑞玉描述了未央生性具的長大和堅硬：

香雲怕口裏形容不出，不若示之以形。見他問多少長，就拈一根牙筯對他道：「有如此筯。」見問他多少大，就拿一個茶鍾對他道：「有如此鍾。」見他問堅硬不堅硬，就指著一碗豆腐對他道：「有如此腐。」瑞珠、瑞玉兩個一齊笑起來道：「這等，是極軟的了。既然如此，要他長大何用？」香雲道：「不然。天下極硬之物莫過於豆腐，更比金銀銅鐵不同。金銀銅鐵雖然堅硬，一見火就軟了。只有這東

〔註24〕〔清〕情隱先生《肉蒲團》第 10 回，《思無邪匯寶》第 15 冊《肉蒲團》第 297 頁。

西放在熱處,他就越烘越硬起來。他那件東西也是如此,是幹得硬
弄不軟的。我所以把豆腐比他。」〔註25〕

接著又形容其先小後大、先冷後熱的奇妙,瑞珠、瑞玉急著要嘗試,於
是找來了未央生。在與未央生交合後,瑞珠將未央生的性俱稱爲「至寶」,表
示願意爲之而死。未央生假託回故鄉探親,住進了瑞珠、瑞玉的家中,一男
三女盡情淫亂:

一個人睡一夜,周而復始,再不紊亂。輪了幾次,未央生又於
舊例之外,增個新例出來,叫做「三分一統」並行不悖之法,分睡
了三夜,定要合睡一夜;合睡了一夜,又依舊輪睡三夜。使他姊妹
三人,有共體聯形之樂。自添新例之後,就另設一張寬榻,做一個
五尺的長枕,縫一條六幅的大被。每到合睡之夜,就教他姊妹三人
並頭而臥,自己的身子再不著席,只在三個身上滾來滾去,滾到那
一個身上,興高起來,就在那一個的裏面幹起,漸漸幹到鄰舍家來。
喜得三個婦人的色量都還不高,多者不過一二百抽,少者還不上百
來抽,就要丟了。中間的丟過一次,就好輪著左邊的;左邊的丟過
一次,就好輪著右邊的。只消把一二更天完了正事,其餘的工夫就
好摩弄溫柔,咀嘗香味了。〔註26〕

不久孀婦花晨加入,使淫亂達到了極至。未央生和四個女人一起飲酒作
樂,四個女人抽取春意酒牌,未央生根據春意酒牌圖畫中的性交姿勢與她們
交合,先是所謂的「蜻蜓點水」,接著是「順水推船」,然後是「奴要嫁」故
事,四個女人獲得了性交的極樂,而未央生得到了前所未有的性征服快感。
但就在這個時候,權老實已經開始實行他的報復計劃。

五、神速、嚴厲的果報中的悖謬

權老實在得知誘姦他妻子豔芳的罪魁禍首原來是未央生之後,決定對他
進行報復,而報復的方式是姦淫他的妻子:「他淫我妻,我淫他妻,這才叫做
『冤報冤,仇報仇』,就是殺死他,也沒有這樁事痛快。」〔註27〕

〔註25〕〔清〕情隱先生《肉蒲團》第 15 回,《思無邪匯寶》第 15 冊《肉蒲團》第 396
頁。

〔註26〕〔清〕情隱先生《肉蒲團》第 16 回,《思無邪匯寶》第 15 冊《肉蒲團》第 411
～412 頁。

〔註27〕〔清〕情隱先生《肉蒲團》第 13 回,《思無邪匯寶》第 15 冊《肉蒲團》第 357
頁。

　　權老實改名來遂心，想方設法成爲鐵扉道人的佃戶，一步步接近未央生的妻子玉香。實際上這個時候玉香已經不需要權老實費力引誘，經過未央生性啓蒙的玉香，在未央生離開之後，寂寞無聊，每天翻閱未央生爲她買的《癡婆子傳》《繡榻野史》《如意君傳》等淫穢之書，慾火中燒。她開始想像書上所描寫的男子的雄壯的性具，希望與具有雄壯性具的男子性交：「天下甚大，男子甚多，裏面奇奇怪怪，何所不有，焉知書上的話不是實事？倘若做婦人的嫁得這樣一個男子，那房幃之樂，自然不可以言語形容，就是天上的神仙也不願去做了。」〔註28〕既然未央生讓她獨守空房而飽受煎熬，而他在外風流快活，她也就沒有必要爲他守貞節。只可惜閨門嚴緊，她甚至希望父親早死，這樣她才能見到男子。正在這時，權老實出現了，雖然權老實粗醜，但她想要的是性的滿足，小說描寫玉香的心理說：

> 及至看見權老實，就像餓鷹見雞，饞貓遇鼠，不論精粗美惡，只要吞得進口，就是食了。起先做工的時節，雖有此心，一來見他老實太過，相見之際，頭也不抬，不好突然俯就他；二來日間進來，夜間出去，就要俯就他，不但無其時，亦無其地。後來聽見他要賣身，心中就跳了幾跳，要想進門的頭一夜就不肯放過他。不想專等遂心的反不遂心，不想如意的反如了意，見他兩個拜堂之後，雙雙進房，心上就吃起醋來。伺候父親睡了，獨自一個潛出閨房，走去聽他幹事。〔註29〕

性能力遠遠超過未央生的權老實讓她垂涎，她開始主動引誘權老實，故意讓他偷看自己的裸體甚至陰部。當權老實推門闖入時，她欣喜萬分地答應的他的求歡的請求，享受到了未央生從沒給過的性快樂後，死心塌地喜歡上了權老實。但權老實並不愛她，他一心想著的是報仇。玉香懷孕後，與權老實私奔，半路上流產了，權老實將她賣進了妓院。在妓院中，在老鴇顧仙娘的逼迫下，玉香學會了妓女的三種絕技，名動京師，吸引了無數的高級嫖客，其中就有被未央生姦淫過的瑞珠、瑞玉的丈夫，一個叫臥雲生，一個叫倚雲生。他們乾脆將玉香包在家中，香雲的丈夫軒軒子也參與進來。臥雲生、倚雲生回家探親，將京城名妓的本領告訴了他們的妻子瑞珠、瑞玉，瑞珠、瑞

〔註28〕〔清〕情隱先生《肉蒲團》第14回，《思無邪匯寶》第15冊《肉蒲團》第373頁。
〔註29〕〔清〕情隱先生《肉蒲團》第14回，《思無邪匯寶》第15冊《肉蒲團》第374頁。

玉告訴了未央生，未央生霎時心動，決定去京城去會會那個名妓。他將豔芳母女託付給賽崑崙照看，要回鄉探親。到了家中，鐵扉道人騙他說玉香已死，未央生很傷心，但他心裏想著的是京城名妓。他趕到京城，到了那家妓院，玉香窺見未央生，害怕被未央生捉住懲罰，在房中自縊身亡。老鴇認定是未央生將她逼死，未央生受到一頓毒打。他被鎖在屍體旁邊，這才看清那個京師名妓原來就是他的妻子玉香。

　　未央生被放回寓所後，棒瘡發作，叫喊不停，又想到自己所受的報應，更加痛苦：「我起先只說，別人的妻子該當是我睡的，我的妻子斷斷沒得與別人睡的，所以終日貪淫女色，要討盡天下的便宜。那裡曉得報應之理，如此神速。我在那邊睡人的妻子，人也在這邊睡我的妻子；我睡別人的妻子還是私偷，別人睡我的妻子竟是明做；我占別人妻子還是做妾，別人占我的妻子竟是為娼。這等看起來，姦淫之事，竟是做不得的。」〔註30〕他想起了當年孤峰長老的話，自己的妻子做了娼妓，被無數男人淫辱，不僅還了所欠別人的債，還支付了那麼重的利息，原來報應是如此神速，如此嚴屬。他頓時醒悟，決定去尋找天孤峰長老，求他指出迷津，引歸覺路。正在這時，賽崑崙寄來一封信，原來豔芳丟下兩個女兒，與人私奔了。未央生回了一封信，請賽崑崙幫助照顧兩個女兒，他決定出家修行。

　　未央生找到了孤峰長老居住修行的地方，在寺廟大門外的松樹上掛著一個皮布袋，樹上的一塊木板上有兩行小字：「未央生一日不至，皮布袋一日不收；皮布袋一日不爛，老和尚之心一日不死。但願早收皮布袋，免教常坐肉蒲團。」〔註31〕未央生想起了三年前孤峰長老送給他的那個偈子，痛哭失聲。他見到了孤峰長老，請求孤峰長老收他為弟子，他要懺悔前因，歸依正果。孤峰長老擔心他意志不堅定，將來再有入塵之事。未央生表示，他悔恨之極，才猛省回頭，從地獄裏逃出，不可能再墮入。孤峰長老這才答應收他為弟子，給他落了髮，未央生自取法名叫做「頑石」。

　　但孤峰長老的擔憂不是沒有道理，頑石的塵根未淨，塵念自然不絕。有一天夜裏，他夢見了花晨、香雲到廟中拜佛，還有玉香、豔芳，頑石見了玉

〔註30〕〔清〕情隱先生《肉蒲團》第 19 回，《思無邪匯寶》第 15 冊《肉蒲團》第 479
　　　　～480 頁。
〔註31〕〔清〕情隱先生《肉蒲團》第 20 回，《思無邪匯寶》第 15 冊《肉蒲團》第 485
　　　　～486 頁。

香、豔芳，怒火中燒，叫花晨和香雲幫助他捉住玉香、豔芳，轉眼之間又不見了玉香、豔芳，只剩下單單剩下花晨、香雲等四個女子，到了禪房中，脫了衣服，正要開始性交，被犬吠聲驚醒，方才知道是夢。頑石再也無法入睡，他左思右想，痛定思痛，決定將一半人一半狗的性具割去，徹底斷絕塵世之想。他取一把切菜的薄刀，一手扭住性具，一手拿起薄刀，狠命割下。從此以後，他慾心全絕，專心修行。半年以後，孤峰長老登壇說法，讓眾僧各自懺悔自己的罪行，坐在頑石旁邊的一個相貌粗笨的僧人陳述自己的惡行，他曾賣身為僕，姦了主人之女，連她的使女一起拐出來，賣給妓院為妓，他之所以這樣做，是因為那個女人的丈夫姦淫了他的妻子，還逼他將妻子賣給他。頑石一詢問，原來那僧人就是權老實，他在將玉香賣進妓院後，良心發現，遁入空門，自我懺悔，以消除自己的罪孽。頑石和權老實相認，相互道歉。

孤峰長老告訴頑石，不僅妻子要替他還孽債，若生下女兒，女兒還要接著還債。頑石要回去殺死自己與豔芳生的兩個女兒，以免她們將來墮落。孤峰長老勸住了他，讓他一心向善，或者上天會替他收回他的兩個女兒。未央生從此潛心修行，半年之後，賽崑崙找到了廟中，他告訴頑石，他的兩個女兒無疾而死，臨死的那天晚上，兩個乳母夢見有人叫喚，說他家的帳目都已算清，叫她們跟著回去。頑石這才相信孤峰長老的話。賽崑崙又告訴頑石，他已經將私奔的豔芳殺死，替他消了心頭之恨。孤峰長老向賽崑崙講了因果報應的道理，他警告賽崑崙，他殺了豔芳和她的姦夫，會受到陰報，而他長期偷竊，將來早晚會受到陽報。頑石也將自他自己三年前的遭遇和修行之後的感悟，告訴了賽崑崙，賽崑崙決定也拜孤峰為師，出家修行。二十年後，賽崑崙與孤峰、頑石都成了正果，一同坐化。

在小說的第二回，孤峰長老大談因果報應，未央生不相信，在親身經歷了淫報的痛苦後，終於在肉蒲團上參透了因果，由色悟空，成就了佛法。淫人妻女，自己的妻女要替他還債，小說的情節安排和小說中孤峰長老的理論似乎很有道理，但實際上存在著很大的漏洞。權老實在將玉香賣入妓院後突然良心發現：「我聞得佛經上說：要知前世因，今生受者是，要知後世因，今生作者是。我自家閨門不謹，使妻子做了醜事，焉知不是我前生前世淫了人家的妻子，故此罰我，到今生今世，把自家的妻子還人，也不可知。我只該逆來順受，消了前生的孽障才是，為甚麼又去淫人家妻子，造起來生的孽障

來？」〔註32〕按照他的理解，因果報應的無限循環，使世上的淫亂無可避免，
除非這個因果鏈條中有一個大智慧的人大徹大悟，斬斷鏈條。孤峰長老說：「姦
淫的人只除非不生女兒就罷了，生下女兒來，就是個還債的種子，那裡赦得
他過？」〔註33〕無妻無女的人犯了姦淫之罪應該怎樣承擔果報，孤峰長老到
最後也沒有說明。男人犯下姦淫之罪，女人承擔果報，女人淫亂，誰來承擔
果報？按照小說的情節，女人犯了淫亂之罪，要自己承擔果報。比如玉香，
本來是貞潔的女子，是未央生嫌她不夠風騷，用淫書淫畫引導她，使她最後
變得有幾分淫蕩，所以她才會難耐寂寞，主動引誘權老實，而她為自己的淫
蕩付出了慘重的代價。再比如豔芳，賽崑崙幫助未央生使用伎倆從權老實手
中將她奪走，而豔芳背叛了他與人私奔時，他卻無法忍受，賽崑崙將她和姦
夫殺死後，竟然當作一件喜事告訴未央生。饒有意味的是，未央生在與別人
的妻子淫亂之後，又擔心自己的妻子在家也像香雲等女子那樣做出不軌之
事，他去京城嫖妓之前，先回家鄉看自己的妻子，小說寫道：「不一日，到
了故鄉，走到鐵扉道人門首，敲了半日，再敲不開，心上暗喜道：『原來家
中的門禁還是這等森嚴，料想沒有閒人進去，我就再遲幾月回來也不妨的
了。』」〔註34〕希望別的女人淫蕩，這樣自己才可以有機會獵豔；希望自己的
妻子對自己絕對忠誠，這樣自己才能放心地在外獵豔。希望自己的妻子對自
己風騷，而對別的男人冷若冰霜，又希望淫蕩的女子在背叛丈夫投入他的懷
抱後，突然變得貞節無比。如此等等，都體現了未央生的自私，體現了男人
以自我為中心的心態。女人不被視為自主的獨立的個人，而是被當成了男人
的所有物，孤峰長老反覆提到「債」，借了別人的錢財，當然是要歸還的，那
麼女人就好比男人的錢財了。

　　這種因果報應的不公，在其他許多豔情小說中都有所表現。在這些小說
中，風流放蕩的男人不僅沒有得到懲罰，反而常常財、色、功名兼得，如《鬧
花叢》中的男主人公的極度放縱並不影響他狀元及第，於功名至頂峰之際急
流勇退，又與妻妾一起修成地仙；《巫夢緣》中的男主人公幾乎淫遍了他所見

〔註32〕〔清〕情隱先生《肉蒲團》第 18 回，《思無邪匯寶》第 15 冊《肉蒲團》第 456
　　　　～457 頁。
〔註33〕〔清〕情隱先生《肉蒲團》第 20 回，《思無邪匯寶》第 15 冊《肉蒲團》第 494
　　　　頁。
〔註34〕〔清〕情隱先生《肉蒲團》第 19 回，《思無邪匯寶》第 15 冊《肉蒲團》第 470
　　　　頁。

到的所有漂亮的女人，卻沒有損陰德，反而科舉連捷，得中進士，娶四房妻妾，生五男三女，成為所謂的陸地神仙，其風流罪過被一筆勾銷。《春燈迷史》中主人公金華對若干名女子的姦淫被稱為「本分事體，不傷名節」，因為據說金華與幾個女子「前生有緣，今生他三人有夫婦之分」，〔註35〕因而也就沒有因果報應，金華生三子，進府庠，功名富貴不可限量。《桃花影》中半癡和尚評男主人公魏玉卿與少女、少婦、寡婦、龍陽等的淫亂行為說：「今世姻緣，皆由前生注定。」只因為魏玉卿「前世造福，所以累世良偶」，〔註36〕魏玉卿不僅科舉高中，歷任顯要，又獲贈財產，享盡世人所夢想的富貴榮華，又享受了世人羨慕而不可得的長生。

女性卻沒有這麼幸運。《醉春風》中的女主人公顧大姐本來純潔無比，而他的丈夫張三監生好色成性，誘姦徐家小娘子，姦淫遍家中僕婦，又長期狎妓，在婚後將顧大姐冷落。顧大姐難耐寂寞，先是與張三監生寵愛的龍陽小子發生性關係，又為張家的管家所誘姦，從此以後變得淫慾無度。顧大姐的墮落，張三監生負有不可推卸的責任，當顧大姐對張三監生狎妓、玩龍陽表示不滿時，張三監生毫不掩飾地說「色是別人的好。」，並且嘲笑顧大姐不會「騷」，即使是想「偷漢子」，也沒有男人願意。張三監生以不守婦道為由休了顧大姐，顧大姐憤憤不平，因為張三監生在外偷婆娘、狹娼妓，丟下她獨守空房，不能單怪她「偷漢子」。張三監生後來也承認，他丟下顧大姐空房獨守，自己也有責任。小說作者也承認，顧大姐品性的改變，歸因於張三監生姦淫的報應。但顧大姐既要為丈夫的姦淫承擔果報，又要因自己的淫亂受到懲罰。他被丈夫休棄，為兒子所不齒，淪落為最下賤的娼妓，最後悲慘地死去。而張三監生一朝改過，科舉高中，仕途順利，另取妻子，兒子又通過捐納進入仕途，妻賢子孝，幸福美滿，城隍託夢給張三監生說，他改卻前非，所以不減他的官祿，只減少了他十年壽命。再如《繡榻野史》中作為淫亂始作俑者、淫亂的罪魁禍首的男主人公東門生一旦懺悔，罪孽全消，而金氏、麻氏卻受到了嚴厲的果報懲罰，麻氏變為母豬，「常常受生產的苦」，金氏變母騾子，受性饑渴的煎熬，根本沒有懺悔的機會。

〔註35〕〔清〕青陽野人《春燈迷史》第 9 回，《思無邪匯寶》第 23 冊《春燈迷史》
　　　　第 125 頁。
〔註36〕〔清〕檇李煙水散人《桃花影》第 7 回，《思無邪匯寶》第 18 冊《桃花影》
　　　　第 131 頁。

　　實際上，這部小說的名字《肉蒲團》或《覺後禪》就說明了問題，所謂的「肉蒲團」，就是指色慾，指女性的肉體。當出家為僧的權老實和未央生各賠不是，握手言和時，孤峰長老告訴他們:「好冤家，好對頭，一般也有相會的日子。早知今日，何不當初？虧得佛菩薩慈悲，造下這條闊路，使兩個冤家行走一毫不礙;若在別條路上相逢，就開交不得了。你們兩個的罪犯原是懺悔不得的，虧那兩位賢德夫人替丈夫還了欠債，使你們肩上的擔子輕了許多。不然，莫說修行一世，就修行十世，也脫不得輪迴，免不得劫數。我如今替你懺悔一番，求佛菩薩大捨慈悲，倒要看那兩個妻子面上，寬待你們一分。」〔註37〕當未央生要去殺死自己的兩個女兒，免得將來墮落時，孤峰長老又說:「那兩個孩子不是你的女兒，是天公見你作孽不過，特地送與你還債的。古語說得好:『一善好以解百惡。』你只是一心向善，沒有轉移，或者有個迴心轉意的天公替你收了轉去，也不可知。何須用甚麼慧劍？」〔註38〕按照孤峰長老的理論，妻子不是自己的妻子，孩子不是自己的孩子，都是上天送來替犯了姦淫罪的男人還債的，既然如此，男人姦淫女人，與自己不相干的女人墮入地獄為自己還債，男人還有什麼顧忌？原來女性是被男人用來參禪的，男人姦淫了女人，然後真誠地懺悔，不僅罪孽全消，而且還可以像未央生那樣成佛，怎麼能不讓那些好色的男人怦然心動？因色見空，沒有了色也就無所謂空，難道沒有了女人這個肉蒲團，男人就無法參禪頓悟？

〔註37〕〔清〕情隱先生《肉蒲團》第 20 回，《思無邪匯寶》第 15 冊《肉蒲團》第 493
　　　　頁。
〔註38〕〔清〕情隱先生《肉蒲團》第 20 回，《思無邪匯寶》第 15 冊《肉蒲團》第 495
　　　　頁。

第四部分　昨日流鶯今日蟬——
明清通俗小說中歷史的豔情書寫

　　人的慾望如果不加節制，會出現怎樣的情況？最好的例證是君主專制時代的帝王。古代帝王可以變著花樣淫樂，無所不用其極，將慾之惡演繹到了極致。提到帝王，人們總是想到一個詞「荒淫」，會想到紂王的酒池肉林，想到株林故事，想到漢成帝的「溫柔鄉」故事，漢靈帝的「裸遊館」，後趙石虎的「溫香渠」，想到晉武帝司馬炎的羊車，南朝劉駿父子的喪失人倫，隋朝的煬帝楊廣的迷樓和「任意車」，想到金國完顏亮的亂倫雜交，荒淫無恥。值得注意的是後世對這些荒淫故事的講述。很多人渴望青史留名，所謂青史，一般指的是官修史書，能在官修史書中留個名字很難，能否入史關鍵看社會評價。正史都是後一朝代編寫前朝之史，入史館修史的前朝遺老遺少對前朝人物各有看法，秉筆直書的董狐在後世很少，個人恩怨、個人喜好的影響無法避免，更多的情況下，史書編寫者要秉承朝廷意志，甚至不惜歪曲歷史。歪曲歷史本來面目的史書被稱爲「穢史」。歷史演義小說有「七實三虛」的說法，實際上正史能做到「七實三虛」就很不容易了。要造一個神，要掩藏一段歷史，都很容易，而要搞臭一個人，更爲簡單。古代帝王諸侯淫亂故事的豔情化演繹，就很典型。

　　《詩經·陳風》中有一首《株林》，寫的是春秋時一個叫夏姬的女子的淫亂。《株林》中所描寫的一女多男的淫亂，很難簡單地說是道德淪喪。實際上，株林淫亂與上古時代的桑林野合遺風有一定關係。夏姬的故事，後世史傳詩文中多提及，到了明代演繹成長篇故事《株林野史》。《株林野史》中，與夏

姬淫亂的幾個男人，陳靈公被殺，大臣孔、儀二人逃到國外，在楚國出兵殺了夏南，立了新君陳成公後，孔、儀二人從國外回來，但不久就接連死去。小說給這幾個男人安排的結局，表達了因果報應觀念。但《株林野史》給夏姬安排的結局很有意味，小說極寫夏姬的淫蕩，卻又給她安排了成仙的結局，體現了小說作者的矛盾心態。雖然正史中將夏姬寫成禍水，幾個男人的死似乎都與她有關，她還直接或間接引發了兩次戰爭，但夏姬一直是被動的，她天生美豔性感，不是過錯，為了生存，她只能任人玩弄，那些男人的死亡是咎由自取。

漢代的帝王多為雙性戀，既玩女人，又玩男寵，產生了很多風流趣事。在後世流傳最廣的是漢成帝和趙飛燕姐妹的故事。趙飛燕的故事在東漢以後廣為流傳，描寫趙飛燕的小說，最有名的是《趙飛燕外傳》和《昭陽趣史》。正史中對趙飛燕姐妹的身世寫得隱約模糊。小說《趙飛燕外傳》《昭陽趣史》中關於趙飛燕姐妹出身的講述於史無徵。歷史上漢成帝之死與縱慾有關，《趙飛燕外傳》中寫馮萬金家中有彭祖房中書，趙飛燕很小就從房中書中學會了所謂的氣術；在《昭陽趣史》中，趙飛燕姐妹被描寫為性慾旺盛、性能力超群的女人，她們是九尾狐狸精和燕子精轉世，又學過彭祖的房中採補術。《昭陽趣史》中寫趙飛燕與射鳥兒、慶安世私通，與眾少年群交，將性交寫成了一場戰爭遊戲。漢成帝對趙飛燕姐妹又愛又怕，為了她們竟然殺死了自己所愛的女人，甚至殺死自己的親生骨肉，最後落了個斷子絕孫的下場。趙飛燕、趙合德的美麗容貌和裸體讓漢成帝著迷，漢成帝將趙合德的酥胸稱為「溫柔鄉」，表示自己要終老此鄉。漢成帝在趙合德身上耗盡了全部精力，身體很快衰弱下去。《趙飛燕外傳》說漢成帝靠吃道士獻的大丹丸與趙飛燕姐妹行房。有一天晚上，趙合德喝醉了酒，一下子給漢成帝吃了十粒大丹，漢成帝精液像泉水一樣流出，不一會兒就死了。《昭陽趣史》中則說趙合德一次給漢成帝吃了七顆藥。漢成帝的死亡方式和明代《金瓶梅》中西門慶的死亡有驚人的相似之處。

漢成帝死後，趙合德嚇得自縊而亡。趙合德死後，趙飛燕變得勢單力薄。漢哀帝死後，趙飛燕失去了所有靠山，痛哭一場後，自殺身亡。漢成帝性慾過度，服用春藥而死的說法，為小說家言。即使漢成帝真的是西門慶式的死亡，責任也不全在趙飛燕姐妹。至於殺害宮妃和她們生育的皇子，正史中說是漢成帝下的詔令。後世有人認為趙合德殺害嬰兒應該是王莽等人編造來誣

陷趙氏姐妹，目的是排除趙家在朝中的勢力。關於趙飛燕的一切罪責，主要是從漢成帝死後解光的一篇奏詞衍演而來。至於事實真偽，趙氏姐妹在其中起到的作用究竟占多大比重，卻不得而知。漢成帝死後，趙飛燕無子，失去了靠山，解光轉而投靠迎合王氏，揣摩王氏的意思，上疏誣陷趙飛燕姐妹，完全有可能。此後的傳說雜記，都沿著解光的奏疏加以發揮，於是趙飛燕姐妹成了一代淫娃。

　　隋煬帝的例子更為典型。隋煬帝楊廣是一個複雜的歷史人物。他有個人魅力，有出色的文學才華，又充滿政治雄心。整體上看，隋煬帝功大於過。他在統治後期變得剛愎自用，拒納諫言，但他並非如後來史書和故事中所寫的那樣荒淫暴虐。後世對隋煬帝的認識，主要來自唐朝官方所編纂的《隋書》對隋煬帝的書寫。唐繼隋而立，為掩飾其奪取政權的非合法性，在官修史書《隋書》中對隋煬帝揚短避長，把隋煬帝寫成末代昏君。後來的野史雜記、詩文小說中，隋煬帝的暴君形象不斷被充實，到明清時出現了幾部描寫隋煬帝故事的長篇小說，最有名的是《隋煬帝豔史》和《隋唐演義》。《隋煬帝豔史》重點描寫是隋煬帝的情感生活。值得注意的是，小說寫到政治時，對隋煬帝的態度是嚴厲批判，寫到宮廷生活時，卻充滿了欣賞和豔羨之情。《隋煬帝豔史》和《金瓶梅》在思想、結構和描寫等方面都有不少相似之處。《隋煬帝豔史》也用大量篇幅寫隋煬帝與眾女子的交歡，在精力不支的時候，也求助於丹藥。與西門慶不同的是，隋煬帝雖然好色，卻很癡情，他和妃嬪宮女交往時傾注了真情，對她們關愛、體貼，盡顯柔情。

　　相比於《金瓶梅》，《隋煬帝豔史》與《紅樓夢》有更多的相通之處。《隋煬帝豔史》將園林作為人物活動的場景加以細緻描寫，對此後的才子佳人小說和世情小說有很大影響。《紅樓夢》中的賈寶玉與《隋煬帝豔史》中的隋煬帝形象很相似，《紅樓夢》更突出了情。《隋煬帝豔史》和《紅樓夢》都重點描寫了男主公與眾女子的關係，《紅樓夢》中大觀園的性別結構很像宮廷。兩部小說寫女子時都強調了女子的才華，《隋煬帝豔史》中的侯夫人和《紅樓夢》中的林黛玉有相通之處。在這兩部小說中，簿冊都是關鍵情節，都寫了兩個異人點化男主公。清代的小說《隋唐演義》將隋煬帝進一步才子化。受才子佳人小說的影響，《隋唐演義》塑造了一大批才女形象，表達了對女性才華的推崇和讚賞。《隋唐演義》強調了隋煬帝與眾女子之間的情感交流。隋煬帝對眾女子很關心體貼，他以真情對待身邊的女性，贏得了眾女子的愛。

金國的完顏亮和隋煬帝有很多相似之處，他是一代梟雄，是個暴君，又是個才子。完顏亮弒兄奪得皇位，爾後大開殺戒，清除異已，確實狠毒。但他所進行的一系列重大改革又卓有成效，影響深遠。在後人心目中，完顏亮是一個荒淫的暴君，這主要是因為《金史》的記載。《金史》中的《海陵紀》和《后妃傳》大部分篇幅寫完顏亮殺害王族大臣，荒淫亂倫。在歷史上，完顏亮親率大軍攻打南宋，金世宗乘虛起事，自立為帝。完顏亮部下動搖，將他殺害。金世宗登上帝位後，先將完顏亮降為海陵王，諡為煬，後又降為海陵庶人。金世宗還指使他人篡改歷史，通過《海陵實錄》大肆醜化、詆毀完顏亮，或隱善揚惡，或者無中生有，使海陵王成為歷代荒淫無道的暴君之首，而元人編撰《金史》，大量採用了《海陵實錄》中的史料。後來的小說又在《金史》和《海陵實錄》的基礎上大肆渲染。

明代的馮夢龍編寫的話本小說集《古今小說》中有一篇《金海陵縱慾亡身》，據說是宋代人所作，或者是根據《海陵實錄》所敷衍。這篇話本的開頭交代小說寫作宗旨，認為完顏亮的結局是他所得的報應。明代還有一部單行本的豔情小說《海陵佚史》，與《醒世恒言》卷二十三《金海陵縱慾亡身》情節大致相同，更在話本小說的基礎上極力渲染完顏亮和他的女人們的淫亂場面，完顏亮被描寫成了荒淫君主和市井流氓的結合體。《海陵佚史》的故事框架不離《金史》《海陵實錄》，只是加進了許多細節，將完顏亮的後宮淫亂寫成了市井男女的亂交，如寫完顏亮召集侍臣，都露出性具，比誰的性具大，大的列為第一班，賞給一名宮女，並給陽侯牙牌一面，中等的列為第二班，賞給楮鈔百錠，給陽伯牙牌一面，不及二等的為最下一等，凡飲酒作樂，或在宮中值班，都不按官爵，而是按照牙牌列成班次。情節粗俗，語言直露。完顏亮的結局也很悲慘，不僅被亂箭射死，而且被徹底搞臭，留下了千古罵名。《海陵佚史》的序言強調其所寫為史實，目的是為了說明因果報應之理。

男人有了權勢，就會玩弄女人，女人似乎注定是男人的玩物。事實上，女人當了皇帝，有了權勢，照樣會玩弄男人，武則天就是一個例子。武則天是中國歷史上的傳奇人物，她是中國歷史上唯一的真正女皇，但其生平至今仍有許多未解之謎，她與唐太宗李世民父子的關係可謂撲朔迷離，她先為李世民之妃，又成為唐高宗李治的皇后，有亂倫之嫌。受前代胡風影響，唐代社會風氣比較開放，禮教不嚴，統治者更是如此。她被立為皇后之後與高宗之間的微妙關係，各類史書中的記載都語焉不詳。武則天性生活之放縱，正

史中有記載。年過六旬的武則天無所顧忌地享受性愛的歡樂。最讓武則天動心的是僧人薛懷義，薛懷義死後，讓武則天動心的是張易之、張昌宗兄弟。或以爲畜養二張時期的武則天，以七十餘歲高齡，不可能做出淫穢之事，可能主要是出於培植政治力量之目的。

　　唐宋之後，人們對武則天的私人生活，特別是對她的淫亂、她的男寵更感興趣。到了明清時，武則天被進一步妖魔化。明中葉後，武則天成爲眾多豔情小說中的人物形象。最值得注意的是《如意君傳》，這篇小說對武則天的深宮秘事描寫得最爲詳盡。在正史中，武則天的有名男寵只有四人而不見薛敖曹，《如意君傳》則主要寫武則天與薛敖曹的性史，薛敖曹之形象是在史書所記薛懷義的基礎上的虛擬。《如意君傳》將肉具、性交、政治與傳統文人的懷才不遇聯繫到了一起，讓人感到奇異。小說顯然對敖曹持讚賞態度，他不願以肉具獲得富貴，又對李家王朝充滿忠誠，對弱者多所保護。他敖見微知幾，預見到武則天死後的政局，逃出了宮廷，最後修道成仙。《如意君傳》採用史傳體例，以編年方式講述隱秘的宮廷性事，對性交場面的細緻描寫中穿插高雅的詩文，描寫態度也很嚴肅。不能不說《如意君傳》是一部奇異的小說。明清時期其他類型小說中出現的武則天形象大都是殘忍、嗜殺、荒淫的負面形象。在清代的小說中，武則天被寫成狐狸精，受武則天的引誘，李世民父子倆最後因淫慾過度而死。

第十八章　《株林野史》：桑林遺風與「一代妖姬」的命運

　　《詩經‧陳風》中有一首《株林》寫的是春秋時期一個叫夏姬的女子的淫亂，據說夏姬有驪姬、息嬀之美貌，更兼有妲己、褒姒之狐媚。《左傳》《列女傳》《穀梁傳》《詩經》《國語》《史記》《資治通鑒》等書都說夏姬容貌美麗，《列女傳》上說：「其狀美好無匹，內挾伎術，蓋老而復壯者。三爲王后，七爲夫人。公侯爭之，莫不迷惑失意。」〔註1〕到底是怎樣的美好，歷代史書都語焉不詳。有那麼多人爲她著迷，一定是出奇的美麗，所以只好使用側面烘托的方式來形容，這讓我們想到古希臘故事中對海倫的描寫。這個被稱爲「一代妖姬」的女人，引起後世文人的無限遐想。《株林》詩中所描寫的一女多男的淫亂，在後世看來似乎是驚世駭俗，但在當時那個時代，雖然也有人非議唾棄，類似的淫亂甚至亂倫卻又很常見，很難簡單地用道德淪喪來解釋。實際上，株林淫亂與上古時代的桑林野合有一定的關係。夏姬的故事，後世史傳詩文中多提及，但直到明代才演繹成長篇故事即《株林野史》。《株林野史》六卷十六回，題「癡道人編輯」，作者眞實姓名不詳。《勸毀淫書徵信錄》、同治七年江蘇巡撫丁日昌禁燬小說書目皆錄了這部小說。

一、歷史紀事中的夏姬形象

　　《詩經》中的《株林》寫道：「胡爲乎株林？從夏南兮？匪適株林，從夏南兮！駕我乘馬，說於株野。乘我乘駒，朝食於株。」詩中的「夏南」，指的是陳國的大臣夏徵舒，「株林」爲地名，是夏氏的封地，有的說是指夏氏封地

〔註1〕〔西漢〕劉向《列女傳》第 2 頁，瀋陽：遼寧教育出版社，1998。

的郊野，在那裡有一個很大的樹林，就好比男女野合的桑林。這首詩寫的是陳國國君陳靈公、大夫孔寧、儀行父等與夏南的母親夏姬私通，私通的地方是株邑郊外的大樹林中。夏姬並不是真的名字，姬是對女子的稱呼，因為嫁給了夏御叔，所以稱為夏姬。清代的豔情小說《株林野史》給她取的名字是素娥。素娥云云，讓人想到古代房中術的傳授者素女。而小說中的素娥也從神仙那裡學會了房中術。一天晚上，素娥裸體睡覺，在夢中到了一個花園，在園中的一座亭子裏，見到一個身穿羽毛衣的男子，那男子自稱神仙，與她交媾後，送給她兩顆藥丸，一個是開牝丸，一個叫緊牝丸，又將素女採戰之法教給了她，學會了這個法術，能吸精導氣，與人交媾曲盡其歡，又能採陽補陰卻老還少。素娥之所以能迷倒那麼多男人，之所以能保持青春美貌，全仗著這套養生術。

這些當然是小說家言，在春秋時代，還沒有什麼房中術。但夏姬高漲的性慾，她對男人的誘惑力，她一直到死都保持青春美貌，確實顯得奇異。夏姬是鄭國國君鄭穆公的女兒，自幼就生得杏臉桃腮，蛾眉鳳眼，長大後更是體若春柳，步出蓮花，豔名四播，但也很風騷，因此聲名狼藉。父母迫不得已，趕緊把她遠嫁到陳國，成了夏御叔的妻子。夏御叔是陳定公的孫子，他的父親公子少西字子夏，所以他就以「夏」為姓，官拜司馬，算是陳國的兵馬總指揮。他在株的地方有一塊封地。夏姬嫁給夏御叔不到九個月，就生下了一個兒子，取名夏南，雖然夏御叔有些懷疑，但是惑於夏姬的美貌，也就沒有深究。夏御叔壯年就死了，夏姬成了寡婦。

在夏御叔死的時候，兒子夏徵舒年紀還小，既然不能改嫁，就要找個依靠，而強烈的性慾也需要發洩，就在這個時候，大夫孔寧、儀行父來了。這兩個人是夏御叔的同僚，都是色鬼，早就覬覦夏姬的美色。當然最大的靠山還是陳靈公，於是夏姬讓孔寧、儀行父向陳靈公轉達的自己的意思，陳靈公趕緊跑來了，於是君臣三人一起玩起了群交的遊戲，而且幾乎是公開的，陳國的百姓都知道了，於是編了一首歌《株林》。這首歌寫得很含蓄。明明是寫君臣三人去見夏姬，卻說是見夏南。按古代規矩，君王坐馬車，一乘四匹，大臣坐駒車。在通往夏姬家的路上，陳靈公的馬車剛駛過去，大臣的駒車又駛過來了，他們要去做什麼？要到株林去「說」、「食」，「說」也就是「悅」，意思是歡樂，「朝食」表面的意思是吃早飯，實際隱含著性交的意思，君臣剛剛上完早朝，就忙著趕往株林去，可見其心情之急切。

　　小說《株林野史》描寫陳靈公與夏姬性交後，得到了夏姬所贈的貼身汗衫，第二天上朝，看到孔寧、儀行父，向他們炫耀：

　　　　到了次日，靈公早朝禮畢，百官俱散，召孔寧至前，謝其薦舉夏姬之事成。召儀行父問道：「如此樂事，何不早奏於寡人，你二人卻占先頭，是何道理？」孔儀二人奏道：「臣等並無此事。」靈公道：「是美人親口說的，卿等不必諱矣。」孔寧道：「譬如君有味，臣先嘗之，若嘗而不美，不敢薦於君也。」靈公笑曰：「譬如熊掌奇味，就讓寡人先嘗也不妨。」孔儀二人俱大笑不止。靈公又道：「你二人雖然入馬，他偏有物送我。」乃脫下襯衣示之：「你二人可有麼？」孔寧曰：「臣亦有之。」孔寧遂撩衣現其繡襠，道：「此非美人所賜乎？不但臣有，行父亦有。」靈公問行父是何物，行父解下碧雞襦，與靈公觀看。靈公見之，大笑道：「我三人隨身俱有證見，異日同往株林，可作連床大會。」〔註2〕

　　據《國語・周語》記載，當時的天子周定王派單襄公到宋國出差，路過陳國，看到陳國國事荒廢，民不聊生，連招待他的國賓館都沒有。陳靈公忙於嫖娼，甚至見這位天子特使的工夫都沒有。單襄公大為光火，回去後對周天子說陳國必亡。君臣三人在夏姬家中飲酒作樂，竟拿夏徵舒做為開玩笑的對象，令已經十七八歲的夏子南終於忍無可忍。他等陳靈公喝完酒準備上車回宮時，用強弓將他射殺在馬棚裏。孔寧、儀行父逃到了陳國西南邊的楚國。他們怎麼取笑夏徵舒，讓他這樣憤怒，史書上沒有記載，小說中這樣想像當時的情景：

　　　　一日，靈公與孔寧、儀行父二人，復遊株林，徵舒因賜官之恩，特地回家，設席款待靈。夏姬因其子在坐，不敢出陪。酒酣之後，君臣復相嘲謔，手舞足蹈。徵舒厭惡其狀，退入屏後，潛聽其言。靈公謂行父道：「徵舒身材魁偉，有些像你，莫不是你生的。」孔寧從旁插口道：「主公與大夫年紀小，生他不出，他的老子最多，是那個所生，夏大夫記不起了。」三人拍掌大笑，徵舒聽見此言，不覺羞惡之心勃然難過。〔註3〕

<hr />

〔註 2〕〔明清〕癡道人《株林野史》第 5 回，《思無邪匯寶》第 20 冊《株林野史》第 205～206 頁。

〔註 3〕〔明清〕癡道人《株林野史》第 7 回，《思無邪匯寶》第 20 冊《株林野史》第 223～224 頁。

　　陳靈公的太子聞訊跑往晉國，夏子南自立為陳侯。第二年楚國出兵討伐陳國，不費吹灰之力就把陳給滅了，夏子南被車裂處死，夏姬則作為楚軍的戰利品，被帶到楚國。楚莊王看到夏姬，不禁動了心，想把她納為妾。一個叫巫臣的大臣趕忙出來勸阻，如果納了夏姬，會引起外國的誤解，以為楚國出兵伐陳是為了搶奪美人，而不是主持正義。楚莊公聽了，覺得有道理，就打消了念頭。一個叫子反的將軍本來也想佔有夏姬，只不過不敢跟楚莊公爭，這下一來就有機會了，巫臣又嚇唬他，說夏姬是「不祥之物」。他之所以一而再地勸阻別人娶夏姬，是因為他自己迷上了夏姬。夏姬被賞賜給了一個叫襄老的人，但襄老很快就死於戰場，連屍體都沒有找到。襄老的兒子黑要早就迷戀上了這個庶母，父親死了，他就找機會佔有了夏姬。

　　巫臣想辦法見到了夏姬，表示要正式娶他為妻，不過夏姬必須先回到鄭國，他好去鄭國下聘禮。夏姬聽從了巫臣的話，費盡周折回到鄭國，而巫臣趁著奉命出使齊國的時候，離開了楚國，正式向鄭國國君下聘禮，將夏姬明媒正娶為正妻，帶著夏姬到了晉國，晉國國君封巫臣為大夫。巫臣從第一次見到夏姬到將夏姬娶到手，前後等了十年，這個時候夏姬已經四十多歲了。巫臣對夏姬的迷戀可想而知，夏姬的誘惑力也可以想見。巫臣為了夏姬，不僅放棄了在楚國的富貴，流亡他國，還犧牲了他的全家。由於巫臣的阻擋而沒有娶到夏姬的子反，聽說了巫臣娶夏姬的事，這才明白當年巫臣勸阻他娶夏姬的本意，感到非常憤怒，先是勸楚共王用厚禮行賄晉國官員不用巫臣，楚共王沒有採納。公元前 584 年，子反聯合巫臣曾經得罪過的大臣子重，將巫臣的家族不分老幼，全部殺死，並將其財產瓜分掉了。巫臣從晉國寫信給子反、子重說：「爾以讒慝貪惏事君，而多殺不辜。余必使爾罷於奔命以死。」〔註4〕子反、子重看了巫臣的信，也沒有放在心上。巫臣提出了「聯吳制楚」的戰略，晉國幫助吳國建設軍隊，使吳國迅速強大起來。十年後，吳國征伐楚國以及其保護國巢國、徐國，晉國同時出兵，使子重、子反疲於奔命。公元前570年，子重率軍與吳國戰鬥失利，「楚人以是咎子重，子重病之，遂遇心疾而卒」。〔註5〕公元前 575 年，在晉國和楚國的鄢陵之戰中，子反由於好酒誤戰，被迫自殺。由於巫臣提出的戰略，春秋時代的爭霸從晉楚之爭轉入

〔註4〕楊伯峻《春秋左傳注》第 834 頁，北京：中華書局，1981。

〔註5〕〔晉〕杜預注，〔唐〕孔穎達正義《春秋左傳正義》第 823 頁，北京：北京大學出版社，1999。

了吳楚之爭，又過了幾十年，楚國的國都被伍子胥帶領的吳國軍隊攻佔了。
巫臣的詛咒，甚至改變了中國歷史的方向，而這一切的源頭不過是巫臣對夏
姬的執著追求。

　　夏姬與巫臣結婚之後，又生了一個女兒。此女後來與晉國的叔向結婚。
叔向與夏姬之女的婚事，被其母叔姬所反對，因爲夏姬曾經「殺三夫一君一
子，而亡一國兩卿」〔註6〕。巫臣曾說夏姬「夭子蠻，殺御叔」〔註7〕，因此
夏姬在與夏御叔結婚前，應該還曾與一位叫做子蠻的人結過婚。子蠻究竟害
是誰，史書上沒有記載。在小說《株林野史》中，夏姬在與所謂的神仙夢交
後，遇見了堂兄子蜜，這個子蜜應該就是《左傳》中所說的子蠻。夏姬用採
戰之法，「吸精導氣，緊緩異常，弄得子蜜如在雲霧裏一般，快活已極」，但
多次交媾，使素娥容色越來越嬌媚，子蜜顏色越來越枯萎，兩年之後得了色
癆，服藥不痊，又兼慾火屢動，漸漸飲食不下，吐血不止，嗚呼哀哉死了。

二、株林淫亂與桑林遺風

　　春秋時期夏姬在株林中與多個男子的淫亂，或許是野合雜交之風殘留的
表現。商朝的最後一個帝王紂王設立所謂的歡樂谷，被後世當作他荒淫的一
個證據。《史記・殷本紀》中說：「(紂王)好酒淫樂，嬖於婦人。愛妲己，唯
妲己之言是從。於是使師涓作新淫聲，北里之舞，靡靡之樂。厚賦稅以實鹿
臺之錢、盈鉅橋之粟。益收狗馬奇物，充益宮室。益廣沙丘苑臺，多取野獸
蜚鳥置其中。慢於鬼神。大聚樂戲於沙丘，以酒爲池，懸肉爲林，使男女裸
相逐其間，爲長夜之飲。」〔註8〕實際上，紂王讓男女在沙丘苑囿裏裸奔，未
必就是淫亂，直到周代，這種「歡樂谷」的風俗還存在著，《周禮》中規定：
「中春之月，令會男女，於是時也，奔者不禁。」〔註9〕所謂的「奔」，也就
是後世所說的私奔、野合，其地點往往選擇桑樹林子，這也就是後世所說的
桑林之會。男女聚會的桑林，往往由官府指定，男女在這裡結識性伴侶後，
馬上就可以同居，再走過場似地履行一下手續，就成爲婚姻。而更多的男女
則不斷更換性伴侶。考古發現，商周時代的墳墓，半數以上都是單墓，很少
見雙墓或合墓的。這也說明當時結婚組建家庭的事例還不甚普遍，結婚也還

〔註6〕〔清〕洪亮吉《春秋左傳詁》第787頁，北京：中華書局，1987。
〔註7〕〔清〕洪亮吉《春秋左傳詁》第443頁，北京：中華書局，1987。
〔註8〕〔西漢〕司馬遷《史記》第一冊第105頁，北京：中華書局，1959。
〔註9〕徐正英、常佩雨譯注《周禮》第327頁，北京：中華書局，2014。

不夠普及。在一定程度上沿襲著原始社會時期的習俗，不婚或群婚。屈原在《天問》中說大禹「得彼塗山女，而通之於台桑」，說的就是大禹和塗山女在台桑這個地方野合，所謂的「台桑」，也應該是生長著很多桑樹的地方。如果屈原的說法屬實，那麼啓不一定就是大禹的兒子，所以《史記》裏也有大禹「予不子」的記載〔註10〕。由此看來，紂王讓青年男女「大聚樂戲於沙丘」，「使男女裸相逐其間」，這其中的「沙丘」有可能就是桑林一樣的地方。野合這一上古遺風，在中國古代持續了很長時間，就像節日一樣，之所以會有這樣習俗，可能是因為戰爭的原因。打仗肯定要死人了，仗打得多，人口數量也就減少了，統治者就鼓勵成年男女或者寡婦定期在某個地方集合，歌舞一番然後各自找各自心儀的對象，開始了繁殖人口的工作。這些的聚會一般都開在森林裏或者山上。《詩經》裏有很多關於野合的記載，比如《邶風·靜女》：「靜女其姝，俟我於城隅。」《鄭風·子衿》：「挑兮達兮，在城闕兮。」在四川省博物館保存著兩塊漢代的畫像磚，人們叫它《桑林野合圖》，磚上畫了一棵桑樹，樹枝上有幾隻猴子在玩耍，樹枝上掛著幾件衣服，樹下一男一女在交媾。在一塊磚上，交媾的男子背後有個人在推，再後面站著一個人在等候。在另一塊磚上，在男女交媾圖形的背後有個男子蹲在地上。這兩塊畫像磚，所描寫的是桑林群交，就是野合。

　　《詩經》的時代是以男子為中心的時代，但女子還是有相當大的自由，很少受到束縛，所以《詩經》的國風中有很多清新率直的情詩，詩中有許多潑辣的女子，她們敢愛敢恨，大膽地吟唱著愛情。到了春秋後期，隨著禮教規範的形成，男性的性別權力得到強化，女性徹底喪失了性別的優勢，也失去了大膽愛的權利，《詩經》中放縱的青春活力和活潑的生命氣息不復存在。《詩經》中一篇《溱洧》，描寫的是眾多男女在河邊歡會的情景。詩的開頭說：「溱與洧，方渙渙兮。士與女，方秉蘭兮。」青年男女手裏拿著蘭花，一起去春遊，尋找到自喜歡的性伴侶，就將蘭花送給對方。之所以送蘭花，是因為蘭花含有性象徵意味。《左傳·宣公三年》說「蘭有國香。」〔註11〕據說蘭花的香氣能引起人的情慾，在古代醫書《雜療方》中記載的用以激發、增強女性性功能的壯陰藥方中，就有蘭花。《左傳·宣公三年》載，鄭文公的一個

〔註10〕　〔西漢〕司馬遷《史記》第80頁，北京：中華書局，1982。
〔註11〕　〔晉〕杜預注，〔唐〕孔穎達正義《春秋左傳正義》第1868頁，北京：中華書局，1980。

妾夢見天使送給自己一株蘭草，說：「余，爾祖也。以是爲而子，以蘭有國香，人服媚之如是。」〔註12〕鄭文公見到了這個妾，給她蘭草並與她同床交合，生下兒子就叫蘭。所謂「溱洧」指的是溱水與洧水的匯合處，應該是古代鄭國男女歡會的地方，就好像商朝的沙丘和周代的桑林。《溱洧》所描述的就是眾多男女在在洧水外歡會求偶的場面。《鄭風》中有二十一首詩，其中「淫奔之詩」有七分之五，而又多爲「女惑男之語」，這種情況有兩個可能，一是鄭國女子特有風情，特別狂放，二是因多年的戰爭，導致女多男少，所以女子急切追求男子。《溱洧》中女子邀請男士遊冶，男士說已經遊冶過了，女子請求男士再遊冶一回。這之後，男士可能欣然答應，便雙雙手挽手歡愉地去了。從這裡可以看出男士是如何受女子的青睞。聞一多在《詩經的性慾觀》說：「《周禮》講『仲春之月，令會男女之無夫家者』……凡是沒有成婚的男女，都可以到一個僻遠的曠野集齊，吃著、喝著、唱著歌、跳著舞，各人自由的互相挑選，雙方看中了的，便可以馬上交媾起來……《溱洧》是鄭詩里第二篇講性交的。」〔註13〕

也正因爲這種「男女雜遊，不媒不聘」（《列子・湯問》）的風俗，群婚雜交的結果必然是只知母而不知有父。上古時代最早的姓氏多以「女」爲偏旁，如「姚」、「姒」、「姬」、「姜」、「嬀」、「姞」、「嬴」、「妘」等，都說明了以母親爲中心的事實。古代有「聖人皆無父」的說法，如姜嫄踩到巨人的腳印而懷孕生下后稷，簡狄吞了一個燕子的卵而懷孕生下契。這樣的故事還有很多，比如華胥踏巨人跡而生伏羲，安登感神龍而生神農，女樞感虹光而生顓頊，附寶見大電繞北斗而生黃帝，女節接大星而生少昊，慶都遇赤龍而生堯，握登見大虹而生舜，修己吞神珠薏苡而生大禹，扶都見白氣貫月而生湯，如此等等。之所以有這樣的故事，實際上是後人在婚姻制度形成之後，爲群婚雜交而生的聖人所作的文飾。一直到漢代，漢高祖劉邦被說成他的母親與龍交合而生。玄鳥生商的故事中實際上透露出了群婚雜交的蛛絲馬蹟。殷朝始祖契的母親是有娀氏之女簡狄，嫁給帝嚳爲次妃，一次去高禖求子，吞了一個燕子蛋，生下了契。后稷的母親有邰氏之女姜嫄，有一次走過一起田野，看到地上印著巨人的足跡，她踩了上去，身動好似受孕，以後就生了稷。《詩經・大雅・生民》歌詠此事說：「厥初生民，時維姜嫄。生民如何，克禋克祀，以

〔註12〕楊伯峻《春秋左傳注》第673頁，北京：中華書局，2009。
〔註13〕聞一多《聞一多全集》第3卷第171頁，武漢：湖北人民出版社，1993。

弗無子。履帝武敏歆，攸介攸止，載震載夙，載生載育，時維后稷。」這裡提到姜嫄是在去參加高禖之祀時踩了巨人腳印而生稷的。所謂高禖，表面上是祭祀生育婚姻之神，實際上是在桑林之類的地方舉行歡會，男女裸體相逐雜交，簡狄、姜嫄也就是在這樣的場合性交而懷孕。也正因爲如此，姜嫄生下后稷後，馬上將他拋棄了。《史記·周本紀》中說：「姜嫄出野，見巨人跡，心忻然說，欲踐之，踐之而身動如孕者。居期而生子，以爲不祥。棄之隘巷，馬牛過者皆辟不踐；徙置之林中，適會山林多人，遷之；而棄渠中冰上，飛鳥以其翼覆薦之。姜嫄以爲神，遂收養長之。初欲棄之，因名曰棄。」〔註14〕將稷丟掉，說明在那個時候已出現由雜交向婚姻轉化的跡象。古代傳說中的伏羲和女媧是兄妹，而不少文物上都有伏羲、女媧交尾圖，交尾即是性交之意，實際上反映出古代存在的兄妹婚現象。從群婚雜交到婚姻制度的形成，小家庭的出現，是一個漫長的演化過程，而一直到春秋時代，仍然存在著群婚雜交的痕跡。

按照十九世紀美國人類學家摩爾根的說法，人類的兩性關係經歷了一個從群婚與雜交到一夫一妻制的過程，在這個過程中，性禁忌不斷產生，性交對象一步步地受到限制，性交範圍一步步地縮小。在從群婚制向專偶制轉化的過程中，有一個中間環節，就是夥婚制，共夫制和共妻制就是夥婚制的主要類型。所謂夥婚制，有兩種形式，一是一夥女子與一夥男子互爲夫妻，以若干姊妹爲核心，她們共同娶進丈夫，這些共同的丈夫可以是兄弟關係，也可以不是兄弟關係，他們互稱「親密的夥伴」；也可以以若干兄弟爲核心，他們共同娶進妻子，這些共同的妻子可以是姊妹關係，也可以不是姊妹關係，她們也互稱「親密的夥伴」。以後，這種形式又逐漸縮小，演變成一起多夫制或一夫多妻制。因爲年代久遠，古籍中關於共夫制和共妻制記載很少，實際上後世的一夫多妻就是夥婚制的蛻變形式。在後世的歷史中，常常將少數民族的近似夥婚制的婚姻形式當作奇聞加以記載，如《周書·異域傳》記載說：「嚈噠國，……在于闐之西。……兄弟共娶一妻，夫無兄弟者，其妻戴一角帽，若有兄弟者，依其多少之數，各加帽角焉。」〔註15〕《隋書·西域傳》記載：「挹怛國，……兄弟同妻，婦人有一夫者冠一角帽，兄弟多者依其數爲角。」〔註16〕《新唐書》卷二百二十二下：「名蔑，……其人短小，兄弟共娶

〔註14〕　〔西漢〕司馬遷《史記》第 111 頁，北京：中華書局，1959。
〔註15〕　〔唐〕令狐德棻等《周書》第 918 頁，北京：中華書局，1971。
〔註16〕　〔唐〕魏徵等《隋書》第 1854 頁，北京：中華書局，1982。

一妻，婦總髮為角，辨夫之多少。」〔註17〕

　　春秋戰國時代，諸侯一娶九女，一妻八妾，成為一種制度，這就是所謂的媵品制。《儀禮・士昏禮》中說：「媵御餕。」鄭玄注釋說：「古者嫁女必侄品從，謂之媵。侄，兄之子，品，女弟也。」〔註18〕宋共姬出嫁到魯國，其他三個諸侯國送女子來作媵，管仲娶有三姓之女，秦伯一次娶了五個女子，如此等等，雖然帶有政治結盟的因素，也是夥婚制的殘留。值得注意的是，一女多夫在春秋時代開始被視為淫蕩而受到批評譏刺，男女的不平等開始變得越來越突出。

三、對夏姬結局的想像

　　《左傳》評論夏姬說：「夭子蠻，殺御叔，弒靈侯，戮夏南，出孔、儀，喪陳國。」〔註19〕她還導致了三場大規模的戰爭，使四個國家捲入其中，使兩個國家的君臣為她而反目成仇敵，使十數人因為她而在歷史上留下了污名。劉向的《列女傳》中提及夏姬「三為王后，七為夫人，公侯爭之，莫不迷惑失意」〔註20〕。雖然夏姬實際上並未做過王后，也沒結過這麼多次婚，但也足以顯示夏姬的魅力在當時確實深深讓許多男性為之傾心。夏姬究竟用什麼手段引得無數色鬼競彎腰？《列女傳》稱夏姬：「其狀美好無匹，內挾伎術，蓋老而復壯者。」〔註21〕就是說夏姬不僅美貌無敵，而且精通房中術，越老床上工夫越厲害。陳靈公君臣三人對夏姬如此著迷，也許與此有關。

　　夏姬最後的結局，史書上沒有記載。她嫁給巫臣後，再也沒有緋聞了。這一方面是由於她年紀大了，再會保養，也掩蓋不了衰老的痕跡了，另一方面也可能是她感念巫臣對她的愛，畢竟巫臣等了她十年，為了她犧牲了太多。還有一種說法，認為巫臣懂得房中術，性能力超群，超過她交往過的所有男人，能給她無上的快樂，所以她心滿意足，也就沒有必要偷情了。《株林野史》中就是這樣寫的：

〔註17〕〔北宋〕歐陽修、宋祁等《新唐書》第6306頁，北京：中華書局，1975。
〔註18〕〔東漢〕鄭玄注，〔唐〕賈公彥疏《儀禮注疏》第968頁，北京：中華書局，1980。
〔註19〕楊伯峻《春秋左傳注》第803頁，北京：中華書局，1990。
〔註20〕張濤《列女傳譯注》第278頁，濟南：山東大學出版社，1990。
〔註21〕張濤《列女傳譯注》第278頁，濟南：山東大學出版社，1990。

　　楚王遂集群臣商議，其中有一位公族大夫屈氏，名巫，字是子靈，屈蕩之子。此人儀容美秀，文武全才。只有一件毛病，貪淫好色，專講彭祖房中術。數年前曾出使陳國，夏姬出遊，窺見其貌，且聞其善於採戰，心甚慕之。聞徵舒殺逆，欲藉端淫納夏姬，因力勸莊公興師伐陳。〔註22〕

　　小說寫到，襄老死後，屈巫使人轉告夏姬，讓她回鄭國，屈巫會馬上去娶她，而夏姬聽說屈巫精通老子採煉之法，不由得心動，急著回鄭國。屈巫在齊國的旅舍裏與夏姬結婚，這才細細打量夏姬的容貌：

　　果然生的面似海棠春月，目若星朗，秋波翠黛，初舒楊柳，朱唇半吐櫻桃，窈窕輕柔，丰姿仙雅。雖然年近五旬，猶如二八之女。〔註23〕

　　到了晚上，屈巫先服了老子三陽丹，然後上床與夏姬交合，果然暢快異常，小說用戰爭術語來描寫二人的交媾：

　　然後雙手提起兩腿，眼光注重山口，看大將軍葫蘆戰谷，七擒七縱，進退出入之勢……夏姬只叫爽快不絕，直弄到四更以後，方才收雲歇雨。〔註24〕

　　《株林野史》給巫臣和夏姬安排的結局是全家被抄斬，而起因是與晉國的公主夫婦的換妻遊戲。一次夏姬到欒府去，碰到了駙馬欒書，正值壯年的欒書被當時已經五十歲的夏姬迷住，而公主聽說了巫臣具有超人的性能力，渴望一試，兩個男人一商議，決定來個換妻遊戲，也來個競賽，比一比床上工夫。最後的結果是巫臣夫妻大獲全勝。小說先寫夏姬和欒書的交合：

　　說罷，二人脫衣上床。欒書知芸香有些法術，大展旗鼓，立意要戰敗了他。誰知道此將利害，拿兩把明晃晃鋼刀，左右衝擋，大殺一陣，殺的他腰軟骨麻。不覺洋洋而洩。〔註25〕

　　接著寫巫臣與公主的交合：

〔註22〕〔明清〕癡道人《株林野史》第8回，《思無邪匯寶》第20冊《株林野史》第227～228頁。

〔註23〕〔明清〕癡道人《株林野史》第11回，《思無邪匯寶》第20冊《株林野史》第251頁。

〔註24〕〔明清〕癡道人《株林野史》第11回，《思無邪匯寶》第20冊《株林野史》第252頁。

〔註25〕〔明清〕癡道人《株林野史》第16回，《思無邪匯寶》第20冊《株林野史》第292頁。

　　那巫臣原是個個長勝將軍，公主那裡敵得過，弄到二更天時候，就怯陣告退，荷花又迎住接戰，巫臣使盡了本領，一連抽了四五百抽，又把荷花戰敗。那公主看的心癢，復又上馬迎戰。這巫臣見公主渾身白如玉，軟如綿，……復又策馬趕上一槍……巫臣那裡肯聽，提起金槍，一連又一二百槍……如此欒氏夫婦三戰三北。〔註26〕

　　事情傳到了大臣趙孟的耳裏，趙孟即刻寫了奏疏上奏晉君，晉君勃然大怒，下令逮捕巫臣和欒書夫婦。巫臣被捉到了，而夏姬則被與她交媾過的浪遊神救走了。就在前一天夜晚，夏姬做了一個夢，夢見一青面紅髮的神人手執大刀要殺她，因為她淫慾無度，害死了很多好人，正在這時，走出一個偉丈夫，就是與她交媾過的浪遊神，向青面神求情，青面神放過了她，浪遊神叫她第二天早晨把公主接到家中，連同丫鬟荷花呆在一起，他要將三人一起救出。夏姬一晚上做了三個同樣的夢，醒來後嚇了一身冷汗。第二天按照夢中浪遊神的囑咐，將公主接來，三個人呆在花園的牡丹亭中。當晉軍前來捉拿的時候，起了一陣大風，飛沙走石，黑雲四塞，對面看不見人，等風過了，只見一男三女駕著黑雲往西北方向去了。晉君下令把欒書、巫臣帶到朝中嚴審，然後處死了。

四、有意味的因果報應安排

　　夏姬的魅力，讓人們想到希臘神話中的海倫，而夏姬的不幸，也與海倫相似。《株林野史》的作者一方面將夏姬寫成淫蕩的女人，另一方面又給她安排了成仙的結局，這說明了作者內心的矛盾，是一種既恨又愛的態度，而且含有意淫的成分。後世的男人，對夏姬也是一種矛盾的態度，一方面對夏姬的美豔感到深深的恐懼，因為她搖盪了人心、紊亂了綱常；另一方面又心嚮往之而夢寐以求。漢代的劉向在《列女傳》中認為夏姬的美是一種妖術。後來的《東周列國志》和《株林野史》一樣，認為夏姬曾得仙人指點，學會了一套「吸精導氣」之方與「採陽補陰」之術，不僅能讓男人在床上欲仙欲死，還會使自己青春常駐。因為只有這樣才能解釋夏姬的這種甚至有點可怕的魔力。

　　雖然是低俗的豔情小說，《株林野史》給夏姬安排的結局還是很有意味的。雖然正史中將夏姬寫成淫蕩的女人，當作禍水，因為幾個男人的死似乎

〔註26〕〔明清〕痴道人《株林野史》第16回，《思無邪匯寶》第20冊《株林野史》第292～293頁。

都與她有關，還直接或間接引發了兩次戰爭，但實際上夏姬一直處於被動的地位，客觀地說，夏姬天生美豔也好，性感亦罷，原本無過。爲謀生計，她只能任人掠奪、玩弄。那些男人的死亡或是咎由自取，或與她並無關係。子蠻的死因不明，夏徵叔是生病死亡，陳靈公、孔寧、儀行父幾人君不君而臣不臣，觀其言行，在淫亂群交事件中應負主要責任。楚國將夏姬擄去後，楚莊王和他的大臣將軍一個個都對夏姬虎視眈眈，最後被賞給了襄老，襄老死在戰場上，當然與夏姬無關，而襄老的兒子霸佔夏姬，夏姬心裏不情願，但無可奈何，這也是她急著回鄭國，嫁給屈巫的原因。在嫁給屈巫做正妻後，夏姬再也沒有緋聞，也說明了夏姬的淫亂或者是萬不得已的求生策略。眞正無辜的男人，可能只有她的兒子夏南。在這一系列的淫亂事件中，眞正不幸的可能是夏姬。在可靠的史料中，幾乎沒有關於夏姬內心世界的記述，對於與她有染的一個個男人，她的意願怎樣？她的感受又是怎樣？她唯一的兒子因她的「淫禍」被酷刑殺死，她有沒有哭？這永遠是一個謎了。

《株林野史》的因果報應觀念實際上也表達了作者對那些淫亂男女的評價。陳靈公被殺後，參與淫亂的大臣孔、儀二人逃到國外。在楚國出兵，殺了夏南，立了新君陳成公後，孔、儀二人才從國外回來，但不久就接連死去。小說描寫二人的死因：

> （孔寧）一日早起，廁中淨手，剛剛走出門來，忽見一陣陰風淒淒，撲面而來。孔寧打了一個寒噤，於濃露中間，見夏徵舒遍身血污，手執兩刀，咬牙切齒大罵道：「孔寧，快快還我命來！」又見徵舒後邊靈公，披髮跣足，正中心帶著一枝狼牙箭，向孔寧說道：「你害的我好苦！」後邊跟著四五個惡鬼，俱是手拿鐵鎖，蜂擁而來。孔寧一見，魂飛天外，魂散九宵，急忙入戶內，早被徵舒走近面前，劈頭一刀，砍倒在地，手足直挺挺的，叫他不應，面如土色。家中人皆無法，只得扶他起來，大家抬到床上，住了半天，到了日中之時，方才漸漸醒來，大叫頭痛不止。家人不知何故，孔寧立起身來，跳到床下，二目開張，兩眼直視。用手拿起一把椅子，將家人亂打。眾人方知覺他瘋了，大大小小俱各亂跑，也有害怕跑不動的，俱被孔寧打傷。孔寧有一老母，六旬有餘，被孔寧一椅打倒，昏迷在地，登時氣絕。孔寧只有一兒，年方六歲，亦被孔寧一椅打死。其餘家人，俱各逃散，只剩一個劉三，聞聽他主人如此，拿了一根短棍，

跑進房來，那短棍把椅子架開，奪過椅子來，將孔寧抱住，扶出門
外，家人等方才放心。及看老母小孩俱死，闔家不由大哭。孔寧聞
得哭聲，在外邊越跳得屬害了。也是孔寧該死，一跳跳到荷花池邊，
身子往裏一閃，閃到池中。劉三等看見，急忙來救，及至救上來，
已死得挺挺的了。劉三視之，不勝淒慘。家人無奈，只得叫劉三買
了棺木，殯葬他三人，不提。且說孔寧死後，儀行父正在床上睡熟，
只覺夢中看見靈公、孔寧、夏徵舒來勾他到帝廷對獄，夢中大驚，
翻倒床下，氣絕而亡。〔註27〕

　　孔儀二人死後，陳成公下令查二人之家，將二人棺木打開，將他們的屍
首剁爲肉泥。孔寧的妻子逃走，成公又貼出告示，嚴禁收留孔儀兩家家眷，
後來孔寧的妻子和女兒，飢餓而死。這還沒有完。孔、儀二人死後，被押往
陰曹地府，受到嚴厲的懲罰。已經做了城隍的洩公下令將孔儀二人用鋼叉插
到燒滾的油鍋內烹炸，直烹得頭腿直挺挺的，方才了事。這二人所受到的報
應可謂慘烈。

五、株林野史的歷史背景

　　實際上，夏姬只是多嫁了幾個丈夫，與她淫亂的也是外人，春秋戰國時
期，還有比這個更過分的事情，比如亂倫。一個例子是齊襄公和他的同父異
母妹妹文姜的亂倫。春秋時，齊國國君齊僖公年過半百得到一個千金，起名
文姜，長大後豔麗無比，而且天資聰慧。文姜有一個同父異母的哥哥名叫諸
兒，是齊國的世子。兄妹二人自幼在宮中一起嬉戲玩耍，關係親密。成年後
也不避男女之閒，就做下了亂倫之事。齊僖公給諸兒聘娶了宋國的公主，而
把文姜許配給了魯國的國君魯桓公。文姜嫁到魯國後，魯桓公對文姜十分寵
愛，但是文姜總是忘不了諸兒，鬱鬱不樂。齊僖公死後，世子諸兒即位做了
國君，就是齊襄公。他即位爲君後，派使者到魯國迎接魯桓公與文姜來齊國。
齊襄公親往迎接，大擺宴席款待魯桓公夫婦後，就以會見舊日宮中妃嬪爲名，
將文姜接至宮中，在密室中飲酒敘舊，晚上又同床共枕。文姜一夜未歸，引
起了魯桓公的懷疑，文姜回來後，便詳細盤問她，發生了爭吵。齊襄公知道
後，起了殺死魯桓公的念頭。第二天餞別時，先將魯桓公灌醉，然後派力大

〔註27〕　〔明清〕癡道人《株林野史》第 9 回，《思無邪匯寶》第 20 冊《株林野史》
　　　　　第 235～236 頁。

比的武士彭生將魯桓公送回驛館，彭生遵照齊襄公的密令，用厚布毯子裹住
魯桓公的頭，將他害死在車上。齊襄公聞假意啼哭，悲傷無比，命人將魯桓
公的屍體厚殮入棺，派人到魯國報喪，說魯桓公暴病而亡。其實，魯國的大
臣們早已風聞齊襄公與文姜的醜事，猜到了魯桓公被害的真相。無奈自己國
力弱小，齊國強大，武力征伐不得，只得派人前往迎回靈柩。魯國使臣提出
請齊襄公處死彭生，齊襄公為掩蓋醜聞，當著魯國使者的面將彭生斬首。《左
傳·桓公十八年》記載：「十八年春，公將有行，遂與姜氏如齊。申繻曰：『女
有家，男有室，無相瀆也，謂之有禮。易此，必敗。』公會齊侯於濼，遂使
文姜如齊，齊侯通焉，公謫之，以告。夏，四月丙子，享公。使公子彭生乘
公，公薨於車。」〔註28〕

　　魯國在大夫申繻的主持下，擁立新君即位，這就是魯莊公。魯莊公雖然
知道母親文姜的所為，但還是派人將文姜迎回。文姜自魯桓公死後，日夜留
在宮中與齊襄公歡聚，肆無忌憚，情意纏綿。聽說魯國派使者來迎她回國，
二人都難捨難分。但怕世人議論，齊襄公只得讓文姜回去。在文姜乘車即將
離開齊國的時候，齊襄公前去送行。他手拉著文姜的衣襟，一再囑咐她要保
重身體，相約後會有期。文姜走到一個叫禚的地方，感到無顏面見兒子，於
是就留了下來，魯莊公就在祝邱這個地方建了館舍，迎文姜住在祝邱。從此
以後，文姜就來往於禚和祝邱兩地，徘徊於齊魯之間。齊襄公就在齊魯之間
的館舍裏和文姜幽會。文姜一直在這種有家難歸、有國難投的可悲處境中生
活，直到終老。齊襄公因驕奢淫逸，大臣與百姓怨聲載道。最後，昏庸的齊
襄公被他的部下殺死。

　　另一個例子是衛宣公。衛宣公還是當公子的時候，就跟他父親衛莊公的
小妾夷姜勾搭成姦，生下一個兒子，寄養在民間，名為「急子」。衛宣公繼位
後，把夷姜接到自己宮裏，又將他們的私生子急子接到宮中。急子十六歲的
時候，衛宣公為他訂婚，訂婚的對象就是齊僖公的大女兒宣姜。使者回到衛
國，將宣姜的容貌大大稱讚了一番，衛宣公聽了，頓時起了邪念。他把急子
派到宋國去辦事，叫公子洩去齊國把宣姜迎來。衛宣公就在淇水邊建了一個
高臺，名曰新臺。宣姜到了新臺，衛宣公一見，果然是絕世美女，於是就在
新臺和宣姜成了親，入了洞房。等急子從宋國回來，一切成了定局，只有默

〔註28〕《十三經》著述整理委員會《十三經注疏·春秋左傳正義》第213頁，北京：
　　　　北京大學出版社，1999。

認了。宣姜生下兒子朔後，就開始密謀除掉急子，衛宣公聽信了宣姜的讒言，就派刺客去刺殺急子。壽子和急子關係密切，聽說了這件事，趕緊告訴了急子，讓他逃跑，但急子是個孝子，不願意逃跑。壽子就在餞行的時候把他灌醉了。壽子的車子上插上急子的旌旗走在前面，刺客就把壽子當作急子殺了。急子趕到，對刺客說：「要殺的是我，壽子有什麼罪呢？把我也殺了吧！」刺客又殺了急子。衛宣公死後，朔即位，就是衛惠公。左右兩個公子怨恨衛惠公，另推舉公子黔牟爲國君，惠公逃到齊國去了。〔註29〕

〔註29〕楊伯峻《春秋左傳注》第 1478 頁，上海：上海古籍出版社，2009。

第十九章 《昭陽趣史》: 陰謀、淫亂與一代豔后的人生傳奇

　　水色簫前流玉霜，趙家飛燕侍昭陽。
　　掌中舞罷簫聲絕，三十六宮秋夜長。

　　這是唐代詩人徐凝作的《漢宮曲》詩，詩中所寫的是漢代漢成帝的皇后趙飛燕。要找出第二個人生經歷像趙飛燕這樣神秘複雜的皇后，很不容易。趙飛燕被稱爲中國古代四大美女之一，後世常常將她與唐代的楊玉環相提並論，而有「環肥燕瘦」之說。唐代的大詩人李白曾經寫過一首《清平調》:「一枝紅豔露凝香，雲雨巫山枉斷腸。借問漢宮誰得似？可憐飛燕倚新妝。」據說李白就是因爲這首將楊玉環比做趙飛燕的詞，被當時的宦官高力士抓住了把柄，說李白是在咒罵貴妃娘娘，而楊貴妃一開始還爲李白將她比做美女趙飛燕而高興，聽了高力士的話，才覺得不對，於是向唐玄宗吹風，終於使唐玄宗疏遠了李白，而李白萬不得已，只好離開了朝廷。〔註1〕當然這只是個傳說，李白被迫辭職的眞正原因，現在已經不得而知。憑著李白的學識和聰明，不會無知到把當朝皇帝最寵愛的貴妃比作淫女，他當時想著提拔做官，雖然也常常醉酒不拘小節，但貴妃他還是不敢得罪的。所以只能理解爲，在李白的時代，趙飛燕還被視爲美女的典範，還沒有被扣上淫妃的惡名。這也是李白故意違背事實，將肥胖的楊貴妃比作瘦小的趙飛燕的原因。

　　趙飛燕的故事在東漢以後廣爲流傳，描寫趙飛燕的小說，最有名的是《趙飛燕外傳》和《昭陽趣史》。《趙飛燕外傳》被明代的胡應麟稱爲「傳奇之首」。

〔註1〕〔北宋〕李昉等《太平廣記》第1549～1550頁，北京:中華書局，1961。

這篇小說《隋書經籍志》《舊唐書經籍志》《新唐書藝文志》都未著錄，宋代晁公武《郡齋讀書志》始著錄，謂漢代伶玄子於撰。陳振孫《直齋書錄解題》謂伶玄為「河東都尉」。但小說所附伶玄自序，言及其生平經歷和作《趙飛燕外傳》的緣起、經過，多可疑之處，小說中有「禍水滅火」及「漢家火德」語，而漢為火德直到東漢光武帝時才確定。因為這些疑點，後世多以為《趙飛燕外傳》為後人偽託，所謂伶玄不過是偽託者的杜撰。《趙飛燕外傳》的寫作時間，胡應麟《少室山房筆叢》認為「其文頗類東京」〔註2〕，周中孚《鄭堂讀書記》以為「是書當出於北宋之世」〔註3〕。魯迅《中國小說史略》認為「恐是唐宋人所為」〔註4〕。後來的學者或謂晚於漢代而早於唐宋，或謂唐代以前的兩晉南北朝時代的作品，或謂東漢至晉宋間作品。《趙飛燕外傳》所傳寫的是西漢成帝趙后的故事，筆墨集中於趙后及其妹合德與漢成帝的宮闈秘事。

《昭陽趣史》現存明刊本，首《趣史序》當為作者自序，分上、下卷，上卷二十八目，下卷三十七目，圖二十一幅，第十一回圖像題「辛酉孟秋寫於有況居」，正文卷端題「新編出象趙飛燕昭陽趣史」，正文不分回不立目，僅分上下卷，間有眉批，書末有情癡生、無佳道人短評一則。《趣史序》云：「向刻《玉妃媚史》，足為玉妃知己。若不倩工以寫昭陽之趣，昭陽於九泉寧不遺恨於君耶？乃爰輯其外紀，題曰《昭陽趣史》。」〔註5〕則作者與《玉妃媚史》作者為一人，即古杭艷艷生，然扉頁左半墨莊主人識云：「今博搜古史，輯為一編，實費數年之心力，以備一時之勝覽，識者不當以宣淫導慾觀也。」〔註6〕則作者又或為墨莊主人。據墨莊主人刊本第十一回象目題「卒酉孟秋」云云，則小說似成於天啓年前。小說寫飛燕姊妹與漢成帝故事，似據王世貞《艷異編》增飾而成，而又受《如意君傳》影響。

一、掌中舞罷簫聲絕

楊貴妃與趙飛燕有很多差別。趙飛燕有很高的技藝，她之所以被漢成帝

〔註2〕〔明〕胡應麟《四部正譌》卷下，《少室山房筆叢》第416頁，北京：中華書局，1958。

〔註3〕〔清〕周中孚《鄭堂讀書記》第1028頁，上海：上海書店，2009。

〔註4〕魯迅《中國小說史略》第27頁，北京：東方出版社，1996。

〔註5〕〔明〕古杭艷艷生《昭陽趣史》序，《思無邪匯寶》第3冊《昭陽趣史》第71～72頁。

〔註6〕〔明〕古杭艷艷生《昭陽趣史》識語，《思無邪匯寶》第3冊《昭陽趣史》第17頁。

看中，一個重要的方面就是她的高妙的舞蹈。楊貴妃也懂得舞蹈，但她的過於豐腴的身體，使她無法輕盈舞動，她真正讓唐玄宗著迷的是豐腴的肉體，白嫩細膩的肌膚，這也是唐玄宗喜歡和她一起泡溫泉的原因。對於趙飛燕的容貌，史書上沒有描寫，託名漢代伶玄的《趙飛燕外傳》也只是說趙飛燕和她的妹妹「二人皆出世色」。正史和野史反覆強調渲染的，是她的柔軟的細腰，是她的美妙的舞姿。《漢書》中記載說：「及壯，屬陽阿主家，學歌舞，號曰飛燕。成帝嘗微行出。過陽阿主，作樂，上見飛燕而說之，召入宮，大幸。」〔註7〕《趙飛燕外傳》說：「宜主幼聰悟，家有彭祖分脈之書，善行氣術，長而纖便輕細，舉止翩然，人謂之飛燕。」〔註8〕《趙飛燕別傳》中說：「趙后腰骨纖細，善踽步而行，若人手持花枝，顫顫然，他人莫可學也。」〔註9〕趙飛燕善於舞蹈，一方面是因為出身音樂之家，受藝術的薰陶，另一方面是因為她的好學，但更重要的是因為她的身材最適合學習舞蹈。她不僅身材苗條，腰肢特別柔軟，走起路來都嫋嫋娜娜，像是舞蹈，就像人手裏拿著的花枝，走動的時候亂顫。

趙飛燕的舞蹈很精妙，據說她可以在手掌上起舞，一次在招待處國使節的宴會上，他命宮人用手托盤，讓飛燕在盤上歌舞。當時趙飛燕以嫻熟的舞技，精彩入微的表演，在那小舞盤裏載歌載舞，瀟灑自如，把使節們一個個看呆了。趙飛燕的名字就與她的舞蹈有關，她舞蹈的時候，就像春暖花開時節，迎風飛舞的燕子，所以被稱為「飛燕」。趙飛燕的妹妹合德善於唱歌，合德到宮中後，姐妹兩個常常一唱一舞，簡直迷倒了漢成帝。有一次，趙飛燕穿著南越貢的雲芙紫裙，碧瓊輕綃，在亭榭之上表演歌舞《歸風送遠》之曲，成帝興奮地以文犀敲擊玉瓶打拍子，樂師馮無方吹笙伴奏。忽然起了一陣大風，趙飛燕隨風揚袖旋舞，像要乘風飛走一般。漢成帝急忙叫馮無方快拉住趙飛燕，別叫大風吹走了。馮無方趕緊丟了手中的蘆笙，急步上前用手死死抓住飛燕的裙子。一會兒，風停了，趙飛燕的裙子也被抓皺了。從此，宮中就流行一種折疊有皺的裙子，叫「留仙裙」，據說現在流行的折疊裙就源於趙飛燕的「留仙裙」。直到唐代，文人談到趙飛燕的時候，多是讚賞她的美貌和才藝，以趙飛燕為題材的小說、詩歌、繪畫作品有很多。

〔註7〕〔東漢〕班固《漢書》第997頁，北京：中華書局，2007。
〔註8〕〔漢〕瀟水伶玄《飛燕外傳》，〔明〕程榮纂輯《漢魏叢書》第33冊《飛燕外傳》第1頁，明萬曆新安程氏刻本。
〔註9〕〔北宋〕秦醇《趙飛燕別傳》，見劉斧《青瑣高議》第76頁，上海：上海古籍出版社，1983。

明朝豔豔生的小説《昭陽趣史》有幅木刻《趙飛燕掌上舞圖》，描繪趙飛燕站在一個太監的手上，揮袖回首而舞的姿態。明代著名畫家仇十洲作《百美圖》，畫歷代美女一百個，其中就有趙飛燕舞姿圖。趙飛燕甚至被後世稱爲舞蹈家。據說她在漢代帶起了全國範圍的歌舞之風。特別是宮內的嬪妃都想辦法減肥，想要有趙飛燕那樣的細舞。除了舞蹈，趙飛燕還精通音樂。傳說她有一張琴叫做「鳳凰寶琴」，當時長安有一位少年樂師張安世，入宮爲漢成帝和趙飛燕演奏了一曲《雙鳳離鸞曲》，優美的音樂打動了趙飛燕。趙飛燕也用她的鳳凰寶琴奏了一曲《歸風送遠》，令張安世驚歎不已。趙飛燕求成帝給了他一個侍郎的官職，還送了兩張名貴的琴給他。

趙飛燕既然是由於精妙的舞蹈而得到皇帝的寵愛，所以她對自己的身材特別是柔軟的細腰就特別在意，一方面節制飲食，另一方面緊束自己的腰，也許正因爲如此，導致了她的不生育。按照《趙飛燕外傳》的說法，趙氏姐妹不能生育的另一個原因是使用了息肌丸。趙飛燕爲了使膚色白皙嬌嫩，身上有異香，讓漢成帝迷戀，一開始用「五蘊七香湯」洗澡，坐在通香沉水中，用降神百蘊香薰，傅露華百英粉，而趙合德用豆蔻湯來洗澡，漢成帝品評說，趙飛燕身上的異香沒有合德身上的香氣自然，合德身上的香氣就好像身上本來就有的。後來江都易王故姬李陽華教趙飛燕使用九回沉水香和息肌丸，將息肌丸塞在肚臍內，可以直接融入身體，能夠使肌膚潤澤，光彩照人。息肌丸的主要成分是麝香，而麝香是民間用來避孕流產的藥物，所以趙飛燕使用息肌丸，造成了不孕症。後來宮中的女醫官上官嫗知道了，就將息肌丸的害處告訴了她們，教她們用鮮花煮湯沐浴，想將麝香從身上消除，但是卻毫無效果。

二、從棄兒到寵妃的離奇身世

對於趙飛燕這個紅極一時而又流芳百世的美人，正史中的記載很少，特別是她的身世，寫得隱約模糊。《漢書》中簡單地交代說：「孝成趙皇后，本長安宮人。初生時，父母不舉，三日不死，乃收養之。及壯，屬陽阿主家，學歌舞，號曰飛燕。成帝嘗微行出。過陽阿主，作樂，上見飛燕而說之，召入宮，大幸。」〔註10〕由一個棄兒，一個下等宮女，到深受皇帝寵愛，使六宮粉黛無顏色的一代豔后，其間的經歷一定很曲折，一定可以寫出一部傳奇。

〔註10〕〔東漢〕班固《漢書》第997頁，北京：中華書局，2007。

《漢書》中記載說，趙飛燕的父親為趙臨，趙飛燕一生下來，趙臨就將她拋棄了，過了三天還沒有死，於是又抱了回來，將她撫養長大。後來漢成帝準備封趙飛燕為皇后，皇太后認為她出身低下，於是漢成帝就先封趙飛燕的父親趙臨為成陽侯，這樣趙飛燕就是出身侯門了，就可以名正言順地封后了。但趙臨為什麼要拋棄趙飛燕，史書中沒有說。趙飛燕少女時代的生活，史書中也沒有說。我們現在所知道的關於趙飛燕和她妹妹的傳奇故事，大部分源於一篇託名漢代伶玄的小說《趙飛燕外傳》。

　　按照《趙飛燕外傳》的說法，趙飛燕的父親叫馮萬金，祖父叫馮大力，都精通音樂，所以是音樂世家。馮萬金放棄了高雅音樂，自己寫作靡靡之音，結果很流行。趙曼又是個同性戀，於是就喜歡上了馮萬金。趙曼江都王的孫女，被稱為姑蘇主，也喜歡上了馮萬金，與他私通而且懷孕了。趙曼因為愛上了馮萬金，所以疏遠了姑蘇主，姑蘇主寂寞無聊，也看上了馮萬金，與他發生了關係，懷上了孕。而趙曼似乎患上了性無能的毛病，很久沒有與姑蘇郡主同房了，所以姑蘇主懷的一定不是趙曼的孩子。趙曼性情暴躁，如果私通的事情被他發現，後果會不堪設想。姑蘇主假裝有病，回娘家調理，生下一對雙胞胎女兒，姐姐命名趙宜主，妹妹命名趙合德，悄悄派人把兩個孩子丟到野外。過了三天，姑蘇郡主自己親往視探，兩個孩子竟還活著，於心不忍，就抱回來送給馮萬金撫養。馮萬金死後，趙宜主姐妹無法生活，輾轉流落到長安，在一條巷子裏租屋住下。就在她們租住的房子緊鄰，住著一個叫趙臨的人，趙宜主常常做一些刺繡送給趙臨，趙臨覺得不好意思，就乾脆收她們為義女。趙臨在陽河公主府中做事，趙宜主女士姐妹就被介紹到陽河公主家打雜，跟著公主府中的舞女偷偷學習舞蹈，結果比那些專業的舞女跳得還好，於是公主就讓他們做了舞女。

　　趙飛燕到底是怎樣進入皇宮的？《漢書》上說：「成帝嘗微行出。過陽阿主，作樂，上見飛燕而說之。」〔註11〕漢成帝之所以在眾多舞女中獨獨看中了趙飛燕，一是因為她的相貌出眾，隆隆的乳房和細細的柳腰，步履輕盈，小鳥依人，好像飛燕一樣可愛，也是因為她的舞姿最為優美。整頓飯，成帝的眼睛一直盯著趙飛燕，公主當然注意到了成帝的神情，等成帝要離開的時候，公主就提出讓趙飛燕去侍候皇上，成帝很高興地接受了。小說《昭陽趣史》中卻是另一種說法。在小說中，趙臨被寫成極有權勢的大臣，趙飛燕姐

〔註11〕〔東漢〕班固《漢書》第 997 頁，北京：中華書局，2007。

妹通過金婆租住了趙府的西側的花廳。正好趙府要尋個繡娘，做兩套百花衣服，趙飛燕就求金婆將繡好的一幅美人圖作為進見禮送給趙臨。趙臨將趙飛燕姐妹招去，看她們長得標緻，就收她們為義女。飛燕、合德入了趙府，終日做些針線活，閒時就學習歌舞，因為勤奮好學，不上半年就將歌舞學得十分精妙。漢成帝駕幸趙府，趙臨叫飛燕出來獻舞，成帝為她的容貌和歌舞所著迷，於是趙臨主動將趙飛燕獻給成帝。小說中的這種說法，與正史中的記載顯然不合。

趙飛燕入宮後，馬上被封為婕妤，許皇后被廢掉後，成帝又急著要封她為皇后，甚至不惜與持反對意見的太后發生衝突。成帝為什麼會對趙飛燕這麼著迷？除了趙飛燕相貌美麗，舞蹈精妙之外，應該還有別的原因，那就是床上工夫。《趙飛燕外傳》中寫馮萬金家中有彭祖房中書，趙飛燕很小的時候就讀了，學會了所謂的氣術。漢成帝將趙飛燕接到宮中，當晚就要與她性交。趙飛燕的姑表妹樊嫕在宮中做事，為趙飛燕捏了一把汗，因為她知道趙飛燕在進宮前曾與一個叫射鳥兒的發生性關係，一定不是處女了，皇帝發現了，那可是欺君之罪，可能是要殺頭的。據說射鳥兒是個羽林郎，當趙飛燕姐妹生活貧困的時候，要仰仗射鳥兒的幫助，於是與他私通。有一天晚上，趙飛燕與射鳥兒約會，在射鳥兒的房子外等了很長時間，天氣寒冷，下起了大雪，趙飛燕閉息順氣。射鳥兒來了，將她帶到屋子裏，脫光衣服，發現趙飛燕身上沒有起疹粟，抱在懷裏竟然很溫暖，射鳥兒大為驚奇，認為趙飛燕是神仙。在《昭陽趣史》中，射鳥兒被寫成風流浪子，趙飛燕姐妹流浪帶長安，靠賣草鞋為生。射鳥兒看飛燕姐妹天姿國色，體態妖嬈，意欲娶為妻子，因而經常接濟她們。到了冬天，趙飛燕姐妹家中柴米都用完了，沒有地方買柴米，正在愁苦的時候，射鳥兒送來了柴米。趙飛燕姐妹心中感激，就答應了射鳥兒性交的要求。

《趙飛燕外傳》描寫趙飛燕與漢成帝的第一夜：「及幸，飛燕瞑目牢握，涕交頤下，戰慄不迎帝。帝擁飛燕，三夕不能接，略無譴意。」〔註12〕趙飛燕的陰部太緊，漢成帝費了一晚上也沒有做成愛，反而把趙飛燕疼得淚流不止，渾身顫抖。漢成帝反而很高興，以為趙飛燕是個難得的處女，當其他妃子問漢成帝為什麼這麼喜愛趙飛燕時，他回答說：「豐若有餘，柔若無骨，遷

〔註12〕〔漢〕潢水伶玄《飛燕外傳》，〔明〕程榮纂輯《漢魏叢書》第33冊《飛燕外傳》第2頁，明萬曆新安程氏刻本。

延謙畏，若遠若近，禮義人也，寧與女曹婢脅肩者比邪？」〔註13〕趙飛燕很苗條，但又不是瘦骨嶙峋，身上有肉，很柔軟，就好像沒有骨頭一樣。特別是她懂得「禮義」，能夠守住貞潔。一直到了第四天的晚上，漢成帝才「幸」了趙飛燕，鮮血將席子都染紅了，趙飛燕果然是個處女。樊嬺覺得很奇怪，就偷偷地問趙飛燕：「難道射鳥兒沒有性能力嗎？」趙飛燕告訴她：「吾內視三日，肉肌盈實矣。帝體洪壯，創我甚焉。」〔註14〕意思是運用彭祖的房中術，三天內使陰部變得像處女一樣緊實，而漢成帝的性具又很大，所以使她流了很多血。

三、趙飛燕形象的妖化

在《昭陽趣史》中，趙飛燕姐妹被描寫為性能力超群的人，不僅因為她們學過彭祖的房中採補術，還因為她們是九尾狐狸精和燕子精轉世。在海外仙山松果山上的悟真仙境中，住著一隻長生不老的九尾野狐，原來曾經化身為姐己，毀滅了商朝，後來到這座山中修行了數千年，聚集了數千隻小狐，自稱悟真王。悟真王精通陰陽採補之法，但一直採得真陽，所以不能成正果。在一個陽光明媚的春天，悟真王下山尋找有道骨的男子，採取他的元陽。而在松果山西面有一座青邱山，山上有一個紫衣道院。住著一個成精的燕子，自稱為紫衣真人，性極好淫，修練了五百多年，必須採取真陰，才能成就正果。這天他下山尋找女子採真陰，遇到了悟真王變化成的女子，於是將女子領回洞中，與她交媾。悟真王變化的女子將兩腿夾得緊緊的，要等燕精陽泄才放鬆，好取他元陽。燕精抵擋不住狐精的法術，被他用運氣收鎖之法，在燕精環跳穴中一點，一泄如注。第二天醒來，悟真王因為得了元陽，滿面生光，精神百倍，躍躍便有仙氣，而燕精則精神萎靡，於是想找仙草煉陰丹補一補，再取他真陰。而悟真王趁燕精出門採藥，尋找藉口出了山洞，回到了自己的洞府。燕精知道狐精彩了自己的真陽後，勃然大怒，興兵報仇。於是兩個精怪在山上大戰一場。而這一天正是天庭朝見的日子，北極祐聖真君和鄧天君上天朝見玉帝，從山上經過，將兩個精怪逮住，押到天庭，讓玉帝發落。玉帝下令將二精打入凡間，轉世為姐妹，讓燕精成為萬民主母。

〔註13〕〔漢〕潞水伶玄《飛燕外傳》，〔明〕程榮纂輯《漢魏叢書》第33冊《飛燕外傳》第2頁，明萬曆新安氏刻本。

〔註14〕〔漢〕潞水伶玄《飛燕外傳》，〔明〕程榮纂輯《漢魏叢書》第33冊《飛燕外傳》第2頁，明萬曆新安程氏刻本。

　　趙飛燕進宮後不久，她的妹妹趙合德也到了宮中，被漢成帝封爲昭儀。趙合德入宮的經過，史書中沒有記載，一種說法是趙飛燕擔心成帝喜新厭舊，時間久了會疏遠自己，於是將妹妹引進宮中，姐妹聯合起來，鞏固自己的地位。另一種是《趙飛燕外傳》和《昭陽趣史》中的說法，漢成帝從樊嫕那裡聽說趙飛燕還有一個妹妹，容貌和趙飛燕不相上下，於是派舍人呂延福用百寶鳳毛步輦車去接趙合德，趙合德一開始沒有答應，沒有她姐姐的允許，即使是皇帝的命令，即使是被殺頭，也不敢進宮。呂延福回來，將情況告訴了漢成帝，漢成帝知道趙飛燕不會答應，乾著急沒有辦法。還是樊嫕想了辦法，模仿趙飛燕的筆跡寫了一封信，又偷偷地蓋上趙飛燕的印章，這才將趙合德召進了宮中。但趙合德還是不敢與漢成帝同房。於是樊嫕又出主意，爲趙飛燕另建了一座遠條館，賞賜給她一頂紫茸雲氣帳，一個雕有花紋的玉几等。樊嫕又去勸趙飛燕，她自己不能生子，讓她的妹妹生子，她的地位才能鞏固。趙飛燕認爲她的說法有道理，這才同意趙合德與漢成帝同房。

　　那天晚上，趙合德令漢成帝欲仙欲死。漢成帝賞賜給樊嫕鮫文萬金錦二十四匹，封趙合德爲婕妤。許皇后不久被罷黜，漢成帝要擢升趙飛燕當皇后，可皇太后嫌趙飛燕出身微踐，不肯答應。衛尉淳于長是皇太后姐姐的兒子，他將皇太后的意思告訴了漢成帝。於是公元前 16 年，趙家姐妹入宮不過兩年，劉驁先生下令封趙臨爲成陽侯，接著就要提升趙飛燕爲皇后，趙合德爲昭儀。

　　有的大臣對此提出疑義，諫大夫劉輔上奏疏說：

> 天之所與，必先賜以符瑞。天之所違，必先降以突變，此自古之占驗也。昔武王周公，承順天地，以饗魚鳥之瑞，然猶君臣祗懼，動色相戒。況於季世，不蒙繼嗣之福，屢受威怒之異者乎。雖夙夜自責，改過易行。妙選有德之世，考卜窈窕之女，以承宗廟，煩神祗，子孫乏祥，猶恐晚暮，今乃觸情縱慾，傾於卑賤之大，欲以母天下，感莫大焉。但曰：『腐木不可以爲柱，人婢不可以爲主。』天下之所不平，必有禍而無福，市途皆共知之，朝廷乃莫敢一言。臣竊傷心，不敢不冒死上聞。〔註15〕

　　在奏疏中。劉輔認爲上天沒有降福，反而屢屢降禍，發生天災，而漢成帝不僅不自我反省，反而在這個時候迷戀女色，提升一個出身卑賤的女子做皇后，不僅上天不答應，連老百姓都憤憤不平。漢成帝看了奏章，大爲震怒，

〔註15〕　〔東漢〕班固《漢書》第 3252 頁，北京：中華書局，1962。

下令將劉輔抓起來，押到掖廷祕獄中，嚴刑拷打。中朝左將軍辛慶忌、右將軍廉襃、光祿勳師丹、太中大夫谷永聯名保救，漢成帝這才將劉輔移送到考工獄，免了他的死罪，罰他去做苦工。其他官員再也不敢提意見了。公元前一六年，漢成帝正式冊立趙飛燕爲皇后，擢升趙合德爲昭儀。距她們在陽阿公主家當地位低微的歌女，不過兩年時間。爲了取悅趙飛燕，漢成帝特意在皇宮太掖池建造一艘華麗的御船，帶著她泛湖賞景，由侍郎馮無方吹笙伴奏。

四、宮廷中的陰謀和淫亂

　　美中不足的是，趙飛燕姐妹一直沒有懷孕，而且似乎不是漢成帝的問題，因爲漢成帝與一個姓曹的宮女只睡了一個晚上，就讓她懷上了孩子。這個宮女叫曹宮，擔任學事史，不但貌美如花，而且有才學，給趙飛燕講授《詩經》。曹宮在牛官令舍中爲漢成帝生下了第一個兒子。懷孕和生育都是偷偷摸摸的，但還是讓趙合德知道了，這就給曹宮帶來了災難。《趙飛燕別傳》中說：

> 宮女朱氏生子，宦官李守光奏帝，帝方與昭儀共食，昭儀怒言於帝曰：『前者帝言自中宮來，今朱氏生子，從何而得也？』乃以身投地，大慟。帝自持昭儀起坐。昭儀呼宮吏祭規曰：『急爲吾取此子來。』規取子上，昭儀謂規曰：『爲吾殺之。』規疑慮，昭儀怒罵曰：『吾重祿養汝，將安用也？不然並戮汝。』規以子擊殿礎死，投之後宮。後宮人凡孕子者，皆殺之。〔註16〕

　　無論是正史還是野史，都沒有趙飛燕參與殺害宮妃和皇子的記載，而按照《漢書》的記載，是漢成帝親自下的命令。漢成帝死後，漢哀帝繼位，尊趙飛燕爲皇太后，封趙飛燕的弟弟侍中駙馬都尉趙欽爲新成侯。司隸解光上書，表示對朝廷的封賞大不理解，在奏疏中，詳細講述了趙合德殺害許美人、曹宮所產皇子的經過。趙合德得知曹宮生子的消息，馬上通過漢成帝下了一道詔書，下令掖廷獄丞籍武逮捕曹宮和新生的嬰兒，以及在旁伺候的六名宮女，關到暴室獄中。曹宮母子入獄的第三天，中黃門田客帶著漢成帝的詔書，問籍武：「孩子死了沒有？」籍武回答：「仍然健在。」田客回去向皇帝回報，一會兒跟蹌著跑回來，喘著氣說：「主上和昭儀火冒三丈，你要完啦，爲啥不早一點把孩子殺掉？」籍武不忍心殺害皇帝的骨肉，田客再回去報告。趙合

〔註16〕　〔北宋〕秦醇《趙飛燕別傳》，見劉斧《青瑣高議》第 76 頁，上海：上海古籍出版社，1983。

德交給田客另一張皇帝詔書，命令籍武把孩子交給中黃門王舜。籍武問田客：「皇帝有什麼反應？」田客說：「瞠也。」「瞠」也就是兩眼發直，什麼都不管了，全聽趙合德發付。孩子抱走後，田客將一個綠色的箱子交給了籍武，箱上有漢成帝的親筆簽字，命令籍武監督曹宮將箱子中的毒藥服下。另外漢成帝還寫了一封信給曹宮，信上寫著：「告偉能：努力飲此藥，不可復入，汝自知之。」〔註17〕偉能是曹宮的別號，於此可見漢成帝對曹宮還是有一絲感情。曹宮服毒而死，服侍她的六位宮女被逼自殺。嬰兒被王舜抱回後，並沒有馬上殺掉，而且還選了一位名叫張棄的宮女做乳母。這應該是漢成帝的意思。但不久趙合德知道了這件事，就派宮長李南拿著皇帝的詔書將孩子抱走了，從此再也沒有孩子的消息。

這件事剛過不久，又發生了許美人事件。公元前一一一年十一月，許美人生下一個兒子。漢成帝很高興，暗中派中黃門靳嚴陪同御醫前去探望，又送給許美人三粒保養身體的名貴丸藥。一天晚上，行完房事，漢成帝將許美人生子的事告訴了趙合德。趙合德一聽，睜大了眼睛，質問漢成帝：「你不在我這裡睡覺時，總一口咬定住我姐姐那裡，許美人的兒子是怎麼生出來的？」她大鬧了一整夜，漢成帝好容易才把她勸住。趙合德連續折騰了很長時間，漢成帝最後只好派靳嚴拿著詔書，到許美人那裡把孩子抱來。靳嚴把孩子裝到一個小箱裏，帶到趙合德的宮中，漢成帝將所有的人都趕出去，只剩下趙合德。過了一會，漢成帝叫田偏進來，把小箱子包紮好，派中黃門吳恭拿著詔書，送給籍武，命令他將箱裏的嬰兒屍體秘密埋葬，不要讓任何人知道。到底是誰下手害死的嬰兒，一直是個謎，漢成帝死後，趙合德被賜死，她的罪名之一就是殺害了這個嬰兒。

趙飛燕姐妹對能生育孩子的宮妃那麼仇恨，是因為她們自己不生育。她們為了生個龍子，一定想盡了各種方法。其中一個辦法就是借精生子。《趙飛燕別傳》中說，趙飛燕經常用小牛車載年輕人進宮和她通姦。有一天，皇帝只帶了三四個人往後宮去，趙飛燕正在和少年交媾，宮女急忙打暗號，趙飛燕驚慌地出去迎接皇帝。皇帝見她頭髮散亂，講話語無倫次，心裏有點懷疑，才坐下沒多久，又聽到簾子後有人咳嗽的聲音，就離開了。從此皇帝就有了殺死趙飛燕的念頭，只是看在昭儀的情分上還忍耐著。有一天，皇帝本來在和趙合德飲酒，忽然生起氣來，直瞪著趙合德，趙合德嚇得伏在地上請罪，

〔註17〕 〔東漢〕班固《漢書》第 3991 頁，北京：中華書局，1962。

皇帝拉著她的手，將那天在趙飛燕的宮中見到的事情講了一遍，咬著牙說：「我要砍下她的頭，斷下她的手腳，扔到廁所裏，才能解恨。」趙合德哭著爲姐姐求情，表示自己情願被丟下鍋烹煮，被刀斧砍殺，但不願姐姐被殺。漢成帝趕快站起來抱住趙合德，表示願意放過皇后，但一定要查出簾子後躲的人。後來查出來了，是宿衛陳崇的兒子。漢成帝就派人去殺了他，並免除了陳崇的職務。事情過後，趙合德去見姐姐，把皇帝的話全部告訴她，並勸姐姐要注意言行舉止，以免殺身之禍。

　　《昭陽趣史》中寫趙飛燕先是與射鳥兒、慶安世私通，又別開一室，號爲留春室，在那裡淫樂。小說寫趙飛燕與眾少年群交的場面，將性交寫成了一場戰爭遊戲：

　　　　待等次日分付宮女整酒在百尺臺上，飛燕攜了射鳥兒的手，帶了少年十六人，宮娥三十餘人，同到臺上。射鳥兒道：「如今卻要怎生行樂？」飛燕道：「把少年十六人分爲四隊，列在東西南北，都要赤身。把一面小鼓繫在臍下，你居中，隊號爲陽迷大王。我與你在臺上大戰。又使一個宮女爲監軍，也要赤身騎在馬上，手執日字令旗在各隊中。聽得肉具打得鼓聲連響的就是壯陽，待我戈倒，即封帳前先鋒入中軍受職。如此三番鼓，聲寂的爲陽弱兵，賜他宮娥，令他養銳待戰。」射鳥兒道：「有趣，有趣！」

　　　　即令眾人分了隊，繫了鼓。飛燕把衣服脫得乾乾淨淨，坐在醉翁椅上，把兩腿拍開。射鳥兒也脫得精赤條條，……只見那些少年，那一個不動興，只聽得四下咚咚鼓響。飛燕大笑道：「妙，妙！」把射鳥兒緊緊摟定，做出許多光景。射鳥兒一時掙挫不過，陽精直注。飛燕道：「這樣不濟事，罰在轅門外待罪。」那監軍在隊中，聽見鼓聲連連大振，即忙送到臺上，飛燕叫他解下了鼓，就與他交媾。飛燕把牝具揩淨了，把肉具仔細一看，果然雄壯，約來有八寸多長。

　　　　飛燕道：「這樣雄兵才中我的意思。」（卷下）〔註18〕

　　趙合德勸告姐姐要檢點，實際上她自己也不檢點。按照野史的記載，趙合德姐妹都曾經與一個叫燕赤鳳的男子私通。燕赤鳳是宮中的官奴，一表人才，虎臂熊腰，先是被趙飛燕看上了，後來又與趙合德私通。《趙飛燕外傳》

〔註18〕　〔明〕古杭豔豔生《昭陽趣史》卷下，《思無邪匯寶》第3冊《昭陽趣史》第174～175頁。

中描寫，有一天燕赤鳳剛剛離開趙合德的寢宮少嬪館，恰好被趙飛燕看見了。那天正是公元前一四年農曆十月五日，依宮廷慣例，每年十月五日都要遙祭皇帝祖先的在天之靈。在歌舞中有「赤鳳來」一曲，趙飛燕問：「赤鳳剛才為誰來？」趙合德回答：「赤鳳當然為姐姐來，他肯為別人來呀？」趙飛燕惱羞成怒，抓起酒杯摔向趙合德，趙合德一閃，酒杯擊中她的裙邊。趙飛燕狠狠讀水：「老鼠想咬人呀。」趙合德反唇相譏：「老鼠不想咬人，只不過想在衣服上咬個洞，看看裏面是啥貨色。」在一旁服侍的樊嬺叩頭出血，請兩姐妹平靜下來，拉著趙合德向姐姐道歉。趙飛燕抱著妹妹，流下了眼淚，親手摘下頭上的紫玉九雛釵，給妹妹梳理秀髮。

借種行不通，趙飛燕就想出了另一個辦法，那就是假裝懷孕，到生產的時間就從外面找一個嬰兒裝成自己的兒子。當然首先得要皇帝與她同床一晚。趙飛燕生日的時候，趙合德和皇帝一同前往祝賀，趙飛燕喝著酒，不由自主流下眼淚，漢成帝忙問原因，趙飛燕講起了初識漢成帝的情景，她在陽阿公主家當歌女時，漢成帝到公主家去，她站在公主背後，成帝目不轉睛地看著她。公主知道成帝的意思，教她伺候皇帝，成帝把她帶到更衣室上床，「下體嘗污御服」，成帝沒有洗掉，要留著作紀念。當時成帝咬的牙痕，仍留在她的脖子上。漢成帝聽了，也心有所動，禁不住四顧歎息。趙合德知趣，先行告辭，成帝就留下來和趙飛燕過了一個晚上。三個月後，趙飛燕宣稱懷了孕，而且寫了一封箋奏送給成帝，箋奏上說：

> 臣妾久備掖庭，先承幸御。遣賜大號，積有歲時。近因始生之日，須加善視之私，特屈乘輿，親臨末掖。久侍宴私，再承幸御。臣妾數月來，內宮盈實，月脈不流，飲食甘美，不異常日。知聖躬之在體，夢天日之入懷。虹初貫日，總是珍符。龍據妾胸，茲為佳瑞。更期蕃有神嗣，抱日趨庭。瞻望聖明，踴躍臨賀。僅此以聞。

〔註19〕

這段話的意思是：「我自來到皇宮，獲你的寵愛，賜給皇后的尊號，已為時很久。最近因過生日的緣故，你念及一向待我的恩情，再度駕臨我這裡，重新上床。數月以來，月經未至，雖然飲食仍能照常，但我知道你的遺體已在我腹，天神已按我懷。彩虹橫貫太陽，應是好的徵兆，黃龍盤據我的酥胸，

〔註19〕〔北宋〕秦醇《趙飛燕別傳》，見劉斧《青瑣高議》第 76 頁，上海：上海古籍出版社，1983。

更是一種祥瑞。希望能蕃延後嗣，抱著皇子趨庭晉見。仰望有一天，你高坐堂上，接受天下祝賀，滿心歡樂。」漢成帝看了之後，大爲高興，下令對趙飛燕加倍服侍。十月期滿，趙飛燕派心腹宮使王盛在長安郊外，用一百兩銀子買下一個嬰兒，裝在小箱裏，悄悄運進皇宮。趙飛燕大喜過望，可是打開一瞧，嬰兒已死。原來箱蓋太密，被活活窒息。王盛又買了一個嬰兒，在箱蓋上鑽了幾個小洞，再運回皇宮，當王盛走到宮門口時，嬰兒忽然哭起來，嚇得他渾身冒汗，趕忙止步。在宮外等了一陣，等到好容易不哭，再要進去，走到宮門，嬰兒又哭了。接連幾次，王盛害怕了，於是決定放棄了。趙飛燕沒有辦法，只好宣稱自己流產了。漢成帝連連歎息。趙合德知道姐姐的計謀，就警告姐姐不要再去冒險。實在沒有辦法了，只好過繼一個劉家子弟做太子，正好定陶王進京朝見，傅太后賄賂趙飛燕姐妹，於是定陶王被立爲太子。

五、溫柔鄉與漢成帝之死

　　漢成帝爲什麼這麼害怕趙飛燕姐妹特別是趙合德？爲了她們，漢成帝不僅殺死了自己所愛的女人，甚至殺死自己的親生骨肉，最後落了個斷子絕孫的下場。漢成帝是一國之君，有生殺大權，當然不會眞的害怕趙合德，而是太愛她了。趙合德什麼地方讓漢成帝這麼著迷？是她的容貌，她的溫軟的胸部，她的迷人的裸體。趙合德體態豐腴，玉肌滑膚，美豔嫵媚與趙飛燕不相上下。漢成帝將趙合德的酥胸稱爲「溫柔鄉」，表示自己要終老此鄉，也不願效法老祖宗劉徹去追求白雲鄉。

　　有一次，趙合德正在洗澡，漢成帝去偷看她的裸體。侍者告訴了她，她急忙從浴盆裏出來，跑到燭臺後躲避，實際上是讓成帝看遍了她的裸體，讓成帝心惑目眩。等趙合德再洗澡，漢成帝就偷偷賞賜給侍者金錢，叫她不要做聲。成帝從屏風縫隙中看趙合德洗澡，看著那雪白的肉體，魂魄都失去了。《趙飛燕別傳》這樣描寫：「蘭湯灩灩，昭儀坐其中，若三尺寒泉浸明玉。」〔註20〕宋代的文學家蘇軾讀到這段描寫，不禁拍案稱絕，當然也不由自主想入非非了。據說漢成帝看完趙合德的美體，對身邊的太監說：「自古以來皇帝沒有兩個皇后，如果有的話，我一定要把昭儀立做皇后。」後來成帝爲趙合德修宮殿，特地用藍田玉鑲嵌了一個大浴缸，注入豆蔻之湯，更顯水光瀲灩。

〔註20〕〔北宋〕秦醇《趙飛燕別傳》，見劉斧《青瑣高議》第 76 頁，上海：上海古籍出版社，1983。

趙飛燕當然也聽說了成帝偷看洗澡的事，於是也學著洗澡，吸引成帝來看。漢成帝來了以後，趙飛燕才開始沐浴，她赤身裸體，千嬌百媚地挑逗皇上，還不時地故意往皇上身上灑水，以為會給皇上帶去新鮮的刺激，誰知這一招讓成帝大倒胃口，沒等她洗完就匆匆離去了。漢成帝對趙合德的肉體是那麼著迷，以至於要看著她的肉體才能勃起。漢成帝曾經在早晨打獵，受了風寒，因而陽氣不足，陽痿不舉，但只要握住趙合德的腳，性具就會暴起。

漢成帝在趙合德身上耗盡了全部精力。身體很快衰弱下去。有一天，他去長信宮朝見皇太后，皇太后看到他彎腰駝背，骨瘦如柴，哭著說：「帝間顏色瘦黑，班侍中本大將軍所舉，宜寵異之，益求其比，以輔聖德。」〔註21〕《趙飛燕別傳》中說，皇帝逐漸走路遲鈍、步履蹣跚、精神疲憊，沒有辦法行房事。有一個道士獻上一種大丹丸。這種丹丸要在火裏焙煉一百天才會煉成。用大甕裝滿水，把丹放在水裏，水馬上就沸騰了，要再把水倒掉，重新換上新水。這樣連續做十天，水不再沸騰之後，藥才能服用。皇帝每天吃一顆，就可以和昭儀行房事。有一天晚上，皇帝在太慶殿，昭儀喝醉了酒，一下子喂皇帝吃了十粒這種大丹。前半夜，皇帝在紅色的帷帳中擁抱著昭儀，還吃吃笑個不停。到半夜時分，皇帝昏昏沉沉的，一會兒躺著，一會兒趴下。昭儀急忙起來，點亮蠟燭，只見皇帝精液像泉水一樣不斷流出來，不一會兒皇帝就死了。太后馬上派人審問昭儀，並且追問皇帝得病的起因，昭儀竟嚇得上弔了。漢成帝死在了趙合德身上，精盡人亡，真的從此長留「溫柔鄉」了。《趙飛燕外傳》中則說趙合德一次給成帝吃了七顆藥：「昭儀輒進帝，帝御，一丸一幸。一夕，昭儀醉進七丸，帝昏夜擁昭儀居九成帳，笑吃吃不絕。抵明，帝起御衣，陰精流輸不禁，有頃，絕倒。挹衣視帝，餘精出湧，沾污被內。須臾帝崩。宮人以白太后，太后使理昭儀，昭儀曰：『吾持人主如嬰兒，寵傾天下，安能斂手披庭令爭帷帳之事乎？』拊膺呼曰：『帝何往乎？』遂嘔血而死。」〔註22〕

漢成帝所服用的是一種毒性很強的春藥，《趙飛燕別傳》中說：「有方士獻大丹，其丹養於火，百日乃成。先以甕貯水，滿，即置丹於水中，即沸，又易去，復以新水，如是十日，不沸，方行服用。」〔註23〕漢成帝的死亡方

〔註21〕　〔東漢〕班固《漢書》第 4204 頁，北京：中華書局，1962。

〔註22〕　〔漢〕潞水伶玄《飛燕外傳》，〔明〕程榮纂輯《漢魏叢書》第 33 冊《飛燕外傳》第 8 頁，明萬曆新安程氏刻本。

〔註23〕　〔北宋〕秦醇《趙飛燕別傳》，見劉斧《青瑣高議》第 76 頁，上海：上海古籍出版社，1983。

式和明代《金瓶梅》中西門慶的死亡有驚人的相似之處。《金瓶梅》第七十九回寫潘金蓮一次用燒酒給西門慶服用了三粒藥丸：

> 醉了的人，曉的甚麼，合著眼只顧吃下去。那消一盞熱茶時，藥力發作起來，婦人將白綾帶子拴在根上，那話躍然而起。但見裂瓜頭凹眼圓睜，落腮鬍挺身直豎。婦人見他只顧睡，於是騎在他身上，又取膏子藥安放馬眼內，頂入牝中，只顧採搓，那話直抵芭花窩裏……又勒勾約一頓飯時，那管中之精，猛然一股邀將出來，猶水銀之瀉筒中相似，忙用口接，咽不及，只顧流將起來。初時還是精液，往後盡是血水出來，再無個收救。西門慶已昏迷過去，四肢不收。婦人也慌了，急取紅棗與他吃下去。精盡繼之以血，血盡出其冷氣而已，良久方止。婦人慌做一團……〔註24〕

幾天之後，西門慶死去，死時三十三歲。漢成帝死時四十六歲。

六、一代豔后的悲劇結局

趙合德死後，趙飛燕變得勢單力薄，而宮廷中的權力結構也開始變化。劉欣繼位，就是漢哀帝，其生母成了皇太后，祖母傅氏成了太皇太后。趙飛燕也被稱為皇太后，可是已失去了權力，太皇太后王政君的家族子弟開始重掌政權。趙合德雖死，太皇太后王政君仍然下令要徹查成帝的死因。公元前七年的冬天，司隸校尉解光上奏，要求將趙氏全族斬首。但漢哀帝感激趙氏姐妹，因為她們，他才登上皇帝的寶座，所以將趙氏家屬發配充軍，而沒有涉及趙飛燕。漢哀帝公元前七年登極的，公元前一年，才二十六歲就死了，他的祖母先他一年就死去了，趙飛燕失去了所有的靠山。擔任司馬的王莽說服了姑母王政君，以太皇太后的名義，頒佈詔書：「皇太后與昭儀，俱侍帷幄，姐妹專寵，殘滅繼嗣，悖天犯祖，無為母之義。貶皇太后為孝成皇后，徙居北宮。」趙飛燕到北宮不到一個月，又來來第二道詔書：「皇后自知罪惡深大，朝請希闊，失婦道，無共養之禮，而有狼虎之毒，宗室所怨，海內之仇也，而尚在小君之位，誠非皇天之心。夫小不忍亂大謀，恩之所不能已者義之所割也，今廢皇后為庶人，就其園。」〔註25〕趙飛燕被廢為庶人，前去看守她丈夫劉驁的墳墓。就在那天晚上，趙飛燕痛哭一場，自殺身亡。

〔註24〕　〔明〕蘭陵笑笑生著，梅節校訂《金瓶梅詞話》第1119～1120頁，香港：夢梅館，1993。

〔註25〕　〔東漢〕班固《漢書》第3984～3999頁，北京：中華書局，1962。

客觀地說，趙氏姐妹以美色事人，以美色謀生，她們當然不會毒死皇帝，而皇帝因性交過度而死，沒有任何證據，全為小說家言。即使真的是西門慶式的死亡，責任也在皇帝，趙飛燕姐妹無法拒絕皇帝的性要求。至於殺害宮妃和她們生育的皇子，即使正史也承認是皇帝發佈的詔令，從始至終皇帝對情況都一清二楚。許美人所生兒子的死亡，更是歷史上的懸案，即使是趙合德下手弄死了皇子，而皇帝當時在旁邊看著。後世就有人提出了疑問，認為趙合德殺害嬰兒應該是王莽等人編造來誣陷趙氏姐妹，從而排除趙家在朝中的勢力的。漢成帝無論如何都不可能殺死自己的兒子，也不可能看著趙合德殺死自己的兒子。實際上，在趙飛燕姐妹入宮以前，許皇后和班婕妤都生過兒子，都沒有養活。曹宮和許美人的死，或許是趙飛燕姐妹所讒害，但趙飛燕姐妹的所作所為，深究起來，其中必有身處傾軋紛爭的權力鬥爭核心，不得已而為之的苦衷。

即使是正史和野史的說法屬實，殺害宮妃皇子都是趙合德所為，趙飛燕似乎一點都不知情。實際上，自從趙合德入宮之後，漢成帝的目光全轉移到了趙合德身上，趙飛燕甚至為此與妹妹產生過矛盾。現在看來，將妹妹引進宮廷，可能是趙飛燕的失策，趙合德的所有過錯都被加到了趙飛燕的身上。趙合德迷倒了漢成帝，想辦法除去了許美人等潛在的威脅，無疑鞏固了趙飛燕姐妹的地位。但也正是趙合德的所作所為，留下了政敵人攻擊的把柄，最後斷送了姐妹兩人的性命，真的是「成也蕭何，敗也蕭何」。

趙飛燕的一生真的難以評說，無法說是悲劇還是喜劇，只能說是一部傳奇。如果沒有被漢成帝看中，如果沒有進入宮廷，也許會平安過一生，不會有最後的悲慘結局，但那樣的一生可能是無意義的一生，甚至是貧困潦倒的一生。趙飛燕的一生可謂坎坷，出生之時就遭遇遺棄，早年的婢女生活是灰色的，進入宮廷之後，雖然很風光，但是內有皇太后王政君及其龐大的王氏家族的虎視眈眈，外有朝野上下對漢成帝昏聵無能的指責，能夠安寢的時光也不會很多。關於趙飛燕的一切罪責，主要是從漢成帝死後解光的一篇奏詞衍演而來。至於事實真偽，趙氏姐妹在其中起到的作用究竟占多大比重，卻是不得而知。只要看王莽後來所作所為，編造謊言是他的強項，而成帝一死，趙飛燕無子，失去了靠山，解光轉而投靠迎合王氏，揣摩王氏的意思，上疏誣陷趙飛燕姐妹，完全是有可能的。此後的傳說雜記，都沿著解光的奏疏，加以發揮，於是趙飛燕姐妹成了一代淫娃，成了帶有邪惡色彩的美女。

　　但趙飛燕的故事還沒有完。《趙飛燕別傳》寫趙合德死後，趙飛燕做了一個夢，在夢裏嚇得哭了很久，宮女來探視，她才醒來。她向宮女講述她的夢境說：「我剛才在夢中見到皇帝了，皇帝從雲端裏賜給我座位。他派人為我端茶，但他手下有人奏道：她從前侍奉皇帝時不規矩，沒有資格喝茶。我心裏很不高興，就又問皇帝：『昭儀在哪裏？』皇帝說：『因為她好幾次殺死我的兒子，現在已被罰變成巨黿，住在北海的陰水洞裏，受千年冰寒之苦。』所以我才大哭。」後來北邊的大月氏王在海上打獵，見到一隻巨黿爬到洞穴外面，頭上還插著玉釵，仰望水面，好像對人還有依戀。大月氏王派使者到中原問梁武帝，梁武帝就用昭儀的故事來答覆他。

　　在《昭陽趣史》中，趙合德死後，魂魄去見玉帝，請求玉帝讓他早升仙界，玉帝說：「你這業畜，本當點化，怎奈你在凡間，把成帝熱藥害死，宮人有孕者，悉皆殺戮，絕人子嗣，反增罪孽，未能脫化，且暫伺候。」叫左右快請如意真人，如意真人也就是成帝。玉帝告訴他：「他慾念未除，罰他陽世為女人。如今本當脫化，怎奈他害了真人，殺戮宮人，絕人子嗣，反增罪過，以此未能證果。如今貶去做個臣黿，在北海之陰水間，受千載水寒之苦，方許超昇。」成帝說：「正該如此。」〔註26〕趙飛燕自殺後，也到了天庭，玉帝對他說：「汝在宮中，未曾肆害。可惡你終日與外人淫亂，壞了家風，罰你做個猛虎，到佛牛山把那射鳥兒吃了，回到冷靜山中受千載飢餓之苦，以後方許超昇。」〔註27〕成帝認為玉帝處置得對。趙飛燕到山中變了一個猛虎，找到在山中正敲木魚念《金剛經》的射鳥兒，將射鳥兒吃了。然後趙飛燕和趙合德變回女身，去請成帝去向玉帝求情，玉帝答應了，就罰兩人在成帝的院內受戒，等三百年後，方許超脫。二人隨成帝回院，化了女身，道家打扮，朝夕修心煉性。到底能不能得道成仙，小說中沒有說。又過了幾百年，唐朝又出了一個武則天，一個楊貴妃，或者是他們又下凡了。

〔註26〕〔北宋〕秦醇《趙飛燕別傳》，《思無邪匯寶》第 3 冊《昭陽趣史》第 220～221頁。
〔註27〕〔明〕古杭豔豔生《昭陽趣史》卷下，《思無邪匯寶》第 3 冊《昭陽趣史》第221 頁。

第二十章 《隋煬帝豔史》：才子帝王的慾與情

　　隋煬帝楊廣是一個複雜的歷史人物。他有著個人魅力，有出色的文學才華，又充滿政治雄心，他即位後勵精圖治，建東都，開運河，四方巡遊，進行了一系列的制度改革。整體上看，隋煬帝功大於過，是一位頗有作為的帝王。他在統治後期變得剛愎自用，拒納諫言，但他並非如後來史書和故事中所寫的那樣壞。但唐朝以後，隋煬帝一直被認為是荒淫殘暴、窮兵黷武的暴君，這在很大程度上是因為《隋書》對隋煬帝的書寫。唐繼隋而立，為掩飾其奪取政權的非合法性，在官修史書《隋書》中對隋煬帝揚短避長，把隋煬帝寫成末代昏君。後來的野史雜記、詩文小說進一步竄改歷史，把隋煬帝描寫成荒淫無度、沉迷於女色的昏君，特別是《隋遺錄》和合稱《隋煬三記》的《海山記》《開河記》《迷樓記》這幾部筆記從各個角度寫隋煬帝的無道，為後世小說提供了素材。此後隋煬帝的暴君荒淫形象不斷被充實，到明清時期出現了幾部描寫隋煬帝故事的長篇小說，最有名的是《隋煬帝豔史》和《隋唐演義》。

一、隋煬帝的生前身後事

　　隋煬帝楊廣是隋朝開國皇帝隋文帝楊堅的次子。581 年隋朝建立，年僅十三歲的楊廣被封為晉王，出任并州總管。588 年，楊廣被任命為行軍元帥，率八路兵馬攻打陳朝，次年元旦攻下陳朝都城建康，俘虜了陳後主，楊廣晉升太尉。第二年年底，楊廣被任命為揚州總管，他派大將楊素為行軍總管，率

軍消滅了陳朝殘餘勢力。不久楊廣又擔任行軍元帥，同楊素一起率軍抗擊入侵的突厥，取得了勝利。唐代魏徵等人在史書中不得不承認：「煬帝爰在弱齡，早有令聞，南平吳會，北卻匈奴，昆弟之中，獨著聲績。」〔註1〕太子楊勇沒有顯赫功勳，而且性喜奢華，沉湎於酒色，逐漸失去了隋文帝和獨孤后的信任，隋文帝不久廢掉太子楊勇，立楊廣爲太子。604 年初，隋文帝得病，大小政事全部交楊廣處理。4 月隋文帝病情惡化，由尚書左僕射楊素、兵部尚書柳述、黃門侍郎元岩三人守候，召楊廣入居大寶殿。楊廣寫信給楊素徵詢善後事宜，楊素的回信被誤送到隋文帝手中，隋文帝閱後非常惱怒，他所寵愛的陳宣華夫人又來哭訴在換衣服時太子對她無禮，隋文帝拍床大罵，要召楊勇進宮，再立楊勇爲太子。楊廣接到楊素報信，先發制人，僞造詔書，囚禁了柳述、元岩，用東宮衛士更替仁壽宮衛士，「召左僕射楊素、左庶子張衡進毒藥」。〔註 2〕隋文帝中毒死後，楊廣又僞造詔書，令楊勇自盡。同年楊廣正式繼位，幼弟漢王楊諒不服，在并州起兵造反，很快被鎮壓。

楊廣繼位後，修馳道，掘長塹，四方巡遊，營建東都洛陽，開鑿運河，打通南北水路交通，積極進行了一系列的制度改革，尤其是科舉制的確立，適應了當時社會階層變動的需要，奠定了選拔人才的基本標準。隋煬帝繼承其父文帝楊堅的家業，積聚了大量財富，隋亡時，「天下儲積，可支五十年」。但因三征高麗，三遊江都，屢起興造，征伐不已，不恤民力，引發內叛外亂。大業十年，隋煬帝平定開國功臣楊素之子楊玄感聯合眾多貴族功臣子弟的反叛，但統治集團已四分五裂，各懷異心，全國各地盜賊蜂起，他仍不顧群臣反對，第三次征高麗，結果無功而返。大業十一年又匆忙第三次北巡，不料被突厥始畢可汗數十萬騎兵圍困在雁門，幸虧遠嫁始畢可汗的義成公主出手援救，隋煬帝才逃過一劫。脫險後，他從太原回到東都洛陽，下詔建造數千艘龍舟，準備三下江南。大業十二年，瓦崗軍在河南連戰連捷，消滅隋軍悍將張須陀，中原局勢失去控制。隋煬帝乘坐龍舟第三次下江都。大業十三年，李密領導的瓦崗軍匯聚多支義軍，攻佔隋朝第一糧倉興洛倉，發佈討隋檄文，全力進攻東都，奉命鎮壓的王世充退保洛陽。李淵從晉陽入關中，另立楊侑爲恭帝，遙尊隋煬帝爲太上皇。江南則有杜伏威、輔公祏起義。隋煬帝陷入精神全面崩潰狀態，據說他照著鏡子對蕭后說：「好頭頸，誰當斫之？」又對

〔註 1〕〔唐〕魏徵等《隋書》第 95～96 頁，北京：中華書局，1973。
〔註 2〕〔北宋〕司馬光《資治通鑒》第 5603 頁，北京：中華書局，1956。

蕭后說：「外間大有人圖儂，然儂不失爲長城公（陳後主），卿不失爲沈後（陳後主妻）。」〔註3〕他廣選江南美女充斥後宮，晝夜狂歡。爲了安撫思歸將士，隋煬帝將江都一帶的寡婦、未嫁之女強行配予將士，但並不能平息驍果衛士的情緒，統領驍果的虎賁郎將司馬德戡等推右屯衛將軍宇文化及爲首，聯絡宮內外人員，放出謠言：「陛下聞說驍果欲叛，多釀毒酒，因享會盡鴆殺之，獨與南人留此。」驍果將士「謀叛愈急」，三月十日晚，數萬驍果將士舉火起事，內外呼應，攻入宮中。面對叛軍，隋煬帝質問：「我何罪至此？」叛軍首領之一馬文舉歷數煬帝十大罪狀：「違棄宗廟，巡遊不息，外勤征討，內極奢淫，使丁壯盡於矢刀，女弱塡於溝壑，四民喪業，盜賊蜂起，專任佞諛，飾非拒諫。」隋煬帝不得不承認「我實負百姓」，但他不理解將領「榮祿兼極」爲何還要造反，司馬德戡說：「溥天同怨，何止一人！」〔註4〕隋煬帝早就準備好毒藥，令所幸諸姬隨身攜帶，但此時親隨皆四散逃亡，他不希望受鋒刃之辱，於是自解練巾，被縊殺而亡，蕭后與宮人撤漆床板爲小棺，將其草草葬於西院流珠堂。同一年，李淵在長安稱帝，建立唐朝。江都太守陳稜得到唐高祖李淵的允許，將隋煬帝改葬於吳公臺下，唐武德二年（619）再次改葬於揚州雷塘。

楊廣即位後勵精圖治，建東都和開運河是他的政治構想的一部分。東都洛陽「形勢險固，居中而應四方」，營建東都洛陽，開通大運河，以「得土之中，賦貢所均」的洛陽爲都，利用四通八達、連貫南北的大運河和相互貫通聯繫的江南水域，使政治中心與經濟中心統一，既免除了北方少數民族入侵對中央所造成的威脅，又將南北聯成一體，便於控制全國。開運河時，隋煬帝注意到了人力物力的節省，開通濟渠時爲了節省放棄了原來的計劃而另選捷徑，並將工程分散進行，隋煬帝還利用軍隊開渠以減輕對社會生產的影響。隋煬帝經略西域是爲了鞏固政權。突厥沙鉢略可汗頻頻出兵，嚴重威脅隋的邊境，吐谷渾也不斷騷擾隋的邊境，吐谷渾與西突厥互相聯合，彼此支持，難以對付，而且阻擋了中原與西域的政治、經濟和文化交流。隋煬帝經略西域，征服了突厥和吐谷渾，消除了邊患，隋與西域之間交通暢通，加強了中原與西域百姓的友好往來，促進了民族大融合。隋煬帝巡幸各地也是出自鞏固統治的目的。江南地區一直動盪不安，隋煬帝多次出巡江南，安撫和威嚇

〔註3〕〔北宋〕司馬光《資治通鑑》卷一百八十二第 5775 頁，北京：中華書局，1956。
〔註4〕〔唐〕魏徵等《隋書》第 1889 頁，北京：中華書局，1973。

並施。大業元年巡歷淮海，目的是瞭解民。同年八月巡幸江都，旨在炫耀皇威，給江南士族和少數民族以心理威懾。隋煬帝頻頻北巡，主要針對北方少數民族突厥和吐谷渾的威脅，加強對突厥、吐谷渾及其他少數民族的監視。隋煬帝巡幸山東河南是為了安撫百姓，調和矛盾，穩定形勢，加強政治控制。隋煬帝出兵高麗，是因為高麗出兵侵佔隋的領土，聯合契丹、靺鞨襲擾邊境，誘納亡叛，杜塞交通，掠奪貢賜物品，又勾結突厥與江左各國為害。

整體上看，隋煬帝有所作為，功大於過。他在位時間雖短，實施的措施對社會經濟和文化發展大有裨益。他的最大失誤在於急功近利，在短短的時間內連續下令掘長塹、營東都、鑿運河、造龍舟、巡遊江都、制羽儀等，役使男女數百萬，一項工役尚未完成，新的工役又起，一次巡遊剛結束，馬上又接著另一次巡行，百役繁興，六軍不息，沒有考慮國家和民眾的承受能力。由於勞役不息，百姓不堪重負，階級矛盾激化，而統治集團內部又重重矛盾，在此情況下又一再出兵高麗，使本來已激化的階級矛盾更加尖銳，導致了隋末大起義風暴，導致一個原本富強的國家在短短十來年的時間裏就土崩瓦解。唐代史臣評論隋煬帝：「萬乘之尊，死於一夫之手，億兆靡感恩之士，九牧無勤王之師，子弟同就誅夷，骸骨棄而莫掩，社櫻顛隕，本枝珍絕，自肇有書契以迄於茲，宇宙崩離，生靈塗炭，喪身滅國，未有若斯之甚也。」〔註5〕

隋煬帝生前身後，惡評如潮。大業九年楊玄感起兵，宣稱「廢昏立明」；瓦崗軍的討隋檄文痛斥隋煬帝「罄南山之竹，書罪無窮；決東海之波，流惡難盡」；〔註6〕唐高祖李淵取「好內遠禮煬，去禮遠眾煬」，追諡楊廣為「煬帝」。〔註7〕唐初修《隋書》《北史》等，總體上聚焦於隋煬帝之過。《隋書》將隋煬帝寫成了一個道德敗壞、虛偽矯飾之人，其登基後以天下供奉一人，大逞其慾，有種種暴虐之行，其身喪國滅，完全是咎由自取。《隋書》的《高祖本紀》記載隋文帝是病死，而《宣華夫人傳》《房齡王勇傳》《楊素傳》則暗示隋文帝為隋煬帝所弒。隋煬帝即位後的每項舉措，《隋書》都給以負面評價。《隋書》還記載隋煬帝多疑自專，不喜人諫。唐高祖評價隋煬帝說：「主則驕矜，臣惟諂佞。上不聞過，下不盡忠。」〔註8〕唐太宗說：「明主思短而益善，闇

〔註5〕〔唐〕魏徵等《隋書》第 95～96 頁，北京：中華書局，1973。
〔註6〕〔後晉〕劉昫《舊唐書》第 2221 頁，北京：中華書局，1975。
〔註7〕〔北宋〕司馬光《資治通鑒》第 5616 頁，北京：中華書局，1963。
〔註8〕〔後晉〕劉昫《舊唐書》第 2636 頁，北京：中華書局，1975。

主護短而永愚。隋煬帝好自矜誇，護短拒諫，誠亦實難犯忤。」〔註9〕《貞觀政要》記載唐初君臣總結隋亡教訓，認為隋煬帝以繁重徭役加於百姓，不恤民力，以致民怨沸騰；隋煬帝毫無仁德之心，生活奢靡浪費，卻以嚴苛刑法加之於民；隋煬帝不納忠臣良諫，以致朝堂多蠅營狗苟、追逐私利的小人。

實際上，隋煬帝並非像《隋書》所描述的那樣荒淫殘毒、窮兵黷武、不恤民情。成王敗寇觀念的作用，使唐代所編史書醜化隋煬帝。唐朝繼隋而立，唐高祖李淵本是隋煬帝的大臣，唐政權為了掩飾奪取隋政權的非合法性，多方詆毀隋煬帝。《隋書》主編魏徵諫唐太宗，動輒以隋亡為諫，其治史更是對隋煬帝揚短避長。其實隋煬帝是一位頗有作為的帝王，他原為嫡庶子，之所以能登上太子寶座，與他在江南所建功業不無關係。隋煬帝有著個人魅力，有出色的文學才華，他不僅自己好做詩文，還常與臣子唱和，成為當時的文學領袖。從文學角度看，他是一位傑出的詩人。他的詩一方面受南朝宮體詩的影響，有綺靡清麗的詩風，又能衝破宮體詩的藩籬，以自己的親身經歷，將塞外風光引入詩歌創作，自成格調。其《春江花月夜》寫景清麗，境界闊大，向來為人所稱道。唐太宗說：「朕觀《隋煬帝集》，文辭奧博，亦知是堯舜而非桀紂，然行事何其反也？」〔註10〕

自唐以來，隋煬帝楊廣一直受到非議，《隋書·煬帝紀》評論隋煬帝：「恃才矜己，傲狠明德，內懷險躁，外示凝簡，盛冠服以飾其姦，除諫官以掩其過。淫荒無度。法令滋章，教絶四維，刑參五虐，鋤誅骨肉，屠剿忠良，受賞者莫見其功，為戮者不知其罪。」〔註11〕把隋煬帝說得一無是處。在後世的野史小説中，隋煬帝被塑造成了好色荒淫的昏君形象。隋煬帝並非清心寡欲，不近女色，但絶非像後世所傳的那麼荒淫。《隋書·高穎傳》記載隋滅陳時，時為晉王的楊廣企圖收納陳後主寵妃張麗華，高穎將張麗華殺死，惹怒了楊廣。《隋書·后妃傳》記隋煬帝與文帝寵妃宣華夫人事。這兩件事都無事實依據。史書記載隋煬帝姐姐樂平公主楊麗華想將美女柳氏進獻給隋煬帝，卻誤送給了隋煬帝的次子，隋煬帝知道後大怒。大業八年，隋煬帝下密詔令江淮以南諸郡挑選資質端麗的童女貢獻給朝廷，配入後宮，但隋煬帝對蕭后始終寵愛，他建立了豪華的東都西苑，但他當皇帝十多年，大部分時間都在

〔註9〕　〔唐〕吳兢《貞觀政要》第47～49頁，上海：上海古籍出版社，1978。
〔註10〕　〔北宋〕司馬光《資治通鑑》第6053頁，北京：中華書局，1963。
〔註11〕　〔唐〕魏徵等《隋書》第95～96頁，北京：中華書局，1973。

外奔波。到了現代，不少學者認爲不能以「末代昏君」論定隋煬帝，也不能以勝敗定功過，很多學者希望從正面、積極的角度重新評價隋煬帝。

二、野史小說中昏君形象的塑造

唐代編寫的史書《隋書》《南史》《北史》中都記載了隋煬帝事蹟，但這些史書中很多記載採用的是野史或民間傳說，其中多不實之詞。唐代人寫的野史雜記、詩文小說描繪的隋煬帝大都帶有主觀色彩，虛構成分太多。如《隋唐嘉話》中《煬帝善屬文》條寫隋煬帝喜好文學，嫉妒超過自己的人，薛道衡有文才，因此得罪了隋煬帝而被殺，臨刑時，隋煬帝問薛道衡：「更能作『空梁落燕泥』否？」〔註12〕《煬帝宴群臣》條極力否定隋煬帝，鼓吹李淵代隋的合理性。《大唐創業起居注》寫隋煬帝晚年只知享樂，而李淵英明神武，最終建唐代隋。

後來的野史小說爲迎合大眾獵豔心理，將隋煬帝描寫成荒淫好色、玩弄女性的昏君。最值得注意的是託名顏師古的《隋遺錄》（《大業拾遺記》）和合稱《隋煬三記》的《海山記》《開河記》《迷樓記》，這幾部筆記小說描繪了隋煬帝的一生，從各個角度反映了隋煬帝的無道及隋朝必亡的命運，爲後世小說提供了素材。或認爲此這四篇小說雜記是晚唐作品，魯迅則認爲《隋煬三記》與《大業拾遺記》（《隋遺錄》）均出自宋人之手。

《隋遺錄》即《大業拾遺記》，又作《大業拾遺》《隋朝遺事》《南部煙花記》《南部煙花錄》。《崇文總目》雜史類著錄《大業拾遺》一卷，題顏師古撰；《郡齋讀書志》雜史類著錄《南部煙花錄》一卷，撰者亦題爲顏師古。《宋史·藝文志》傳記類著錄顏師古《大業拾遺》一卷，小說類又有顏師古《隋遺錄》一卷。《隋遺錄》寫隋煬帝於大業十二年至十四年幸江都事，中間寫了麻叔謀開河、沿途獻「御車女」、爲龍舟設「殿腳女」、賞賜宮女「螺子黛」、戲宮婢羅羅、遇陳後主及張麗華鬼魂、與蕭妃夜憶往事、幸昭明文選樓、來夢兒侍寢、眾妃猜字、宇文化及等謀亂等故事，以「焚草之變」收尾。文中用很多文字寫了隋煬帝的驕奢淫逸，如寫何妥進獻牛車給隋煬帝，車的帷幔用鮫綃製成，綴以玉片鈴鐺，製作精良。隋煬帝所乘龍舟「錦帆綵纜，窮極侈靡」，舟前舞臺上垂的簾子是蒲澤國所進，用負山蛟睫毛與蓮根絲纏繞，穿入小珠。隋煬帝去汴梁的路上，沿途州縣日進美女，名曰「御車女」，長安所貢御車女

〔註12〕〔唐〕劉餗著、程毅中點校《隋唐嘉話》第 3 頁，北京：中華書局，1979。

袁寶兒得隋煬帝寵愛，隋煬帝命寶兒持洛陽所進合蒂迎輦花，號「司花女」。隋煬帝又選妙麗長白女子千餘人執雕版鏤金楫，號「殿腳女」。蕭妃勸諫隋煬帝，隋煬帝說：「人生能幾何？縱有他變，儂終不失作長城公。汝無言外事也。」隋煬帝幸昭明文選樓，命宮娥數千人在樓中服侍，於四隅爇名香，煙氣嫋嫋，就像天上朝霞未散時的樣子。文中寫隋煬帝遊吳公宅雞臺，與陳後主鬼魂相遇，預示了隋朝的滅亡。文中還寫隋煬帝與宮嬪玩拆字遊戲，蕭妃拆煬帝字為「淵」字，預示了李淵將稱帝。文中所記事大多取自民間傳聞，與史實相去較遠。如《隋書・食貨志》記載隋煬帝所坐龍舟的挽船縴夫為召募來的水工，謂之「殿腳」，《隋遺錄》則說引舟的是「殿腳女」：「每舟擇妍麗長白女子千人，執雕板鏤金揖，號為殿腳女。」還描寫了隋煬帝在船舷上觀賞兩岸引縴殿腳女的情景。〔註13〕

　　《開河記》寫隋煬帝於大業五年下令開鑿汴渠事。隋煬帝遊木蘭庭，見到《廣陵圖》，想念廣陵，採納蕭后的建議，想坐船遊廣陵。諫議大夫蕭懷靜上奏開鑿汴渠，隋煬帝下詔，命麻叔謀等人籌備開渠事宜。在開河過程中，掘到大梁大金仙墓、陳留王墓、雍丘隱士墓、彭城偃王墓、睢陽宋司馬華元墓、繞過寧陵馬村陶氏祖墳、睢陽縣城。掘到隱士墓時，麻叔謀令武平郎將狄去邪進去探看，狄去邪看到石室門口用鐵索繫一巨鼠，一童子引狄去邪入室拜見墓主，狄去邪見一人身穿朱衣，頭戴雲冠，像帝王般高高在上。朱衣人命力士「牽取阿么來」，阿么就是那隻巨鼠，而隋煬帝小名也叫阿么，原來隋煬帝是巨鼠所化。朱衣人斥責巨鼠說：「吾遣爾暫脫皮毛，為中國主。何虐民害物，不遵天道？」巨鼠只是點頭搖尾，朱衣人命令武士用大棒痛打其腦，打得巨鼠大叫。後來一童子捧天符而下，宣讀說：「阿么數本一紀，今已七年。更候五年，當以練巾繫頸而死。」朱衣人命仍把巨鼠繫於原處。這段文字將隋煬帝寫成巨鼠轉世，以天命天數來解釋隋朝興亡。小說中間部分穿插了麻叔謀暴斂錢物、蒸食幼兒事。麻叔謀患風癢之病，按照太醫令巢元方所開藥方，用羊羔和藥，治好了病，此後每天都殺羊羔而食，每天有幾千人獻羊羔給麻叔謀。當地巨富陶郎兒兄弟都很兇狠，他們祖父的塋域在河道邊，擔心被發掘，於是偷他人三四歲的幼兒殺死，去掉頭足蒸熟，獻給麻叔謀，麻叔謀吃了覺得味道香美，不同於

〔註13〕《隋遺錄》，李時人編校，何滿子審定《全唐五代小說》第 1863～1869 頁，西安：陝西人民出版社，1998。

羊羔，召陶郎兒詢問，知道是嬰兒之肉，於是送給他十兩金子，又下令保護其祖父塋域。陶郎兒兄弟此後經常偷嬰兒獻給麻叔謀吃。有人知道了這件事，也偷人家嬰兒獻給麻叔謀以求賞賜，當地數百幼兒失蹤，百姓去告狀，虎賁郎將段達接受了麻叔謀的賄賂，反而鞭笞告狀者，「於是城市村坊之民有孩兒者，家做木櫃，鐵裹其縫。每夜，置母子於櫃中，鎖之，全家秉燭圍守。至天明，開櫃見了，即長幼皆賀」。小說後半部分寫隋煬帝下詔修秦長城，建造大船，用少女和白羊牽龍舟而行，賜兩岸垂柳姓楊。因開鑿的水位不夠深，用鐵腳木鵝試深淺，隋煬帝一怒之下埋五萬無辜百姓於河堤。後來查出麻叔謀貪狠，將其斬爲三段。〔註14〕

《海山記》第一部分寫煬帝出生時的異象：「煬帝生於仁壽二年，有紅光竟天，宮中甚驚，是時牛馬皆鳴。帝母先是夢龍出身中，飛高十餘里，龍墜地，尾輒斷。以其事奏於文帝，文帝沉吟默塞不答。」隋煬帝好學多才，然而性偏急，陰賊刻忌。他結交楊素，借楊素之力登上了帝位，繼位後猜忌楊素。在楊素死後，隋煬帝大建宮室，闢地方圓二百里爲西苑，內設十六院，每院選二十個美人居於其中。苑中「聚土石爲山，鑿池爲五湖四海」，每湖方四十里，北海周圍四十里，又開狹湖通五湖、北海。隋煬帝詔令天下所有鳥獸草木都要供奉京師。第二部分借隋煬帝遇陳後主鬼魂、楊梅不敵玉李之茂、妃子慶兒之夢，預示了隋煬帝之死。陳後主以詩警示隋煬帝，隋煬帝看了大怒說：「生死，命也；興，數也。爾安知吾開河爲後人之利？」陳後主說：「子之壯氣，能得幾日？其終始更不若吾。」隋煬帝起而逐之，陳後主邊跑邊說：「且去，且去。後一年，吳公臺下相見。」跑到水邊消失了。隋煬帝這才想到陳後主早死了，又驚又怕。有一天晚上隋煬帝帶著王義到了棲鸞院，院妃慶兒臥於簾下，睡中驚魘，隋煬帝讓王義喚醒慶兒，慶兒講述她的夢說：「妾夢中如常時，帝握妾臂，遊十六院。至第十院，帝坐殿上，俄時火發。妾乃奔走。回視帝坐烈焰中，妾驚呼人救帝。久方睡覺。」隋煬帝自我寬解說：「夢死得生。火有威烈之勢，吾居其中，得威者也。」到了大業十年，隋煬帝在江都被弒時，入第十院，居火中。隋煬帝東幸揚州，道聞歌謠，派人尋找歌者，到天亮也沒找到。隋煬帝召太史令問天象，太史令袁充伏地泣涕曰：「星文文惡，賊星逼帝座甚急。恐禍起旦夕，願陛下遽修德滅之。」隋煬帝悶悶

〔註14〕《開河記》，李時人編校，何滿子審定《全唐五代小說》第 1890～1898 頁，西安：陝西人民出版社，1998。

不樂。親信王義上書勸說隋煬帝，指出：「天下大亂，固非今日，履霜堅冰，其來久矣。」王義自刎，不久隋煬帝也被侍衛逼殺。〔註15〕

　　《迷樓記》寫隋煬帝晚年命項升建造迷樓，役夫數萬，經歲而成：「樓閣高下，軒窗掩映。幽房麴室，玉欄朱楯，互相連屬，迴環四合，曲屋自通。千門萬戶，上下金碧。金虯伏於棟下，玉獸蹲乎戶旁，壁砌生光，瑣窗射日。工巧雲極，自古無有也。費用金玉，帑庫為之一虛。人誤入者，雖終日不能出。帝幸之，大喜，顧左右曰：『使真仙遊其中，亦當自迷也。可目之曰迷樓。』詔以五品官賜升，仍給內庫帛千匹賞之。詔選後宮良家女數千，以居樓中。每一幸，有經月不出。」大夫何稠進獻御童女車：「車之制度絕小，只容一人，有機處於其中，以機礙女子手足，纖毫不能動。帝以處女試之，極喜。」何稠接著又進轉關車，「用挽之，可以升樓閣如行平地。車中御女則自搖動，帝尤喜悅」。上官時獻烏銅屏，磨成鏡子置於樓內：「為屏，可環於寢所，詣闕投進。帝以屏內迷樓，而御女於其中，纖毫皆入於鑒中。帝大喜曰：『繪畫得其像耳。此得人之真容也，勝繪畫萬倍矣。』」隋煬帝終日在迷樓中荒淫，身體越來越差，他接受王義勸誠，設靜室靜修，兩日後又恢復常態。後宮侯夫人因受冷落，懸樑自盡，隋煬帝遷怒於中使許廷輔，賜其自盡。隋煬帝服用方士所進的大丹，日夜縱慾，身體逐漸消耗，醫丞給隋煬帝開藥治療，又讓隋煬帝置冰盤而消除燥熱之氣。大業九年，隋煬帝再幸江都，聽見迷樓中宮人夜歌民謠，知隋將亡：「大業九年，帝將再幸江都。有迷樓宮人靜夜抗歌云：『河南楊柳謝，河北李花榮。楊花飛去去何處？李花結果自然成。』帝聞其歌，披衣起聽，召宮女問之云：『孰使汝歌也？汝自歌之耶？』宮女曰：『臣有弟，民間得此歌，曰：道途兒童多唱此歌。』帝默然久之，曰：『天啟之也，人啟之也！』帝因索酒，自歌云：『宮木陰濃燕子飛，興衰自古漫成悲。它日迷樓更好景，宮中吐豔變紅輝。』歌竟，不勝其悲。」在小說最後，李淵率軍攻入長安，李世民將迷樓焚毀。〔註16〕

　　這幾篇作品塑造了一個驕奢淫逸、剛愎自用、殘暴無常的暴君形象。小說中有很多情節預示隋王朝滅亡，為李唐王朝所取代，有濃厚的天命色彩。

〔註15〕　《海山記》，李時人編校，何滿子審定《全唐五代小說》第 1873～1884 頁，
　　　　　西安：陝西人民出版社，1998。
〔註16〕　《迷樓記》，李時人編校，何滿子審定《全唐五代小說》第 1885～1889 頁，
　　　　　西安：陝西人民出版社，1998。

其中所寫多與史無徵，比如《開河記》中的人物麻叔謀就不見於正史。唐昭宗時李匡乂《資暇集》卷下《非麻胡》記載：「俗怖嬰兒曰『麻胡來』。不知其源者，以爲多髯之神而驗刺者，非也。隋將軍麻祐，性酷虐，煬帝令開汴河，威棱既盛，至稚童望風而畏，互相恐嚇曰：『麻祐來！』稚童語不正，轉『祐』爲『胡』。」〔註17〕《開河記》寫麻叔謀食小兒肉的情節，更爲虛構。小說中殿腳女事也於史無徵。《資治通鑑》記載隋煬帝遊江都，「共用挽船士八萬餘人，其挽漾綵以上者九千餘人，謂之殿腳，皆以錦綵爲袍」。〔註18〕唐末才出現殿腳女的說法，唐末五代詞人韋莊《河傳》云：「青娥殿腳春妝媚，輕雲裏，綽約司花妓。」《開河記》說隋煬帝「於吳越間取民間女年十五六歲者五百人，謂之殿腳女」，〔註19〕每條龍舟用綵纜十條，每條用殿腳女十人，嫩羊十口，相間相行，牽船而行。宋元時期的隋煬帝故事有著明顯的世俗化、豔情化特徵，故事中隋煬帝的妃嬪宮女多爲平民出身的女子，既是受市民情趣影響，也與宋代皇帝選擇后妃不重門閥有關。《宋史・后妃傳》中記載五十五人，出身低微二十七人。實際上，隋煬帝妃嬪大都出身高貴，其婚姻更多地具有政治目的。宋元時的隋煬帝故事又偏愛對宮闈秘事的演繹，呈現出豔情化傾向。

三、一代帝王的慾望與情感

　　明代關於隋煬帝的小說，一部是《隋唐兩朝志傳》，題爲「東原羅貫中羅本編輯」，「西蜀升菴楊愼批評」，從隋末寫到唐末僖宗時，前九十一回寫隋亡唐興歷史，後二十多回概述唐貞觀以後二百多年的歷史；一部是《唐書志傳通俗演義》，題「金陵薛居士的本，鰲峰熊鍾谷編集」，從隋煬帝大業十三年寫到唐太宗貞觀十九年，主要講述隋朝滅亡和唐王朝建立的過程，結尾寫唐太宗征高麗，加入薛仁貴征東事蹟，爲突出李唐代隋的合理性，描述了隋煬帝的荒淫昏庸；一部是《大唐秦王詞話》，題「澹圃主人編次」，澹圃主人是明萬曆間人諸聖鄰的別號，小說從隋煬帝大業三年任命李淵爲太原留守寫起，以隋末群雄並起爲背景，寫李世民反隋，直寫到李世民登極，與突厥訂

〔註17〕　〔唐〕李匡乂《資暇集》卷下《非麻胡》，《叢書集成初編》本第19頁，北京：中華書局，1985。
〔註18〕　〔北宋〕司馬光《資治通鑑》第5621頁，北京：中華書局，1956。
〔註19〕　《開河記》，李時人編校，何滿子審定《全唐五代小說》第1890～1898頁，西安：陝西人民出版社，1998。

立渭水之盟。這幾部小說都不是以隋煬帝爲主人公，隋煬帝故事所佔篇幅不大，而且大都是據史料和民間傳說拼湊。明末馮夢龍編輯的《醒世恒言》中收錄有擬話本小說《隋煬帝逸遊召譴》，小說從隋朝得天下寫起，寫楊廣謀儲位，直至隋煬帝身亡，故事參考了《隋遺錄》和「三記」。

　　明代以隋煬帝爲主人公的長篇章回小說是《隋煬帝豔史》。《隋煬帝豔史》8 卷 40 回，明人瑞堂本卷首有笑癡子序、委蛇居士題詞及署名「野史主人」的自序，正文卷端題「新鐫全像通俗演義隋煬帝豔史」，署「齊東野人編演，不經先生批評」。齊東野人，魯迅在《唐宋傳奇集·稗邊小史》中認爲是馮夢龍，或以爲《隋煬帝豔史》的作者「齊東野人」是袁于令，袁于令著有《隋史遺文》，《隋史遺文》評語中有「此節原有《開河記》，近復暢言於《豔史》」語。或以爲《隋煬帝豔史》作者爲諸聖鄰，諸聖鄰著有《大唐秦王詞話》。至今對齊東野人眞實姓名仍存疑，其生平資料知之甚少，只知其爲明末人。

　　《隋煬帝豔史》凡例云：「今《豔史》一書，雖云小說，然引用故實，悉遵正史，並不巧借一事，妄設一言。」〔註 20〕《隋煬帝豔史》根據《大業雜記》《隋遺錄》《海山記》《開河記》《迷樓記》等野史筆記編纂而成。小說以隋煬帝的宮廷生活爲中心，寫他與后妃醉生夢死、淫靡奢華的生活。隋煬帝自幼聰敏有識見，深得文帝、母后寵愛。他性情偏急，喜用智術。他將要被分封出去時，才知道縱使有父母喜愛，也不能和太子相比，於是動了謀奪東宮的念頭，他先後除掉父兄，登上皇位，此後日日在宮中尋歡作樂。他到北方巡狩，耗盡天下資財。他在東京開山爲苑，掘地爲湖，大興土木，精選天下三千美女充實於十六院中，不分晝夜狂歡。他巡遊江都，沿途設無數行宮；又發天下人力財力，開鑿大運河，營造江都，在江都樂而忘返，不理朝政，失去人心，各地起義風湧雲起，隋煬帝最後被逼縊死。

　　《隋煬帝豔史》寫隋煬帝在楊素死後開始肆意荒淫，其奢靡給天下百姓造成災禍。作者感慨：「後世荒淫主，明德不復敦。年年窮土木，日日傾芳樽。驕奢享作福，官爵施爲恩。音蕩之則瞶，色荒之則昏。朝廷威與德，喪盡不復存。」〔註 21〕作者在《凡例》中說：「《豔史》雖窮極荒淫奢侈之事，而其

─────────────────────

〔註 20〕〔明〕齊東野人《隋煬帝豔史》凡例第 1 頁，《古本小說集成》第 3 輯第 69
　　　　冊《隋煬帝豔史》第 1 頁，上海：上海古籍出版社，1993。

〔註 21〕〔明〕齊東野人《隋煬帝豔史》第 12 回第 1～2 頁，《古本小說集成》第 3 輯
　　　　第 70 冊《隋煬帝豔史》第 367～368 頁，上海：上海古籍出版社，1993。

中微言冷語，與夫詩詞之類，皆寓譏諷規諫之意。使讀者一覽，知酒色所以喪身，土木所以亡國，則茲編之爲殷鑒，有裨於風化者豈鮮哉？方之宣淫等書，不啻天壤。」〔註22〕聯繫明朝中晚期的歷史，可以看出《隋煬帝豔史》有很強的政治諷喻性，隋煬帝身上有明朝中晚期帝王的影子。小説通過對煬帝懈怠政事、興建顯仁宮等的描寫，影射了明代中晚期的政治。《隋煬帝豔史》第七回描寫了一個深受煬帝信任的宦官王義形象，表達了對明代宦官專權的批判。小説寫王義深得煬帝喜愛，爲了能晝夜隨侍，出入宮闈方便，王義私下請人爲自己淨身：「張成見王義眞心要淨，只得又拿些酒來，將麻藥調了與他吃，自家卻另斟好酒相陪。王義吃到幾分酩酊之時，便將衣服攬起，一隻手將陽物扯出，一隻手拿了快刀，口裏狠說一聲：『顧不得了！』血淋淋早已將陽物割下。張成看見，慌忙將靈藥替他塗上，隨扶王義到床上去睡。王義一來酒醉，二來虧了麻藥、靈藥之功，雖覺有些疼痛，早昏昏沉沉的睡去。……王義睡了一夜，次早看時，下面早已結了一個大疤，不甚痛楚。」〔註23〕從此後王義更得煬帝寵幸，隨侍承迎左右，經常進言，語涉樞要。明朝武宗以後，由於宦官受到寵信重用，不少人自宮求得進用。永樂時規定：「詔天下學官考績不稱者，許淨身入宮訓女官輩。」〔註24〕宦官王振就是趁此機遇自宮進宮，後來權傾一時。自明仁宗起禁止自宮，然而嘉、隆以後自宮者愈禁愈多。

《隋煬帝豔史》第三十二回寫隋煬帝追求淫藥春方，不辨眞假：

> 因煬帝有旨尋求丹藥，早驚動了一班燒鉛煉汞的假仙人，都將麝香、附子諸般熱藥製成假仙丹，來哄騙煬帝。也有羽衣鶴氅，裝束得齊齊整整，到宮門首來獻的；也有破衲頭醃醃臢臢，裝做瘋魔之狀，在街市上賣的。這個要千金，那個要百換，並沒一個肯白送。眾內相因煬帝要得緊，又恐是眞仙人一時惱了飛去，沒處跟尋，只得下高價，逢著便買，遇著便收。不多時，丹藥就如糞土一般，流水的送入宮來。煬帝得了，也不管是好是歹，竟左一丸，右一丸的

〔註22〕〔明〕齊東野人《隋煬帝豔史》凡例第1～2頁，《古本小説集成》第3輯第69冊《隋煬帝豔史》第2～3頁，上海：上海古籍出版社，1993。

〔註23〕〔明〕齊東野人《隋煬帝豔史》第7回第11頁，《古本小説集成》第3輯第69冊《隋煬帝豔史》第221～222頁，上海：上海古籍出版社，1993。

〔註24〕〔明〕李詡《戒庵老人漫筆》第67頁，北京：中華書局，1982。

服了，與眾美人狂蕩。原來那藥一味都是興陽之物，吃下去到也暖暖烘烘，有些熬煉。煬帝滿心歡喜，只認作仙家妙藥，今日也吃，明日也吃，不期那些熱藥發作起來，弄得口乾舌燥，齒裂唇焦，心胸中就如火燒一般，十分難過；見了茶水，就如甘露瓊漿，不住口的要吃。〔註25〕

　　明朝成化後，朝野競談「房術」，方士李孜、僧繼曉以獻房中術驟貴，進士起家的盛端明、顧可學也藉「秋石方做了大官。嘉靖時陶仲文以進紅鉛得幸於明世宗，明穆宗樂此不彼，以致身遭淫藥之害，「陽物晝夜不僕，遂不能視朝」，〔註26〕明神宗好淫貪色，朝臣張居正、范鳴謙、萬象春、鄒元標、趙志皋先後上書勸諫神宗戒嗜慾。

　　小說重點描寫的是隋煬帝的情感生活，對隋煬帝的後宮生活著墨最多，寫隋煬帝後宮生活的內容有二十七回，占全書的三分之二。小說寫到政治時，對對隋煬帝的態度是嚴厲批判，寫到宮廷生活時，卻充滿了欣賞和豔羨之情。小說中的隋煬帝形象比較複雜。他和太子楊勇完全不同。小說第二回寫太子楊勇生活放蕩，多次違逆獨孤后，逐漸失去了獨孤后的喜愛。楊廣才智過人，十歲時就「凡天文地理，至於方藥、伎藝、術數等書，無不通曉」，〔註27〕他「曉得獨孤后怪人寵妾，他就獨與蕭妃共處，千恩百愛，並不旁幸一人」，「凡百所爲，皆小心謹慎，毫忽不敢放縱」，還「時時遣人進宮問候，逢著良辰佳節，便採買奇珍異寶，殷勤貢獻」，〔註28〕如此等等，獲得了獨孤后的喜愛。隋煬帝「交結眾官，便和顏悅色，一個個俱加禮厚待。先問些治家治國的道理，後講些憂國憂民的話頭」，〔註29〕博得百官的一致好感。他不奢靡，不好華服，不近女色，文帝認爲他賢德大器。他想方設法探聽東宮過失，構陷太子楊廣，爭取到了獨孤后和權臣楊素的支持，終於代楊勇而爲太子。奪嫡成功成爲東宮太子後，隋文帝身體日漸衰弱，隋煬帝好色的本性漸漸顯露出來。

〔註25〕〔明〕齊東野人《隋煬帝豔史》第32回第15～16頁，《古本小說集成》第3輯第71冊《隋煬帝豔史》第1034～1036頁，上海：上海古籍出版社，1993。
〔註26〕〔明〕沈德符《萬曆野獲編》第547頁，北京：中華書局，1959。
〔註27〕〔明〕齊東野人《隋煬帝豔史》第2回第3頁，《古本小說集成》第3輯第69冊《隋煬帝豔史》第39頁，上海：上海古籍出版社，1993。
〔註28〕〔明〕齊東野人《隋煬帝豔史》第2回第6頁，《古本小說集成》第3輯第69冊《隋煬帝豔史》第45～46頁，上海：上海古籍出版社，1993。
〔註29〕〔明〕齊東野人《隋煬帝豔史》第2回第7頁，《古本小說集成》第3輯第69冊《隋煬帝豔史》第48頁，上海：上海古籍出版社，1993。

在小說第三回中，隋煬帝調戲宣華夫人，差點失去了太子之位。文帝生病，宣華夫人侍病，煬帝入宮問候，偷看宣華夫人，「見宣華美麗異常，心頭慾火如焚，恨不得一碗水將她吞下肚去」。〔註30〕他在宣華夫人出宮必經之路上攔住宣華夫人，先是作揖感謝宣華夫人侍奉其父文帝，接著開始調笑，扯宣華夫人的衣服，宣華夫人轉身跑回文帝寢宮，文帝被驚醒了，見宣華夫人「滿臉上的紅暈，尚兀自未消，口鼻中猶呼呼喘息，又且鬢鬆衣亂，大有可疑。再將手去胸膛一摸，只見心窩裏霹霹的亂跳」，〔註31〕便追問原因。宣華夫將煬帝要行淫亂之事告訴文帝，文帝氣得目瞪口呆，半晌說不出話來，轉過氣來，大罵楊廣，傳旨宣楊素，要廢掉太子，楊素與楊廣交好，不肯奉詔，他見文帝病勢危重，決定支持楊廣登基。楊廣吩咐心腹張衡入宮侍疾，張衡去不多時，宮中就傳出文帝駕崩的消息。楊廣放聲大哭，楊素慌忙攔住，要煬帝隱瞞文帝駕崩的消息，先登基繼位再給文帝發喪。舉行登基大典時，煬帝因文帝死得曖昧不明，良心不安，心存畏懼，表現失態，登御座時差點跌倒。煬帝要除掉原太子楊勇，楊素假造文帝敕書，敕書上寫著「賜庶人楊勇死」，令心腹飛馬將假敕書送到內使舍，將楊勇勒逼而死。

隋煬帝做了皇帝後，又想起宣華夫人，派人給宣華夫人送去一個小金盒，宣華夫人以為盒中裝的是毒藥，一陣心酸，放聲大哭，打開金盒，原來裏面裝的是幾個五彩製成的同心結，眾宮人向她賀喜。她見是同心結子，知煬帝沒有對她忘情，心下又怏怏不樂，內使催逼，眾宮人勸說，宣華無可奈何，只得歎口氣說：「中冓之羞，吾知不免矣！」〔註32〕把同心結子取出收了。到了晚上，煬帝帶幾個宮人，悄悄的去會宣華夫人，宣華夫人心裏又羞又惱，但又不敢抗拒，只得俯伏迎駕。煬帝在燈月之下見宣華夫人柔媚可憐，越看越愛，叫左右取酒來同飲，宣華夫人對煬帝的印象很快有了變化：

> 宣華自料勢不能免，又見煬帝細細溫存，全不以威勢相加，情亦稍動。遂抬起頭來。將煬帝一看，果然是個少年的風流天子！……
> 宣華見煬帝是當今天子，又風流可喜，情意殷殷，因轉一念說道：「陛

〔註30〕　〔明〕齊東野人《隋煬帝豔史》第 3 回第 14 頁，《古本小說集成》第 3 輯第 69 冊《隋煬帝豔史》第 95 頁，上海：上海古籍出版社，1993。
〔註31〕　〔明〕齊東野人《隋煬帝豔史》第 4 回第 1～2 頁，《古本小說集成》第 3 輯第 69 冊《隋煬帝豔史》第 102～103 頁，上海：上海古籍出版社，1993。
〔註32〕　〔明〕齊東野人《隋煬帝豔史》第 5 回第 4 頁，《古本小說集成》第 3 輯第 69 冊《隋煬帝豔史》第 139 頁，上海：上海古籍出版社，1993。

下再三垂盼，妾雖草木，亦自知恩。但恐殘棄之餘，有污聖上之令名。」煬帝笑道：「夫人愛我實深。爭奈自見夫人之後，魂銷魄散，寢食俱忘。非夫人見憐，誰能醫得朕之心病！」〔註33〕

宣華夫人開始還羞澀，飲了數杯之後，漸漸熟了，輕調微笑，風情畢露，旖旎可人，煬帝被迷倒了：

> 二人歡飲了半晌，不覺宮漏聲沉，月華影轉，又起來閒步了一回，方才並肩攜手，同入寢宮。寢宮中早香薰蘭麝，春滿流蘇，帳擁文鴛，被翻紅浪。二人解衣就寢，這一夜的受用，真個是：月窟雲房清世界，天姝帝子好風流！香翻蝶翅花心碎，嬌囀鶯聲柳眼羞。紅紫癡迷春不管，雨雲狼藉夢難收。醉鄉無限溫柔處，一夜魂銷已遍遊。〔註34〕

宣華夫人死後，隋煬帝想廣選美女，遭到楊素的反對，只好作罷。楊素死後，隋煬帝無所顧忌地沉迷色慾。西苑十六院裏充斥著無數的美女，乘龍舟下揚州的途中有眾多貌美的殿腳女，迷樓裏充滿秀麗的童女。朱貴兒、妥娘、袁寶兒、韓俊娥、吳絳仙、月賓等接連登場，成為隋煬帝後宮生活的重要組成部分。

四、世情化的宮廷故事

《隋煬帝豔史》與《金瓶梅》倒有很多相似之處。《金瓶梅》以西門慶的家庭生活為中心，寫西門慶縱慾敗家；《隋煬帝豔史》以隋煬帝的後宮生活為中心，將後宮享樂與朝廷政治鬥爭交織在一起，寫隋煬帝縱慾亡國。兩部小說的思想、結構和描寫都有不少相似之處，不過《隋煬帝豔史》的筆力遠遠不及《金瓶梅》，作者無力把握宮廷中嬪妃之間、朝廷各政治派系和社會各階級階層之間的關係，把矛盾簡化了，人物形象塑造得也不成功。

《隋煬帝豔史》用大量篇幅寫隋煬帝與眾女子的交歡，如與幼女月賓的關係，借用轉關車、任意車行幸迷樓中的眾幼女，他在精力不支的時候，借助春圖和「烏銅屏」激發性慾，最後借助丹藥，將三千個幼女、十六院夫人及數十個寵愛的美人皆幸遍，作者在小說中強調「天生風流，自然消受」，為

〔註33〕　〔明〕齊東野人《隋煬帝豔史》第 5 回第 6～7 頁，《古本小說集成》第 3 輯第 69 冊《隋煬帝豔史》第 144～145 頁，上海：上海古籍出版社，1993。

〔註34〕　〔明〕齊東野人《隋煬帝豔史》第 5 回第 7 頁，《古本小說集成》第 3 輯第 69 冊《隋煬帝豔史》第 146 頁，上海：上海古籍出版社，1993。

男性好色縱慾尋找藉口，隋煬帝與宣華夫人偷情時說：「古人有言：『冶容誨淫。』千不合，萬不合，都是夫人不合生得這般風流美麗，使朕邪心狂蕩，死生已不復知，況於笑乎？」〔註35〕

小說還描寫了隋煬帝的許多惡趣，特別是幼女之趣。小說第十二回描寫隋煬帝在花蔭下幸妥娘：「煬帝見是個有色女子，又聽見吟詩可愛，也不像自家苑中的宮人，就像遇了仙子一般，慌忙從花影中突出，將那女子輕輕一把抱住。……遂悄悄將那女子，抱入花叢之內，也不管高低上下，就借那軟茸茸的花茵為繡褥，略略把羅帶鬆開，就款款的鸞顛鳳倒。原來那女子尚是個未破瓜的處子，不曾經過風浪。起初心下只要博得君王的寵幸，故含羞相就，不期被煬帝猛風驟雨，一陣狼藉，弄得她嬌啼婉轉，楚痛不勝。煬帝見了又可愛，又可憐，心下十分暢快。須臾雨散雲收，起身看時，只見落紅濺了滿地，連煬帝龍衣之上都被血痕濕透。二人看見，嘻嘻的笑個不住。」作者對隋煬帝姦淫妥娘，全無諷刺批判之意，而認為是風流，插入詩說：「謾道皇家金屋貴，碧桃花下好風流。」〔註36〕第三十一回寫隋煬帝在迷樓中姦淫宮女月賓：「煬帝沒法奈何，欲要以力強她，卻又不忍；若要讓她睡了，卻有難熬。在她身上撫摸一會，又在她耳根邊甜言美語的央及半晌。月賓只是駭怕，不敢應承。急得個煬帝翻過來，覆過去，左不是，右不是，十分難過。捱了半夜，情興愈急，便顧不得憐香惜玉，只得使起勢來，將身子欠起，用力強去撥她。月賓見煬帝性起，慌做一團，又不敢十分推拒，又其實痛楚難勝，慌得只得慄慄而戰。煬帝雖是用力，然終有愛惜之心，被她東撐西抵，畢竟不得暢意；又纏了半晌，不覺精神困倦，忽然睡去。」〔註37〕

小說中寫到很多淫具，比如御女車、任意車、烏銅鏡。第十三回寫何安進獻御女車：「那車兒中間寬闊，床帳衾枕，一一皆備，四圍卻用鮫綃細細織成幃幔，外面窺裏面卻絲毫不見，裏面卻十分透亮，外邊的山水草木，皆看得明明白白。又將許多金鈴玉片，散掛在幃幔中間，車行時，搖盪的鏗鏗鏘鏘，就如奏細樂一般，任車中百般笑語，外邊總不聽見，一路上要行幸宮女，

〔註35〕〔明〕齊東野人《隋煬帝豔史》第 5 回第 6 頁，《古本小說集成》第 3 輯第 69 冊《隋煬帝豔史》第 144 頁，上海：上海古籍出版社，1993。

〔註36〕〔明〕齊東野人《隋煬帝豔史》第 12 回第 3～4 頁，《古本小說集成》第 3 輯第 70 冊《隋煬帝豔史》第 372～374 頁，上海：上海古籍出版社，1993。

〔註37〕〔明〕齊東野人《隋煬帝豔史》第 31 回第 9～10 頁，《古本小說集成》第 3 輯第 71 冊《隋煬帝豔史》第 988～989 頁，上海：上海古籍出版社，1993。

俱可恣心而爲，故叫做御女車。」〔註38〕煬帝看了滿心歡喜，厚賞了何安。
第三十一回寫何稠獻任意車：「何稠朝過煬帝，隨獻上一架小車，四圍都是錦
帷繡幔，底下都是玉轂金輪。煬帝看了，便問道：『此車製得精工小巧，倒也
美觀，不知有何妙處？』何稠道：『此車無他妙處，只是行幸童女最便。』煬
帝正沒法奈何月賓，聽見說幸童女最便，不覺滿心歡喜，便立起身，走下殿
來，問道：『幸童女有何便處？』何稠道：『此車雖小，卻是內外兩層。要幸
童女，只消將車兒推動，上下兩傍便有暗機礙其手足，毫不能動。又且天然
自動，全不費行幸之力。』遂將手一一指示與煬帝看。煬帝看了，大喜道：『卿
之巧思，一何神妙若此！』因問道：『此車何名？』何稠道：『臣任意造成，
未有名也，望萬歲欽賜一名。』煬帝道：『卿既任意而造，朕復任意而樂，就
取名叫任意車罷。』隨傳旨照項升一樣，也賜何稠五品官職，以酬其勞。」
小說接著寫隋煬帝用任意車姦淫月賓：

> 卻說煬帝得了此車，快不可言，哪裏等得到晚？隨即推到繡閨
> 中來，哄月賓說道：「何稠獻一小車，倒也精緻可愛。朕同你坐了，
> 到各處去閒耍。」月賓不知是計，隨走上車兒。煬帝忙叫一個內相
> 推了去遊。那車兒真製得巧妙，才一推動，早有許多金鉤玉軸，將
> 月賓手足緊緊攔住。煬帝看了笑道：「有趣有趣，今日不怕你走上天
> 矣。」隨將手來解衣。月賓先猶不知，見煬帝來解衣，忙伸手去搪，
> 哪裏動得一毫？方才慌起來，說道：「不好了！儂是死矣。」煬帝見
> 月賓驚慌無錯，更覺快暢，那裡顧她死活？解了衣服，便恣意去尋
> 花覓蕊，痛得月賓嬌喘不迭，渾身上下香汗沾沾，真是笑不得，哭
> 不得，氣噓噓，只叫萬歲可憐。煬帝笑道：「正好出昨夜之氣，誰可
> 憐你？」月賓雖然痛楚，然經過一番狼藉，畢竟稍稍減些，況煬帝
> 用力不甚勇猛，故悲啼幾聲，又笑著臉兒情懇幾句，煬帝總不理她，
> 只是捧定香肌，細細賞鑒，月賓含顰帶笑，一段痛楚光景，就像梨
> 花傷雨。軟軟溫溫，比昨夜更覺十分可人。

自此之後，煬帝淫情愈不可制：「便日日撿有容色的幼女，到任意車中來
受用。終日淫蕩，弄得那些幼女痛楚難勝，方覺快暢。這個嘗過滋味，便換
那個；那個得了妙處，又更這個。也不論日，也不論夜，盡著性命，在迷樓

〔註38〕〔明〕齊東野人《隋煬帝豔史》第 13 回第 4～5 頁，《古本小說集成》第 3 輯
　　　　第 70 冊《隋煬帝豔史》第 404～405 頁，上海：上海古籍出版社，1993。

中受用。怎奈迷樓中選了三千幼女，這個似桃紅得可愛，那個像楊柳綠得可憐。一人能有許多精力，如何得能享盡？淫蕩的不多時，早已精疲神敝，支撐不來。」〔註39〕

小說接著寫上官時獻烏銅屏三十六扇：

> 煬帝定睛一看，只見那銅屏有五尺來高，三尺來闊。兩邊都磨得雪亮，就如寶鏡一般，輝光相映，照得徹裏徹外皆明，下面俱以白石為座。煬帝看了大喜，隨命左右一扇一扇地排將起來。三十六扇團團圍轉，就像一座水壺，又像一間瑤房，又像一道水晶屏風。外面的花陰樹影，映入其中；又像一道畫壁，人走到面前，鬚髮形容，都照得明明白白。煬帝看了十分歡喜道：「琉璃世界，白玉乾坤，也不過如此！」遂叫了吳絳仙、袁寶兒、杳娘、妥娘、朱貴兒、薛冶兒、月賓一班美人幼女，同到中間坐了飲酒取樂。眾美人你來我去，一個人也不知有多少影兒。……大家說說笑笑，盡情歡飲。煬帝飲到陶然之際，見眾美人嬌容體態，映入屏中，更覺鮮妍可愛。一時情興勃勃，把持不定。遂叫宮人將錦裀繡褥，移入屏中，親同眾美人幼女把衣裳脫去，裸體相戲。眾美人這個含羞，那個帶笑，你推我，我扯你，大家在屏中歡笑做一團。那些淫形慾狀，流入鑒中，纖毫不能躲避。真個是荒淫中一段風光。〔註40〕

小說中還寫到了丹藥。第三十二回中，道人將丹藥送給隋煬帝，丹藥是採百花合成，有固精作用：「煬帝看那丸藥，止有黍米大小。數一數，剛剛十顆。煬帝笑道：『這藥又小又少，能固得多少精神？』道人道：『金丹只消一粒，用完了，再當相送。』」〔註41〕煬帝得到丹藥，急著試用：「略睡了一睡，畢竟慾火按納不下，隨取一粒丹藥，嚥在口中，隨吸了一口茶去化他。誰想那丹藥有些妙處，拿在手中，就如鐵硬，及放到舌上，渾如一團冰雪，也不消去咀嚼，早香噴噴化做滿口津液。一霎時精神煥發，春興勃勃，再坐起身子來看時，哪裏昏暈？一頭宿酒都不知消向何處，精神陡長，比平日何止強

〔註39〕〔明〕齊東野人《隋煬帝豔史》第 31 回第 11～14 頁，《古本小說集成》第 3 輯第 71 冊《隋煬帝豔史》第 992～998 頁，上海：上海古籍出版社，1993。

〔註40〕〔明〕齊東野人《隋煬帝豔史》第 31 回第 15～16 頁，《古本小說集成》第 3 輯第 71 冊《隋煬帝豔史》第 999～1001 頁，上海：上海古籍出版社，1993。

〔註41〕〔明〕齊東野人《隋煬帝豔史》第 32 回第 7 頁，《古本小說集成》第 3 輯第 71 冊《隋煬帝豔史》第 1017 頁，上海：上海古籍出版社，1993。

壯百倍！煬帝滿心歡喜，甚羨丹藥之妙。又捱了一會，當不得滿腔火熱，便顧不得好歹，伸手將吳絳仙拖了帳中去，爲雲爲雨……不一個時辰，將朱貴兒等十數個寵愛美人俱已幸遍。」〔註42〕煬帝接著傳旨宣韓俊娥來行樂。煬帝和韓俊娥一覺睡到日色沉西，醒來梳洗過，飯後天黑掌燈，又嚥了一粒丹藥：「那丹藥眞個神奇，嚥在口裏，那消半個時辰，便發作起來。藥一發作，煬帝便按納不住，照舊例從吳絳仙、袁寶兒一個個細幸將來。幸到臨了，依舊是韓俊娥結局收功；睡到次日，仍舊是傍晚才起。」〔註43〕煬帝與眾美人日夜盡興爲歡，不久丹藥吃完了，「精神便照舊消索」，於是派太監去蕃釐觀中找道人取藥，太監看到照壁牆上畫著一個道人像，畫的就是送丹藥的那個道人，畫像旁邊題詩四句：「治世休誇天子尊，須知方外有玄門。贈君十粒靈丹藥，銷盡千秋浪蕩魂。」煬帝這才知道那個道人就是蕃釐仙人，傳旨叫畫院官去臨摹道人像，畫院官到照壁邊要臨摹時，畫像漸漸磨滅，須臾不可見了。隋煬帝令眾內相各處去尋訪仙人：「你們可到各處尋訪，不論道人羽士，但有丹藥賣的都一一買來，不可錯過。」〔註44〕消息一傳出去，驚動了很多騙子，內相不管眞假，逢著便收，煬帝也不管是好是歹，竟左一丸右一丸的服了，那些熱藥發作起來，弄得口乾舌燥，齒裂唇焦，心胸中就如火燒一般，十分難過，御醫給開了藥方，又建議煬帝多取些冰盤放在案上玩視以除燥解煩。

《隋煬帝豔史》不同於一般的歷史演義，與《金瓶梅》之類的世情小說反而有更多的相通之處，《隋煬帝豔史》寫隋煬帝花下幸妥娘、任意車幸童女等，與《金瓶梅》中的豔情描寫有很多相似之處。不過《隋煬帝豔史》雖名爲「豔史」，卻很少有《金瓶梅》那樣的色情場面描寫。《金瓶梅》寫的是赤裸裸的慾，《隋煬帝豔史》寫隋煬帝的醉生夢死，寫隋煬帝與眾女子的關係，「無一字淫哇」。〔註45〕隋煬帝對蕭后、十六院夫人及其他美人宮女始終尊敬而寵愛，他的多情不同於西門慶的縱慾無情，隋煬帝身邊的女子都風雅多才，

〔註42〕〔明〕齊東野人《隋煬帝豔史》第 32 回第 8～10 頁，《古本小說集成》第 3 輯第 71 冊《隋煬帝豔史》第 1019～1023 頁，上海：上海古籍出版社，1993。
〔註43〕〔明〕齊東野人《隋煬帝豔史》第 32 回第 13 頁，《古本小說集成》第 3 輯第 71 冊《隋煬帝豔史》第 1029～1030 頁，上海：上海古籍出版社，1993。
〔註44〕〔明〕齊東野人《隋煬帝豔史》第 32 回第 14～15 頁，《古本小說集成》第 3 輯第 71 冊《隋煬帝豔史》第 1031～1034 頁，上海：上海古籍出版社，1993。
〔註45〕〔明〕齊東野人《隋煬帝豔史》凡例第 3 頁，《古本小說集成》第 3 輯第 69 冊《隋煬帝豔史》第 6 頁，上海：上海古籍出版社，1993。

也不像《金瓶梅》中的女性那樣沉迷於物慾或肉慾。《隋煬帝豔史》可以說是披著歷史演義外衣的才子佳人小說。

隋煬帝雖然好色，卻很癡情。隋煬帝喜歡上了宣華夫人，遭到宣華拒絕，隋煬帝沒有生氣，一直對她很溫存，以真情打動了宣華。他和妃嬪宮女交往時傾注了真情，對她們關愛、體貼，盡顯柔情，與政治生活中的殘暴形成鮮明對比。蕭后嫉妒宣華夫人，欲將她遣出，隋煬帝百般不願，卻又不好逆其意，只得將宣華送走。小說寫了隋煬帝對宣華的思念：「煬帝熱突突將宣華送出，心中如何不想？初幾日猶惱在心裏，不肯說出；過了幾時，心中按納不定，或是長吁，或是短歎，或是自語自言；再過幾時，茶裏也是宣華，飯裏也是宣華，夢寐中都是宣華，沒個宣華再不開口。……飲到半酣之際，煬帝又思想宣華，忽大聲說道：『人生天地間，貴為天子，富有四海，又正當少壯之時，若沒有佳麗在前，隨心行樂，這些富貴不過都是虛名，要他何用？就如眼前牡丹盛開，非不可愛，然終是無情草木，不言不語，徒惱人心！怎如一個可意佳人，有情有色，方是真實受用！』」〔註46〕宣華一回到身邊，隋煬帝便頓展歡顏。不久宣華生病，煬帝心下慌亂，召御醫給宣華看病。聽御醫說宣華所患為膏肓之症，煬帝大驚，他對蕭后說：「宣華若不能生，朕定當哭死矣！」〔註47〕蕭后再三安慰，幾天後宣華竟奄然而逝，煬帝放聲痛哭了幾場，命有司為宣華舉行隆重葬禮。蕭后勸慰煬帝，將後宮嬪妃采女全部召集到一起，讓煬帝選自己喜歡的，煬帝都看不上，心裏還是想著宣華。

隋煬帝對宮中眾女子都很關愛，如小說中沙夫人所說，後宮中眾美普同雨露，共享公恩，共沐君德。小說為了突出勸諫的創作意圖，批判了隋煬帝的奢靡，為了追求「奇豔」及「幽情雅韻」，又用大量筆墨描寫隋煬帝與十六院夫人及宮女的風花雪月、奇情豔事，表達了對隋煬帝的欣賞。隋煬帝浪漫豪宕、憐香惜玉，是個風流才子，也欣賞具有才情的佳人。他未見侯夫人，讀了她的詩，就斷定她是個妙人。小說第十五回寫三年未見隋煬帝之面的侯夫人不肯賄賂小人，憤而自盡，隋煬帝僅殺了許廷輔為其報仇，悲傷不能自己：「煬帝看了，也不怕觸污了身體，走近前，將手撫著她屍肉之上，放聲痛哭道：『朕這般愛才好色，宮闈中卻失了妃子；妃子這般有才有色，咫尺之間

〔註46〕〔明〕齊東野人《隋煬帝豔史》第5回第12頁，《古本小說集成》第3輯第69冊《隋煬帝豔史》第155～156頁，上海：上海古籍出版社，1993。

〔註47〕〔明〕齊東野人《隋煬帝豔史》第7回第1頁，《古本小說集成》第3輯第69冊《隋煬帝豔史》第202頁，上海：上海古籍出版社，1993。

卻不能遇朕。非朕負妃子，是妃子生來的命薄；非妃子不遇朕，是朕生來的緣慳。妃子九泉之下，慎勿怨朕。』說罷又哭，哭了又說，絮絮叨叨，就像孔夫子哭麒麟一般，十分淒切。」他親自寫祭文，選吉地安葬侯三娘，連蕭后都說：「陛下何多情若此！」〔註48〕謝夫人自謙不精琴藝，隋煬帝再三鼓勵她，聽完謝夫人撫琴後，讚不絕口。隋煬帝與樊夫人下棋，和秦夫人說半晌話，怕打擾眾美人賭歌的雅興，躲在屏風後偷聽，都體貼入微。

　　隋煬帝的關愛贏得了眾女子的真情。後宮妃子爭相討好隋煬帝，一般宮女也希望能得到隋煬帝的青睞：「原來煬帝最喜是偷香竊玉。若是暗中取巧相遇，便十分暢爽，以為得意。這些宮人，都曉得煬帝的性兒，一個個明知山有虎，故作採樵人，都假假的東藏西躲，以圖僥倖。」〔註49〕妥娘就預先安排好，在花蔭下遇到隋煬帝，得到了隋煬帝的喜愛，後來又撒桃花雜胡麻飯，借桃花源和劉阮天台遇仙的典故引來隋煬帝。朱貴兒憑藉出色的歌喉，袁寶兒憑藉嬌憨的性格，吳絳仙憑藉長黛，都獲得了隋煬帝的寵愛。隋煬帝幸江都時，留守宮女拼死挽留：「只因煬帝平素待宮女有情，故今日一個個不顧好歹，拼死命上前挽留。也有攀定幃幔苦勸的，也有拖住輪轅不放的，也有扒上輦來分說的，也有跪在地下啼哭的。煬帝百般安慰，眾宮女百般勸留。這一陣道：『我們也願隨去。』那一陣道：『我們死也不放。』亂哄哄的都嚷做一團。」〔註50〕隋煬帝對她們百般勸慰。

五、隋煬帝形象的典型意義

　　相比於《金瓶梅》，《隋煬帝豔史》與《紅樓夢》有更多的相通之處。鄭振鐸在《插圖本中國文學史》裏指出「《紅樓夢》的描寫、結構，也顯然受到《豔史》的啟示。」〔註51〕

　　《隋煬帝豔史》將園林作為人物活動的場景加以細緻描寫，小說中對西苑五湖、三山、十六院的風景描寫，對明末清初的才子佳人小說以及後來的

〔註48〕〔明〕齊東野人《隋煬帝豔史》第 15 回第 11～13 頁，《古本小說集成》第 3 輯第 70 冊《隋煬帝豔史》第 481～485 頁，上海：上海古籍出版社，1993。
〔註49〕〔明〕齊東野人《隋煬帝豔史》第 12 回第 2 頁，《古本小說集成》第 3 輯第 70 冊《隋煬帝豔史》第 370 頁，上海：上海古籍出版社，1993。
〔註50〕〔明〕齊東野人《隋煬帝豔史》第 26 回第 14～15 頁，《古本小說集成》第 3 輯第 71 冊《隋煬帝豔史》第 844～845 頁，上海：上海古籍出版社，1993。
〔註51〕鄭振鐸《插圖本中國文學史》（下冊）第 1073 頁，上海：上海人民出版社，2005。

世情小說特別是《紅樓夢》有很大影響。《隋煬帝豔史》第十回寫隋煬帝想遷都東京，另造一所苑囿，虞世基選顯仁宮西邊周圍二三百里的地方建造西苑，西苑建成後，隋煬帝巡遊苑囿各處，給五湖十六院命名：

> 煬帝問道：「五湖十六院，可曾有名？」虞世基道：「微臣焉敢擅專？伏祈陛下裁定。」煬帝遂命駕到各處細看了，方才一一命名。你道俱是何名？東湖因四圍種的都是碧柳，又見兩山的翠微與波光相映，遂名爲翠光湖；南湖因有高樓夾岸，倒射日光入湖，遂名爲迎陽湖……第一院，因南軒高敞，時時有薰風流入，遂名爲景明院……第十六院，因有梅花繞屋，樓臺向暖，憑欄賞雪，了不知寒，遂名爲降陽院。長渠一道，透迤如龍，樓臺亭榭如鱗甲相似，遂名爲龍鱗渠。〔註52〕

後面的章回寫隋煬帝遊幸各院，又對各院環境風景作詳細介紹，如第十四回寫隋煬帝喜歡秦夫人的剪裁巧思，常到清修園中：「原來這清修院，四圍都是亂石疊斷出路，惟容小舟委委曲曲搖得入去。裏面種許多桃樹，彷彿就是武陵桃源的光景，果然有些幽致。」〔註53〕隋煬帝與蕭后到景明院中納涼，小說描寫景明院：「原來這景明院是苑中第一院，開門雖向龍鱗渠，轉進去三間大殿，卻是向南，正壓在北海之上。窗牖弘敞，直受那北海的南風，到夏來甚是涼爽可愛。」〔註54〕《紅樓夢》中描寫大觀園時，採用了《隋煬帝豔史》這種先進行大概介紹，以後詳加描寫的方式。《紅樓夢》第十七回中，賈政帶著賈寶玉和一群清客遊覽基本建成的大觀園，給園中的各處景點題名，第十八回寫賈元春省親遊大觀園，給大觀園各處景點賜名。

《隋煬帝豔史》中的西苑中住著美女、才女：「（煬帝）隨同蕭后尖上選尖，美中求美，選了十六個形容窈窕、體態幽閒，有端莊氣度的，封爲四品夫人，就命分管西苑十六院事。又選三百二十名風流瀟灑、柳嬌花媚的充作美人，每院分二十名，叫他學習吹彈歌舞，以備侍宴。其餘或十名，或二十名，或是龍舟或是鳳舸，或是樓臺，或是亭榭，都一一分散開了。又於後宮

〔註52〕〔明〕齊東野人《隋煬帝豔史》第 10 回第 10～12 頁，《古本小說集成》第 3 輯第 70 冊《隋煬帝豔史》第 315～320 頁，上海：上海古籍出版社，1993。

〔註53〕〔明〕齊東野人《隋煬帝豔史》第 14 回第 2 頁，《古本小說集成》第 3 輯第 70 冊《隋煬帝豔史》第 431～432 頁，上海：上海古籍出版社，1993。

〔註54〕〔明〕齊東野人《隋煬帝豔史》第 14 回第 8 頁，《古本小說集成》第 3 輯第 70 冊《隋煬帝豔史》第 444 頁，上海：上海古籍出版社，1993。

中發了無數的宮人，到西苑來湊用。」〔註55〕和西苑一樣，《紅樓夢》中的大觀園也是住著女子，薛寶釵住了蘅蕪苑，林黛玉住了瀟湘館，賈迎春住了綴錦樓，探春住了秋爽齋，惜春住了蓼風軒，李氏住了稻香村，只有賈寶玉一個男子，他住了怡紅院。

　　《隋煬帝豔史》和《紅樓夢》中的人物形象塑造有很多相通之處。賈寶玉與隋煬帝形象很相似。《隋煬帝豔史》主要寫隋煬帝與眾多妃嬪宮女的關係，《紅樓夢》寫的是賈寶玉與眾多姐妹、丫環的關係，大觀園的性別結構很像是宮廷，兩書的人物故事框架相同。與《隋煬帝豔史》相比，《紅樓夢》更突出了情。賈寶玉銜玉而生，玉是他的命根子，而玉象徵著玉璽；大觀園中住的全部是女孩子，僅有賈寶玉一個男性。楊廣沉迷於吃喝玩樂，對國家政治沒有多大興趣，這一點賈寶玉也相似；楊廣高才而多情，第十五回中為侯夫人寫祭文，《紅樓夢》第七十八回中賈寶玉為晴雯寫《芙蓉女兒誄》；楊廣和寶玉都時時流露出悲觀厭世的情緒，感歎人生如夢。

　　《隋煬帝豔史》和《紅樓夢》寫女子時都強調女子的才華。《隋煬帝豔史》寫煬帝與眾夫人後宮中眾女子每日忙於作曲賦詩，彈琴下棋，生活風雅。第十一回寫眾美女紛紛獻藝，第十五回寫隋煬帝因侯夫人離去，心情不暢，蕭后建議選美，後宮美人眾多，於是隋煬帝傳旨各宮，不論夫人、貴人、才人、美人、嬪妃、采女，「或是有色，或是有才，或是能歌，或是善舞，凡有一才一伎之長，都許報名自獻」。〔註56〕《紅樓夢》第三十七回「秋爽齋偶結海棠社，蘅蕪苑夜擬菊花題」、第三十八回「林瀟湘魁奪菊花詩，薛蘅蕪諷和螃蟹詠」寫眾女子結海棠社、吃螃蟹宴、詠菊花詩。

　　《隋煬帝豔史》中的侯夫人和《紅樓夢》中的林黛玉有相通之處。侯夫人高才美色，孤高自傲，初入隋宮，本以為會得到帝王寵幸，可三年過去，因不肯向許延輔低頭送禮，終無緣面見隋煬帝，漸漸就懶得打理容貌了：「終日只是焚香獨坐，終宵只是掩淚孤吟。妝束得花香柳綠，畢竟無人看見；打點得帳暖衾溫，仍舊是獨自去眠。過了黃昏，又是長夜；才經春晝，又歷秋宵。也不知捱了多少凄涼，也不知受了幾何寂寞！天晴還好支撐，到了那凄風苦雨之時，真個魂斷骨驚，便是鐵石人，也打熬不過。日間猶可強度，到

〔註55〕〔明〕齊東野人《隋煬帝豔史》第 10 回第 13 頁，《古本小說集成》第 3 輯第
　　　　70 冊《隋煬帝豔史》第 322 頁，上海：上海古籍出版社，1993。

〔註56〕〔明〕齊東野人《隋煬帝豔史》第 15 回第 15 頁，《古本小說集成》第 3 輯第
　　　　70 冊《隋煬帝豔史》第 489 頁，上海：上海古籍出版社，1993。

了那燈昏夢醒的時候，真個一淚千行，哪裏還知有性命！」〔註 57〕侯氏只得懷著絕望的心情焚燒詩稿，自縊而死：「這一日茶飯都不去吃，倒走到鏡臺前，妝束得齊齊整整，又將自製的幾幅烏絲箋，把平日寄興感懷詩句，撿了幾道，寫在上面。又將一個小錦囊來盛了，繫在左臂之上，其餘的詩稿盡投在火中燒去。又孤孤零零的四下裏走了一回，又嗚嗚咽咽的倚著欄杆哭了半晌，到晚來靜悄悄掩上房門，又哭個不止。雖有幾個宮人陪伴，因見她悲傷慣了，也不甚至在心。侯夫人捱過三更之後，熬不過那傷心痛楚，遂將一幅白綾懸於梁上，自縊而死。」〔註 58〕侯夫人自縊而死後，隋煬帝非常悲痛：「一面叫人備衣衾棺槨，厚葬侯夫人，又叫宮人尋遺下的詩稿，宮人回奏道：『侯夫人做詩極多，臨死這一日，哭了一場，都盡行燒毀，並無所遺。』」〔註 59〕她的孤高性格和不幸遭遇，她的哀怨哭泣，和《紅樓夢》中的林黛玉有很多相似之處。《紅樓夢》中，林黛玉也是焚稿斷癡情。

簿冊是《隋煬帝艷史》中的關鍵情節，小說第二十四回寫到了盜賊冊籍，預示了隋煬帝的結局：

> 仍復叫兩個童子送將出來，才走到廊下，只見許多官吏，在那裡造冊籍。麻叔謀道：「這些人造什麼冊籍，這等慌忙？」童子答道：「造的是天下盜賊的冊籍。」麻叔謀道：「方今天下太平，那有盜賊要造冊籍？」童子道：「數日之前，上帝有旨道：新天子五年後當立，先要著盜賊群起，殺戮一番，然後大定。故要造冊籍以便稽查。」……遂走進廊房，將那些造成的冊籍，拿起來一看，只見上面一處一處寫得甚是分明。上寫著：
>
> 楊玄感起兵於黎陽
>
> 翟讓起兵於瓦崗寨
>
> 劉元進起兵於晉安，僭稱皇帝
>
> 劉武周起兵於山後
>
> 林士弘起兵於豫章

〔註 57〕 〔明〕齊東野人《隋煬帝艷史》第 15 回第 4 頁，《古本小說集成》第 3 輯第 70 冊《隋煬帝艷史》第 467～468 頁，上海：上海古籍出版社，1993。

〔註 58〕 〔明〕齊東野人《隋煬帝艷史》第 15 回第 6 頁，《古本小說集成》第 3 輯第 70 冊《隋煬帝艷史》第 471 頁，上海：上海古籍出版社，1993。

〔註 59〕 〔明〕齊東野人《隋煬帝艷史》第 15 回第 11～12 頁，《古本小說集成》第 3 輯第 70 冊《隋煬帝艷史》第 482～483 頁，上海：上海古籍出版社，1993。

……

楊世略據守於循潮

冉安昌據守於巴東

寧長眞據守於鬱林

蕭銑據守於江南。〔註60〕

《紅樓夢》第五回中，賈寶玉神遊太虛幻境，看到了記載眾女子的冊子，預示了眾女子的結局：

寶玉一心只揀自己的家鄉封條看，遂無心看別省的了。只見那邊廚上封條上大書七字云「金陵十二釵正冊」。寶玉問道：「何爲『金陵十二釵』冊？」警幻道：「即貴省中十二冠首女子之冊，故爲正冊。」寶玉道：「常聽人說，金陵極大，怎麼只十二個女子？如今單我家裏，上上下下，就有幾百女孩子呢。」警幻冷笑道：「省省女子固多，不過擇其緊要者錄之。下邊二廚則又次之。餘者庸常之輩，則無冊可錄矣。」寶玉聽說，再看下首二廚上，果然寫著「金陵十二釵副冊」，又一個寫著「金陵十二釵又副冊」。寶玉便伸手先將「又副冊」廚開了，拿出一本冊來，揭開一看，只見這首頁上畫著一幅畫，又非人物，也無山水，不過是水墨滃的滿紙烏雲濁霧而已，後有幾行字跡，寫的是：

……

寶玉還欲看時，那仙姑知他天分高明，性情穎慧，恐把仙機洩漏，遂掩了卷冊，笑向寶玉道：「且隨我去遊玩奇景，何必在此打這悶葫蘆！」〔註61〕

《隋煬帝豔史》和《紅樓夢》兩部小說都寫兩個異人點化小說主人公。《隋煬帝豔史》第三十回寫隋煬帝醉酒想吃荔枝，初春時節不可能有荔枝，近侍們迫於淫威，不得不出外尋訪，這時一個道人和一個道姑出現了：「忽見一個道人，生得長長大大，一個道姑，生得標標緻致，二人都打扮做神仙模樣，飄飄然從對面走來，手中拿了一把大掌扇，扇上寫著兩行大字道：出賣上好

〔註60〕〔明〕齊東野人《隋煬帝豔史》第 24 回第 14～17 頁，《古本小說集成》第 3 輯第 70 冊《隋煬帝豔史》第 771～778 頁，上海：上海古籍出版社，1993。
〔註61〕庚辰本《脂硯齋重評石頭記》第 5 回，《古本小說集成》第 2 輯第 67 冊第 105～110 頁，上海：上海古籍出版社，1992。

醒酒鮮荔枝。」〔註62〕兩個道人實際上想點化隋煬帝。隋煬帝要給他們蓋一所庵觀，道人笑著說：「好便好，只恐怕不長遠些。」隋煬帝說：「朕欽賜蓋的，你便好徒子徒孫終身受用，如何不長遠？」道人笑著說：「陛下怎麼算得這等長遠？此時天下，還有誰來蓋觀？就有人來，只怕陛下也等不得了。倒不如隨俺兩個道人，到深山中去出了家，還救得這條性命。」隋煬帝笑道：「這道人為何一會兒就瘋起來？朕一個萬乘天子，放著這樣錦繡窠巢倒不受用，卻隨著兩個山僻道人去出家，好笑，好笑！」道人說：「陛下不要太認真了，這些蛾眉皓齒，不過是一堆白骨；這些雕樑畫棟，不過是後日燒火的乾柴；這些絲竹管絃，不過是借辦來應用的公器，有何好戀之處？況陛下的光景，月已斜了，鐘已敲了，雞已唱了，沒多些好天良夜。趁早醒悟，跟俺們出了家，還省得到頭來一段醜態。若只管貪戀火坑，日尋死路，只恐怕一聲鑼鼓住了，傀儡要下場去，那時節，卻怎生區處？」隋煬帝很不以為然：「朕這裡瓊宮瑤室，便是仙家；奇花異草，便是仙景；絲竹管絃，又有仙樂；粉香色嫩，又有仙姬。朕遊幸其中，已明明是一個真神仙。你們山野之中，就多活得幾歲年紀，然身不知有錦繡，耳不知有五音，目不知有美色，卻與朽木枯石何異？」兩位道人勸化隋煬帝不成，飄然而去。知道道士是真仙後，隋煬帝也不願出家修道，「繁華富貴卻也捨他不得」，他說：「若好不得色慾，仙人苦於凡人多矣。早是放了他去，不曾被他誤了，弄做個一家貨的神仙。」〔註63〕

《紅樓夢》中的一僧一道出現在小說第一回、第三回、第八回、第十二回、第二十五回等多回中，起到了線索作用，如在第二十五回中，賈寶玉中魘魔法，兩個異人出現了：

只聞得隱隱的木魚聲響，念了一句：「南無解冤孽菩薩！有那人口不利，家宅顛傾，或逢兇險，或中邪祟者，我們善能醫治。」賈母、王夫人聽見這些話，那裡還耐得住？便命人去快請進來。賈政雖不自在，耐賈母之言，如何違拗？想如此深宅，何得聽的這樣真切？心中亦希罕，命人請了進來。眾人舉目看時，原來是一個癩頭和尚與一個跛足道人。見那和尚是怎的模樣：

〔註62〕　〔明〕齊東野人《隋煬帝豔史》第 30 回第 8～9 頁，《古本小說集成》第 3 輯
　　　　　第 71 冊《隋煬帝豔史》952～953 頁，上海：上海古籍出版社，1993。
〔註63〕　〔明〕齊東野人《隋煬帝豔史》第 31 回第 2～5 頁，《古本小說集成》第 3 輯
　　　　　第 71 冊《隋煬帝豔史》974～980 頁，上海：上海古籍出版社，1993。

鼻如懸膽兩眉長，目似明星蓄寶光。破衲芒鞋無住跡，靦臢更有滿頭瘡。那道人又是怎生模樣：

　　一足高來一足低，渾身帶水又拖泥。相逢若問家何處，卻在蓬萊弱水西。

　　賈政問道：「你道友二人在那廟焚修？」那僧笑道：「長官不須多話。因聞得府上人口不利，故特來醫治。」賈政道：「倒有兩個人中邪，不知你們有何符水？」那道人笑道：「你家現有希世奇珍，如何還問我們有符水？」賈政聽這話有意思，心中便動了，因說道：「小兒落草時雖帶了一塊寶玉下來，上面說能除邪祟，誰知竟不靈驗。」那僧道：「長官你那裡知道那物的妙用。只因他如今被聲色貨利所迷，故不靈驗了。你今且取他出來，待我們持頌持頌，只怕就好了。」賈政聽說，便向寶玉項上取下那玉來，遞與他二人。那和尚接了過來，擎在掌上，長歎一聲道：「青埂一別，展眼已過十三載矣！人世光陰，如此迅速，塵緣滿日，若似彈指！可羨你當時的那段好處：天不拘兮地不羈，心頭無喜亦無悲，卻因鍛鍊通靈后，便向人間覓是非。可歎你今日這番經歷：粉漬脂痕污寶光，綺櫳晝夜困鴛鴦。沉酣一夢終須醒，冤孽償清好散場！」念畢，又摩弄一回，說了些瘋話，遞與賈政道：「此物已靈，不可褻瀆，懸於臥室上檻。將他二人安一屋之內，除親身妻母外，不可使陰人衝犯。三十三日之後，包管身安病退，復舊如初。」說著回頭便走了。賈政趕著還說話，讓二人坐了吃茶，要送謝禮，他二人早已出去了。賈母等還只管著人去趕，那裡有個蹤影？〔註64〕

　　《隋煬帝豔史》從開頭起就反覆出現悲劇暗示，如楊花凋殘，送荔枝的二仙人的警戒，小說的結構甚至很多細節都可以在《紅樓夢》中找到影子。

六、才子佳人化的帝妃之愛

　　清代的小說《隋唐演義》將隋煬帝進一步才子化。《隋唐演義》全書共一百回，七十餘萬字。作者褚人獲是明末清初人，他終身不仕，能詩善文，著作頗多，傳世的有《堅瓠集》《讀史隨筆》《退佳瑣錄》《宋賢群輔錄》等，而

〔註64〕庚辰本《脂硯齋重評石頭記》第25回，《古本小說集成》第2輯第68冊第573～576頁，上海：上海古籍出版社，1992。

最有名的是長篇歷史小說《隋唐演義》。作者在《隋唐演義序》中說：「昔擇庵袁先生曾示予所藏《逸史》，載隋煬帝朱貴兒、唐明皇楊玉環再世因緣事，殊新異可喜。因與商酌，編入本傳，以為一部之始終關目。合之《遺文》《豔史》，而始廣其事，極之窮幽仙證，而已竟其局。其間闕略者補之，零星者刪之，更採當時奇趣雅韻之事點染之，匯成一集，頗改舊觀。」〔註65〕序言中提到的《豔史》即《隋煬帝豔史》，《遺文》即《隋史遺文》，《逸史》或謂即唐代盧肇所作《逸史》，「擇庵袁先生」即《隋史遺文》的作者袁于令。袁于令是明代後期人，一名晉，又名韞玉，號擇庵，別署吉衣主人、劍嘯閣主人、幔亭仙史等，以詞曲聞名，所作傳奇有《西樓記》《鷫鸘裘》等，其創作的長篇歷史小說《隋史遺文》在隋唐系列小說中具有承上啟下的作用。《隋史遺文》共十二卷六十回，傳世刻本僅有崇禎癸酉（1633）吉衣主人序本一種，書名題署「劍嘯閣批評秘本出像隋史遺文」、「名山聚本」。《隋史遺文》所記之事起於晉王楊廣平陳，止於李世民登極。小說中寫隋煬帝楊廣的驕奢淫逸，大興土木，好大喜功，窮兵黷武，各地百姓不堪其苦，紛紛揭竿而起，但隋煬帝不是小說中的主要人物，小說其中心人物由以往隋唐小說中的君王轉為以秦瓊為代表的亂世英雄。袁于令在《隋史遺文》序中說：「苟有正史而無逸史，則勳名事業，彪炳天壤者，固屬不磨；而奇情俠氣，逸韻英風，史不勝書者，卒多湮沒無聞。」作者有感於此，故而為英雄立傳，「向為《隋史遺文》，蓋以著秦國於微，更旁及其一時恩怨共事之人，為出其俠烈之腸，骯髒之骨，坎壈之遇；感恩知己之報，料敵制勝之奇，摧堅陷陣之壯」，希望將英雄之貌「留之奕世」，不令英雄湮沒在歷史長河中。〔註66〕因此可以說《隋史遺文》是一部英雄傳奇小說。

　　《隋唐演義》的故事大多是從《隋煬帝豔史》《隋史遺文》等小說中移植過來，做了重新組合，用一個兩世姻緣故事將隋煬帝和唐玄宗的故事貫穿起來。孔升真人在太極宮中聽講，與蕊珠宮女相視而笑，犯了戒律，被謫落凡塵，就是朱貴兒，再轉世為唐明皇；蕊珠宮女先託生為隋宮侯夫人，再轉世為唐明皇的寵妃梅妃；而隋煬帝是終南山中一老鼠精轉生，再轉世為楊貴妃。小說中的幾個皇帝陳後主、隋煬帝、唐明皇都因為沉迷於情而導致國家和個人

〔註65〕〔清〕褚人獲《隋唐演義》序，《古本小說集成》第3輯第75冊《隋唐演義》第2～3頁，上海：上海古籍出版社，1993。
〔註66〕〔清〕袁于令《隋史遺文》序，北京：北京大學出版社，1988。

的悲劇，特別是對煬帝故事的改寫中寄託了對政治的批判，對淫靡奢侈之風的不滿。小說寫了隋煬帝弒父、殺兄、亂倫及勞民傷財、窮兵黷武等暴行。第三十二回說隋煬帝是老鼠所變，故事中的皇甫君訓斥老鼠：「你這畜生，吾令你暫脫皮毛，為國之主，蒼生何罪，遭你荼毒，骸骨何辜，遭你發掘。荒淫肆虐，一至於此！」〔註67〕但小說又對隋煬帝表示同情和寬容，從整體上看，小說對隋煬帝持欣賞態度。與《隋煬帝豔史》相比，《隋唐演義》刪去了隋煬帝窮奢極慾的場面描寫，將表現隋煬帝暴虐性格的描寫加以刪減，增加了隋煬帝與嬪妃日常生活交往的描寫，著重表現了他的癡情、博愛，對女性無微不至的體貼。

　　《隋唐演義》強調了隋煬帝與眾女子之間的情感交流。隋煬帝很重情。小說第一回寫隋煬帝早就對張麗華有愛慕之心，滅陳後派人索取，得知張麗華被李淵所殺，他很傷心地說：「這便是我失算，害了兩個麗人。」「我雖不殺麗華，麗華由我而死。畢竟殺此賊子，與二姬報仇！」〔註68〕第二十回中，宣華夫人被迫離開，隋煬帝「終日如醉如癡，長籲短歎，眠裏夢裏，茶裏飯裏，都是宣華」。宣華病亡後，他「終日癡癡迷迷，愁眉淚眼」。〔註69〕在第二十八回中，妃子侯夫人自殺身亡，隋煬帝「也不怕觸污了身體，走近前將手撫著他屍肉之上，放聲痛哭」，他親自寫祭文，「自家朗誦一遍，連蕭后也不覺墮下淚來」。〔註70〕隋煬帝有博愛精神。第二十八回寫隋煬帝和沙夫人的對話：「煬帝笑道：『紂、幽二王，雖無君德，然待妲己、褒姒二人之恩，亦厚極矣！』沙夫人道：『溺之一人，謂之私愛；普同雨露，然後叫做公恩。此紂幽所以敗壞，而陛下所以安享也。』煬帝大喜道：『妃子之論，深得朕心。朕雖有兩京十六院無數奇姿異色，朕都一樣加厚，並未曾冷落了一人，使他不得其所，故朕到處歡然，蓋有恩而無怨也。』」〔註71〕隋煬帝像賈寶玉一樣，對眾女子很體貼。第三十六回中，隋煬帝與眾妃子、美人清夜暢遊，懷孕的

〔註67〕〔清〕褚人獲《隋唐演義》第32回，《古本小說集成》第3輯第76冊《隋唐演義》第775頁，上海：上海古籍出版社，1993。
〔註68〕〔清〕褚人獲《隋唐演義》第1回，《古本小說集成》第3輯第75冊《隋唐演義》第22～23頁，上海：上海古籍出版社，1993。
〔註69〕〔清〕褚人獲《隋唐演義》第20回，《古本小說集成》第3輯第75冊《隋唐演義》第453～456頁，上海：上海古籍出版社，1993。
〔註70〕〔清〕褚人獲《隋唐演義》第28回，《古本小說集成》第3輯第76冊《隋唐演義》第675～677頁，上海：上海古籍出版社，1993。
〔註71〕〔清〕褚人獲《隋唐演義》第28回，《古本小說集成》第3輯第76冊《隋唐演義》第670～671頁，上海：上海古籍出版社，1993。

沙夫人因「在馬上馳驟太過」而墮胎，隋煬帝聞訊跌足道：「可惜可惜，昨夜原不該要他來遊的，這是朕失檢點了。」〔註72〕他急忙宣太醫前去診治，自己親自去看望。隋煬帝對沙夫人說：「妃子自己覺身子持重，昨夜就該乘一個香車寶輦，便不至如此。此皆朕之過，失於檢點調度你們。」他安慰沙夫人：「妃子不必憂煩，秦王楊浩，皇后鍾愛，趙王楊杲，今年七歲，乃呂妃所生，其母已亡。朕將楊杲嗣你名下，則此子無母而有母，妃子無子而有子矣，未知妃子心下何如？」〔註73〕正因為隋煬帝對沙夫人如此關心、體貼，後來沙夫人才義無反顧地撫養趙王，為隋室留住一脈。

　　隋煬帝對眾女子很關心體貼，他以真情對待身邊的女性，贏得了眾女子的愛。第三十四回中，朱貴兒稱隋煬帝為仁德之君：「大凡人做了個女身，已是不幸的了；而又棄父母，拋親戚，點入宮來，只道紅顏薄命，如同腐草，即填溝壑。誰想遇著這個仁德之君，使我們時傍天顏，朝夕宴樂。莫謂我等真有無雙國色，逞著容貌，該如此寵眷，設或遇著強暴之主，不是輕賤凌辱，即是冷宮守死，曉得什麼憐香惜玉？怎能如當今萬歲情深，個個體貼得心安意樂。所以侯夫人恨薄命而自縊身亡，王義念洪恩而思捐下體，這都是萬歲感入人心處。……」朱貴兒的一番話說得眾美人嗚嗚的涕泣起來，袁寶兒說：「我想世間為人子者，盡有父母有難，願以身代。我們天倫之情雖絕，而君父之恩難忘，何不今夜大家對天禱告，情願滅奴輩陽壽十年，燒一炷心香，或者感動天心，轉凶為吉，使萬歲即時蘇醒，調理痊癒，也不枉萬歲平昔間把我們愛惜。」〔註74〕小說第四十八回中議論說：「自古知音必有知音相遇，知心必有知心相與，鍾情必有鍾情相報。煬帝一生，每事在婦人身上用情，行動在婦人身上留意，把一個錦繡江山，輕輕棄擲，不想突出感恩知己報國亡身的幾個婦人來，殉難捐軀，毀容守節，以報鍾情，香名留史。」隋朝滅亡，隋煬帝被叛臣脅迫，貴兒厲聲罵賊，被馬文舉砍死，杳娘拆字而死，妥娘投井而亡，梁夫人寧死不肯變節，花、謝、姜三位夫人自縊殉難，秦、狄、夏、李四位夫人破容守志。

〔註72〕〔清〕褚人獲《隋唐演義》第36回，《古本小說集成》第3輯第76冊《隋唐演義》第858～859頁，上海：上海古籍出版社，1993。

〔註73〕〔清〕褚人獲《隋唐演義》第36回，《古本小說集成》第3輯第76冊《隋唐演義》第875～876頁，上海：上海古籍出版社，1993。

〔註74〕〔清〕褚人獲《隋唐演義》第34回，《古本小說集成》第3輯第76冊《隋唐演義》第815～817頁，上海：上海古籍出版社，1993。

　　《隋唐演義》受才子佳人小說的影響，塑造了一大批才女形象，表達了
對女性才華的推崇和讚賞。第二十八回中有一段議論：「世間男子才情敏捷，
穎悟天成；不知婦人女子，心靈性巧，比男子更勝十倍者甚多。男子或詩或
文，或藝或術，有所傳授，由來有本。惟有女子的智慧，可以平空造作，巧
奪天工。」〔註75〕小說中所寫的後宮女子如沙夫人、李夫人、楊夫人、宣夫
人、侯夫人、夏夫人、秦夫人、花夫人、袁寶兒、袁紫煙、朱貴兒、韓俊娥、
杏娘、妥娘、薛冶兒等不僅美豔，而且多才多藝，如侯夫人會詩，朱貴兒、
袁寶兒會填詞、唱曲，薛冶兒會騎馬舞劍，袁紫煙精通天文、曆算。第二十
八至第三十五回集中描寫了眾美人的才藝表演，特別是第三十、三十一回細
緻描寫了朱貴兒等美人唱新詞、眾妃子作詩的情景。除了文藝才能，小說還
描寫了女子的軍事才能甚至治國才幹。李淵之女才貌雙絕，不喜拈針弄線，
喜歡開弓舞劍，喜讀讀兵書，孫吳兵法、六韜三略無不深究其奧。竇線娘膽
略過人，武藝不凡，使得一口天戟，還練就一手金丸彈，百發百中。竇線娘
還訓練女兵，軍機嚴明，戰士們都敬重她。她帶領軍隊上戰場，還能和羅成
一較高下，也因此在戰場上和羅成一見鍾情。花木蘭的父親在花木蘭幼時便
教她開弓射箭，在十來歲時，便教她學習兵法，最終花木蘭長成了一個像漢
子的女子。另外洗夫人和花木蘭都是巾幗英雄。小說對女性的情慾也作了大
膽肯定。第六回寫李淵之女考驗柴紹之才，第十六回寫紅拂私奔李靖，第四
十九回寫竇線娘與羅成馬上定盟，第七十五回寫張說愛妾寧醒花與書生賈全
虛私奔。小說肯定了男女之間的眞情，大膽肯定了女子主動擇偶的行爲，給
他們安排了美好的結局。

　　《隋唐演義》另一方面又受傳統思想道德的影響，在情的問題上採用雙
重道德標準。小說第七十八回說：「那好色的，不但男好女之色，女亦好男之
色。男好女猶可言也，女好男，遂至無恥喪心，滅倫敗紀，靡所不爲，如武
后、韋后、安樂公主、太平公主等是也。」〔註76〕小說對好色而誤國的皇帝
表示寬容，作爲當作風流韻事而津津樂道，但對女性的情慾則極力貶斥，武
后、韋后、安樂公主、太平公主等被寫成荒淫無恥，楊貴妃也被加上私通安
祿山、「濁亂宮闈」的罪名。隋煬帝的十六院夫人和美人被分成兩類，對「殉

〔註75〕　〔清〕褚人獲《隋唐演義》第28回，《古本小說集成》第3輯第76冊《隋唐
　　　　　演義》第654頁，上海：上海古籍出版社，1993。
〔註76〕　〔清〕褚人獲《隋唐演義》第78回，《古本小說集成》第3輯第78冊《隋唐
　　　　　演義》第1978頁，上海：上海古籍出版社，1993。

難」的朱貴兒、袁寶兒等盡情讚美，而對「失節」的蕭后則極力醜化諷刺。在小說中，蕭后跟著隋煬帝享盡榮華富貴，亡國後從于文化及，後來到了夏國，幾經輾轉，進入唐宮，因為自己無法和年輕貌美的武則天爭寵，鬱鬱寡歡，染成怯症而死。小說中楊玉環是隋煬帝託生，本是唐玄宗之子壽王的寵妃，被玄宗收納後，與清雅高潔的梅妃爭寵。她天生風流，對年老的玄宗不滿意，與乾兒子安祿山尋歡。她的姐妹韓國夫人、虢國夫人、秦國夫人都淫蕩無比，入宮與玄宗諧謔調笑，無所不至，又常勾引少年子弟到宅中取樂。

　　說唐系列小說中，《隋唐兩朝志傳》重在講述歷史故事，《隋史遺文》重在寫草莽英雄的業績，《隋煬帝豔史》重在表現隋煬帝的「奇豔之事」。《隋唐演義》吸收了所有這些方面，但將重點放在帝王的情感生活上。值得注意的是小說對世外桃源式的皇宮內院的描寫。隋煬帝的西苑和《紅樓夢》中的大觀園有相似之處。《隋唐演義》中的西苑移植自《隋煬帝豔史》，但寫法上有很大不同。第二十七回寫洛陽顯仁宮落成，隋煬帝帶著后妃巡遊，用多首詩介紹五湖美景，又分別描寫了十六院風光、特點及取名原因。比起《隋煬帝豔史》來，《隋唐演義》對西苑的描寫方式與《紅樓夢》中的大觀園描寫有更多的相似之處。在《紅樓夢》中，大觀園建成後，賈政帶著賈寶玉，在一群清客的陪伴下遊賞大觀園，依次描寫各處風景，每到一處都有題詩、擬名等活動。《隋唐演義》將西苑寫成和外面世界隔絕的桃源，而《紅樓夢》中的大觀園是與外面世界隔絕的理想樂園。《隋唐演義》中唐玄宗的妃子楊貴妃和梅妃值得注意。在宋代傳奇小說《梅妃傳》中虛構了梅妃形象，將她和楊貴妃加以比較，楊貴妃成了被嘲諷的對象。《隋唐演義》中移植了《梅妃傳》的故事，小說中的梅妃美貌無雙，而且很有才華。第七十九回寫唐玄宗和梅妃的對話：「梅妃飲至半醉，玄宗雙手奉著她面龐細看道：『妃子花容略覺消瘦了些。』梅妃道：『如此情懷，怎免消瘦？』玄宗道：『瘦便瘦，卻越覺清雅了。』梅妃笑道：『只惜還是肥的好哩！』玄宗也笑道：『各有好處。』」〔註77〕《紅樓夢》中的薛寶釵、林黛玉身上有楊貴妃、梅妃的影子。小說中賈寶玉將豐滿的薛寶釵與楊貴妃相比，而林黛玉身體消瘦，如梅妃似飛燕，第二十七回的回目是「滴翠亭楊妃戲彩蝶，埋香冢飛燕泣殘紅」。《隋唐演義》中有楊貴妃和梅妃的優劣比較，《紅樓夢》中的釵、黛優劣之爭被稱為「紅學的第一大公案」。

〔註77〕　〔清〕褚人獲《隋唐演義》第 79 回，《古本小說集成》第 3 輯第 78 冊《隋唐演義》第 2022 頁，上海：上海古籍出版社，1993。

第二十一章 《如意君傳》：性、宮廷政治與歷史

　　武則天是中國歷史上的傳奇人物，她是中國歷史上唯一的女皇，其生平至今仍有許多未解之謎，如其真正姓名已經失傳，則天實為其死後尊號，照則為其改唐為周前自造之名。後來的豔情小說給武則天起了小字媚娘，實為無據。她與李世民父子的關係可謂撲朔迷離，先為李世民之才人，後出家為尼，又入宮為高宗之昭儀，高宗廢掉原王皇后而立武則天的原因及其前後經過，至今仍有許多讓人不解之處。武則天被立為皇后之後與高宗之間的微妙關係，各類史書中的記載都語焉不詳，可以肯定的只是武則天一步步收買高宗親信，使得高宗陷於孤立，為最後登基打下基礎。而最有爭議的是武則天與她的男寵的關係，後世小說寫到武則天時，大寫特寫的也正是這一點。武則天性生活之放縱，正史中有記載。對武則天性生活之放縱，亦有對此表示寬容和理解者，近現代學者陳寅恪、翦伯贊則認為對武則天私生活之指責有失公允。或以為畜養二張時期的武則天，以七十餘歲高齡，不可能做出淫穢之事，可能主要是出於培植政治力量之目的。歷史上的武則天確有不同尋常之處，其出身於木材商人之家，身體強健，史書上記載說，老年的武則天「雖春秋高，善自塗澤，雖左右不悟其衰」〔註1〕，甚至有「齒落更生」之傳說〔註2〕，其性能力超群的傳說當有一定根據。

〔註1〕〔北宋〕歐陽修、宋祁《新唐書》第3482頁，北京：中華書局，2006。
〔註2〕〔北宋〕司馬光《資治通鑒》第6487頁，北京：中華書局，1964。

　　較早寫到武則天的文學作品是唐代牛肅的推理小說《蘇無名》，但這篇小說中的武則天平易近人，可親可敬，小說對武則天的淫亂沒有絲毫暗示。到宋朝特別是理學盛行之後，武則天的性淫亂才受到史學家的關注和批評，到了明朝中後期，武則天的性生活成爲縱慾主義的一個樣板，亦成爲小說編寫者的最好故事素材。這類小說中最值得注意的是成書於嘉靖前後的《如意君傳》。《如意君傳》爲現存的明朝第一篇豔情小說，小說作者署「吳門徐昌齡」，而徐昌齡其人無考。或根據明朝嘉靖年間進士黃訓《讀書一得》中的《讀如意君傳》一文，小說中的用詞，以及小說被後世引用的情況，推斷小說當成於明朝宣德、正統之後，其創作年代不晚於 1514 年；或從其語言風格、描寫特點、章法結構、缺少勸諭的外衣以及欣欣子在《金瓶梅詞話序》中將其列爲「前代騷人」之作，認爲該小說爲唐代的傳奇小說。

一、歷史上的女皇武則天

　　史書記載，武則天父親武士彠本爲木材商人，曾跟隨唐高祖起事，貞觀中累遷工部尚書、荊州都督，封應國公。據說袁天罡爲小時的武則天相過面：「則天時衣男子服，乳母抱出，天綱大驚曰：『此郎君神采奧澈，不易可知。』試令行。天綱曰：『龍睛鳳頸，貴之極也。』轉側視之，『若是女，當爲天子。』」〔註3〕武則天十四歲那年，「太宗聞其美容止，召入宮，立爲才人」，其母親楊氏「慟泣與訣」，武則天說：「見天子庸知非福，何兒女悲乎？」〔註4〕武則天美麗聰慧，個性堅毅，《舊唐書》說她「素多智計，兼涉文史」。唐太宗時，皇宮內外就開始流傳關於武則天稱帝的預言，《舊唐書》記載：「初，太宗之世有《秘記》云：『唐三世之後，則女主武王代有天下。』」〔註5〕李君羨是玄武門守將、左武衛將軍、武連郡公，小名「五娘」，而且還是武將，李世民以爲讖語中所說的「武王」指李君羨，不久李君羨被殺，其家被籍沒。公元 690 年，武則天即位，李君羨的遺屬上奏稱冤，「則天乃追其官爵，以禮改葬」。〔註6〕

　　武則天入宮後，唐太宗賜號武媚，封她爲才人。唐太宗貞觀二十三年（649）駕崩，26 歲的武則天與其他妃嬪一起在感業寺出家爲尼。唐初規定，皇帝死

〔註3〕〔唐〕劉肅撰，許德楠、李鼎霞點校《大唐新語》第 193 頁，北京：中華書局，1984。
〔註4〕〔北宋〕歐陽修、宋祁《新唐書》第 3474 頁，北京：中華書局，2006。
〔註5〕〔後晉〕劉昫《舊唐書》第 2718～2719 頁，北京：中華書局，1975。
〔註6〕〔後晉〕劉昫《舊唐書》第 2525 頁，北京：中華書局，1975。

後，後宮妃嬪被寵幸過但沒有子嗣的必須出家。武則天入宮時爲才人，出家時仍爲才人，沒有晉升，也沒有子嗣，並不得寵，侍奉唐太宗的機會很少。李治爲太子時，與武則天有舊，李治到感業寺行香時見到武則天，把她召回宮，封爲昭儀，獲得專寵。高宗皇后王氏、良娣蕭氏聯合起來與武則天爭寵。武則天之父武士彠雖爲開國功臣，但非門閥士族，武則天又是先帝才人，唐高宗欲廢王皇后而立武則天，褚遂良、長孫無忌等大臣堅決反對。〔註7〕永徽六年，高宗廢掉王皇后，排群議而立武則天爲后，武則天「威福並作，高宗舉動，必爲掣肘」，道士郭行眞出入宮掖，爲則天行厭勝之術，高宗知道後大爲生氣，密召上官儀廢后，武則天耳目眾多，「左右馳告則天」，武則天在高宗面前威福並作，「高宗恐其怨懟，待之如初」。〔註8〕高宗苦於風疾，目不能視，武則天輔助他處理政務。上元元年，高宗稱天皇，武則天稱天后，天下謂之「二聖」。《舊唐書》載：「大帝於寺見之，復召入宮，拜昭儀。時皇后王氏、良娣蕭氏頻與武昭儀爭寵，互讒毀之，帝皆不納。進號宸妃。永徽六年，廢王皇后而立武宸妃爲皇后。高宗稱天皇，武后亦稱天后。」〔註9〕弘道元年十二月，高宗駕崩，皇太子李顯即位，尊天后爲皇太后。武則天臨朝稱制，很快找藉口廢掉中宗，李旦繼立，武則天仍臨朝稱制，改革舊制。垂拱四年四月，魏王武承嗣僞造瑞石，五月，武則天加尊號曰聖母神皇，不久又「自以『曌』字爲名，遂改詔書爲制書」〔註10〕。「沙門十人僞撰《大雲經》，表上之，盛言神皇受命之事」，天授元年（690年）九月九日，武則天「革唐命，改國號爲周」。〔註11〕

　　武則天一生奮鬥之路殘忍血腥。爲達到政治目的，武則天不惜犧牲、殺害親生子女。《資治通鑑》記載武則天爲陷害王皇后殺死公主。《新唐書》記載武則天鴆殺太子李弘；廢皇太孫重照爲庶人；將李賢殺害於巴州；廢中宗爲盧陵王，幽於別所；幽禁小兒子李旦。史書中還提到武則天毒殺親姐韓國夫人、親甥女魏國夫人，並借魏國夫人之死陷害自己厭惡的堂弟，將堂弟殺

〔註7〕　〔唐〕劉肅撰，許德楠、李鼎霞點校《大唐新語》第180～181頁，北京：中華書局，1984。
〔註8〕　〔唐〕劉肅撰，許德楠、李鼎霞點校《大唐新語》第24頁，北京：中華書局，1984。
〔註9〕　〔後晉〕劉昫《舊唐書》第115頁，北京：中華書局，1975。
〔註10〕　〔後晉〕劉昫《舊唐書》第120頁，北京：中華書局，1975。
〔註11〕　〔後晉〕劉昫《舊唐書》第121頁，北京：中華書局，1975。

死，並改其姓爲蝮氏。她又除掉了對魏國夫人死因生疑的外甥賀蘭敏之。據統計，武則天誅殺自己近族二十餘人，「宗室諸王相繼誅死者，殆將盡矣。其子孫年幼者咸配流嶺外，誅其親黨數百餘家」。〔註12〕

武則天誅殺異己，更爲狠毒殘忍。《新唐書》記載武則天殺人如麻。她指使李義府、許敬宗等佞臣以「謀反」之名貶逐和殺害褚遂良、來濟、韓瑗等，不久又逼長孫無忌自縊於黔州。參與高宗廢后之謀的上官儀與其子庭芝、王伏勝都被殺，其家被籍沒，右相劉祥道因與上官儀友善而被罷相，左肅機鄭欽泰等大臣因爲與上官儀有來往被流貶。武則天掌權後重用酷吏，濫殺無辜。武則天當上皇后之後，親信許敬宗「連起大獄，誅鋤將相，道路以目駭」。〔註13〕武則天做了皇帝後，索元禮使用酷刑，侍郎周興、來俊臣等羅織人罪，草菅人命，酷吏橫行，官員們人人自危，很多忠良之士也只能韜光養晦、委曲求全，如婁師德「唾面自乾」。〔註14〕武則天爲培植自己的勢力，破格提拔人才，滋生了賣官鬻爵之風：「則天革命，舉人不試皆與官，起家至御史、評事、拾遺、補闕者，不可勝數。」〔註15〕武則天創制了銅匭，獎勵告密，凡是被舉報的官員都受到處罰，朝廷內外告密成風，《新唐書》記載：「然畏人心不肯附，乃陰忍鷙害，肆斬殺怖天下。內縱酷吏周興、來俊臣等數十人爲爪吻，有不慊若素疑憚者，必危法中之。宗姓侯王及它骨鯁臣將相駢頸就鈇，血丹狴戶，家不能自保。太后操奩具坐重幃，而國命移矣。」〔註16〕

史書還記載了武則天的宮闈淫亂，她先是太宗才人，又成爲高宗皇后，雖然「唐源流出於夷狄，故閨門失禮之事不以爲異」〔註17〕，但作爲一國之母，「洎乎晚節，穢亂春宮」〔註18〕，大受後人詬病。史載武則天晚年蓄養了很多男寵，晚年宮闈生活荒淫靡爛。她先寵幸薛懷義，接著寵幸御醫沈南璆，薛懷義死後，張易之、張昌宗得幸。《舊唐書》對武則天隱秘之事有所避諱，只說她「穢褻皇居」〔註19〕。

〔註12〕〔後晉〕劉昫《舊唐書》第119頁，北京：中華書局，1975。

〔註13〕〔唐〕劉肅撰，許德楠、李鼎霞點校《大唐新語》第169頁，北京：中華書局，1984。

〔註14〕〔唐〕劉餗撰，程毅中點校《隋唐嘉話》第36頁，北京：中華書局，1979。

〔註15〕〔唐〕張鷟撰，趙守儼點校《朝野僉載》第6頁，北京：中華書局，1979。

〔註16〕〔北宋〕歐陽修、宋祁《新唐書》第3481頁，北京：中華書局，2006。

〔註17〕〔南宋〕朱熹《朱子語類》第3245頁，北京：中華書局，1986。

〔註18〕〔北宋〕司馬光《資治通鑒》第6423頁，北京：中華書局，1964。

〔註19〕〔後晉〕劉昫《舊唐書》第133頁，北京：中華書局，1975。

唐宋時的史料又肯定了武則天的某些做法。史書記載武則天大開科舉，不拘一格降人才。《隋唐嘉話》提到武則天創立考試糊名製。〔註20〕她改變了科舉考試的內容、方法，增加了錄取人數。她選拔才學俱佳的「北門學士」，提高了官僚階層的文化素質。新舊《唐書》都讚揚了武則天的舉賢納諫。她不僅提倡自薦、試官等制度，而且還開創了殿試以破除普通考試制度的流弊。她設武舉以選拔有軍事才能的人。她用文人領軍，以免養成武將跋扈，廢除了御史監軍制度，讓將領能發揮才能。她通過科舉制度選拔了一大批人才，如狄仁傑、姚崇、宋璟、張柬之等。她知人善任，對狄仁傑等大臣給以重用。《資治通鑒》評價武則天用人：「太后雖濫以祿位收天下之心，然不稱職者，尋亦黜之，或加刑誅。挾刑賞之柄以駕御天下，政由己出，明察善斷，故當時英賢亦競爲之用。」〔註21〕武則天還提倡文化。她派人編寫《三教諸英》，彙集三教精華。她發展重視文學，自己參與文學創作。《全唐詩》收錄武則天詩歌，其中頌詩39首，氣象宏大，辭藻瑰麗，詩境開闊。

　　《大唐新語》記述了武則天的清醒明智，如立嗣問題：「則天稱尊號，以睿宗爲皇嗣，居東宮。洛陽人王慶之希旨，率浮僞千餘人詣闕，請廢皇嗣而立武承嗣爲太子……則天曰：『皇嗣我子，奈何廢之？』」〔註22〕有人誣告當時身爲皇嗣的睿宗有謀反之心，武則天令來俊臣審問，太常工人安金藏剖心以明皇嗣不反，武則天親自看望安金藏，感歎說：「吾有子不能自明，不如汝之忠也。」〔註23〕立即下令停止對謀反一事的調查。武則天後期反思酷吏政策，誅殺酷吏，悔於枉濫：「自周興、俊臣死，更不聞有反逆者。然已前就戮者，豈不有冤濫耶！」〔註24〕

　　有史學家認爲武則天「政啓開元，治宏貞觀」。武則天執政期間，社會相對穩定，她維護了政局的穩定，平定了叛亂，促進國家的統一。武則天加強了邊防，改善了與西北各民族的關係。她在鞏固政治統治的同時，注意發展經濟，實施均田制，獎勵農桑，增殖戶口，倡導商業、手工業，文化方面

〔註20〕　〔唐〕劉餗撰，程毅中點校《隋唐嘉話》第36頁，北京：中華書局，1979。
〔註21〕　〔北宋〕司馬光《資治通鑒》第6478頁，北京：中華書局，1964。
〔註22〕　〔唐〕劉肅撰，許德楠、李鼎霞點校《大唐新語》第142頁，北京：中華書局，1984。
〔註23〕　〔唐〕劉肅撰，許德楠、李鼎霞點校《大唐新語》第74頁，北京：中華書局，1984。
〔註24〕　〔唐〕劉肅撰，許德楠、李鼎霞點校《大唐新語》第44～45頁，北京：中華書局，1984。

也有功績，為後來的「開元盛世」奠定了基礎。武則天駕崩後，宋之問寫輓歌：「象物行周禮，衣冠集漢都。誰憐事虞舜，下里泣蒼梧。」《全唐詩》卷六十八有國子司業崔融寫的《則天皇后輓歌二首》：「宵陳虛禁夜，夕臨空山陰。日月昏尺景，天地慘何心。紫殿金鋪澀，黃陵玉座深。鏡奩長不啓，聖主淚沾巾。」「前殿臨朝罷，長陵合葬歸。山川不可望，文物盡成非。陰月霾中道，軒星落太微。空餘天子孝，松上景雲飛。」

《舊唐書》卷六本紀第六《則天皇后》，《新唐書》卷四本紀第四《則天皇后》和卷八十九列傳第一《后妃上》記載了武則天事蹟。《舊唐書》多抄實錄、國史，記載武則天事承《唐實錄》等，多為則天諱，如殺皇太子李弘、逼死章懷太子李賢、寵幸面首薛懷義等。宋代司馬光所編《資治通鑑》的《唐紀》部分大抵採用《舊唐書》。不過總的說來，《舊唐書》對武則天的評價相對公允，既肯定了她「復子明闢」、愛護大臣、「尊時憲而抑幸臣，聽忠言而誅酷吏」等，又批評她「牝雞司晨」、「穢褻皇居」、殘忍陰險，抨擊她的酷政。《新唐書》對武則天「賞罰己出，不假借群臣，僭於上而治於下」有所肯定，但對武則天批判多於肯定。《新唐書》不僅提及薛懷義等男寵，更認定武則天殺死了李弘和李賢，認為武則天改朝換代是莫大之罪，指斥武則天狐媚惑主、實施酷政、殺戮異己，「逐嗣帝，改國號」，以周代唐。

後世對武則天的評價，雖亦有肯定其用人政策，讚揚其知人納諫，認為她有雄才大略者，但批判者屬於多數，而批判主要集中在篡奪和濫殺。明代的胡應麟在《少室山房筆叢》第十四卷中認為武則天她比蚩尤、曹操、秦檜等奸雄佞臣還可惡：「合蚩尤、商辛、王莽、董卓、曹操、朱溫、蕭鸞、趙高、林甫、秦檜而為一，足以當斁乎？惡未也。」〔註25〕明末張溥把「女寵」列為「唐室三大禍」之首，視武氏當政為禍亂。明末清初王夫之在《讀通鑑論》卷二十一中稱武則天為牝雞司晨的「篡奪之君」，稱武周政權為「僞周」，罵武則天是「嗜殺之淫嫗」。清初李塨在《閱史郤視》卷二中認為武則天應該列入篡逆傳。清人所編《綱鑑合編》、《通鑑御批輯覽》等充斥著對武則天的謾罵、攻擊。

二、武則天的情感生活

偌大一個中國，幾千年文明史，雖然以垂簾聽政等形式實際掌權的女人

〔註25〕〔明〕胡應麟《少室山房筆叢》第 14 卷第 197 頁，北京：中華書局，1959。

有不少，比如漢代的呂后，清代的慈禧太后，但直接推翻傀儡，正式當上名副其實皇帝的女子，僅武則天一個。於是，武則天勾起了無數感慨和幻想，引起了傳統男權的守衛者的攻擊，說她「悖禮蔑義」者有之，說她「蠱君廢主」者有之，甚至詛咒她「鬼神之所不容，臣民之所共怨」〔註26〕，而攻擊她的藉口之一就是她的淫蕩。在短短的十五年間，武則天果敢堅毅，知人善任，安國興邦，上承貞觀之治，下啓開元盛世，維護了國家的統一和強盛，並拓展了疆土。但武則天又是一個惡婦。她爲了達到個人的目的，甚至喪心病狂地親手扼殺自己尚在襁褓之中的女兒，以嫁禍於人。她又是男人眼中的淫女蕩婦。她以老年閉經之軀，玩弄了無數男人。

武則天的第一個男人是唐太宗，但唐太宗沒有臨幸過她，她只是擔了個空名。貞觀十一年，武則天十四歲的時候進宮，被封爲五品才人，見到了唐太宗。唐太宗似乎也喜歡武則天，「武媚娘」的名字就是唐太宗給她起的。但似乎從此以後，武則天再也沒有吸引唐太宗太多的目光，甚至馴獅子驄一事，也沒有給唐太宗留下什麼印象。根據武則天晚年的講述，有一次，唐太宗帶著妃嬪看他心愛的獅子驄馬，爲無人能馴服它而煩惱，武則天表示她能治服它，只要給她三樣東西：第一，鐵鞭；第二，鐵錘；第三，匕首。先用鐵鞭抽它，如果它不服，再用鐵錘錘它腦袋，如果它還不服，就一匕首殺了它。唐太宗聽了，感覺這個才人不同一般，但很快也就忘記了這件事。即使是唐太宗晚年時候，傳入宮中的「女主武王」的預言，也沒有讓唐太宗想到武則天。武則天當了十二年的才人，沒有得到升遷，沒有生孩子，一直到唐太宗死去，武則天按照慣例跟隨沒有被皇帝臨幸過的妃嬪到感業寺出家爲尼姑。

武則天的第二個男人或者才是她的第一個真正的男人，也就是後來的唐高宗李治。《唐會要》記載說：「時，上在東宮，因入侍，悅之。」唐太宗生病的時候，當時爲太子的李治，侍奉唐太宗時見到了武則天，所謂的「悅」，應該不是簡單的喜歡，而是發生了性關係。在明代的小説《如意君傳》中，有較爲細緻的描寫：

> 久之，文皇不豫，高宗以太子入奉湯藥，媚娘侍側，高宗見而悅，欲私之，未得便。會高宗起如廁，媚娘奉金盆水跪進，高宗戲以水灑之，且吟曰：「乍憶巫山夢裏魂，陽臺路隔奈無門。」媚娘即和曰：「未承錦帳風雲會，先沐金盆雨露恩。」高宗大悅，遂相攜交

會於宮內小軒僻處，極盡繾綣。既畢，媚娘執御衣而泣曰：「妾雖微賤，久侍至尊，欲全陛下之情，冒犯私通之律。異日居九五，不知置妾身何地耶？」高宗解所佩九龍羊脂玉鉤，與之曰：「即不諱，當冊汝爲后。」媚娘再拜而受。自是入侍疾，輒私通焉。〔註27〕

李治之所以注意到了比自己長四歲的武則天，固然是因爲武則天長得漂亮，應該也有武則天的挑逗。當時的唐太宗行將就木，而武則天還僅僅是一個才人，沒有受到皇帝的臨幸，沒有自己的子女，這就意味著唐太宗死後，她要出家爲尼，陪伴青燈古佛，在凄涼中過完自己的一生。武則天應該明白自己的處境，太子李治應該是她最後的機會。唐太宗死後，武則天按照慣例進入感業寺出家爲尼，剛登上帝位的李治被原來自己不熟悉的政務所纏繞，沒有心思去想武則天，再說皇宮中有皇后，有那麼多的妃子，無數年輕貌美的宮女。但武則天顯然日思夜想，都是李治。武則天在感業寺中寫的一首詩《如意娘》所表達的顯然是對李治的思念，表達了在前途未卜境遇下複雜哀怨婉轉的情思：「看朱成碧思紛紛，憔悴支離爲憶君。不信比來常下淚，開箱驗取石榴裙。」

永徽元年五月二十六日，唐太宗週年忌這天，李治到感業寺行香，見到了武則天，這才又想起了以前與武則天的纏綿，以前與武則天的盟約。《唐會要》記載說：「上因忌日行香見之，武氏泣，上亦潸然。」〔註28〕《如意君傳》中說：「高宗嗣大位，幸感業寺行香，私令媚娘長髮。發後長七尺，載之入宮，拜爲左昭儀。」〔註29〕當然事情沒有那麼簡單，武則天是他父皇的遺孀，再加上她當時又是出家的尼姑，這兩重身份不能不叫唐高宗躊躇。按照史書中的說法，武則天入宮還要歸因於唐高宗的王皇后和蕭淑妃的爭寵，王皇后想借武則天來分散高宗對蕭淑妃的寵愛。但讓王皇后意想不到的是，武則天反過來利用王皇后打敗了蕭淑妃，又將王皇后踩到了腳下。這說來簡單，實際上應是很複雜慘烈的爭鬥，武則天是否曾經殺死自己的親生女兒來誣陷王皇后，至今還有歷史學家爭論不休，雖然沒有充足的證據，但看武則天對王皇后和蕭淑妃的殘害，可以知道她對這兩個人的仇恨。據說武則天將王皇后與

〔註27〕 〔明〕吳門徐昌齡《如意君傳》，《如意君傳》《思無邪匯寶》第 24 冊《如意君傳》第 41 頁。

〔註28〕 〔北宋〕王溥《唐會要》第 23 頁，北京：中華書局，1957。

〔註29〕 〔明〕吳門徐昌齡《如意君傳》，《思無邪匯寶》第 24 冊《如意君傳》第 42 頁。

蕭淑妃各杖二百，斷去二人手足，塞在酒甕中，等二人死後，撈出骨殖埋到了皇宮後苑。《新唐書》記載：「促詔杖二人百，剔其手足，反接投釀甕中，曰：『令二嫗骨醉！』數日死，殊其屍。」〔註30〕而一般說來，將對手打倒了，自己的目的達到了，也就可以了，不應該有這樣深刻的仇恨，而如果武則天爲了奪得后位犧牲了自己的骨肉，付出了如此沉重的代價，她的仇恨也就可以理解了。再看武則天登上帝位前後對異己的殺戮，對反對自己的李氏子孫包括她自己的兒子的毫不留情的處置，她殺死自己處於襁褓中的女兒是有可能的，畢竟那時她已經年過三十，那是她的最後一搏。

　　僅僅打敗對手還是不夠的，關鍵還是皇帝。唐高宗廢掉了王皇后之後，堅決要冊封武則天爲皇后，甚至不顧朝中元老的意見。武則天究竟施展了什麼手段，讓唐高宗對她如此著迷，現在不得而知，後來駱賓王在一篇討伐武則天的檄文《代李敬業傳檄天下文》中，說武則天是「狐媚偏能惑主」。武則天精明幹練，對性格偏於懦弱的唐高宗來說是一個不可多得的助手，但武則天的美貌和成熟，她的性能力或許對唐高宗有著更多的吸引力，因爲武則天入宮後不久就接連生下了幾個子女，這在一般的妃嬪來說是比較罕見的。但武則天更熱中的是權力，所以登上皇后之位，除掉心腹之患後，她將更多的精力轉向了政治權力的經營，而唐高宗患有疾病，身體虛弱，武則天與唐高宗的性愛生活自此劃上了句號。

三、難得蓮花似六郎

　　武則天對男人的需要，雖然有性慾滿足的需要，但心理的需要也許更爲重要。她一開始是侍奉老年垂死的太宗，接著侍奉病弱的唐高宗，對具有陽剛之美的健壯男性自然充滿嚮往，而男性的雄健又直接體現於雄大的性具，所以她對性具或者有著一種崇拜心理。她對男性的佔有與征服，又與她對權力的渴望緊密地聯繫在一起，所以她的性愛方式自然也像男人一樣具有進攻性。據史載，還在高宗李治活著的時候，武則天這位身體豐腴、精力充沛的女人，在李治臥室的四周安上許多鏡子，時常和李治不分白天黑夜地嬉戲其間。有一次，李治獨自坐在臥室裏，大臣劉仁軌進見，見高宗坐在鏡間，大爲恐慌，說：「天無二日，土無二王。臣見四壁有數天子，不祥莫大焉。」〔註31〕

〔註30〕〔北宋〕歐陽修、宋祁《新唐書》第3474頁，北京：中華書局，2006。
〔註31〕〔明〕胡應麟《少室山房筆叢》第296頁，北京：中華書局，1958。

　　李治死的時候，武則天 61 歲。在此前的十餘年間，李治在疾病和焦慮的雙重折磨下，身體急劇衰竭，多數時間是躺在御榻上閉目養神，時常陷入回憶往事的悲傷之中，已經成為一個垂暮的老人。從武則天當皇帝之後旺盛的性能力看，她在此前的性慾望當更強烈。她將性慾望轉移到了權力的追逐上，平息叛亂，消除隱患，實施酷吏政治，掃除異己，那充滿血腥的歲月，給了她強烈的刺激和另樣的滿足。到登上帝位，大權在握，六十多歲的武則天，依然有著旺盛的生命力，這個時候就需要尋找發洩的途徑，她需要從年輕貌美的男人身上追回她失去的青春和歡樂。

　　這個年過六旬的女人，開始無所顧忌地享受性愛的歡樂。武則天的女兒太平公主懂得母親的需要，她與眾多的男人交合，發現好的男人，就推薦給母親。毫無節制。太平公主偶然發現了洛陽城中開藥鋪的馮小寶，在享用之後，又介紹給了母后武則天，武則天馬上將馮小寶召進宮中，宮中的情況如何，外人無從得知，所以後來的史書中只好簡略地說二人「恩遇日深」〔註32〕，因為武則天將馮小寶度為僧人，讓他改姓薛，更名懷義，與太平公主的駙馬薛紹合族，並令薛紹把他尊為叔父。這樣薛懷義身價陡增，又可以僧人身份隨時入宮侍候女皇。《舊唐書》記載：「懷義出入乘廄馬，中官侍從、諸武朝貴，匍匐禮謁。」〔註33〕據說武則天一天都離不開懷義，千方百計滿足他驕橫的要求。垂拱初年（685），武則天派懷義負責重修白馬寺，寺廟修成後，懷義招僧眾千餘人，擔任主持。垂拱四年，武則天命令拆除洛陽宮中的乾元殿，在原址上建明堂，由懷義負責監造，十個月後，明堂建成，薛懷義「以功拜左威衛大將軍，封梁國公」〔註34〕。兩年後，薛懷義掛帥出征突厥，被加封為輔國大將軍，進右衛大將軍，改封鄂國公、柱國，榮華富貴到了極點，而其驕橫也到了極點。《資治通鑑》記載說：「出入乘御馬，宦者十餘人侍從，士民遇之者皆奔避。有近之者，輒撾其首流血，委之而去，任其生死。見道士則極意毆之，仍髡其發而去，朝貴者皆匍匐禮謁，武承嗣、武三思皆執童僕之禮以事之，為之執轡，懷義視之若無人。多聚無賴少年，度為僧，縱橫犯法，人莫敢言。右臺御史馮思勗屢以法繩之，懷義遇思勗於途，令從者毆之，幾死。」〔註35〕當懷義得知武則天又有了新寵御醫沈南璆時，妒火中燒，

〔註32〕〔後晉〕劉昫《舊唐書》第 4741 頁，北京：中華書局，1975。
〔註33〕〔後晉〕劉昫《舊唐書》第 4741 頁，北京：中華書局，1975。
〔註34〕〔後晉〕劉昫等《舊唐書》第 4741 頁，北京：中華書局，1975。
〔註35〕〔北宋〕司馬光《資治通鑑》第 6437 頁，北京：中華書局，1956。

放火焚毀了明堂、天堂。武則天仍然沒有生氣，她下令重建明堂，仍由薛懷義督建。讓武則天無法容忍而痛下殺手的原因，是薛懷義養起了自己的女人，不再盡心盡力爲武則天提供性服務，反而要以散佈宮闈秘聞來威脅武則天，武則天將懷義交還給太平公主處置，最後太平公主的乳母張夫人下令將懷義殺死。

薛懷義死後，讓武則天動心的是張易之、張昌宗兄弟。通天二年，當太平公主將張昌宗推薦給武則天時，武則天已經 74 歲了。武則天和張昌宗性交後，當夜就封張昌宗爲將軍。這個年過七旬的老太婆，性慾是如此的旺盛，以至於張昌宗這個健壯的小夥子一個人無法滿足她的要求，他向武則天推薦了自己的哥哥張易之，說張易之「器用過臣，兼工合煉」〔註 36〕，不僅性具很大，又懂得房中術，武則天馬上召見，果然張易之陽道壯偉。於是張氏兄弟一起侍奉女皇。張氏兄弟面如傅粉，唇若塗脂，都是傑出的美男子。張易之被稱爲五郎，張昌宗被稱爲六郎。兩人入宮時打扮得油頭粉面，口中含有雞舌香，氣出若蘭。張昌宗更美得出奇，人都說他的粉臉美若蓮花。有一個詔媚小人內史楊再思阿諛張昌宗道：「人言六郎面似蓮花。再思以爲蓮花似六郎，非六郎似蓮花也。」〔註 37〕

四、《控鶴監秘記》與奉宸府的故事

但武則天喜歡張氏兄弟，主要還是因爲他們的性能力，特別是他們的巨大的陽具。據說是唐代張垍所寫的小說《控鶴監秘記》說，二張是唐太宗時的鳳閣侍郎張九成的從子。懷義驕縱不法，馳馬南衙，被宰相蘇良嗣抓住打了耳光，武則天聽說了，雖然很生氣，但是沒有辦法。公主勸武則天選公卿舊家子弟入侍，不要與市井無賴之徒交接，免得受到後人的恥笑，武則天表示贊同，公主於是向武則天推薦張昌宗，張昌宗爲公卿子弟，玉貌雪膚，眉目如畫，但武則天沉默不語，因爲她眞正在意的還是下面的性具，容貌倒是還在其次。公主就告訴武則天，她曾經在張昌宗於凝碧池洗澡時，偷看過他的裸體：「通體雪豔，無微痕半瑕。瘦不露骨，豐不垂腴。其陰頭豐根削，未起時，垂不甚長，渾脫類鵝卵，有窪棱高起五六分，鮮紅柔潤。」〔註 38〕還

〔註 36〕〔後晉〕劉昫等《舊唐書》第 2706 頁，北京：中華書局，1975。
〔註 37〕〔後晉〕劉昫等《舊唐書》第 2919 頁，北京：中華書局，1975。
〔註 38〕〔唐〕張垍《控鶴監秘記》，見〔清〕袁枚《袁枚全集》第 4 集第 488 頁，南京：江蘇古籍出版社，1993。

讓侍女前去挑逗張昌宗，試驗他的性能力，果然不同尋常。武則天向公主講解了如何辨別男子性具的優劣：「兒誠解人，朕每聞世俗女子，但好壯健，不選溫柔。此村嫗淫耳。夫壯健遲久，可以藥力為也，海外愼恤膠，朕宮中有石許，無所用之。男陰佳處，全在美滿柔和。懷義老奴，筋勝於肉，徒事憨猛，當時雖愜，過後朕體覺違和。御醫沈南璆肉差勝，然上下如一，頭角蒙混，且皮弛，稍稍裹棱，非翹起不脫，故時覺不淨。如卿所云，乃全才也。」〔註39〕於是召張昌宗入宮，一試果然如公主所言。小說描寫張昌宗的性具：「頭棱高，皮格格不上。俄而挺然，根雖弩健，而頭肉肥厚，如綿毯成團，色若芙蓉，撚之類無精管者。」〔註40〕武則天從此專寵昌宗。但武則天學房中採補術，常含著昌宗的性具睡覺，昌宗受不了，於是又推薦了兄弟張易之，於是二張一起侍奉武則天。而武則天派人跟蹤張昌宗，不許他與妻子說話，更不准他與妻子性交。後來武則天將張昌宗的妻子召入宮中，封為一品崇讓夫人，對她能找到這樣好的男人非常羨慕。武則天懂得性生活的重要性，所以在為公主選駙馬時，特別注意其性具和性能力，這樣公主才不會與其他男人私通，才能保住名節。據說唐中宗、睿宗都遵照武則天的意思給公主找駙馬，比如安樂公主就對駙馬武延秀很滿意，沒有再養面首。

《控鶴監秘記》寫武則天的孫女安樂公主在丈夫武崇訓死後，立即找了一個美男武延秀，她帶著武延秀去見上官婉兒，想誇耀一番。安樂公主見到了上官婉兒，「褫駙馬褌，手其陰，誇曰：『此何如崔郎耶？』」崔郎即崔湜，是上官婉兒的情人，上官婉兒回答：「直似六郎，何止崔郎？此皆天后選婿之功，不可忘也。」〔註41〕在武則天時代，女子比男子威風，公主們在一起聊天的時候，就好比男人在一起比誰的女人年輕漂亮一樣，比誰的男人漂亮，比誰的男人性具大，而張六郎常常被拿來作比較的標準。

張氏兄弟都是二十多歲的青年，都長得「白皙美姿容」，還善音律歌詞，讓武則天很開心，以至於專門為他們設置了一個叫控鶴監的機構，鶴是道家成仙飛昇時所乘之鳥，「控鶴」既表示官職的清閒，又表明與道教等宗教有關。

〔註39〕 〔唐〕張垍《控鶴監秘記》，見〔清〕袁枚《袁枚全集》第4集第488頁，南京：江蘇古籍出版社，1993。

〔註40〕 〔唐〕張垍《控鶴監秘記》，見〔清〕袁枚《袁枚全集》第4集第489頁，南京：江蘇古籍出版社，1993。

〔註41〕 〔唐〕張垍《控鶴監秘記》，見〔清〕袁枚《袁枚全集》第4集第490頁，南京：江蘇古籍出版社，1993。

張易之就主編了《三教珠英》，彙集孔子、釋迦牟尼、老子名言，包括三教中名篇的精華。張昌宗被說成是古代仙人王子晉轉世。張昌宗於是真的披鶴氅衣，戴華陽巾，手執洞簫一支，跨木鶴，周行園中，顯得有幾分仙風道骨。這個機構實際上也就是女皇的後宮，由張易之做長官，裏面任職的官員大多是女皇的男寵及輕薄文人，這些人除了給女皇提供性服務外，還要陪女皇遊樂飲宴，在宴會上除了作詩歌，唱小曲外，還講笑話，嘲弄那些道貌岸然的大臣。武則天給他們寫的詩打分排名，加以賞賜。後來武則天乾脆將控鶴府改名為「奉宸府」，據說選人進府的重要標準是性具雄大。武則天對雄大性具的喜愛，在當時已經不是秘密，據說當時有很多男人渴望憑藉自己的性具飛黃騰達，比如左監門衛長史侯祥等人就公然宣稱自己「陽道壯偉」，希望能侍奉武則天。右補闕朱敬則直言進諫說：「臣聞志不可滿，樂不可極。嗜慾之情，愚智皆同，賢者能節之不使過度，則前聖格言也。陛下內寵，已有薛懷義、張易之、昌宗，固應足矣。近聞尚舍奉御柳模自言子良賓潔白美鬚眉，左監門衛長史侯祥雲陽道壯偉，過於薛懷義，專欲自進堪奉宸內供奉。無禮無儀，溢於朝聽。臣愚職在諫諍，不敢不奏。」〔註42〕

　　上行下必效，武則天的貼身侍女上官婉兒先與廬陵王、武三思，後與吏部侍郎崔湜私通，深得武則天的真傳，比如她解釋武則天選男寵的標準說：「人之一身，舌無皮，故知味。踵皮厚，故履地。女陰纖膜微蒙，天生男子之陰，亦去皮留膜，取極嫩處，與之作合，又與棱角，使之揾摩，幼而蕊含，長而茄脫。以柔抵柔，故有氤氳化醇之樂。否則拖皮帶穢，進退麻漠，如隔一重甲矣。天后幸男子畢，不許陰頭離宮，馮小寶雖壯盛，頭銳易離。六郎棱肥腦滿，如鮮菌靈芝，雖宣洩，而陰頭猶能填塞滿宮，久而不脫……」〔註43〕武則天非常寵信上官婉兒，甚至與張易之、張昌宗兄弟在床榻間交歡時也不避忌她。上官婉兒正值情竇初開，免不得被引動，加上張昌宗姿容秀美，不由得心如鹿撞。一天，上婉兒與張昌宗私相調謔，被武則天看見，拔取金刀，插入上官婉兒前髻，傷及左額，虧得張昌宗替她跪求，才得赦免。婉兒因額有傷痕，便在傷疤處刺了一朵紅色的梅花以遮掩，誰知卻益加嬌媚。宮女們皆以為美，有人偷偷以胭脂在前額點紅微仿，漸漸地宮中便有了這種紅梅妝。

〔註42〕〔後晉〕劉昫《舊唐書》第 2706～2707 頁，北京：中華書局，1975。
〔註43〕〔唐〕張垍《控鶴監秘記》，見〔清〕袁枚《袁枚全集》第 4 集第 490 頁，南京：江蘇古籍出版社，1993。

在武則天當權的時代，女子養男寵似乎成了一種風氣。唐中宗的韋皇后，也就是武則天的兒媳婦，似乎要以她的婆婆爲榜樣。韋皇后的女兒安樂公主，似乎要與她的姑姑太平公主媲美。公元 698 年，唐中宗回到了京城，五年後登上了皇帝寶座，韋皇后自然也恢復了皇后的身份。韋皇后學習武則天，垂簾聽政，干預政治。她也像武則天那樣，玩起了男寵。她先是和武則天的侄子武三思私通，接著又在宮中養了三個美男子。一個是楊均，原是一個廚子，韋后見他少年英俊，便把他調入宮中，侍候自己。另一個是馬秦客，是御醫，一次偶然進宮替韋后治療感冒，只因他眉目長得清秀，從此以後，韋后有病沒病常把他傳進宮來伺侍。再一個是葉靜，原是馬販子出身，善玩馬技，一年元宵節他在燈會上表演馬技，被韋后看中。這三個人都做了韋后的幕賓，追隨著韋后，不離左右，忠心耿耿。

五、武則天形象的妖魔化

武則天與王皇后、蕭淑妃爭寵是唐宋時野史筆記小説的重要內容。《大唐新語・酷忍》寫武則天殘害王皇后、蕭淑妃，模擬了呂后與戚夫人的故事，使用了小説筆法，卻被後代撰史者所採用，《舊唐書・王皇后傳》中就採用了這則材料，《新唐書》所敘與《舊唐書》大體相同，只是在寫武則天「促詔杖二人百，剔其手足，反接投釀甕中」時多了一個「反接」的情節。《資治通鑒》的記載與《新唐書》相似，但刪去了「反接投釀甕」一句。宋代羅大經《鶴林玉露》寫武則天斷王后蕭妃手足，置於酒甕中，說：「使此二婢骨醉。」蕭妃臨死前說：「願武爲鼠吾爲貓，生生世世扼其喉。」〔註44〕元代楊維楨《武后》詩云：「忠良斬刈若芻蕘，乳虎蒼鷹積滿朝。可是唐臣無杜伯，危心只忌六宮貓。」〔註45〕「六宮貓」暗指蕭淑妃遺言，傳言武則天在王皇后、蕭淑妃死後非常怕貓，所以宮中禁止養貓。

但唐宋之後人們更感興趣的是武則天的私人生活，她的性淫亂，她的男寵。武則天先爲唐太宗李世民之妃，又成爲唐高宗李治皇后，有亂倫之嫌。受前代胡風影響，唐代社會風氣比較開放，禮教不嚴，統治者更是如此。高祖之母獨孤氏、太宗之母竇氏、高宗之母長孫氏都爲胡人，漢化之後，放蕩

〔註44〕〔南宋〕羅大經《鶴林玉露》第 195〜196 頁，北京：中華書局，1983。
〔註45〕〔元〕楊維楨《鐵崖先生古樂府》卷 14 第 132 頁，《萬有文庫》第 2 集 700
　　　　種，上海：商務印書館，1937。

不檢的胡風餘氣仍行於閨門之內。唐高祖的張婕好、尹德妃與太子建成關係曖昧。李世民在「玄武門之變」中殺死了哥哥李建成和弟弟李元吉，並且把李元吉的妻子楊氏納爲妃子。李淵從父兄子、盧江王李瑗謀反，李世民殺了他之後，把他的妻子也納入後宮。但武則天的情況還是不一樣，因爲武則天是女人，在傳統觀念中，男人可以納妾可以搞婚外情可以嫖妓，女人則必須忠誠於一個男人，必須從一而終。武則天先後嫁給李家父子或者是不得已，但她「牝雞司晨」，奪了權，當了皇帝，而且也像男性皇帝一樣玩弄寵幸面首，則被後世認爲是淫蕩罪過。宋元文人在詩文中把武則天寫成一個擾亂宮闈的淫婦。元代薛昂夫散曲〔中呂‧朝天曲〕云：「則天，改元，雌鳥長朝殿。昌宗出入二十年，懷義陰功健。四海淫風，滿朝窯變，《關雎》無此篇。弄權，妒賢，卻聽梁公勸。」〔註46〕

　　到了明清時代，武則天被進一步妖魔化，而大寫特寫其淫蕩是妖魔化的一個重要方面。明中葉後，商業發展，社會風氣變化，縱慾成風，豔情小說盛行。武則天是一代女皇，一生侍奉過兩代君王，又有眾多男寵，所以成爲眾多豔情小說中的女主角。明清專寫武則天的豔情小說主要有吳門徐昌齡的《如意君傳》、晉陵紫薇垣散人葉子谷氏的《武曌傳》、不奇生的《武則天外史》、嘉禾餐花主人編次的《濃情快史》、竹松軒撰的《妖狐豔史》、佚名撰的《唐宮武則天》《鍾情豔史》，另有明代鄡華生所著的半文半圖的色情小說《素娥篇》等。

　　《如意君傳》用較多筆墨描寫了武則天的性行爲，小說給武則天虛構了一個男寵薛敖曹，此後很多涉及武則天的小說幾乎都提到薛敖曹。明晉陵紫薇垣散人葉子谷氏纂《武曌傳》極力描寫武則天和薛敖曹的穢行，篇幅不長，可謂《如意君傳》的縮減版。在小說中，武則天是一個爲性慾所左右的老女人。清代康熙年間嘉禾餐花主人編的《濃情快史》（又名《媚娘豔史》）小說寫武則天入宮前就與武三思、張采、張玉等人淫亂，學會了媚惑人的技巧，入宮後很快得到了唐太宗的寵幸。唐太宗被武則天迷住了，一刻離不開她，起了廢掉皇后改立武則天爲后的念頭，因魏徵諫阻，沒有實現。李淳風預言宮中武氏將會擾亂李唐天下，建議殺掉武氏，唐太宗捨不得武則天，冤殺了多人。唐太宗因縱慾過度，病入膏肓，迫於眾人的壓力，忍痛割愛，讓武媚娘到感業寺出家爲尼。但他對武則天戀戀不忘，因思念武則天常淚流滿面，

〔註46〕　〔元〕薛昂夫，趙善慶《薛昂夫趙善慶散曲集》第20頁，上海：上海古籍出版社，1988。

總是白日見鬼，不久就駕崩了。小說前十回寫武則天入宮前的市井放蕩生活，完全是憑空杜撰，張玉、張采是虛構出來的地痞無賴，他們設計引誘武媚娘走向墮落。小說後二十回以史書記載爲構架，填充了大量野史筆記材料，渲染武則天的性慾，其中關於薛敖曹的一段基本上都採自《如意君傳》。

清代不奇生所寫的《武則天外史》講述了武則天從出生到死亡的一生故事，把武則天寫得淫蕩無比，少年時就跟武承嗣勾搭，進宮後極力「獻嬌弄媚」，先後侍候二主，在妙高寺出家爲尼時，遇見張氏兄弟和薛懷義，年老了更荒淫，有三千男寵。小說寫武則天出生時「祥雲現妖孽」。她小時與侄兒武承嗣（號三思）玩做皇帝的遊戲。姑侄二人在園中閒遊，武則天賦詩，武承嗣稱讚她抱負不凡，她說：「你不要看輕了女人，一樣得起意來，比男子利害得多了。」姑侄二人有了私情後，武士彠恰好來家，武承嗣心中害怕，武則天則鎮定如常，絲毫不露破綻。〔註 47〕宮中選秀女，武則天爲了引起朝廷注意，想出一個妙計，作了一個歌兒，教人在外面去唱，傳到了地方官衙門裏。官府的人聽到歌謠，知武家有美女，就來到武家，看見武則天果然風姿出眾，於是立馬登了選名冊子。她入宮後竭力媚惑唐太宗，受到太宗的寵愛。小說極寫武則天的妖媚，第六回寫高宗接見返宮後的武則天，驚歎其美貌，「被她迷得簡直是骨軟酥麻，如癡了一般」，〔註 48〕第十七回寫武則天得到高宗寵愛，不像普通妃嬪一般沾沾自喜，而是想得更長遠，最後終於登上了皇位。小說末尾說：「看官，這武則天可算是風流一生了。後人稱爲淫婦也可，稱爲英雄亦無不可，哈哈，隨便各人去評說罷。」〔註 49〕竹松軒寫的《妖狐豔史》也提及武則天、武三思、江采等故事，與《濃情快史》大同小異。清代佚名的《鍾情豔史》中也寫到了武三思家淫亂一節。清末刊刻的《唐宮春武則天》大同小異，書中的武則天是一個穢聲四播、淫亂宮闈、放縱情慾的反面形象。《忠孝勇烈奇女傳》寫武則天把朝中大臣許敬宗納爲後宮之寵。

明清時期其他題材的小說中出現的武則天形象大都是負面形象，她有政治野心，心機縝密，殘忍、嗜殺、荒淫。在清代的小說中，武則天被寫成惑主的狐狸精，受武則天的引誘，李世民父子倆最後因淫逸過度而死。武則天與面首生下了不人不鬼的怪物後代。

〔註 47〕 〔清〕不奇生《武則天外史》第 203～204 頁，長春：時代文藝出版社，2003。
〔註 48〕 〔清〕不奇生《武則天外史》第 256 頁，長春：時代文藝出版社，2003。
〔註 49〕 〔清〕不奇生《武則天外史》第 298 頁，長春：時代文藝出版社，2003。

　　署名羅貫中的《隋唐兩朝志傳》的第九十回《高麗王輿襯出降》到第九十八回《千騎奔斬李多祚》寫到了武則天，關於薛敖曹的部分採用了《如意君傳》的相關內容。第九十回寫寫武則天「顏色絕美」，是「其母夢妖狐據腹而生」，妖媚動人，所以小字「媚娘」，她又性格聰慧，從小就與眾不同，進宮後得到唐太宗的寵愛。第九十一回寫武則天與太子結下私情，激得李治盟誓。高宗登基後接回了感業寺為尼的武氏，拜為昭儀。武則天為了奪寵爭權，殺死小公主，陷害王皇后。第九十二回中，武則天登上皇后寶座，拉攏人心，消滅異己，殺害了王皇后和蕭淑妃。武則天垂簾聽政，逐步掌握了大權。第九十四回寫唐高宗駕崩，武后當權，廢中宗為盧陵王，殺害李唐皇室，諸武布滿朝廷，恣橫用事，唐之宗室人人自危，終於導致徐敬業起兵。鎮壓徐敬業起義後，武則天鑄銅為匭，接受天下密奏，告密之風興起。掃清敵對勢力後，武則天改唐為周。第九十七回寫武則天晚年淫心愈盛，遍選天下強健男子入宮侍寢，稍不如意便「捶殺之」。〔註50〕狄仁傑推薦了薛敖曹，武則天對薛敖曹非常滿意，封敖曹為如意君，賜賚甚厚。

　　褚人獲《隋唐演義》第六十九回到第七十五回描寫了武則天。小說寫武則天為李密轉世，長孫皇后去世後，太宗選武氏進宮。太宗明知讖言也捨不得殺她。她為長遠打算，把賭注押在晉王的李治身上。第七十回寫武則天出家為尼前，回家與其父過繼的侄兒武三思「成了鶉鵲之亂」。武則天出家後不甘寂寞，與馮小寶等人廝混。她當了皇后，在宮中淫亂，見高宗病入膏肓，非常歡喜。她做了皇帝後，與馮小寶、武三思、御醫沈南繆和張氏兄弟等淫亂。後來武則天接受了狄仁傑的勸說，召回中宗。她在兵變後被張柬之等遷到上陽宮，暮年淒涼：「思想前事，如同一夢，時常流涕，患病起來，日加沉重。」她臨死前交代武三思，希望武、李兩族和睦相處，不再自相殘殺。她知曉武三思與韋氏的情人關係，想讓他聯合韋氏除去以張柬之為首的五王。〔註51〕

　　《武則天四大奇案》以武則天時代為背景，寫狄仁傑破案的故事。前三十回寫狄仁傑任昌平縣令時偵破三個大案，後三十四回寫狄仁傑諫言武則

〔註50〕〔明〕羅貫中《隋唐兩朝志傳》第97回，《古本小說集成》第3輯第74冊《隋唐兩朝志傳》第1140頁，上海：上海古籍出版社，1993。
〔註51〕〔清〕褚人獲《隋唐演義》第75回，《古本小說集成》第3輯第78冊《隋唐演義》第1927頁，上海：上海古籍出版社，1993。

天，迎回盧陵王，恢復李唐天下。小說中寫到了武則天的五個面首。第一個是張昌宗。張昌宗的兩個家奴倚仗張家勢力侵佔民產，搶男霸女，狄仁傑把二人依法論罪，張昌宗入府衙求情，狄仁傑把他重打了四十大棍。第二個是薛懷義。薛懷義爲白馬寺住持，召集一幫游民剃度爲僧，胡作非爲。他與興隆庵尼姑王道婆等通姦，並合夥搶騙王毓書的媳婦。武則天聽說薛懷義在外面有別的女人，不是勃然大怒，反而是躬身自省，覺得是自己冷落了薛懷義，才造成這樣的結果。狄仁傑把薛敖曹繩之以法，斬監候。第三個是薛敖曹。薛敖曹出宮探望獄中的薛懷義，與狄仁傑撞個正著，被他逮入衙內，翻出以前舊帳，打了一百大板，收監。邢房書辦賀三太與薛敖曹有舊怨，趁機把他閹割了。第四個是武承嗣。武承嗣在朝堂上大放厥詞，狄仁傑掌摑武承嗣，並告贏御狀。第六十三回中，狄仁傑揭發武承嗣、許敬宗等人陷害盧陵王的陰謀，武承嗣畏罪自殺。第五個是許敬宗。狄仁傑告御狀，使許敬宗被撤職，後來又揭發他陷害盧陵王的罪行，最後許敬宗被斬首示眾。〔註52〕

　　如蓮居士所撰《異說反唐全傳》主要講薛剛反唐之事。在小說中，王皇后所生的李旦爲太極上皇光明大帝臨凡，要重整江山。李旦、盧陵王的正義之師對戰「騾頭太子」、武氏的邪惡一族。小說極力渲染武則天「狐媚惑主」、「穢亂宮闈」。第二回寫武則天獻媚太宗，在太宗生病時勾引太子。第三回寫武則天出家爲尼後，受不過凄涼寂寞，勾引白馬寺小和尚懷義。武則天做了女皇后，寵幸男寵薛懷義、張易之，張昌宗等，給他們封官加爵，他們在宮裏男扮女裝，在宮外橫行無忌。小說中薛敖曹是西方白叫驢投胎。武則天登基後，每夜都要人陪，稍不稱心，就會被絞死。這事驚動了太白金星，上奏天庭，玉帝下旨，發西方白叫驢下凡投胎，白叫驢投胎不及，靈魂附在了一個叫薛敖曹的人身上。薛敖曹被武則天看中，兩人相好，生下了一個長著人的身體、騾子腦袋的怪胎。他們把這個怪物拋進了金龍池，恰逢江南六安山鐵板眞人路過，把他救走，傳授武藝。當薛剛率兵打過潼關時，鐵板眞人派他下山幫助武則天，並傳給他黑煞飛刀和土遁法。騾頭太子下山後揭了武則天的招賢榜文，武則天得知一個長著騾頭的人揭下招賢皇榜，自稱是武則天與薛敖曹的兒子時，滿面羞慚。武則天封騾頭太子爲兵馬大元帥。樊梨花在

〔註52〕〔清〕無名氏撰，崔愛萍、范濟平校注《武則天四大奇案》，鄭州：中州古籍出版社，1990。

戰場上奪了騾頭的法寶，騾頭太子用土遁法逃跑了。他回山中把師父老烏龜精鐵板真人請了出來，樊梨花去找玄女娘娘借來了八卦陰陽鍾，收了龜精，之後帶領唐兵分八路前去踹營，樊梨花殺入營中恰逢騾頭太子，兩人廝殺不上三個回合，樊梨花用手一指，定住了騾頭太子，一劍揮爲兩段。武則天聽到兒子陣亡消息，沒有絲毫悲傷，只關心戰事。〔註53〕

《異說後唐傳三集薛丁山征西樊梨花全傳》寫武則天見張保生得美貌，便奏知皇帝，名義上將張保承繼爲子，實際上以張保爲男寵。小說第八十六回寫武則天和薛敖曹所生驢頭太子前來認母，武則天封他爲兵馬大元帥，張昌宗爲軍師。驢頭太子到了大營，只是吃酒狎妓，張昌宗對高力士說：「朝廷用酒色之徒爲將，國家休矣。武后春秋甚高，其情不忘。不如棄了周朝去投南唐，此事如何？」高力士說：「老爺言之有理。」當夜二人逃出臨潼，投奔了南唐。薛剛罵陣，驢頭太子才出來應戰，憑藉師傅給的寶貝飛鈸，拿了薛剛、薛葵。樊梨花趕來相救，陣前迎交手：「驢頭見收了鈸，大怒，把手中槍照前心刺來，梨花把劍一指，那槍跌落地下，兩手動彈不得，被梨花趕上前，一劍砍死。」〔註54〕

《混唐後傳》第二回寫武則天的母親張氏夢見玉面狐狸後生下武媚娘。武媚娘入宮後被選爲才人，把唐太宗弄得神魂顛倒，一刻也離不開她。唐太宗得知武才人可能會對李唐天下不利，雖然心裏不踏實，但只要見了媚娘便回嗔作喜，難以割捨。太宗因縱慾過度，一病不起。太子李治也被武媚娘她迷得暈頭轉向。武則天再度回宮後，希望高宗早死，她百般獻媚，弄得高宗雙目枯眩，百官奏章俱令武后裁決，加徽號曰天后。自此天后在宮中淫亂，見高宗病入膏肓，歡喜不勝，一心要令高宗早死。高宗病危時，仍然誘惑高宗，縱慾無度，導致高宗駕崩。〔註55〕清末公案小說《狄公案》以武則天時代爲背景，寫狄仁傑所斷的四件案件。小說後三十回寫狄仁傑嚴懲佞臣，處決武則天男寵張昌宗的惡奴，將武則天寵愛的奸僧薛懷義治罪，將混入宮闈

〔註53〕　〔清〕如蓮居士《異說反唐全傳》，《古本小說集成》第 4 輯第 129 冊《異說反唐全傳》，上海：上海古籍出版社，1994。

〔註54〕　〔清〕如蓮居士《異說後唐傳三集薛丁山征西樊梨花全傳》，《古本小說集成》第 3 輯第 80 冊《異說後唐傳三集薛丁山征西樊梨花全傳》，上海：上海古籍出版社，1993。

〔註55〕　〔清〕無名氏《混唐後傳》，《古本小說集成》第 4 輯第 128 冊《混唐後傳》，上海：上海古籍出版社，1994。

的假宦官薛敖曹閹割，力薦張柬之等能臣入主國事，親自迎接廬陵王還朝，迫使武則天還政於李唐王室。〔註56〕

六、《如意君傳》中的性愛與政治

　　對武則天的深宮秘事描寫得最詳盡的是明代的小說《如意君傳》。《如意君傳》又名《閫娛情傳》，其大致情節是，武則天做了皇帝後，找不到合意的男寵，後來找到了薛敖曹，對薛敖曹十分滿意。經過一段時間，薛敖曹對武則天也產生了感情，但始終不想憑這種關係而發跡，拒絕接受武則天想給他的高官厚祿。武則天本想傳位於侄子武三思，但薛敖曹卻極力保護武則天的兒子即後來的中宗皇帝，終於使武則天迴心轉意。後來，武則天因淫樂過度，身體日益衰弱，她擔心自己去世後，薛敖曹可能因和她有這種不正當的關係而被殺，所以叫他先住到侄子武承嗣家中去，如果聽到武則天去世的消息，就馬上變換姓名逃走，於是兩人悲傷泣別。但武則天休養了一個時期後，健康逐漸恢復，因思念薛敖曹，就寫了一封信和一首詩命人送去，並要把他接回皇宮。薛敖曹看了信和詩，雖然很感動，但考慮到如果再入皇宮就不可能再活著出來了，所以就在當夜偷偷逃走。武則天逝世後，其他男寵都被殺死，薛敖曹因幫過中宗皇帝的大忙，中宗很感激他，派人四出尋訪，但未能找到他。又過了幾十年，有人在成都遇到他，看起來還只是像二十歲左右的人，大家都說他已得道成仙了。

　　《如意君傳》被明清學者視為史料，而其中所記又多與此前的史書記載有所出入。在正史中，武則天的有名男寵只有四人而不見薛敖曹，而《如意君傳》則主要寫武則天與薛敖曹的性史，而此前武則天與四男寵的性交往，僅僅是薛敖曹的鋪墊。薛敖曹之形象顯然是在史書中所記薛懷義的基礎上的虛擬。薛懷義原名馮小寶，武則天為其改名，假託薛嚳後代，與駙馬拉上關係，以抬高其地位，便於出入宮廷，與外界交接。而小說則將薛懷義一分為二，馮小瑤為市井無賴，敖曹為薛嚳正宗後代，一前一後，顯得撲朔迷離。薛敖曹不僅長得好，面容白皙，眉目秀朗，還文武全才，既博通經史，善書畫琴奕，又有膂力，矯健過人，可以說是個懷才不遇的才子。但他最出奇的還是他的壯大的肉具，小說對其雄健極盡誇張之能事，先描寫其形態：「……其腦有坑窩四五處。及怒發，坑中之肉隱起，若蝸牛湧出，自頂至根，筋勁

〔註56〕〔清〕無名氏《狄公案》，西安：三秦出版社，1995。

起，如蚯蚓之狀，首尾有二十餘條，紅瑩光彩，洞徹不昏，蓋未曾近婦人之漸漬也。」〔註57〕又描寫其壯健：「試以斗粟掛其莖首，昂起有餘力，無不大笑絕倒。間與敖曹遊娼家，初見其美少年，歌謳酒令，無不了了，愛而慕之。稍與迫睹肉具，無不號呼避去。間有老而淫者，勉強百計導之，終不能入。」〔註58〕才華既不可施展，而肉具又無所用，連個女人都找不到，不能不歎嗟，甚而有悲生之感。如果不是遇到武則天，他真的要淪落終生了。

　　見到薛敖曹的時候，武則天正在煩惱之中，小說描寫到：「時後已七十，春秋雖高，齒髮不衰，豐肌豔態，宛若少年。頤養之餘，慾心轉熾，雖宿娼淫婦，莫能及之。」〔註59〕而她寵愛的懷義被殺，沈御醫被武則天淘空了身子，骨髓枯竭而死，而張昌宗、易之雖然年少貌美，又有壯大的肉具，但是因為過度縱慾，精力匱乏，已經無法滿足武則天的性慾，所以武則天時有憾恨，宦官牛晉卿懂得武則天的心思，於是向武則天推薦了敖曹。久經性戰沙場的武則天也難以承受敖曹的巨大肉具，在若干次性交中，敖曹的肉具都沒有全部進入，幾經嘗試後，敖曹才最後將肉具插至根部，而武則天先是「頭目森森然，莫知所以」，接著神智昏迷，小說這樣描寫武則天的反應：

　　　　武后失聲大呼曰：「好親爹，快活殺我也！且少住片時，往來迸急難禁。」曹不聽……俄而，後兩足舒寬，目閉齒緊，鼻孔息微，神思昏迷。〔註60〕

在與敖曹交合後，武則天將敖曹與她享用過的其他幾個男人進行比較：

　　　　汝非我不能容，我非汝無以樂。常憶我年十四侍太宗，太宗肉具中常，我年幼小，尚覺痛楚不能堪，侍寢半年，尚不知滋味。二十六七時侍高宗，高宗肉具壯大，但興發興盡但由他，我不得恣意為樂。幸彼晏駕，得懷義和尚，其肉具初不如高宗，入爐之後，漸大漸長，極堅而熱，通夜不休。沈懷璆亦壯大，捨命陪我，連泄不已，以至得病。今昌宗、易之兄弟，兩美麗少年。易之肉具頗大，昌宗長至六七寸，亦足供我快樂，而一泄後，再不肯舉，甚至中痿，

〔註57〕〔明〕吳門徐昌齡《如意君傳》，《思無邪匯寶》第 24 冊《如意君傳》第 45～46 頁。
〔註58〕〔明〕吳門徐昌齡《如意君傳》，《思無邪匯寶》第 24 冊《如意君傳》第 46 頁。
〔註59〕〔明〕吳門徐昌齡《如意君傳》，《思無邪匯寶》第 24 冊《如意君傳》第 46 頁。
〔註60〕〔明〕吳門徐昌齡《如意君傳》，《思無邪匯寶》第 24 冊《如意君傳》第 57 頁。

我甚恨之。此數人肉具，皆及人間之選，然不如我如意君遠矣。自
今以後，不必盡根沒腦，但入其半亦足矣。〔註61〕

小說對性交時情態的描寫甚為細膩。此前的性愛小說，對性交過程的描寫太過隱晦，或數言帶過，或用比擬手法，而此後的市井豔情小說對性愛描寫得又過於直露，只有《如意君傳》，雖通篇充斥對性交的直接描寫，但又將性交寫得不甚醜惡，甚而有幾分美感：

偶少憩錦芳亭，前軒海棠盛開，後折一枝，舉插雲鬢之傍，酥胸半露，體態妖嬈，乃倚翠屏，斜視於曹。曹情思躍然而起。兩肩並立，兩口相偎。即布軟褥交會，必盡其歡。如此數回，不可勝記。
〔註62〕

小說又將文人雅士的對景賦詩穿插在性交的場面描寫之間，使被世人認為粗俗骯髒的性交合甚至有幾分詩意，如寫武則天與敖曹中秋賞月一段：

後中秋夜，曹於上陽宮集仙殿玩月。觴舉酬酢，竊竊私語，歡笑之際，不覺歔欷，大抵樂極悲生，人之常情也。宮嬪中最敏慧者上官婕妤，知后意，乃捧觴上壽，侑以歌曰：「金風澄澄兮，萬籟寂。珠露湛湛兮，月如璧。當此良宵兮，奉玉卮。至尊擁仙郎兮，千載於飛。猶復惆悵兮，不自愉。彼月中仙子孤怨兮，當何如耶？」后悅，令上官歌歡曹，進上官歌曰：「月皎皎兮，風生建章。芬襲襲兮，良宵未央。鳳凰于飛兮，和鳴鏘鏘。少年不再兮，冉冉流光。願子努力兮，奉我天皇。」曹飲訖，舉杯奉后，歌曰：「瑤臺九重兮，仙景茫茫。雲泥有間兮，何敢相忘。願聖壽齊天兮，永無疆。出入雲漢兮，相翱翔。」歌罷，曹乘酒興，無復君臣之禮，攜后於懷，以酒浸漬其乳，曹自飲其半，餘半使后飲之，后欣然承受。已而攜手歸於大安閣少息，后悉去衣裳，止著嶺南筒布短褥，與曹偎抱。命取桂林小天香餅，后細嚼之，以舌送沁曹口。〔註63〕

將肉具、性交與傳統文人的懷才不遇聯繫到了一起，不能不讓人感到奇異。武則天聽了牛晉卿的介紹，命牛晉卿去召敖曹，並寫詔書一封，在詔書

〔註61〕 〔明〕吳門徐昌齡《如意君傳》，《思無邪匯寶》第24冊《如意君傳》第58頁。
〔註62〕 〔明〕吳門徐昌齡《如意君傳》，《思無邪匯寶》第24冊《如意君傳》第59頁。
〔註63〕 〔明〕吳門徐昌齡《如意君傳》，《思無邪匯寶》第24冊《如意君傳》第61～62頁。

中將敖曹稱爲「賢士」：「朕萬機之暇，久曠幽懷，思得賢士，以接譚宴。聞卿抱負不凡，標資偉異，急欲一見，慰朕饑渴之懷。」〔註64〕敖曹接到詔書後，先是拒絕，牛晉卿告訴他，這是他青雲直上的一個絕佳機會：「足下不欲行於青雲之上，乃終困於閫閣之下。」敖曹表示，他不願意以性事而獲得富貴，而希望發揮自己的才華，通過科舉獲得功名：「青雲自有路，今以肉具爲進身之階，誠可恥也。」但當牛晉卿告訴他，只有武則天能夠承受他的巨大肉具，使他知曉「人道」時，敖曹才心動。在前往皇宮的路上，敖曹感慨萬千：「賢者當以才能進，今日之舉，是何科目？」〔註65〕所以當武則天獲得性滿足後，要封賞給他爵位時，他堅決地拒絕了。

更讓人感到不可思議的是，小説將肉具、性交與政治聯繫到了一起，敖曹在古代大臣的種種勸諫方式之外又創造出所謂的「性諫」。有一次，武則天要賜他爵位，並賞賜他的兄弟宗族，敖曹拒絕了，趁機向武則天進諫，勸武則天召回廬陵王，將天下交還李家，否則武氏宗族在她死後很可能像漢高祖時呂后家族那樣遭遇滅族之禍。看到武則天面露難色，敖曹拿出匕首，要割去肉具以謝天下，以此威脅武則天。武則天抓緊去奪匕首，匕首已深入肉具半寸，血流淂淂。武則天心疼得且泣且罵：「癡兒！何至此也？」敖曹回答說：「臣之爲兒，乃片時兒耳。陛下自有萬歲兒，係陛下親骨肉，何忍棄之？」〔註66〕武則天雖然沒有馬上答應，但心有所動。敖曹自此以後常常尋找機會勸說武則天，再加上狄梁公上疏，武則天終於召回廬陵王，恢復皇太子身份。

小説顯然對敖曹持讚賞態度，他不願以肉具獲得富貴，又對李家王朝充滿忠誠，對弱者多所保護。當武則天要將二張的官爵奪來給他，並且給他建造府第時，敖曹堅決拒絕：「陛下外多寵，聖德所損非細，奈何復有此舉？且臣孑然一身，治第何爲？」〔註67〕武則天經常找藉口殺死已故唐高宗的嬪御，因爲敖曹加以護持，很多人得免災禍。有一次武則天遇見二張，看到他們依然年輕漂亮，有所動心，回來後和敖曹提起，敖曹建議武則天召見二張，自己願意與二張輪流侍候武則天，絕對不會吃醋作酸。敖曹又見微知幾，他預見到武則天死後的政局，尋找機會，逃出了宮廷，最後修道成仙。

〔註64〕〔明〕吳門徐昌齡《如意君傳》，《思無邪匯寶》第24冊《如意君傳》第49頁。
〔註65〕〔明〕吳門徐昌齡《如意君傳》，《思無邪匯寶》第24冊《如意君傳》第50頁。
〔註66〕〔明〕吳門徐昌齡《如意君傳》，《思無邪匯寶》第24冊《如意君傳》第65頁。
〔註67〕〔明〕吳門徐昌齡《如意君傳》，《思無邪匯寶》第24冊《如意君傳》第55頁。

有人對武則天和敖曹之間的感情表示懷疑，武則天身爲帝王，敖曹本一介凡夫，地位之懸殊，使二人難以產生一般意義上的愛情，但武則天和敖曹之間仍然可能通過性交的和諧產生感情。武則天稱敖曹爲如意君，爲敖曹改元，甚至要和敖曹以夫妻相稱。在一次性滿足後，武則天枕著敖曹的大腿，感歎與敖曹相見恨晚：「我年大，思一奇漢子，不意因晉卿薦，得子如此之大。相遇雖晚，實我後福，切不可效易之輩，有始無終也。」而敖曹因武則天而得知性愛之樂，武則天對他寵愛有加，不能不對武則天產生些須依戀，他對武則天表示：「臣本賤人，不遇陛下，豈知裙帶之下，有如此美味乎！」〔註 68〕自有敖曹之後，武則天雖對二張偶然念及，經常賞賜慰撫，但再也沒有發生性關係，有一次武則天向敖曹表示，她已將一身託付給了敖曹，願意爲敖曹做任何事情，她甚至理解了春秋時晉獻公爲何會惑於驪姬而殺太子申生，逐公子夷吾、重耳：「今我得情愛深溺，反笑晉獻公之愛驪姬尚淺也！」〔註 69〕也正因爲由性而生的這份感情，武則天爲敖曹謀劃後半生的生活，將敖曹藏於她最鍾愛的侄子武承嗣府中，讓武承嗣像侍候她一樣侍候敖曹，又囑咐敖曹，等她一旦死去，馬上改名換性，逃到吳蜀間作一大富人。在送敖曹出宮前夕，在送別的酒宴上，武則天與敖曹相對而泣，小説描寫相別情景：

> 后以七寶金巨羅酌送敖曹，每一杯敘數語，嗚咽汍瀾久之。敖曹儘量痛飲至醉，泣而言曰：「臣自此以後，不復聞環珮之聲矣。陛下強玉食自愛，倘萬歲後，臣犬馬之報未盡，願降芳魂於夢寐，臣尚得彷彿以侍也。」后聞言，愈加號慟，良久，強發聲曰：「如意君健在，勿戀我衰朽之人也。」后謂敖曹曰：「我聞民間私情，有於白肉中燒香疤者，以爲美譚，我與汝豈可不爲之？」因命取龍涎香餅，對天再拜，設誓訖，於敖曹麈柄頭燒訖一圓。後於牝顱上燒一圓，且曰：「我爲汝以痛始，豈不以痛終乎？」〔註 70〕

在敖曹出宮一月後，武則天派人送給敖曹明珠一顆、紅相思豆十粒、龍涎餅百枚、紫金鴛鴦一雙，並附書信一封，在信中，武則天表示了對敖曹的思念：「前者草草與子言別，靜言思之，殊是傷歎，每每至花朝獨飲，月夜獨

〔註 68〕 〔明〕吳門徐昌齡《如意君傳》，《思無邪匯寶》第 24 冊《如意君傳》第 58 頁。
〔註 69〕 〔明〕吳門徐昌齡《如意君傳》，《思無邪匯寶》第 24 冊《如意君傳》第 55 頁。
〔註 70〕 〔明〕吳門徐昌齡《如意君傳》，《思無邪匯寶》第 24 冊《如意君傳》第 66～67 頁。

眠。粉黛滿側，無一知己。淚光瀅瀅，時在衫幾。昔日何樂，今日何苦；昔夕何短，今夕何長。一剎那頃，便作人天，咫尺間，頓成胡越。人生有幾，堪此生離？今遣信相聞，於月圓之夕，用小犢車載子，從望春門入，少留數日，以修未了之緣，且結來生之好。勿云豈無他人，跂足望之，引書指，不多及。」在信件後又附一詩：「看朱成碧思紛紛，憔悴支離為憶君。不信比來長下淚，開箱驗取石榴裙。」〔註71〕而敖曹讀後，感動得流下了眼淚，但思量再三，決定見機而作，逃離火宅，保全性命，重返自由，於是連夜騎馬逃離京城，武則天知曉後，雖然悲歡不已，但理解敖曹的心志，也沒有進行大規模搜捕。如此等等，又不能不說二人之間存在深厚的感情。

　　《如意君傳》真的是一篇奇異的小說。《如意君傳》採用史傳的體例，以編年方式講述的卻是最隱秘的宮廷性事，其中多採用史料，而主要人物敖曹又全為虛構。小說對性交場面的描寫甚為細緻，本應粗俗不堪，但又將最為高雅的詩文穿插其中，其描寫態度也很嚴肅。本是赤裸裸的肉慾，又將政治融入其間。後世性愛小說如《金瓶梅》等多模仿《如意君傳》，《金瓶梅》的第十八回、十九回、二十七回、二十八回、二十九回、五十回、五十一回、五十二回、六十一回、七十三回、七十八回、七十九回中的性描寫，大都由《如意君傳》中化出，甚至原文抄襲，但終究無法與《如意君傳》相比，就是因為對性愛持獵奇態度，沒有賦予性愛更多的內涵。

　　《如意君傳》的命名，取自小說中武則天享受性快感後的一句話：「卿甚如我意，何相見之晚也？當加卿號如意君也，明年為卿改元如意矣。」〔註72〕次年果然改元如意，當時有大臣對改元提出疑問：「百官奉詔改元，多不喻如意之旨。既非瑞物，又無關治道，請更之。」武則天回答說：「我所出，疇敢他議？」〔註73〕將提出疑問的官員免職，其他的人就不敢議論了。所謂「如意」本是晉代以後流行的飾物，常常用作男女訂婚的聘禮或男女相互愛的信物，蘊涵一切如意的意思，既指夫妻的融洽和美，又指男女性交關係的和諧。有人認為如意是工藝化的性具模型，所以稱敖曹為如意君，實際上是將他比作一個大的性具。因為薛敖曹是虛構人物，所以武則天改元一定與敖曹無關。《舊唐書》卷六記載，武則天改元為如意時，禁斷天下屠殺。既然禁斷天下

〔註71〕〔明〕吳門徐昌齡《如意君傳》，《思無邪匯寶》第 24 冊《如意君傳》第 68 頁。
〔註72〕〔明〕吳門徐昌齡《如意君傳》，《思無邪匯寶》第 24 冊《如意君傳》第 52 頁。
〔註73〕〔明〕吳門徐昌齡《如意君傳》，《思無邪匯寶》第 24 冊《如意君傳》第 52 頁。

－645－

屠殺，則改元或與佛教有關係。佛教經典《智度論》中說：「明月摩尼珠，多在龍腦中。有福眾生，自然得之，亦名如意珠。常出一切寶物、衣服、飲食，隨意皆得。得此珠者，毒不能害，火不能燒。」〔註 74〕《雜寶藏經》中有更為詳細的說明，說如意珠又名金剛堅，有三種力，第一可解毒，第二可治熱病，第三可消除怨恨。武則天崇信佛教，自認為彌勒佛轉世，而 692 年連連發生多種天災，所以改元如意含有祈禱太平之意。至於小說命名為「如意」，其中原因更可理解。敖曹性能力超出常人，令久已饑渴難解的武則天獲得前所未有的享受，感到如意，封敖曹為如意君，而武則天又寫有《如意娘》一詩。

七、那高大的無字碑的象徵意義

史稱武則天蓄面首三千，儘管後世學者對「三千」的數目頗多質疑，但「廣蓄」卻是不爭的事實。當時的右補闕朱敬則曾上書勸諫：「臣聞志不可滿，樂不可極。嗜欲之情，愚智皆同，賢者能節之，不使過度……陛下內寵已有薛懷義、張易之、昌宗，固應足矣……」〔註 75〕武則天不但沒有龍顏震怒，反而「賜采百段」。武則天為何「洎乎晚節」，在 60 歲的時候突然廣蓄面首呢？除了生理需要，或者還與佛教有關係。武則天篤信佛教，被認為是現世的彌勒菩薩。佛教認為女身有五漏，不能成佛，即使悟得佛性，成佛之前一刹那，也必須轉化為男身。所以武則天廣蓄面首的真正深刻原因在於是廣蓄面首，利用採補術，為成佛作準備。佛教中有所謂的雙身修行法，密宗的無上瑜伽裏面就有男女雙修的法門。龍門石窟奉先寺的體形豐腴、圓潤的盧舍那大佛，據說就是仿照武則天而塑造。

據記載，年過六旬的武則天仍然面容姣美，豐肌豔態，宛若少女，不顯老態，這一方面得益於養生保健，另一方面也與她旺盛的性慾有關。現代醫學證明，高質量的性生活還使人體內出現激素和神經介質大量分泌，血液循環和呼吸節奏加快，體溫增高，臉部皮膚細胞組織內水分增多，皮膚充盈，皺紋減少。性交還讓人身心放鬆、通體舒暢。性能量的適度、合理宣洩，可以釋放體內多餘的陰陽之氣，避免陰陽的紊亂與失衡。性高潮時體內分泌的類嗎啡物質，能緩解疼痛及心理壓力，幫助睡眠。對上了年紀的人來說，適當

〔註 74〕〔唐〕釋道世《法苑珠林》第 432 頁，四部叢刊初編縮本。
〔註 75〕〔後晉〕劉昫《舊唐書》第 2706 頁，北京：中華書局，1975。

的性生活有利於增強免疫功能，延緩衰老。因此有人將性交稱為中強度的健身操，性交使機體的新陳代謝處於活躍的狀態，呼吸頻率加快、胸肌顫動，鼻腔壁擴張、呼吸加深，血氧飽和度提高，而四肢、胸部、臀部、腰腹部等部位的運動，又等於給全身做了一次中強度的健身鍛鍊。這或許就是古代房中術所說的「採陰補陽」或「採陽補陰」。武則天在 68 歲的時候，又長了兩顆新牙，所以她這一年改了年號叫做長壽，在七十六歲（一說七十三歲）時，脫落的眉毛又重新長了出來。而她的家族的長壽又可能與性生活的開放有點關係，她的母親在八十多歲的時候，還喜歡上了她的外孫。武則天的姐姐韓國夫人，韓國夫人的女兒魏國夫人，在性生活上都很開放，都與唐高宗有過曖昧關係，所以武則天最後把魏國夫人給毒死了。武則天的女兒太平公主，更是開放。

　　有人認為，唐代傳奇小說《遊仙窟》和《后土夫人傳》是對武則天性事的影射。《遊仙窟》為張鷟所作，用第一人稱手法，用一萬餘字的駢文詳細鋪陳了一場華麗的豔遇。主人公奉使河源，途經神仙窟，受到女主人十娘五嫂的柔情款待，住宿了一夜後離去。小說用大部分篇幅描寫主人公與十娘五嫂賦詩調笑，而性愛描寫只有很少的一段，且比較委婉。《二刻拍案驚奇》卷三十七敘述了《后土夫人》的情節，並認為這個故事是譏諷武則天淫亂的：「又有那《后土夫人傳》，說是韋安道遇著后土之神，到家做了新婦，被父母疑心是妖魅，請明崇儼行五雷天心正法，遣他不去。後來父母教安道自央他去，只得去了，卻要安道隨行。安道到他去處，看見五嶽四瀆之神多來朝他，又召天后之靈，囑他予安道官職錢鈔。安道歸來，果見天后傳令洛陽城中訪韋安道，與他做魏王府長史，賜錢五百萬，說得有枝有葉。原來也是藉此譏著天后的。」

　　武則天雖然非常膽大自信，但是她終究不敢像男皇帝那樣，公開的設四個妃子，三十六個嬪婦，她為了掩人耳目，還是把薛懷義把他作為一個僧人，讓他進宮幫她搞建築，以這個名義讓他到宮中來。將大周王朝傳給誰，一直困擾著晚年武則天，她一度將天下傳給姪子，因為只有她的姪子才姓武，而她的兒子、女兒都姓李，如果傳給兒子或女兒，就等於將天下還給了李家，就預示著大周王朝的結束。但武姓子姪不得人心，而她的兒子畢竟是親骨肉，在宰相狄仁傑等人的勸說下，武則天下令召還廬陵王李顯，立為太子，不久又賜太子姓武，希望太子繼承武家的天下，而不是李家天下。但李顯還是恢復了李家的天下，並且將武氏和張易之、張昌宗餘黨剷除。武則天最後在上陽宮孤獨地死去，留下一塊高大的無字碑，有人說，那塊無字碑很像男人的性具。

第二十二章 《海陵佚史》：穢史、豔情與小說

　　很多人渴望青史留名，所謂青史，一般指的是最權威的官修史書，二十三史、二十五史之類。能在官修史書中留個名字當然很難。正史大都是後一個朝代編寫前朝之史，編寫者中往往有一大批前朝的遺老遺少，這些遺老遺少對前朝人物各有看法，選誰不選誰，與個人好惡有一定的關係，而如何寫和寫什麼又往往要秉承官家意旨。歪曲歷史本來面目的史書被稱爲「穢史」。《北史‧魏收傳》記載，魏收奉詔撰魏史，和他有怨仇的人，即使做了好事善事有功績他也不寫，他揚言說：「何物小子，敢共魏收作色，舉之則使上天，按之當使入地。」〔註1〕據說當時眾口喧然，稱他主編的史書爲穢史。實際上，即使是那些嚴肅的史書，也做不到客觀記述。清代王士禎在《香祖筆記》中承認：「野史傳奇往往存三代之直，反勝穢史曲筆者倍蓰。」〔註2〕歷史演義小說有「七實三虛」的說法，實際上正史能做到「七實三虛」就很不容易了。秉筆直書的董狐在後世極少，個人恩怨、個人喜好的影響是無法避免的，更多的情況下，史書的編寫者要秉承統治者的意志，甚至不惜歪曲歷史。要造一個神，要掩藏一段歷史，都很容易，而要搞臭一個人，更爲簡單。完顏亮就是一個典型例子。

〔註1〕〔唐〕李延壽《北史》第2031頁，北京：中華書局，1974。
〔註2〕〔清〕王士禎《香祖筆記》第189頁，上海：上海古籍出版社，1982。

一、歷史上的一代梟雄

完顏亮生於金天輔六年，本名迪古乃，是金太祖完顏阿骨打庶長子宗幹的二兒子。完顏亮在金朝對南宋的戰爭中嶄露頭角，18 歲時就被任命為奉國上將軍了，22 歲時任中京留守，兼領中京兵馬總管，後來被召至朝廷任尚書左丞，升任右丞相，不久又兼任都元帥。《金史‧海陵紀》說完顏亮「三綱絕矣」，指完顏亮殺金熙宗完顏亶而奪權，殺其嫡母皇太后徒單氏，殺大臣烏帶而納其妻。

《金史‧海陵紀》記載：「初，熙宗以太祖嫡孫嗣位，亮意以為，宗幹太祖長子，而己亦太祖孫，遂懷覬覦。」〔註3〕宗室覬覦皇位，在當時的金國很正常，皇帝為宗室擁戴而立，權力分散，誰都不服誰。金熙宗被宗翰等擁立為帝後，宗室權臣互相勾結，意欲篡權，先是太宗子宗盤、宗雋、太祖子完顏宗量因謀劃奪權被殺，接著行臺左承相、魯國王撻懶等人謀反被殺，金熙宗對皇室和大臣充滿猜忌，左丞相完顏希尹「奸狀已萌，心在無君」〔註4〕，被殺，其子昭武大將軍把搭、右丞相肖慶等也被殺，金熙宗甚至殺了自己的兒子魏王道濟，此後連殺十多個大臣，後來殺了皇后裴滿氏和三個妃子，弄得朝廷內外「人懷危懼」。金熙宗對卓然不群的完顏亮十分猜忌。皇統九年，完顏亮任右丞相兼都元帥，過生日時，金熙宗派小底大興國送去生日禮物，金熙宗的皇后裴滿氏附賜禮物，金熙宗知道後大不高興，打了興國一百杖，追回所賜禮物，完顏亮「由此不自安」。不久因學士張鈞「草詔忤旨死」，完顏亮被外調領行臺尚書省事，到了良鄉又被金熙宗召還，完顏亮不清楚被召還的原因，大為驚恐，回到京城，恢復平章政事之職，「由是益危迫」。為了自保，完顏亮決定鋌而走險，殺金熙宗而篡權。完顏亮用心交結對金熙宗素懷不滿的完顏烏帶、完顏秉德、唐括辯，與金熙宗親隨、護衛十人長徒單阿里出虎結為兒女親家，宮內殿直侍衛僕散思恭曾受宗幹接濟，願意為完顏亮起事做內應，深得金熙宗寵信的權近侍局值長大興國奴應允願助完顏亮一臂之力。1149 年 11 月，完顏亮夥同唐括辯等人深夜入宮，在大興國奴的協助下殺死了酒醉的金熙宗，又殺死了太祖子曹國王太保宗敏和左丞相宗賢，剷除了心腹大患，登上了皇帝位，史稱海陵王或廢帝。完顏亮登上帝位後，將他的弒君同夥一一除去，殺人滅口，接著進行斬草除根的大屠殺，殺吳乞買子

〔註3〕〔元〕脫脫等《金史》第 91 頁，北京：中華書局，1975。
〔註4〕〔元〕脫脫等《金史》第 1686 頁，北京：中華書局，1975。

孫 70 餘人，殺宗翰子孫 30 餘人，殺安帝六代孫、左副元帥撒離喝及其子孫
30 餘人，殺太祖親弟、元帥斜也子孛吉弟兄子嗣 100 人，殺兀朮子孫，使其
絕後嗣。

完顏亮殺徒單太后，一是因為其親生母親受嫡母徒單壓制，二是因為正
隆六年完顏亮親率大軍進攻南宋，徒單太后從中阻攔。徒單太后是完顏宗幹
的大妻，完顏亮的親生母親大氏是完顏宗幹次妻，完顏亮是庶出。完顏亮的
母親不是女真貴族，受到歧視，大氏對徒單氏曲意奉承。完顏亮對母親的境
遇很感不平，對嫡母徒單氏耿耿於懷。他當了皇帝後就要為親生母親大氏出
氣，但大氏一再勸阻。大氏死後，完顏亮對徒單太后越來越不滿，再加上徒
單太后代表宗室舊勢力，對完顏亮包括遷都在內的改革措施一再阻攔，他要
伐宋又屢遭徒單太后，他最後忍無可忍，下決心殺掉完顏亮。

完顏亮是一個複雜的人物，他是一代梟雄，他靠弒兄奪得皇位，爾後大
開殺戒，清除異己，甚至弒殺嫡母，比較狠毒。他發動大規模侵略南宋的戰
爭，激起南宋人的強烈仇恨。他又是個才子，如果他不做皇帝，如果沒有捲
入複雜的政治鬥爭，他完全可以做一個詞人，一點也不比辛棄疾遜色。完顏
亮的詩詞傳到南宋，在南宋文人中傳播，連抗金英雄岳飛的孫子岳珂也承認
完顏亮有文才，後來元朝很多文人稱賞完顏亮的文學才華。完顏亮並非昏庸
無能，一味荒淫嗜殺，他很有抱負，做藩王時便胸懷大志，他在《題扇》詩
中說：「大柄若在手，清風滿天下。」〔註 5〕他很有才幹，勇於改革，建樹頗
多。他登上寶座後，採取了一系列改革措施，對金朝的鞏固和發展，對北方
社會經濟的發展，做出了很大貢獻。《金史・海陵紀》也記載了不少海陵王完
顏亮的建樹和政績。金代中後期的史學家劉祁在《歸潛志》中說：「海陵庶人
雖淫暴自強，然英銳有大志，定官制、律令皆可觀，又擢用人才，將混一天
下，功雖不成，其強至矣。」〔註 6〕

完顏亮力排眾議，不顧以圖克坦太后為代表的宗室貴族的極力阻撓，遷
都燕京。遷都燕京扭轉了金王朝統治重心偏移的局勢，既實現了對整個北中
國的統一領導，又結束了中原地區分治的混亂局面，更嚴重打擊了宗室貴族
守舊勢力，擺脫了守舊勢力的重重束縛，為改革清除了障礙。金初宗室貴族
勢力惡性膨脹，對金王朝中央政府構成嚴重威脅。完顏亮登上皇位後，多方

〔註 5〕〔元〕劉祁《歸潛志》第 1 頁，北京：中華書局，1983。
〔註 6〕〔元〕劉祁《歸潛志》第 136 頁，北京：中華書局，1983。

面限制、剝奪女眞權貴的特權，毫不留情地削弱、剷除宗室貴族豪強勢力，強化了金王朝的中央集權，結束了政令不行的混亂局面。完顏亮改革官制，廢除行臺尙書省建置，改都元帥府爲樞密院，由皇帝直接任命樞密使、副使主管軍事，後來又罷中書門下省，取消左右丞相相和平章政事官，只設尙書省主管政務，尙書令直接聽命於皇帝，尙書省以下院、臺、府、司、寺、監、局、署、所「各統其屬，以修其職，職有定位，員有常數」〔註7〕，結束了金朝官制混亂的局面，中央集權制統治得到強化。完顏亮即位之初便明令宣佈七項施政方針，強調法治，要求官員「無私徇」，不可「苟安」，要勤政爲民。爲加強官吏的監督考察，完顏亮設立登聞院。完顏亮登上皇位的前幾年，重視臣下勸諫，在選撥、任用官吏時唯才是用。他重視農業，即位後便制定「務農時」的立國方針。他還改革貨幣，下令印製交鈔，與舊錢並用，後又鑄銅錢。在中央設勾當官，專管全國「提控」支納、管勾堪復，經歷交鈔及香、茶、鹽行、照磨文帳等事，便把全國財經收支置於中央統轄之下。完顏亮即位後興學重儒，改革科舉制度。他在創辦國子監，大興科舉，廢除原來的南北分選制，統一科舉制度，規定女眞貴族子弟不考試不得入仕。他在金代首創殿試制度，親自觀試，親自閱試卷，甚至親自命題。他的這一系列加強文化教育的措施，促進了金朝文化教育事業的發展，對培養人才產生了很大作用，推動了女眞族漢化進程。

二、金主亮的荒淫史

　　但令完顏亮在歷史上留名的是他的荒淫。《金史》記載，完顏亮早在青年時就把「得天下絕色而妻之」作爲自己的志向之一，〔註8〕當了皇帝之後「無所忌恥」，不分親疏遠近和同姓異姓，只要是「絕色」，就要「妻之」。他公開聲稱：「我固以天子爲易得耳，此等期會難得，乃可貴也。」〔註9〕《金史》記載：「（完顏亮）初爲宰相，妾媵不過三數人。及踐大位，逞慾無厭，後宮諸妃十二位，又有昭儀至充媛九位，婕妤、美人、才人三位，殿直最下，其他不可舉數。」〔註10〕史書所載有名有姓的就有26人，其中多爲強納人妻。比如他看上了崇義節度使烏帶的妻子定哥，先用榮華富貴引誘定哥，定哥不

〔註7〕　〔元〕脫脫等《金史》第1216頁，北京：中華書局，1975。
〔註8〕　〔元〕脫脫等《金史》第2789頁，北京：中華書局，1975。
〔註9〕　〔元〕脫脫等《金史》第1513頁，北京：中華書局，1975。
〔註10〕　〔元〕脫脫等《金史》第508頁，北京：中華書局，1975。

為所動，他又用「汝不忍殺汝夫，我將族滅汝家」相威脅，定哥「大恐」，只好讓人殺害丈夫烏帶。完顏亮一面「詐為哀傷」，一面「納定哥宮中」。〔註11〕再如完顏亮看上了濟南尹完顏雍的夫人烏林荅氏，烏林荅氏得知完顏亮要召她入宮，對完顏雍說：「我不行，上必殺王。我當自勉，不以相累也。」她「行至良鄉自殺」。〔註12〕

　　《金史》中說完顏亮「淫嬖不擇骨肉」，〔註13〕他所納后妃中，完顏什古是梁王完顏宗弼之女，完顏亮的堂姐妹，已婚；完顏習撚是宋王完顏宗弼之女，是完顏亮的堂姐妹，原為押護衛直宿稍喝的妻子；完顏師姑兒是陳王完顏宗雋之女，是完顏亮的堂姐妹，也原有丈夫；完顏莎里古真是太傅完顏宗本之女，完顏亮的再從姐妹，是近侍局直宿撒速的妻子；完顏余都是太傅完顏宗本之女，完顏亮的再從姐妹，牌印松古剌的妻子；奈剌忽是完顏亮生母大氏的表嫂；蒲察又察是完顏亮姐姐慶宜公主之女，是完顏亮的親外甥女，先後嫁給完顏特里、完顏乙剌補；大浦速碗是元妃大氏之妹，是同判大宗正完顏阿虎里的妻子。

　　金朝建立時，女真族尚保留氏族社會的習俗，殘存著弟繼其嫂、侄繼伯叔母、子繼庶母等收繼婚的習俗，丈夫死了以後，其兄弟或者同宗親戚可以將寡婦納為妻妾。《金史·后妃傳上》中說：「舊俗，婦女寡居，宗族接續之。」〔註14〕《大金國志校證》中說：「父死則妻其母，兄死則妻其嫂，叔伯死則侄亦如之；故無論貴賤，人有數妻。」〔註15〕完顏亮的父親、遼王完顏宗幹，娶了自己兄弟、豐王完顏宗峻的妻子，收養了他的兒子，養子就是後來的金熙宗。金熙宗殺掉了自己的弟弟、胙王完顏常勝，娶了完顏常勝的妻子。《金史》記載：「戊辰，宰臣請益嬪御以廣嗣續。上命徒單貞語宰臣：『前所誅黨人諸婦人中多朕中表親，欲納之宮中。』平章政事蕭裕不可，上不從。」〔註16〕完顏亮收納被殺的宗室之婦，符合女真族的收繼婚遺俗，但女真婚俗嚴禁亂倫，禁止同姓為婚，出了五服也不行，阿骨打三令五申過，而完顏亮違反婚俗祖訓，霸佔五服之內的女子。完顏亮甚至不顧太后的反對，強納親外甥女

〔註11〕　〔元〕脫脫等《金史》第1510頁，北京：中華書局，1975。
〔註12〕　〔元〕脫脫等《金史》第1515頁，北京：中華書局，1975。
〔註13〕　〔元〕脫脫等《金史》第18頁，北京：中華書局，1975。
〔註14〕　〔元〕脫脫等《金史》第1518頁，北京：中華書局，1975。
〔註15〕　〔宋〕宇文懋昭《大金國志校證》卷4第554頁，北京：中華書局，1986。
〔註16〕　〔元〕脫脫等《金史》第97～98頁，北京：中華書局，1975。

叉察爲妃。叉察是完顏亮姐姐慶宜公主所生，嫁給完顏秉德的弟弟特里，秉德被誅，應當連坐，太后爲求情，叉察得以免死。完顏亮想納叉察爲妃，太后說：「是兒始生，先帝親抱至吾家養之，至於成人。帝雖舅，猶父也，不可。」〔註17〕後來叉察嫁給宗至安達海之子乙刺補，完顏亮多次派人去勸乙刺補與叉察離婚，然後將她接到宮中，納爲妃子。但叉察對完顏亮不滿，與完顏守誠有姦情，完顏亮發現了，先殺死了守誠，接著殺死了叉察。

實際上，完顏亮時女眞族已進入文明社會，婚姻形態由對偶婚進入一夫一妻制。完顏亮受中原文化影響最深，但完顏亮卻以收繼婚遺俗爲藉口占人妻妾，把被他殺害的秉德弟妻高氏、特里妻叉察、宗本子莎魯刺妻、宗固子胡里刺妻、胡失來妻統統接續過去。他借「君爲臣綱」屠殺宗室，又借「夫爲妻綱」殺害他認爲不貞的嬪妃。已許嫁奚人蕭堂古帶的契丹女子察八不忘舊情，「使侍女習撚以軟金鷂鶉袋數枚遺之」，完顏亮疑其不貞，「登寶昌門樓，以察八徇諸后妃，手刃擊之，墮門下死，並誅侍女習撚」。〔註18〕完顏亮很殘暴，妃嬪們常處於身死族滅的危險之中。昭妃蒲察阿里虎本已出嫁，完顏亮見其姿容出眾，即位後三日即納爲妃，異常寵幸。不久完顏亮又佔有了阿里虎同前夫所生之女重節，阿里虎怒斥完顏亮喪失天倫，完顏亮將她殺死，晉重節爲蓬萊縣主。貴妃唐括定哥是烏帶之妻，因奉亮旨殺烏帶有功，被召入宮，遷都燕京後，不能獨邀君寵，口出怨言，且與原來的情人私通，被完顏亮縊死。完顏亮「誡宮中給使男子，於妃嬪位舉首者刵其目，出入不得獨行，便旋，須四人偕往，所司執刀監護，不由路者斬之。日入後，下階砌行者死，告者賞錢二百萬。男女倉猝誤相觸，先聲言者賞三品官，後言者死，齊言者皆釋之」。〔註19〕

按照《金史》的記載，完顏亮奪人妻子，甚至霸佔堂姐妹、外甥女，確爲禽獸之行，非人類所當爲。但《金史》中關於完顏亮的記載根據的是《海陵實錄》，而《海陵實錄》的可信度有問題，因爲《海陵實錄》是金熙宗完顏雍指使人編改。當完顏亮幾乎舉全國之力，親自率領大軍攻打南宋，即將渡江時，完顏雍乘虛起事，自立爲帝，改元大定，就是金世宗。完顏亮部下動搖，將他殺死。完顏雍登上帝位後，極力貶低完顏亮，先降爲海陵王、謚爲

〔註17〕〔元〕脫脫等《金史》第 1515 頁，北京：中華書局，1975。
〔註18〕〔元〕脫脫等《金史》第 1513 頁，北京：中華書局，1975。
〔註19〕〔元〕脫脫等《金史》第 1514 頁，北京：中華書局，1975。

焬，後又降爲海陵庶人。金世宗還指使他人篡改歷史，通過《海陵實錄》大肆醜化、詆毀完顏亮，隱善揚惡，將他的一些缺點無限放大，或者無中生有，使得海陵王成了歷代荒淫無道的暴君之首。直到元人編撰《金史》，還大量採信《海陵實錄》，於是完顏亮墮入萬劫不復的深淵。

　　金世宗如此仇恨完顏亮，一是因爲完顏亮看上了完顏雍的妻子烏林荅氏，將烏林荅氏召入宮，烏林荅氏在途中自殺；二是因爲完顏雍曾在皇統年間封葛王，後被完顏亮降爲鄭國公、衛國公。從《金史》的《張用直傳》《賈益謙傳》等可以看到，終金世宗一朝，在他的指使、支持下，大臣們肆意詆毀完顏亮。金宣宗時任尚書左丞的賈益謙直言不諱地說：「然我聞海陵被弒而世宗立，大定三十年，禁近能暴海陵蟄惡者，輒得美仕，故當時史官修實錄多所附會。」附會得最多的，應該是完顏亮的好色荒淫。《金史·賈益謙傳》的讚語說：「海陵之事，君子不無憾焉。夫正隆之爲惡，暴其大者斯足矣；中冓之醜，史不絕書，誠如益謙所言，則史亦可爲取富貴之道乎？！嘻，其甚矣！」〔註20〕宮廷中的事很隱秘，外人很難知曉，《海陵實錄》中甚至將後宮中的私房話都記了下來，而《金史》採用《海陵實錄》，幾乎將正史寫成了小說，比如寫完顏亮喜歡唐括定哥，沒做皇帝前曾經私通，做了皇帝後叫侍女貴哥給唐括定哥傳話，叫她害死自己的丈夫，好封她爲皇后：「烏帶在鎮，每遇元會生辰，使家奴葛魯、葛溫詣闕上壽，定哥亦使貴哥候問海陵及兩宮太后起居。海陵因貴哥傳語定哥曰：『自古天子亦有兩後者，能殺汝夫以從我乎？』貴哥歸，具以海陵言告定哥。」〔註21〕唐括定哥不願殺死自己的丈夫，讓貴哥轉告完顏亮，年輕時不懂事，所以才會不檢點，而現在有兒有女，不會再做這樣的事情了。完顏亮派人威脅說，如果她不忍心殺死丈夫，他就族滅她一家。唐括定哥害怕了，於是推脫說，她的兒子烏荅補在旁邊，自己沒機會下手。完顏亮立即將完顏烏荅補召入宮中，升爲符寶祗候。唐括定哥趁完顏烏帶醉酒時，命令家奴葛魯、葛溫勒死了他。完顏烏帶死後，完顏亮假裝悲傷，厚葬了他，接著就將唐括定哥納入宮中。定哥入宮後不久就被封爲貴妃，受到寵幸，完顏亮許諾不久就封她爲皇后，但不久完顏亮又有了新寵，漸漸疏遠了定哥，也忘記了原來的諾言。一天定哥獨居樓上，完顏亮和一個妃子坐著輦從樓下經過，定哥望見了，大聲叫罵完顏亮，完顏亮假裝沒有聽

〔註20〕〔元〕脫脫等《金史》第 2336 頁，北京：中華書局，1975。
〔註21〕〔元〕脫脫等《金史》第 1509～1510 頁，北京：中華書局，1975。

見。定哥寂寞難耐，於是就想到了閻乞兒，閻乞兒是她原來的家奴，她原來的丈夫活著時，她就與閻乞兒私通，曾經送給他衣服。定哥怨完顏亮疏遠自己，想再與乞兒私通。正好有三個尼姑經常出入宮中，定哥就讓尼姑給乞兒傳話，索要以前送給他的衣服。乞兒明白她的意思，笑著說：「妃今日富貴忘我耶？」定哥於是叫侍兒用大筐盛很多內衣，派人送到宮中。看門人要檢查，見筐子裏是女人的內衣，看女人的內衣本來就是非禮的行為，更何況是貴妃的內衣，那可是大罪，所以看門人害怕了。正在這時，定哥派人來責備看門人：「我，天子妃。親體之衣，爾故玩視，何也？我且奏之。」〔註22〕看門人連稱「死罪」，請求寬恕，表示以後再也不檢查了。定哥於是派人用筐子把乞兒載入宮中，看門人再也不敢檢查了。在宮中住了十餘日，定哥讓乞兒穿上女人衣服，混在宮女中，在傍晚時候出了宮。後來貴哥告密，定哥自縊而死，乞兒和三個尼姑都被殺了。所有這些描寫，非常生動，完全是小說筆法，話本小說集《醒世恒言》卷二十三《金海陵縱慾亡身》幾乎原文照抄了這一段描寫。

三、小說文本中的完顏亮形象

完顏亮與定哥的關係，是明代馮夢龍編寫的擬話本小說集《古今小說》中的《金海陵縱慾亡身》和單行本豔情小說《海陵佚史》的主要情節。《金海陵縱慾亡身》是根據《海陵實錄》所敷衍，《海陵佚史》更在話本小說的基礎上極力渲染完顏亮和他的女人們的淫亂場面。

《海陵佚史》現存明刊本，正文前題「出像批評海陵佚史」，版心鑴「海陵佚史」，上卷題「無遮人編次，醉憨居士批評」，下卷題「無遮道人編次，醉憨居士校刊」，有眉批一百五十餘則，評語均用《西廂記》等書中現成詞句。作者無遮道人姓名不詳，卷首醉憨居士敘云：「道人乃輯之為書，且繪之為圖，毋亦明彰夷虜毒之慘，以為通奴者警耳。」知《海陵佚史》刻於明萬曆四十四年（1616）滿族建國號「金」後，書中「常」「校」「檢」字均不避諱，當成於泰昌前。小說中哈密都盧持《風流絕暢》與彌勒看，《風流絕暢》為明萬曆間流行的畫冊，序謂唐寅作，而丙午年東海病鶴居士作序，改《競春圖》為《風流絕暢》，丙午為萬曆三十四年（1606），《風流絕暢》刻者黃一明可考。

〔註22〕〔元〕脫脫等《金史》第 1510 頁，北京：中華書局，1975。

　　《海陵佚史》與《醒世恒言》卷二十三《金海陵縱慾亡身》情節大致相同。《佚史》三萬六千餘字，《金海陵縱慾亡身》二萬一千餘字，《佚史》多細節描寫，多插科打諢，有說話人口氣，不知孰先孰後。《海陵佚史》中說，定哥是崇義節度使烏帶之妻，長得很漂亮，「眼橫秋水，如月殿姮娥；眉插春山，似瑤池玉女。說不盡的風流萬種，窈窕千般」。〔註23〕有一次，完顏亮偶然瞧見定哥，從此就迷上她，發誓將她弄到手。他打聽到定哥的侍婢中有一個叫貴哥的，是她的親信，就想通過貴哥接近定哥。他找到一個經常出入烏帶家的一個女待詔，賞他十兩銀子，叫她將寶環一雙、珠釧一對送給貴哥，讓貴哥從中牽線。定哥獨自倚著欄杆看月，貴哥上前，定哥感歎自己嫁錯了人，她將男人分為兩類：「那人生得清標秀麗，倜儻脫灑，儒雅文墨，識重知輕，這便是趣人。那人生得醜陋鄙猥，粗濁蠢惡，取憎討厭，齷齪不潔，這便是俗人。我前世裏不曾栽修得，如今嫁了這個濁物，那眼梢裏看得他上？倒不如自家看看月，倒還有些趣。」〔註24〕貴哥趁機將完顏亮所送的寶環珠釧轉送定哥，將女待詔的話轉告了定哥，定哥一開始是勃然大怒，後來聽說是完顏亮，轉怒為喜，因為完顏亮清俊文雅，她也看上了他。定哥聽貴哥講了女待詔委託的經過，心有所動，但還是假裝正經。在貴哥的安排下，完顏亮終於與定哥會面，酒酣耳熱，寬衣解帶，來了個顛鸞倒鳳。貴哥送完顏亮回去的時候，完顏亮又在廂房的椅子上，與貴哥發生了關係，定哥知道了這件事，也沒有生氣，從此以後在一起作樂。過了一段時間，完顏亮忽然不露面了，饑渴難耐的定哥於是勾搭上了一個叫閻乞兒的家奴。到完顏亮即位稱帝，又想起了定哥，於是逼著定哥殺死丈夫，將定哥接進了宮中。此後的情節，就與《金史》中完全一致了。

　　《金史》中的《海陵紀》記載：「十一月戊辰，上命諸從姊妹皆分屬諸妃，出入禁中，與為淫亂，臥內遍設地衣，裸逐為戲。」〔註25〕完顏亮在宮中到處都鋪上地毯，他和他的從姊妹以及諸妃都光著身子，追逐遊戲，亂倫雜交。很多宮人在宮外有丈夫，完顏亮將她們的丈夫派到很遠的上京去，將這些女子留在宮中，恣意玩弄。完顏亮還有一個癖好，每次性交，都要撤去幃帳，叫教坊在旁邊奏樂，或者叫人在旁邊講黃色笑話故事。《醒世恒言》中說，在

〔註23〕　〔明〕無遮道人《海陵佚史》，《思無邪匯寶》第1冊《海陵佚史》第75頁。
〔註24〕　〔明〕無遮道人《海陵佚史》，《思無邪匯寶》第1冊《海陵佚史》第84頁。
〔註25〕　〔元〕脫脫等《金史》第103頁，北京：中華書局，1975。

旁邊講黃色笑話助興的人是一個叫張仲軻的市井無賴，張仲軻小名叫牛兒，善於講傳奇小說，特別善於講笑話。他的舌頭又尖又長，伸出來可以夠著鼻子。完顏亮將他召到府中，讓他講故事笑話。等到他當了皇帝，任命張仲軻爲秘書郎，叫他入直宮中，給他講故事說笑話，解悶取樂。完顏亮與妃嬪性交，撤其帷帳，讓張仲軻說淫穢語以鼓其興。在《海陵佚史》中有更爲詳細的描寫，還添加了新的情節：

> 海陵嘗與妃嬪雲雨，必撤其帷帳，使仲軻說淫穢語於其前，以
> 鼓其興。或令之躬身曲背，襯墊妃腰。或令之調搽淫藥，搓摩陽物。
> 又嘗使妃嬪裸列於左右，海陵裸立於中間，使仲軻以絨繩縛己陽物，
> 牽扯而走，遇仲軻駐足之妃，即率意觸弄，仲軻從後推送出入，不
> 敢稍緩。故凡妃嬪之陰，仲軻無不熟睹其形色……有一室女，齠年
> 稚齒，貌美而捷於應對，海陵喜之，每每與他姬侍淫媾時，輒指是
> 女謂仲軻曰：「此兒弱小，不堪受大含弘，朕姑待之，不忍見其痛苦。」
> 仲軻呼萬歲。〔註26〕

他喜歡將眾妃嬪聚集到一起，讓大家一起欣賞他與妃子性交，或者叫別人性交，他在旁邊觀賞。他還讓幾個妃嬪駕著一個宮女，叫元妃握住他的性具，幫助他進行性交。他不許近侍看他的妃子，有妃嬪在座的時候，他擲一件東西到地上，叫近侍們眼睛盯住那個東西，不准看別的地方，否則就殺頭，凡是舉頭看妃嬪的都將眼睛刓去。宮中使喚的男子出入不得獨自出行，一定要四人一起走，還要派人拿著刀監視，不按規定的路線行走就殺頭。太陽下山後，走下宮殿的臺階就是死罪，舉報的賞錢二百萬。男女不小心撞到一起，凡是先認罪的賞三品官，後認罪的殺頭，一齊認罪的話都免罪。所有這些，正史中都有記載，其描寫簡直像是色情小說。《海陵佚史》又寫完顏亮召集侍臣，都露出性具，比誰的性具大。大的列爲第一班，賞給一名他玩弄過的宮女，並給陽侯牙牌一面。中等的列爲第二班，賞給楮鈔百錠，給陽伯牙牌一面。不及二等的爲最下一等。凡是飲酒作樂，或是在宮中值班，都不按官爵，而是按照牙牌列成班次。當時有人編了一首歌謠：「朝廷做事忒興陽，自做銓司開選場。政事文章俱不用，唯須腰下硬邦邦。」〔註27〕有一個叫梁

〔註26〕〔明〕無遮道人《海陵佚史》，《思無邪匯寶》第 1 冊《海陵佚史》第 161～162
頁。

〔註27〕〔明〕無遮道人《海陵佚史》，《思無邪匯寶》第 1 冊《海陵佚史》第 164 頁。

珫的宦官，爲了討好完顏亮，爲他尋找海上仙方，配製春藥，完顏亮試用，很有效驗，於是更恣意姦淫，宮中的妃嬪宮女將近萬人，還是埋怨沒有美的。於是梁珫告訴他，宋朝的劉貴妃絕色傾國：「鬒髮膩理，姿質纖穠。體欺皓雪之容光，臉奪英華之濯豔。顧影徘徊，光彩溢目。承迎盼睞，舉止絕倫。智算過人，歌舞出眾。民謠有曰：南國有佳人，絕世而獨立。一顧傾人城，再顧傾人國。寧知傾國與傾城，佳人難再得。」〔註28〕完顏亮聽了大喜，決意南征。

　　《金史》中記載，宋王宗望之女什古是完顏亮的堂姐，是將軍瓦剌哈迷的妻子，瓦剌哈迷在戰場上陣亡了，完顏亮派人將她叫到宮中，與她大膽地玩樂。完顏亮先準備好琴，因爲什古喜歡音樂，也是因爲他自己喜歡聽著音樂性交。什古的年齡比完顏亮大很多，所以完顏亮常常取笑她年老色衰：「什古已色衰，常譏其衰老以爲笑。」〔註29〕既然什古年老色衰，爲什麼完顏亮還對她這麼著迷？《醒世恆言》和《海陵佚史》中描寫，什古性慾旺盛，床上工夫高。她的丈夫瓦剌哈迷豐軀偉幹，身長九尺，力能扛鼎，氣可吞牛，特別是他的陽具「壯健參闊，自根至頂，有筋勁起，如蚯蚓脤突」，一晚上要與兩三個姬妾交媾，否則很難受，必須提重物，以泄其氣。什古每次與他交合，都「酥快嬌顫，瞑目欲死」。後來瓦剌哈迷陣亡，什古慾火難熄，與門下少年私通，嫌他們的性具太小，少年於是使用淫藥，才讓她稍微滿意，什古笑著說：「今日差強人意。」〔註30〕有人知道了這件事，嘲笑少年爲「差強人」。完顏亮聽說什古的工夫，就叫內哥傳話給什古：「爾風流跌宕，冠絕一時。然沉溺下膫，未見風流元帥，豈不虛負此生？主上陽尊九五，傑出大膫。爾誠高發屄風，宏張水碓，潀沒得大膫縮首，陽氣潛藏，才見爾之手段。」〔註31〕什古不相信完顏亮的雄健能超過她的丈夫瓦剌哈迷，再說後宮裏有那麼多女人，她不原因去湊熱鬧，但皇上相招，她不敢不去。完顏亮見到什古，先是彈奏樂器取悅她，接著拿出一冊洞房春意圖，與她按照春意圖一一演示二十四式：

〔註28〕〔明〕無遮道人《海陵佚史》，《思無邪匯寶》第 1 冊《海陵佚史》1 第 65～166 頁。
〔註29〕〔元〕脫脫等《金史》第 1513 頁，北京：中華書局，1975。
〔註30〕〔明〕無遮道人《海陵佚史》，《思無邪匯寶》第 1 冊《海陵佚史》第 126 頁。
〔註31〕〔明〕無遮道人《海陵佚史》，《思無邪匯寶》第 1 冊《海陵佚史》第 126～127 頁。

乃挽什古登床，作觀音出身之勢。一個逞風月之高標，一進一退，覺春懷之少暢；一個鼓雨雲之豪興，不緩不急，覺情趣之愈濃。什古興致方來，海陵乃轉什古身，屈足側臥，作隔山取火之勢。復以雙手探摹其乳，作羔羊跪乳之勢。什古曰：「興頗來矣，願急爲之。」海陵曰：「漢家自有制度，且緩且緩。」什古情急，不能禁制，乃以身慢慢挺海陵百提，海陵亦慢慢迎曳數百合，又扶什古仆臥於上，效顛鸞倒鳳之形，令什古以牝戶緊壓數百合，復托什古直身並坐，變作並蒂芙蓉，搖拽百合。又挽什古低首，貼胸接唇，上動下拽，作對鏡梳妝之勢。正所謂：學舞柔姿驚掠燕，偷眠弱態引流鶯也。〔註32〕

演完二十四式，完顏亮喘息著停下來，什古抱著他說：「陛下可謂善戰矣，第恨具少弱耳。」完顏亮聽了很不高興，就反唇相譏：「汝齒長矣，汝色衰矣。朕不棄汝，汝之大幸，何得云爾？」什古聽了羞愧不已，第二天出宮，私下裏告訴與她私通的少年說：「帝之交合，果有傳授，非空搏也。」少年把她的話洩露出去了，聽的人笑著對少年說：「帝今作『差強人』矣。」〔註33〕

完顏亮不僅霸佔大臣之妻，還霸佔大臣之女，甚而將母女一起霸佔，比如昭妃阿里虎和她的女兒重節。完顏亮將阿里虎娶進宮中後，慢慢地就對她失去了興趣，再加上她嗜酒如命，完顏亮責備她，她也不聽，於是完顏亮疏遠了她。就在這時，阿里虎與第一個丈夫所生的女兒重節進宮，被完顏亮看上了，於是偷偷地將她留在宮中玩樂。阿里虎知道了，大爲惱怒，以爲重節分了她的寵，《金史》中記載：「昭妃初嫁阿虎迭，生女重節。海陵與重節亂，阿里虎怒重節，批其頰，頗有詆訾之言。海陵聞之，愈不悅。阿里虎以衣服遺前夫之子，海陵將殺之，徒單後率諸妃嬪求哀，乃得免。」〔註34〕《醒世恒言》中詳細描寫了阿里虎和重節母女二人反目成仇的經過。完顏亮規定，妃嬪的侍女都穿著男子衣冠，稱爲假厮兒。阿里虎有個侍女叫勝哥，身體雄壯好像男子，她見阿里虎憂愁成病，夜不成眠，知道她慾心熾盛，於是託小太監買了一個角先生，也就是假性具，送給阿里虎。阿里虎叫勝哥將角先生

〔註32〕〔明〕無遮道人《海陵佚史》，《思無邪匯寶》第1冊《海陵佚史》第127～128頁。

〔註33〕〔明〕無遮道人《海陵佚史》，《思無邪匯寶》第1冊《海陵佚史》第128～129頁。

〔註34〕〔元〕脫脫等《金史》第1509頁，北京：中華書局，1975。

穿戴在身上，與她一起性交，感覺比眞的還有趣，從此與她同臥同起，一時一刻都不分開。《海陵佚史》中詳細描寫了勝哥與阿里虎的閨帷秘事：

> 有勝哥者，身體雄壯若男子，給侍阿里虎本位，見阿里虎憂愁抱病，夜不成眠，知其慾心熾也。乃託宮豎市膠臘一枝，角先生一具，以絨繩如法繫於腰間，謂阿里虎曰：「主上數月不來，娘娘亦思之否？」阿里虎潸然淚下，隱几不語。勝哥曰：「娘娘不必過憂。主上不來，奴婢幸有一物，可爲娘娘消愁解悶。娘娘若肯俯就，奴婢敢獻上娘娘一用。」阿里虎愕然曰：「汝不過是一婦人，有何物可以消解我的愁悶？」勝哥曰：「奴婢雖是婦人，喜有陽物。娘娘若肯俯就，盡可爽心行樂。」阿里虎笑曰：「我嘗聞人有二形者，遇男子則交合如常，遇女人則陰中突出陽物，可以與女交合。汝得無是二形人？」勝哥曰：「二形人雖有陽物交媾，然短小而不粗長堅挺，祇可俞黃花女兒。娘娘慣經風浪，眼界宏開，些微小物，徒增蚤虱癢耳，有何趣乎？奴婢一物，出自異國，來自異人，輾轉周旋，不讓敎曹嫪毒。娘娘若肯試之，眞解卻娘娘一天愁悶。」阿里虎摟勝哥起坐曰：「異哉！子之言也。子試與我觀之，勿作逗遛忍人可也。」勝哥哂笑不止。……〔註35〕

廚婢三娘不知道內情，還以爲阿里虎和男人通姦，就密告完顏陵，完顏亮知道是怎麼回事，因爲他曾經與勝哥交媾，知道她不是男子，但三娘對他的忠誠還是值得稱讚的，所以他派人告訴阿里虎，不要因爲三娘告密而鞭打她。但阿里虎還是派人將三娘鞭打而死，完顏亮非常生氣，要殺阿里虎。正趕上太子光英生月，徒單皇后又爲阿里虎求情，所以完顏亮暫時沒有殺阿里虎。勝哥畏罪服毒自殺，阿里虎聽說完顏亮要殺自己，想絕食自殺，一個多月後，阿里虎已經奄奄一息了，完顏亮還是派人將她縊殺了。

完顏亮不僅霸佔別人的妻子，還爲了性交，殘忍地強迫宮女墮胎。女使關懶在外面有丈夫，海陵王封她做縣君，想臨幸她。沒想到關懶懷孕了，有妊娠反應，海陵王極端厭惡，讓她喝麝香水，親自揉打她的腹部，強行墮胎。關懶苦苦哀求，希望海陵王能保全這個尚未出世的小生命，他不聽，最終還是把胎兒墮掉了。

〔註35〕〔明〕無遮道人《海陵佚史》，《思無邪匯寶》第 1 冊《海陵佚史》第 62～63 頁。

完顏亮調戲定哥之妹、秘書監文之妻石哥，發生了關係，想將她娶進宮中，於是叫來文的庶母按都瓜，對按都瓜說：「必出爾婦，不然，我將別有所行。」按都瓜告訴了文，文不願意離婚，按都瓜說：「上謂別有所行，是欲殺汝也。豈以一妻殺其身乎？」〔註36〕文不得已，就與石哥慟哭而別。完顏亮就把石哥接到中都，納爲妃子，把迪輦阿不的妻子擇特懶送給了文。一天，完顏亮和石哥一起在便殿坐著，把文召到跟前，叫石哥調笑前夫文：

> 使石哥戲之曰：「文秘書近況若何？」文曰：「石修容舊情不減。」
> 石哥曰：「莫說舊情。若說起舊情，害人費力。」文曰：「枉談近況。
> 若談起近況，教爾留心。」石哥曰：「抽一抽，丟一丟。丟抽無幾，
> 愁眉到底不開。」文曰：「送一送，揭一揭。揭送相仍，趣味從來無
> 賽。」石哥曰：「我笑你一似粉妝泥塑鐵鎗頭，中看不中用。」文曰：
> 「我笑你一似壞門破傘簍圈子，沒上又沒下。」石哥曰：「我若只守
> 著你，幾誤一生。」文曰：「你若不撇了我，受用半世。」石哥曰：
> 「綿軟短尖，那話兒總來不妙。」文曰：「寬平臭惡，這話兒也不見
> 佳。」石哥曰：「擇特懶前世不修，丟了黃金拿綠磚。」文曰：「今
> 皇帝現世討報，放了家禽馴野鳥。」石哥曰：「你膦不勝人，虛生此
> 膦。」文曰：「你屄不出眾，空有此屄。」石哥曰：「將我屄，套你
> 頭，頭頭利市。」文曰：「將我膦，塞你嘴，嘴嘴含弘。」他兩個你
> 一句，我一句，鬥得海陵鼓掌大笑，諸侍嬪都笑不止。海陵謂文曰：
> 「石哥善謔，卿亦健誂。不識石哥入宮以來，卿復思之否？」文曰：
> 「侯門一入深如海，從此蕭郎是路人。微臣豈敢再萌邪思？」未幾，
> 定哥縊死，遣石哥出宮。不數日，復召入，封爲昭儀。正隆元年，
> 封柔妃。二年，進封麗妃。〔註37〕

《海陵佚史》的主要故事框架不離《金史》《海陵實錄》，只是又添油加醋，加進了許多細節，將完顏亮的後宮淫亂寫成了市井男女的亂交，語言變得更爲直露粗俗，但有的地方也因而顯得有幾分眞實，如寫侍婢阿喜留向阿里虎解釋什麼是交合：

〔註36〕 〔明〕無遮道人《海陵佚史》，《思無邪匯寶》第1冊《海陵佚史》第120頁。
〔註37〕 〔明〕無遮道人《海陵佚史》，《思無邪匯寶》第1冊《海陵佚史》第120～122
頁。

　　阿里虎曰：「何爲交合？」阿喜留可曰：「雞踏雄、犬交戀，即交合之狀也。」阿里虎曰：「交合有何妙處，而人爲之？」阿喜留可曰：「初試之時，痛苦亦覺難當。試再試三，便覺滑落有趣。」阿里虎曰：「畜生交合，從後而進。人之交合，亦猶是乎？」阿喜留可曰：「女子之陰，在於臍下，與畜生不同。女子仰臥於榻，男子提其陽物從臍下投入，然後往來抽送，至酥快美滿之處，陰精流出，昏暈欲死，不從後投入也。唯童兒之少而美者，名曰圍童，與男子交好，情若夫婦，則從其後糞門投入。亦如婦女之抽送往來，第時時有不潔之物，帶於陽物痕內，俗誚之爲戴木墀花。當初，背傴靠於榻上，從後入進糞門，今則亦如婦女之仰臥而入進矣。蓋爲圍童齒漸長，其陽亦漸鉅，每與人交合，其陽先堅蠹於前，殊不雅觀。故圍童之媚人者，先以紬綾手帕汗巾之類，束其陽於腰，不使翹突礙事，亦一好笑也。」阿里虎聞其言，哂笑不已，情若有不禁者，問曰：「爾從何處得知如此詳細？」阿喜留可笑曰：「奴奴曾嘗此味來，故爾得知備細。」〔註38〕

再如寫哈密都盧給彌勒解釋春宮畫：

　　一日，哈密都盧袖了一本春意畫兒，到彌勒房中，攤在桌上，指點與彌勒看。彌勒細細看了幾頁，便問哈密都盧曰：「這畫兒倒畫得好，你在那裡拿來的？」哈密都盧曰：「是我買來的。」彌勒曰：「叫做恁麼名色？」哈密都盧曰：「這畫兒，叫做風流絕暢。」彌勒便指著畫的陽物問曰：「這是何物？」哈密都盧曰：「是男子的尿蟲。」又指畫的陰物問曰：「這是何物？」哈密都盧曰：「是女子的尿蟲。」彌勒驚問曰：「男女的尿蟲，原來如此不同的。」又指著那接唇的問曰：「這兩個嘴對嘴，做些恁麼？」哈密都盧曰：「這個叫做親嘴。他兩個你心裏有了我，我心裏有了你，一時間遇著，不能夠把尿蟲便斋進去。先摟做一塊，親個嘴，把舌頭你吐在我口裏，我吐在你口裏，大家吮呱一番，見得兩邊情意，所謂香噴噴舌尖齊吐也。」〔註39〕

〔註38〕〔明〕無遮道人《海陵佚史》，《思無邪匯寶》第 1 冊《海陵佚史》第 54～55頁。
〔註39〕〔明〕無遮道人《海陵佚史》，《思無邪匯寶》第 1 冊《海陵佚史》第 64～65頁。

完顏亮的結局也很悲慘，不僅被亂箭射死，而且被徹底搞臭，留下了千古罵名。他的結局，也可以說是罪有應得，姦淫了那麼多婦女，殺了那麼多人，按照因果報應之說，死後應該被打入萬劫不復的深淵。《醒世恒言》卷二十三《金海陵縱慾亡身》的開頭，交代小說寫作的宗旨，認爲完顏亮的結局就是他所得的報應：

> 昨日流鶯今日蟬，起來又是夕陽天。六龍飛轡長相窘，何忍乘危自著鞭。

> 這四句詩是唐朝司空圖所作。他說流光迅速，人壽無多，何苦貪戀色慾，自促其命。看來這還是勸化平人的。平人所有者，不過一身一家，就是好色貪淫，還只心有餘而力不足。若是貴爲帝王，富有四海，何令不從，何求不遂。假如商惑妲己，周愛褒姒，漢嬖飛燕，唐溺楊妃，他所寵者止於一人，尚且小則政亂民荒，大則喪身亡國，何況漁色不休，貪淫無度，不惜廉恥，不論綱常？若是安然無恙，皇天福善禍淫之理，也不可信了。〔註40〕

《海陵佚史》的序言一方面說明因果報應之理，又強調其所寫者爲史實：「直至侵宋北歸，其臣耶律元宜等弒之江上。箭入腹中，手足俱斷，差足償其暴惡。吁！晚矣！夷虜之行若此，彼愚夫者或未知耶？抑知之而謂其妻女未嘗醜夷之味，特邀其來，以暢若妻女之欲耶？道人不勝其忿也，爰作《海陵佚史》。佚者淫也，淫何可訓？而道人乃輯之爲書，且繪之爲圖，毋亦明彰夷虜淫毒之慘，以爲通奴者警耳。則是史也，實與李氏貽臭錄同不朽矣，豈宣淫者儔哉？愚奴者醒也。當弗作佚史觀。」〔註41〕

〔註40〕　〔明〕馮夢龍《醒世恒言》卷23，《古本小說集成》第4輯第11冊《醒世恒言》第1285頁，上海：上海古籍出版社，1994。

〔註41〕　〔明〕無遮道人《海陵佚史》，《思無邪匯寶》第1冊《海陵佚史》第49～50頁。

附錄：雅俗之間：古代性愛的韻文書寫

　　食色性也，性是人生的重要內容，也是文學的重要內容，文學離不開男女，但性文學應該指專門描寫男女情愛性愛的文學，最早的性文學是詩歌，然後是樂府詞曲，而將男女情色淋漓盡致鋪寫的是小說。性文學的源頭，往上可追溯到《詩經》。在那個時代，性愛被視為極自然之事，表現男女情愛的詩歌健康明快，生機勃勃。一般認為性文學的另一個源頭是楚辭，比如原始《九歌》以男女媾和促成天地合配，降下甘霖，化生萬物，多用象徵隱喻手法，寫得朦朧晦澀。後世描寫性愛的韻文基本上沿襲這兩種風格，比如魏晉南北朝的樂府、敦煌曲子詞、元代散曲、明清山歌等寫得質樸、自然、明快、熱烈，而文人寫作的詩詞多用隱喻象徵，寫得較為含蓄。

一、期我乎桑中：自然性愛和上古婚戀遺風

　　《詩經》是中國古代第一部詩歌總集，其中的國風部分特別是《鄭風》《衛風》《陳風》中有很多描寫性愛的詩篇。南宋理學家朱熹在《詩集傳》中認為《國風》中有二十幾篇詩歌屬於「淫奔之辭」，比如《靜女》《桑中》《丘中有麻》《東門之楊》《月出》《將仲子》《遵大路》《有女同車》《山有扶蘇》《狡童》《褰裳》《風雨》《子衿》《揚之水》《野有蔓草》《溱洧》等，但這些詩都稱不上是豔詩。即使《召南·野有死麕》寫「舒而脫脫兮，無感我帨兮，無使尨也吠」，寫懷春，寫偷情，但還是比較含蓄。實際上這些詩反映的是上古時代的婚戀風俗，在那個時代，性被認為如飲食一樣為人之必須。《鄭風·狡童》說：「彼狡童兮，不與我食兮。維子之故，使我不能息兮。」〔註1〕《曹風·

〔註1〕十三經注疏整理委員會整理《十三經注疏·毛詩正義》第 304 頁，北京：北京大學出版社，1999。

候人》說：「薈兮蔚兮，南山朝隮。婉兮孌兮，季女斯饑。」〔註2〕「饑」、「朝饑」指性壓抑、性饑渴，「食」、「朝食」則指性快樂、性滿足。《唐風・有杕之杜》以「飲食」暗示女子的性渴望。《陳風・衡門》以「樂饑」暗指性滿足。

在《詩經》的時代，性愛被視爲極自然之事。《周禮・地官・媒氏》說：「中春之月，令會男女，於是時也，奔者不禁。」〔註3〕《禮記・月令》說：「仲春之月……是月也，玄鳥至，至之日，以太牢祠於高禖。天子親往，后妃帥九嬪御。乃禮天子所御，帶以弓韣，授以弓矢，於高禖之前。」〔註4〕祀高禖有「尸女」的儀式，祭祀時所跳尸舞頗涉邪淫。《墨子・明鬼篇》說：「燕之有祖，當齊之社稷，宋之桑林，楚之雲夢也。此男女之所屬而觀也。」〔註5〕「屬」謂男女交合，「觀」爲歡聚之意。那個時候，青年男女可以到專門的幽會場所縱情狂歡。《國風》中的很多詩所反映的就是這個狂歡月的男女活動，如《溱洧》描寫「會男女」時的男歡女愛，一女子急於尋找性夥伴，和一個男子攜手走過河邊寬闊地帶，進入茂密樹林中，共同享受性快樂，最後分手時依依不捨，互贈芍藥以紀念。朱熹《詩集傳》說：「此詩淫奔者自敘之辭。」〔註6〕孔穎達《毛詩正義》說：「鄭國淫風大行，述其爲淫之事。言溱水與洧水，春冰既泮，方欲渙渙然流盛兮。於此之時，有士與女方適野田，執芳香之蘭草兮，既感春氣，託採香草，期於田野，共爲淫佚。士既與女相見，女謂士曰：『觀於寬閒之處乎？』意願與男俱行。士曰：『已觀乎。』止其慾觀之事，未從女言。女情急，又勸男云：『且復更往觀乎？我聞洧水之外，信寬大而且樂，可相與觀之。』士於是從之。維士與女，因即其相與戲謔，行夫婦之事。及其別也，士愛此女，贈送之以勺藥之草，結其恩情，以爲信約。男女當以禮相配，今淫佚如是，故陳之以刺亂。」〔註7〕

〔註2〕十三經注疏整理委員會整理《十三經注疏・毛詩正義》第 472 頁，北京：北京大學出版社，1999。

〔註3〕〔東漢〕鄭玄注，〔唐〕賈公彥疏《周禮注疏》第 511 頁，上海：上海古籍出版社，2010。

〔註4〕十三經注疏整理委員會整理《十三經注疏・禮記正義》第 470～475 頁，北京：北京大學出版社，1999。

〔註5〕〔清〕孫詒讓《墨子閒詁》第 229 頁，北京：中華書局，2001。

〔註6〕〔南宋〕朱熹《詩集傳》第 56 頁，北京：中華書局，1958。

〔註7〕十三經注疏整理委員會整理《十三經注疏・毛詩正義》第 321 頁，北京：北京大學出版社，1999。

　　《鄘風‧桑中》中說：「爰采唐矣？沬之鄉矣。云誰之思？美孟姜矣。期我乎桑中，要我乎上宮，送我乎淇之上矣。」朱熹在《詩集傳》中說：「衛俗淫亂，世族在位，相竊妻妾。故此人自言將採唐於沬，而與其所思之人相期會迎送如此也。」〔註8〕「桑中」指桑林之社，四周種桑樹，中間是祭祀及「會男女」的「上宮」。到了後世，「桑中」成爲男女野合的典故。《周南‧汝墳》：「遵彼汝墳，伐其條枚。未見君子，惄如調饑。遵彼汝墳，伐其條肄。既見君子，不我遐棄。魴魚赬尾，王室如燬。雖則如燬，父母孔邇！」〔註9〕懷春女子折好嫩樹枝，沿著汝水堤邊來回踱步，等待情人到來，情人來了，他們渴望像魚兒交尾一樣歡愛，盡情釋放慾望。「魴魚赬尾」是春天魚交尾時的特徵，「魴魚赬尾，王室如燬」寫情慾如火。在《詩經》中，魚及與之相關的捕魚、釣魚、魚網、魚梁、魚杆、烹魚、吃魚等都寓性愛之意。《詩經》中所描寫的性愛大都以繁衍後代爲目的，很多詩歌以魚、果實、植物隱喻性行爲，因爲這些東西有著很強的繁殖能力。

　　《詩經》時代，男女關係很自由，表現男女情愛的詩歌健康、明快、熱烈，生機勃勃，自然地表現人正常的生物本能和追求，「樂而不淫，哀而不傷」。這類詩歌大多運用比喻、隱語、象徵、借代、暗示手法寫性愛，沒有直露的性交場面展示。

二、朝朝暮暮陽臺下：楚辭中的男女性愛隱喻

　　或認爲楚辭是性文學的另一個源頭。《漢書‧地理志》說楚國「信巫鬼，重淫祀」。〔註10〕屈原的《九歌》保留巫風特色。原始《九歌》中充滿放蕩猥褻的豔歌豔舞，用男女媾和促成天地合配，降下甘霖，化生萬物，又使後代出生，子孫興旺。《離騷》中說：「啓《九辯》與《九歌》兮，夏康娛以自縱。」〔註11〕王國維稱《楚辭》中的《九歌》爲「荒淫之語」。屈原所作《九歌》今存十一章，其中湘君、湘夫人、雲中君、東君、河伯、山鬼都是山川司風雨之神，也是各部族的社神，祈求甘雨和豐收的祭祀與男女婚配的高禖祭祀一起舉行，所用樂舞猥褻放蕩，伴隨著男女調情、交媾行爲。《九歌》中的《湘

〔註8〕　〔南宋〕朱熹《詩集傳》第30頁，北京：中華書局，1958。
〔註9〕　十三經注疏整理委員會整理《十三經注疏‧毛詩正義》第56頁，北京：北京大學出版社，1999。
〔註10〕　〔東漢〕班固《漢書》第1666頁，北京：中華書局，1962。
〔註11〕　董楚平譯注《楚辭譯注》第18頁，上海：上海古籍出版社，1986。

君》《湘夫人》完整展現了男女互思對方的心理歷程，再如《少司命》：「與女沐兮咸池，晞女髮兮陽之阿。望美人兮未來，臨風怳兮浩歌。」〔註12〕《河伯》：「乘白黿兮逐文魚，與女遊兮河之渚，流澌紛兮將來下。與子交手兮東行，送美人兮南浦。波滔滔兮來迎，魚隣隣兮媵予。」〔註13〕《山鬼》：「采三秀兮於山間，石磊磊兮葛蔓蔓。怨公子兮悵忘歸，君思我兮不得閒。」〔註14〕都表達了性的渴望。

對後世性愛文學影響較大的楚辭是宋玉的《高唐》《神女》二賦。《高唐賦》主體部分寫巫山之高峻、江水之洶湧、鳥獸蟲魚林木花卉之情狀，以環境突顯神女之難求。《神女賦》重點描寫神女之美，對神女身體及風韻極盡鋪陳之能事：「茂矣美矣，諸好備矣。盛矣麗矣，難測究矣。上古既無，世所未見，瑰姿瑋態，不可勝贊。其始來也，耀乎若白日初出照屋樑；其少進也，皎若明月舒其光。須臾之間，美貌橫生。曄兮如華，溫乎如瑩，五色並馳，不可殫形。詳而視之，奪人目精。」〔註15〕賦中神女以禮自持：「望余帷而延視兮，若流波之將瀾。奮長袖以正衽兮，立躑躅而不安。澹清靜其愔嫕兮，性沉詳而不煩。時容與以微動兮，志未可乎得原。意似近而既遠兮，若將來而復旋。褰余幬而請御兮，願盡心之倦倦。懷貞亮之潔清兮，卒與我兮相難。陳嘉辭而云對兮，吐芬芳其若蘭。精交接以來往兮，心凱康以樂歡。神獨亨而未結兮，魂煢煢以無端。含然諾其不分兮，喟揚音而哀歎！頩薄怒以自持兮，曾不可乎犯干。」〔註16〕

「巫山神女」的原型是高禖女神。到宋玉生活的時代，原始巫風漸熄，女神失去了舊日的聖潔，變成帝王或文人的意淫對象。神女在《高唐賦》中自薦枕席，在《神女賦》裏幽怨地離去，反映了性觀念上自然性與社會性的衝突，顯示了本我的壓抑和掙扎。從此後神女成為文人作品中性、性感或原慾的象徵。「且為朝雲，暮為行雨。朝朝暮暮，陽臺之下」，〔註17〕巫山神女既端莊自持，又自薦枕席；既眷戀所愛，又常更新歡；既表現了對性愛的嚮往與追求，又象徵情慾氾濫和生命衰竭；既是生活中的實體對象，又是超現實的夢幻意象。「巫山雲雨」成為後世性文學描寫男女交媾的通用隱喻。

〔註12〕董楚平譯注《楚辭譯注》第 63 頁，上海：上海古籍出版社，1986。
〔註13〕董楚平譯注《楚辭譯注》第 69 頁，上海：上海古籍出版社，1986。
〔註14〕董楚平譯注《楚辭譯注》第 72 頁，上海：上海古籍出版社，1986。
〔註15〕朱碧蓮編注《宋玉辭賦譯解》第 89 頁，北京：中國社會科學出版社，1987。
〔註16〕朱碧蓮編注《宋玉辭賦譯解》第 92 頁，北京：中國社會科學出版社，1987。
〔註17〕朱碧蓮編注《宋玉辭賦譯解》第 73 頁，北京：中國社會科學出版社，1987。

三、邂逅承際會：漢代詩歌中的性寂寞與苦悶

署名屈原的《大招》《招魂》和宋玉的《高唐》《神女》等賦描寫女性、渲染氣氛、表現情慾的方式爲漢代之後的辭賦所模仿，如西漢司馬相如的《美人賦》模仿宋玉《神女賦》，描寫女子柔媚溫馨的肉體，放蕩不檢的風姿，有很強的色慾成分，如：「女乃弛其上服，表其褻衣，皓體呈露，弱骨豐肌，時來親臣，柔滑如脂。」但接近肉慾之時男主人公卻「止乎禮義」：「臣乃脈定於內，心正於懷，信誓旦旦，秉志不回。翻然高舉，與彼長辭。」〔註 18〕蔡邕《協和婚賦》被錢鍾書稱爲「淫媒文字始作俑者」，〔註 19〕首節寫行媒舉儀，接著寫新婦豔麗，以下殘存「長枕橫施，大被竟床，莞蒻和軟，茵褥調良」，「粉黛弛落，髮亂釵脫」幾句則寫新婚之夜的交合。〔註 20〕錢鍾書在《管錐編》中說：「想全文必自門而堂，自堂而室，自交釋而好合，循序描摹。『長枕』以下，則相當於古希臘以來《婚夜曲》所詠。雖僅剩『粉黛』八字，然襯映上文，望而知爲語意狎褻。」〔註 21〕班婕妤《擣素賦》、楊脩《神女賦》、王粲《神女賦》、應瑒《正情賦》等都模仿了宋玉賦的描寫方式。

漢代的性愛文學，除了《美人賦》等辭賦作品外，樂府詩歌和民間歌謠中有不少涉及男女之愛。比如漢武帝時的吳楚歌謠《江南》：「江南可採蓮，蓮葉何田田。魚戲蓮葉間。魚戲蓮葉東，魚戲蓮葉西，魚戲蓮葉南，魚戲蓮葉北。」〔註 22〕魚和蓮應是男女性器的隱語，魚戲蓮是對男女交合的形象展現。「魚」在古代與性有關，聞一多認爲：「《國風》中凡言魚，皆兩性間互稱對方之廋語，無一實指魚者。」〔註 23〕「蓮」爲「憐」的雙關語，樂府中凡詠蓮，多與性愛有關，如陳後主《三婦豔詩》之五：「大婦上高樓，中婦蕩蓮舟。小婦獨無事，撥帳掩嬌羞。丈夫應自解，更深難道留。」〔註 24〕「蕩蓮舟」隱指性交合。梁簡文帝《江南行》：「桂楫晚應旋，歷岸扣輕舷。紫荷擎釣鯉，銀筐插短蓮。人歸浦口暗，那得久回船。」〔註 25〕其中「楫」、「鯉」、

〔註 18〕　〔清〕嚴可均《全上古三代秦漢三國六朝文》全漢文卷 22 第 1 頁，北京：中華書局，1958。
〔註 19〕　錢鍾書《管錐編》第 3 冊第 1018 頁，北京：中華書局，1986。
〔註 20〕　鄧安生《蔡邕集編年校注》第 441 頁，石家莊：河北教育出版社，1999。
〔註 21〕　錢鍾書《管錐編》第 3 冊第 1018 頁，北京：中華書局，1986。
〔註 22〕　〔北宋〕郭茂倩《樂府詩集》第 384 頁，北京：中華書局，1979。
〔註 23〕　聞一多《詩經通義》，《聞一多全集》第 2 冊第 127 頁，上海：三聯書店，1982。
〔註 24〕　〔北宋〕郭茂倩《樂府詩集》第 519 頁，北京：中華書局，1979。
〔註 25〕　〔北宋〕郭茂倩《樂府詩集》第 385 頁，北京：中華書局，1979。

「蓮」、「岸」、「荷」、「筐」等都暗喻男女生殖器。《陌上桑·日出東南隅》寫羅敷採桑：「羅敷善蠶桑，採桑城南隅。」〔註26〕採桑野合風俗在《詩經》中多有反映。漢代畫像磚上有許多桑林野合圖。採桑時節野合應是遠古遺風，到漢代還沒有消亡。

兩漢文人樂府詩涉及性愛題材的，如班婕妤的《怨歌行》表現性苦悶，繁欽的《定情詩》寫女子思春，特別是張衡《同聲歌》以女性第一人稱口吻描述了一個女子洞房花燭之夜的經歷和感受：「邂逅承際會，得充君後房。情好新交接，恐慄若探湯。不才勉自竭，賤妾職所當。綢繆主中饋，奉禮助蒸嘗。思為莞蒻席，在下蔽匡床。願為羅衾幬，在上衛風霜。灑掃清枕席，鞮芬以狄香。重戶結金扃，高下華燈光。衣解巾粉御，列圖陳枕張。素女為我師，儀態盈萬方。眾夫所希見，天老教軒皇。樂莫斯夜樂，沒齒焉可忘？」〔註27〕細膩描寫了新婦在新婚之夜的性心理變化，一開始心懷恐懼，終於下決心，交合後感受到性快感。詩中提到「列圖」、「素女」，應指插有圖畫的房中書。

《古詩十九首》中《涉江採芙蓉》《明月何皎皎》《行行重行行》《青青河畔草》《冉冉孤生竹》《庭中有奇樹》《迢迢牽牛星》《凜凜歲雲暮》《孟冬寒氣至》《客從遠方來》等寫遊子思婦和婦思遊子的哀怨，但都沒有寫到性愛。其中《青青河畔草》寫道：「昔為倡家女，今為蕩子婦。蕩子行不歸，空床難獨守。」〔註28〕王國維在《人間詞話》裏稱此詩為淫詞之尤，但因為情真，所以感動人：「『昔為倡家女，今為蕩子婦。蕩子行不歸，空床難獨守。』『何不策高足，先據要路津？無為久貧賤，轗軻長苦辛。』可謂淫鄙之尤，然無視為淫詞鄙詞同者，以其真也。」〔註29〕漢末至劉宋，徐幹的《室思》《情詩》、曹丕的《於清河見挽船士新婚與妻別》、曹植的《七哀詩·明月照高樓》《情詩·西北有織婦》《閨情·攬衣出中閨》、張華的《情詩五首》、楊方的《合歡詩五首》、鮑照的《河畔草未黃》等都是寫思婦的幽怨，主題和風格都是模擬《古詩十九首》。

〔註26〕 〔南朝陳〕徐陵編，〔清〕吳兆宜注，程琰刪補，穆克宏點校《玉臺新詠箋注》第 6 頁，北京：中華書局，1999。
〔註27〕 〔南朝陳〕徐陵編，〔清〕吳兆宜注，程琰刪補，穆克宏點校《玉臺新詠箋注》第 28～29 頁，北京：中華書局，1999。
〔註28〕 〔南朝梁〕蕭統編，〔唐〕李善注《文選》第 1344 頁，上海：上海古籍出版社，1986。
〔註29〕 王國維著，陳鴻翔編著《人間詞話·人間詞注評》第 177 頁，南京：江蘇古籍出版社，2002。

四、小憐玉體橫陳夜：南朝宮體詩中的女性描寫

　　南北朝的樂府描寫男女之愛，承繼了《詩經》的風格，而更有民間樸野之氣。晉室東渡後，吳楚新聲大盛，所歌詠者主要爲男女相思，爲都市生活的眞實寫照。到了南朝，樂府多以女子口吻描寫性愛歡樂，抒發對性愛的渴望，表達離別相思，如《讀曲歌》：「花釵芙蓉髻，雙鬢如浮雲。春風不知著，好來動羅裙。」〔註30〕《孟珠》：「望歡四五年，實情將懊惱。願得無人處，回身與郎抱。」〔註31〕都是寫女子對異性的渴望。再如《子夜歌》：「宿昔不梳頭，絲髮被兩肩。婉伸郎膝上，何處不可憐。」〔註32〕《子夜秋歌》：「開窗秋月光，滅燭解羅裳。合笑帷幌裏，舉體蘭蕙香。」〔註33〕《子夜冬歌》：「炭爐卻夜寒，重抱坐疊褥。與郎對華榻，絃歌秉蘭燭。」〔註34〕《讀曲歌》：「嬌笑來向儂，一抱不能已。湖燥芙蓉萎，蓮汝藕欲死。」〔註35〕都是寫女子偷情幽會時的興奮。《子夜秋歌》：「自從別歡來，何日不相思。常恐秋葉零，無復蓮條時。」〔註36〕《莫愁樂》：「聞歡下揚州，相送楚山頭。探手抱腰看，江水斷不流。」〔註37〕《那呵灘》：「聞歡下揚州，相送江津彎。願得篙櫓折，交郎到頭還。」〔註38〕都是寫女子的相思。北朝樂府與南朝樂府風格迥異，如《地驅歌樂辭》：「驅羊入谷，白羊在前。老女不嫁，蹋地呼天！」〔註39〕《折楊柳枝歌》：「阿婆不嫁女，那得孫兒抱？」〔註40〕《捉搦歌》：「天生男女共一處，願得兩個成翁嫗！」〔註41〕《地驅歌樂辭》：「側側力力，念君無極。枕郎左臂，隨郎轉側。」〔註42〕《折楊柳歌辭》：「腹中愁不樂，願作郎馬鞭。出入擐郎臂，蹀坐郎膝邊。」〔註43〕性愛感情表達質直伉爽。

〔註30〕〔北宋〕郭茂倩《樂府詩集》第 671 頁，北京：中華書局，1979。
〔註31〕〔北宋〕郭茂倩《樂府詩集》第 715 頁，北京：中華書局，1979。
〔註32〕〔北宋〕郭茂倩《樂府詩集》第 641 頁，北京：中華書局，1979。
〔註33〕〔北宋〕郭茂倩《樂府詩集》第 647 頁，北京：中華書局，1979。
〔註34〕〔北宋〕郭茂倩《樂府詩集》第 648 頁，北京：中華書局，1979。
〔註35〕〔北宋〕郭茂倩《樂府詩集》第 675 頁，北京：中華書局，1979。
〔註36〕〔北宋〕郭茂倩《樂府詩集》第 647 頁，北京：中華書局，1979。
〔註37〕〔北宋〕郭茂倩《樂府詩集》第 698 頁，北京：中華書局，1979。
〔註38〕〔北宋〕郭茂倩《樂府詩集》第 714 頁，北京：中華書局，1979。
〔註39〕〔北宋〕郭茂倩《樂府詩集》第 366 頁，北京：中華書局，1979。
〔註40〕〔北宋〕郭茂倩《樂府詩集》第 370 頁，北京：中華書局，1979。
〔註41〕〔北宋〕郭茂倩《樂府詩集》第 369 頁，北京：中華書局，1979。
〔註42〕〔北宋〕郭茂倩《樂府詩集》第 366 頁，北京：中華書局，1979。
〔註43〕〔北宋〕郭茂倩《樂府詩集》第 369 頁，北京：中華書局，1979。

南北朝表現情愛的樂府民歌中，性擺脫了婚姻羈絆，擺脫了厚重的道德重負，重視性愛本身的快樂，青年男女大膽吐露心聲，或纏綿溫柔，或狂熱放縱，毫不避諱對性的渴望，寫得真摯自然，質樸直露，又清新健康，多用雙關語描寫性行為，綺而不豔。同時期文人模仿民歌創作表現男女情愛的詩歌，失去了民歌的清新自然，多綺羅香澤之氣。南朝君臣在江左過著醉生夢死、縱情聲色的生活，他們大量寫作被稱為宮體詩的豔情詩。宮體詩用華麗的辭藻表現狹小的宮廷生活，描寫女性的身體服飾，從頭髮眉目一直寫到腳。如南朝梁劉緩《敬酬劉長史詠名士悅傾城》：「粉光猶似面，朱色不勝唇。遙見疑花發，聞香知異春。釵長逐鬢髮，襪小稱腰身。夜夜言嬌盡，日日態還新。工傾荀奉倩，能迷石季倫。上客徒留目，不見正橫陳。」〔註44〕從面、唇、體香、髮飾、腰身、嬌語、媚態等方面描寫女子的全身之美，最後兩句「上客徒留目，不見正橫陳」讓人產生無盡聯想。南朝梁張率的《清涼》說：「幸願同枕席，為君橫自陳。」〔註45〕陳後主《三婦豔詩》說：「大婦年十五，中婦當春戶。小婦正橫陳，含嬌情未吐。」〔註46〕「橫陳」一詞成為後世詩歌描寫女性身體時常用的詞語，如晚唐李商隱《北齊二首》中說「小憐玉體橫陳夜」，說的是北齊皇帝高緯荒淫無道，讓美貌的寵姬馮小憐在堂上裸體展示，大臣交費就可以任意觀賞，君臣同歡。宮體詩還經常描寫孌童，如梁簡文帝《孌童》：「孌童嬌麗質，踐董復超瑕。羽帳晨香滿，珠簾夕漏賒。翠被含鴛色，雕床鏤象牙。妙年同小史，姝貌比朝霞。袖裁連璧錦，箋織細橦花。攬袴輕紅出，回頭雙鬢斜。懶眼時含笑，玉手乍攀花。懷猜非後釣，密愛似前車。足使燕姬妒，彌令鄭女嗟。」〔註47〕將孌童寫得像女子一樣。

魏晉之前的詩歌很少詳細描寫女性的身體。《詩經》很少描寫女性容貌，《碩人》中的「手如柔荑，膚如凝脂，領如蝤蠐，齒如瓠犀，螓首蛾眉，巧笑倩兮，美目盼兮」是《詩經》中對女性美最詳盡的描寫。三國時曹植的《美女篇》開始描寫女性外表美：「攘袖見素手，皓腕約金環。頭上金爵釵，腰佩翠琅玕。明珠交玉體，珊瑚間木難。羅衣何飄飄，輕裾隨風還。顧眄遺光彩，

〔註44〕 〔南朝陳〕徐陵編，〔清〕吳兆宜注，程琰刪補，穆克宏點校《玉臺新詠箋注》第 345 頁，北京：中華書局，1999。

〔註45〕 逯欽立輯校《先秦漢魏晉南北朝詩》第 1783 頁，北京：中華書局，1988。

〔註46〕 〔北宋〕郭茂倩《樂府詩集》第 519 頁，北京：中華書局，1979。

〔註47〕 〔南朝陳〕徐陵編，〔清〕吳兆宜注，程琰刪補，穆克宏點校《玉臺新詠箋注》第 301～302 頁，北京：中華書局，1999。

長嘯氣若蘭。行徒用息駕，休者以忘餐……」〔註48〕但對女性服飾、舉止的描寫過多，對身體描寫很少。傅玄《有女篇》描寫了女子的眉、目、唇、齒等身體之美：「蛾眉分翠羽，明目發清揚。丹唇翳皓齒，秀色若珪璋。巧笑露權靨，眾媚不可詳。令儀希世出，無乃古毛嫱。」〔註49〕魏晉時代，人們開始關注身體之美，相貌受到前所未有的重視。很多名士因貌美受到特別禮遇和贊許，男子打扮得像女子一樣，以貌似美女為榮，對女性的容貌更為欣賞，「色衰愛馳」於是成為魏晉時期詩歌的一個常見主題。這種重色之風一直延續到齊梁時期。南朝宮體詩將女性當作可以玩弄的「尤物」加以描寫，還喜歡吟詠女子所用物品如繡領、手帕、履、枕等，以此替代具體性對象，如沈約《腳下履》。有的宮體詩代言女子相思，表現傳統的閨怨和性壓抑主題，如蕭繹《蕩婦秋思賦》：「相思相望，路遠如何？鬢飄蓬而漸亂，心懷愁而轉歎。愁縈翠眉斂，啼多紅粉漫。」〔註50〕

其實宮體詩中真正算得上淫穢的作品很少，大都是將女性身體作為欣賞的對象，或者描寫輕佻、無聊的調情。蕭綱的《詠美人畫眠》《美人晨妝》等寫女人的衣領、繡鞋、枕席、衾帳等臥具，寫得有幾分色情，但極少正面直接寫男女交歡，如蕭綱為東宮太子時所作《詠內人畫眠》：「北窗聊就枕，南簷日未斜，攀鉤落綺障，插捩舉琵琶。夢笑開嬌靨，眠鬟壓落花。簟紋生玉腕，香汗浸紅紗。夫婿恒相伴，莫誤是倡家。」〔註51〕

南朝餘音一直延續到隋末初唐。據說是隋代歌妓丁六娘所作的《十索》詩，借物取譬，由索衣帶開始，索花燭、索紅粉、索指環、索錦障直到索花枕，感情一步一步加深，表達了內心對愛情的熱切追求：

裙裁孔雀羅，紅綠相參對。映日蛟龍錦，分明奇可愛。粗細君
自知，從郎索衣帶。

為性愛風光，偏憎良夜促。曼眼腕中嬌，相看無厭足。歡情不
耐眠，從郎索花燭。

〔註48〕〔南朝陳〕徐陵編，〔清〕吳兆宜注，程琰刪補，穆克宏點校《玉臺新詠箋注》
第62～63頁，北京：中華書局，1999。
〔註49〕逯欽立輯校《先秦漢魏晉南北朝詩》第557頁，北京：中華書局，1988。
〔註50〕〔清〕嚴可均《全上古三代秦漢三國六朝文》第3038頁，北京：中華書局，
1958。
〔註51〕〔南朝陳〕徐陵編，〔清〕吳兆宜注，程琰刪補，穆克宏點校《玉臺新詠箋注》
第314頁，北京：中華書局，1999。

君言花勝人，人今去花近。寄語落花風，莫吹花落盡。欲作勝花妝，從郎索紅粉。

二八好容顏，非意得所關。逢桑欲採折，尋枝倒懶攀。欲呈纖纖手，從郎索指環。

含嬌不自轉，送眼遙相望。無那關情伴，共入同心帳。欲防人眼多，從郎索錦障。

蘭房下翠帷，蓮帳舒鴛錦。歡情宜早暢，密意須同寢。欲共作纏綿，從郎索花枕。〔註52〕

初唐長孫無忌《新曲》二首、楊師道《初宵看婚》、褚亮《詠花燭》、閻立本《巫山高》等描寫男女情愛的詩，仍然有宮體詩風。比較清新自然的是敦煌曲子詞中的豔情民歌，如《雲謠集》中的《浣溪紗》：「孃景紅顏越眾希，素胸蓮臉柳眉低。擬笑千花羞不坼，懶芳菲。」〔註53〕《柳青娘》：「青絲髻綰臉邊芳。淡紅衫子掩素胸。出門斜撚同心弄。意恛惶。故使橫波認玉郎。回耐不知何處去。交人幾度掛羅裳。待得歸來須共語。情轉傷。斷卻妝樓伴小娘。」〔註54〕《漁歌子》：「洞房深，空悄悄。慮把身心生寂寞，待來時，須祈禱。休戀狂花年少。淡勻妝，固施妙。只為五陵正渺渺。胸上雪，從君咬。恐犯千金買笑。」〔註55〕《鳳歸雲》：「幸因今日，得睹嬌娥。眉如初月，目引橫波。素胸未消殘雪，透輕羅。□□□□□，朱含碎玉，雲髻婆娑。東鄰有女，相料實難過。羅衣掩袂，步行逶迤。逢人問語羞無力，態嬌多。錦衣公子見，垂鞭立馬，斷腸知麼。」〔註56〕

五、芙蓉帳裏奈君何：唐代豔詩中的文人情懷

提到初唐時期的豔情詩，不能不說說張鷟的《遊仙窟》。《遊仙窟》用第一人稱，寫男主人公奉使河源，一心尋覓神仙窟，後如願以償，與五嫂十娘相遇，多次調情後，與十娘歡合，一夜風流後離別。男主人公求神仙眷屬，憑的是以詩相調、以才相誘，文中插入詩八十首，很多詩歌成了傳情的中介。在酒宴上，十娘要彈琵琶勸酒，男主人公詠詩：「心虛不可測，眼細強關情。

〔註52〕〔北宋〕郭茂倩《樂府詩集》卷79第1114頁，北京：中華書局，1979。
〔註53〕曾昭岷等編著《全唐五代詞》第810頁，北京：中華書局，1999。
〔註54〕曾昭岷等編著《全唐五代詞》第811頁，北京：中華書局，1999。
〔註55〕曾昭岷等編著《全唐五代詞》第820頁，北京：中華書局，1999。
〔註56〕曾昭岷等編著《全唐五代詞》第802頁，北京：中華書局，1999。

回身已入抱，不見有嬌聲。」十娘詠詩說：「憐腸忽欲斷，憶眼已先開。渠未相撩撥，嬌從何處來？」三人在一起打情罵俏，賭酒賭宿，男主人公吟詩：「眼似星初轉，眉如月欲消。先須捺後腳，然後勒前腰。」十娘接著詠道：「勒腰須巧快，捺腳更風流。但令細眼合，人自分輸籌。」飯後再對詩，「余」詠刀曰：「自憐膠漆重，相思意不窮。可惜尖頭物，終日在皮中。」十娘詠鞘曰：「數捺皮應緩，頻磨快轉多。渠今拔出後，空鞘欲如何！」詩中多用隱語寫性愛，如詠刀子、詠鞘實際上是說男女性器及交合。〔註57〕這種以在詩中以隱語寫性愛的方式，爲後來的詩詞所採用。宋代的傳奇小說《海山記》《迷樓記》《大業拾遺記》《楊太眞外傳》《驪山記》等都是在故事中穿插大量詩詞。

　　盛唐時期，花前月下、纏綿悱惻的兒女情長被建功立業、名垂千古的抱負氣概所沖淡，文人即使在詩中吟詠性愛，也只是人生情懷抒發的一種點綴，如李白詩《寄遠》其七：「一爲雲雨別，此地生秋草。秋草秋蛾飛，相思愁落暉。何由一相見，滅燭解羅衣。」〔註 58〕《對酒》：「葡萄酒，金叵羅，吳姬十五細馬馱。青黛畫眉紅錦靴，道字不正嬌唱歌。玳瑁筵中懷裏醉，芙蓉帳裏奈君何。」〔註 59〕《相逢行》：「蹙入青綺門，當歌共銜杯。銜杯映歌扇，似月雲中見。相見不得親，不如不相見。相見情已深，未語可知心。胡爲守空閨，孤眠愁錦衾。錦衾與羅幃，纏綿會有時。春風正澹蕩，暮雨來何遲。」〔註 60〕後來有些評家認爲李白多甘酒愛色語，「見識污下」，如宋代釋惠洪《冷齋夜話》卷五記載：「舒王以李太白、杜少陵、韓退之、歐陽永叔詩，編爲《四家詩集》，而以歐公居太白之上，世莫曉其意。舒王嘗曰：『太白詞語迅快，無疏脫處。然其識污下，詩詞十句九句言婦人酒耳。歐公，今代詩人未有出其右者，但恨其不修《三國志》而修《五代史》耳。』」〔註61〕

〔註57〕李時人編校，何滿子審定《全唐五代小說》第 130～156 頁，西安：陝西人民出版社，1998。

〔註58〕〔唐〕李白著，瞿蛻園、朱金城校注《李白集校注》第 1469 頁，上海：上海古籍出版社，1980。

〔註59〕〔唐〕李白著，瞿蛻園、朱金城校注《李白集校注》第 1481 頁，上海：上海古籍出版社，1980。

〔註60〕〔唐〕李白著，瞿蛻園、朱金城校注《李白集校注》第 425 頁，上海：上海古籍出版社，1980。

〔註61〕〔北宋〕釋惠洪等《冷齋夜話·風月堂詩話·環溪詩話》第 43 頁，北京：中華書局，1988。

中唐後期，詩人開始收斂鋒芒，追求個人閒適，其詩歌轉向吟詠身邊瑣事和閒適情趣，男女豔情成為詩歌的重要內容。特別是元稹創作了很多豔情詩，最有名的是《會真詩三十韻》，這首詩寫張生豔遇崔鶯鶯事，先描繪遙天、碧空的背景，接著將鶯鶯比作美麗的西王母，由玉女陪伴，從仙鄉浦而來，本打算到仙宮朝拜玉帝，與到洛陽城北遊玩的張生不期而遇，張生向鶯鶯求歡，兩人歡愛，詩詳細描寫了鶯鶯半推半就的神態，細膩地描繪了鶯鶯交歡時的嬌羞和熱烈：「戲調初微拒，柔情已暗通。低鬟蟬影動，回步玉塵蒙。轉面流花雪，登床抱綺叢。鴛鴦交頸舞，翡翠合歡籠。眉黛羞頻聚，唇朱暖更融。氣清蘭蕊馥，膚潤玉肌豐。」又寫歡愛結束後鶯鶯的舒適而慵懶的情態：「無力慵移腕，多嬌愛斂躬。汗光珠點點，髮亂綠鬆鬆。」〔註62〕如此等等，描寫得比較露骨。元稹豔詩多寫自己的情感經歷，其中詠崔氏詩最多，如《古豔詩二首》《鶯鶯詩》《贈雙文》《曉將別》《新秋》《白衣裳》《恨妝成》《桃花》《春詞》《春別》《古決絕詞三首》《夢遊春七十韻》等皆寫崔氏，大多即事名篇，詠當時戀情。《雜憶詩五首》則是對過往情事的回憶，如其中一首：「春冰消盡碧波湖，漾影殘霞似有無。憶得雙文衫子薄，鈿頭雲映褪紅酥。」〔註63〕

與元稹齊名的白居易自稱「淫文豔韻，無一字焉」（《和答詩十首·序》），〔註64〕實則白居易寫有不少豔詩，即《長恨歌》中的描寫也涉及性愛，只是不甚直露而已：「春寒賜浴華清池，溫泉水滑洗凝脂。侍兒扶起嬌無力，始是新承恩澤時。雲鬢花顏金步搖，芙蓉帳暖度春宵。春宵苦短日高起，從此君王不早朝。」〔註65〕其《和夢遊春詩一百韻》對豔情的描寫與元稹詩不相上下，如其中一段：「帳牽翡翠帶，被解鴛鴦襆。秀色似堪餐，穠華如可掬。半卷錦頭席，斜鋪繡腰褥。朱唇素指勻，粉汗紅綿撲。心驚睡易覺，夢斷魂難續。」〔註66〕其《酬思黯戲贈》云：「鍾乳三千兩，金釵十二行。妒他心似火，欺我鬢如霜。」自注云：「思黯自誇前後服鍾乳三千兩，甚得力，而歌舞之妓頗多。來詩謔予羸老，故戲答之。」〔註67〕思黯是牛僧孺的字，白居易在詩中戲說牛僧孺服食丹藥而性能力大增，而自己兩鬢如霜，心生妒忌。

〔註62〕〔唐〕元稹《元稹集》第676頁，北京：中華書局，1982。

〔註63〕〔唐〕元稹《元稹集》第641頁，北京：中華書局，1982。

〔註64〕〔唐〕元稹《元稹集》附錄四第767頁，北京：中華書局，1982。

〔註65〕〔唐〕白居易著，顧學頡校點《白居易集》第238頁，北京：中華書局，1999。

〔註66〕〔唐〕白居易著，顧學頡校點《白居易集》第293頁，北京：中華書局，1999。

〔註67〕〔唐〕白居易著，顧學頡校點《白居易集》第767頁，北京：中華書局，1999。

晚唐李賀的詩描寫性愛有的很直接，如其《謝秀才有妾縞練，改從於人，秀才引留之不得，後生感憶，座人製詩嘲誚，賀復繼四首》其三：「洞房思不禁，蜂子作花心。灰暖殘香炷，發冷青蟲簪。夜遙燈焰短，睡熟小屏深。好作鴛鴦夢，南城罷搗砧。」〔註 68〕《塘上行》：「藕花涼露濕，花缺藕根澀。飛下雌鴛鴦，塘水聲溗溗。」〔註 69〕皆暗寫性活動。五古長詩《惱公》寫了一個性夢，女主人公精心妝扮，與意中人在仙境中享受性快樂：「蜀煙飛重錦，峽雨濺輕容。拂鏡羞溫嶠，薰衣避賈充。魚生玉藕下，人在石蓮中。」〔註 70〕

六、須作一生拼，盡君今日歡：晚唐五代的豔冶風情

晚唐詩人生活在極度壓抑的現實中，他們在詩中表現矛盾複雜的內心世界，借男女情愛逃避現實。溫庭筠、李商隱、韓偓等人用生花妙筆寫男女秘事。溫庭筠的詩寫男女風流，用綺豔的語詞描摹歌妓舞女的情態，表現紙醉金迷的冶遊生活，如《春愁曲》：「錦疊空床委墜紅，颭颭掃尾雙金鳳。蜂喧蝶駐俱悠揚，柳拂赤闌纖草長。覺後梨花委平綠，春風和雨吹池塘。」〔註 71〕李商隱的詩多用隱喻性的意象描寫性愛，顯得迷離恍惚，如《碧城三首》之二：「對影聞聲已可憐，玉池荷葉正田田。不逢蕭史休回首，莫見洪崖又拍肩。紫鳳放嬌銜楚珮，赤鱗狂舞撥湘弦。鄂君悵望舟中夜，繡被焚香獨自眠。」〔註 72〕其中「玉池荷葉」、「紫鳳」、「赤鱗」、「撥湘弦」都有性隱喻意義。除了蜂蝶、花蕊、鸞鳳、鴛鴦、遊魚等傳統的意象外，李商隱的詩中經常使用雲、雨、巫山、楚夢、楚女等意象表現男女性愛，如《深宮》：「斑竹嶺邊無限淚，景陽宮裏及時鐘。豈知爲雨爲雲處，只有高唐十二峰。」〔註 73〕《過楚宮》：「巫峽迢迢舊楚宮，至今雲雨暗丹楓。微生盡戀人間樂，只有襄王憶

〔註 68〕　〔唐〕李賀著，〔清〕王琦等注《李賀詩歌集注》第 172 頁，上海：上海人民出版社，1977。

〔註 69〕　〔唐〕李賀著，〔清〕王琦等注《李賀詩歌集注》第 308 頁，上海：上海人民出版社，1977。

〔註 70〕　〔唐〕李賀著，〔清〕王琦等注《李賀詩歌集注》第 143 頁，上海：上海人民出版社，1977。

〔註 71〕　〔唐〕溫庭筠著，劉學鍇校注《溫庭筠全集校注》第 167 頁，北京：中華書局，2007。

〔註 72〕　〔唐〕李商隱著，馮浩箋注《玉谿生詩集箋注》第 570 頁，上海：上海古籍出版社，1979。

〔註 73〕　〔唐〕李商隱著，馮浩箋注《玉谿生詩集箋注》第 353 頁，上海：上海古籍出版社，1979。

夢中。」〔註74〕《楚宮》:「十二峰前落照微，高唐宮暗坐迷歸。朝雲暮雨常相接，猶自君王恨見稀。」〔註75〕李商隱的詩還常常將道教中表示陰陽比、喻男女的語詞用來描寫性活動，如《燕臺詩》:「雄龍雌鳳杳何許？絮亂絲繁天亦迷。」〔註76〕《相思》:「相思樹上合歡枝，紫鳳青鸞並羽儀。」〔註77〕《昨日》:「二八月輪蟾影破，十三弦柱雁行斜。」〔註78〕韓偓的豔詩多表達對風流生活的興趣，描寫女性香膩的肉體，如《晝寢》:「撲粉更添香體滑，解衣唯見下裳紅。煩襟乍觸冰壺冷，倦枕徐敧寶髻鬆。」〔註79〕再如《詠手》:「腕白膚紅玉筍芽，調琴抽線露尖斜。背人細撚垂胭鬢，向鏡輕勻襯臉霞。悵望昔逢搴繡幔，依稀曾見託香車。後園笑向同行道，摘得蘼蕪又折花。」〔註80〕其寫性愛的詩大都微涉色情而又不失含蓄蘊藉，如《五更》:「往年曾約鬱金床，半夜潛身入洞房。懷裏不知金鈿落，暗中唯覺繡鞋香。此時欲別魂俱斷，自後相逢眼更狂。光景旋消惆悵在，一生贏得是淒涼。」〔註81〕

　　相比之下，晚唐五代詞對性愛的描寫比較直露。晚唐五代時花間詞派收錄在《花間集》中的詞，多描寫女性體貌情態和男女性愛，有的比較含蓄，如溫庭筠的詞《女冠子》:「含嬌含笑，宿翠殘紅窈窕。鬢如蟬。寒玉簪秋水，輕紗卷碧煙。雪胸鸞鏡裏，琪樹鳳樓前。寄語青娥伴，早求仙。」〔註82〕韋莊的詞寫男女性愛時，則少用隱喻、暗示，較為直露，如《江城子》寫一個女子和情郎在一起親昵的情形:「恩重嬌多情易傷。漏更長。解鴛鴦。朱唇未

〔註74〕〔唐〕李商隱著，馮浩箋注《玉谿生詩集箋注》第 352 頁，上海：上海古籍出版社，1979。

〔註75〕〔唐〕李商隱著，馮浩箋注《玉谿生詩集箋注》第 701 頁，上海：上海古籍出版社，1979。

〔註76〕〔唐〕李商隱著，馮浩箋注《玉谿生詩集箋注》第 632 頁，上海：上海古籍出版社，1979。

〔註77〕〔唐〕李商隱著，馮浩箋注《玉谿生詩集箋注》第 704 頁，上海：上海古籍出版社，1979。

〔註78〕〔唐〕李商隱著，馮浩箋注《玉谿生詩集箋注》第 408 頁，上海：上海古籍出版社，1979。

〔註79〕〔唐〕韓偓著，齊濤箋注《韓偓詩集箋注》第 260 頁，濟南：山東教育出版社，2000。

〔註80〕〔唐〕韓偓著，齊濤箋注《韓偓詩集箋注》第 255 頁，濟南：山東教育出版社，2000。

〔註81〕〔唐〕韓偓著，齊濤箋注《韓偓詩集箋注》第 243 頁，濟南：山東教育出版社，2000。

〔註82〕曾昭岷等編著《全唐五代詞》第 119 頁，北京：中華書局，1999。

動，先覺口脂香。緩揭繡衾抽皓腕，移鳳枕，枕潘郎。」另一首《江城子》則暗示男女在前一晚上的歡愛：「髻鬟狼藉黛眉長。出蘭房。別檀郎。角聲嗚咽，星斗漸微茫。露冷月殘人未起，留不住，淚千行。」〔註83〕《花間集》中有些作品描寫男女性愛，太過直露，格調不高。歐陽炯在《花間集序》中說：「綺筵公子，繡幌佳人，遞葉葉之花箋，文抽麗錦；舉纖纖之玉指，拍按香檀。不無清絕之辭，用助妖嬈之態。自南朝之宮體，扇北里之倡風。何止言之不文，所謂秀而不實。」〔註84〕如歐陽炯的《浣溪沙》：「相見休言有淚珠。酒闌重得敘歡娛。鳳屏鴛枕宿金鋪。蘭麝細香聞喘息，綺羅纖縷見肌膚。此時還恨薄情無。」〔註85〕況周頤稱這首詞「自有豔詞以來，殆莫豔於此矣」。〔註86〕

　　另一方面，《花間集》中的大部分豔詞，或表現愛情的蘇醒和高揚，或表現對女性的尊重，感情比較真摯，多為任情而發，不帶矯飾。如牛嶠《菩薩蠻》：「玉樓冰簟鴛鴦錦。粉融香汗流山枕。簾外轆轤聲。斂眉含笑驚。柳陰煙漠漠，低鬢蟬釵落。須作一生拚，盡君今日歡。」〔註87〕這首詞寫男女歡會，首句寫歡會的環境，「粉融香汗流山枕」寫兩人的歡愛，最後一句「須作一生拚，盡君今日歡」大膽地描寫了女子對感情的熱烈追求，直抒胸臆，被王國維贊為「專作情語而絕妙者」。〔註88〕再如閻選《虞美人》寫一個男子在幽會後對女子的思念：「粉融紅膩蓮房綻。臉動雙波慢。小魚銜玉鬢釵橫。石榴裙染象紗輕。轉娉婷。偷期錦浪荷深處，一夢雲兼雨。臂留檀印齒痕香。深秋不寐漏初長，盡思量。」〔註89〕顧敻《甘州子》描寫了一對情侶的柔情蜜意：「一爐龍麝錦帷旁。屏掩映，燭熒煌。禁樓刁斗喜初長。羅薦繡鴛鴦。山枕上，私語口脂香。」〔註90〕

　　南唐後主李煜寫了一些豔詞，如其《菩薩蠻》寫男女偷情：「花明月暗籠輕霧。今朝好向郎邊去。剗襪步香階。手提金縷鞋。畫堂南畔見，一向偎人

〔註83〕曾昭岷等編著《全唐五代詞》第 162 頁，北京：中華書局，1999。

〔註84〕李冰若《花間集評注》第 1 頁，石家莊：河北教育出版社，1999。

〔註85〕曾昭岷等編著《全唐五代詞》第 449 頁，北京：中華書局，1999。

〔註86〕〔清〕況周頤《蕙風詞話》卷 2，況周頤等《蕙風詞話・人間詞話》第 23 頁，北京：人民文學出版社，1960。

〔註87〕曾昭岷等編著《全唐五代詞》第 512 頁，北京：中華書局，1999。

〔註88〕王國維著，滕咸惠校注《人間詞話新注》第 51 頁，濟南：齊魯書社，1986。

〔註89〕曾昭岷等編著《全唐五代詞》第 572 頁，北京：中華書局，1999。

〔註90〕曾昭岷等編著《全唐五代詞》第 553 頁，北京：中華書局，1999。

顫。奴爲出來難，教郎恣意憐。」〔註91〕據說這首詞寫的是李煜在大周后生病時與大周后的妹妹小周后偷情的情景，清代的王士禎在《花草蒙拾》中評此詞爲「狎昵已極」。〔註92〕李煜還有一首《一斛珠》：「曉妝初過，沉檀輕注些兒個。向人微露丁香顆。一曲清歌，暫引櫻桃破。羅袖裛殘殷色可。杯深旋被香醪涴。繡床斜憑嬌無那。爛嚼紅茸，笑向檀郎唾。」〔註93〕這首詞描寫了一個女子的嬌懶可愛模樣，有人認爲女主人公是普通歌女，但也有人認爲女主人公爲李煜的妻子大周后，這首詞描寫了李煜和大周后夫妻兩人的閨房樂趣。

七、男女交接而陰陽順：空前絕後的《大樂賦》

　　唐代的《天地陰陽交歡大樂賦》可以說是空前絕後的描寫性愛的韻文。《天地陰陽交歡大樂賦》原存於甘肅敦煌鳴沙山石室，20 世紀初被法國伯希和竊走，現存於巴黎的敦煌藏品中。到 1914 年，學者葉德輝加以校勘，收於《雙梅景闇叢書》中。關於《天地陰陽交歡大樂賦》的作者，一般認爲是中唐詩人白居易的弟弟白行簡。白行簡（775～826）所存文章，以辭賦爲多，其小說《李娃傳》寫書生和妓女的愛情，是唐代愛情傳奇中的優秀之作。

　　《天地陰陽交歡大樂賦》序文說：「夫性命者人之本，嗜慾者人之利。本存利資，莫甚乎衣食既足，莫遠乎歡娛至精，極乎夫婦之道，合乎男女之情。情之所知，莫甚交接。其餘官爵功名，實人情之衰也。……天地交接而覆載均，男女交接而陰陽順。……具人之所樂，莫樂於此，所以名《大樂賦》。」〔註94〕作者認爲性生活和穿衣吃飯一樣，是人的基本需要。天地陰陽交合才產生世間萬事萬物，男女交合是順應陰陽變化的自然規律。夫妻交合不僅是爲了生育後代，也是爲了獲得快樂，只要房事安排合理，不但無害，還有益於身心健康。這種對性生活的態度讓我們想到唐代流行的房中書《洞玄子》中的話：「人之所上，莫過房慾，法天象地，規陰矩陽。」〔註95〕

　　《天地陰陽交歡大樂賦》淋漓盡致地鋪陳兩性交媾的動作技巧，可謂驚世駭俗，前無古人。賦的第一段寫宇宙初闢，化成陰陽，男稟陽剛之氣，女

〔註91〕曾昭岷等編著《全唐五代詞》第 754 頁，北京：中華書局，1999。
〔註92〕〔清〕王士禎《王士禎全集》第 2478 頁，濟南：齊魯書社，2007。
〔註93〕曾昭岷等編著《全唐五代詞》第 742 頁，北京：中華書局，1999。
〔註94〕張錫厚《敦煌賦匯》第 241 頁，南京：江蘇古籍出版社，1996。
〔註95〕朱書功編著《中國古代房室養生集要》第 243 頁，北京：中國醫藥科技出版社，1991。

涵陰柔之質：「鑄男女之兩體，範陰陽之二儀，觀其男既秉剛而立矩，女之質亦叶葉順而成規。原夫懷抱之時，總角之始，蛹帶朱囊，花含玉蕊。忽皮開而頭露，俄肉倡而突起。時遷歲改，生戢戢之烏毛；日往月來，流涓涓之紅水。」〔註96〕男女身體不斷生長，生殖器官不斷發育，陰部生出陰毛，女孩開始來月經，男女長成，於是通過媒人而互相婚配，男方備辦采禮送到女家，先行訂婚，然後選擇吉日良辰迎娶，從此便正式結爲夫妻。

賦詳細描寫了男女婚後的性生活，寫新婚之夜夫妻間的柔情蜜意：「於是青春之夜，紅煒之下，冠纓之際，花鬢將卸。思心淨默，有殊鸚鵡之言；柔情暗通，是念鳳凰之卦。乃出朱雀，攬紅褌，抬素足，撫玉臀。女握男莖而女心忒忒，男含女舌而男意昏昏。方以津液塗抹，上下揩擦。含情仰受，縫微綻而不知；用力前衝，莖突入而如割。觀其童開點點，精漏汪汪。」從此後夫妻之間情意綿綿：「或高樓月夜，或閒窗早暮。讀素女之經，看隱側之鋪。立鄗圓施，倚枕橫布。美人乃脫羅裙，解繡袴……玉莖振怒而頭舉，金溝顫慓而唇開……用房中之術，行九淺而一深，待十候而方畢。」〔註97〕作者認爲新婚夫婦應當讀《素女經》和《玄女經》等房中著作，掌握性保健知識，在兩性交媾過程中運用房中術，行「九淺一深」之法，一旦出現「十候」，達到性高潮，應及時停止交合，不可貪歡亦戰，避免房勞損傷。

《天地陰陽交歡大樂賦》描寫了夫妻性愛與姬妾性愛在細節上的區別。夫妻做愛是在夜晚，「或高樓月夜，或閒窗早暮」，與姬妾做愛則在白天，「乃於明窗之下，白晝遷延」。夫妻做愛是女下男上的傳統姿勢，與姬妾做愛則採用各種姿勢、方法：「含妳嗍舌，抬腰束膝，龍宛轉，蠶纏綿，眼瞢瞪，足翩躚。鷹視須深，乃掀腳而細觀；鵲床徒窄，方側臥而斜穿。上下捫摸，縱橫把握，姐姐哥哥，交相惹諾。」包括肛交和口交，「或逼向尻，或令口嗍」，做出一些妓女蕩婦都「羞爲」、「恥作」的動作。夫妻做愛情深意切，「當此時之可戲，實同穴之難忘」。夫妻做愛是爲了生育子嗣，所以要射精，「精透子宮之內，津流丹穴之池」。與姬妾做愛則講究還精補腦：「回精禁液，汲氣咽津，是學道之全性，圖保壽以延神。」〔註98〕

〔註96〕張錫厚《敦煌賦匯》第 241～242 頁，南京：江蘇古籍出版社，1996。
〔註97〕張錫厚《敦煌賦匯》第 242～243 頁，南京：江蘇古籍出版社，1996。
〔註98〕張錫厚《敦煌賦匯》第 244～245 頁，南京：江蘇古籍出版社，1996。

《大樂賦》寫到青年夫妻四時之樂。洞房布置很有講究，要根據四季氣候變化加以調整。無論是天和日暖、鶯囀燕接的春天，執扇共搖、香池俱浴的盛夏，還是芳帳垂雲、弦調鳳曲的季秋，暖室香閨、重衾繾綣的嚴冬，都是夫憐婦愛，恩愛纏綿。及至「夫婦俱老」，若還有性慾，應根據老年人體質轉衰的生理特點，性交過程中不必要求瀉精，只圖求得性快樂和感情上的滿足：「尚由縱快於心，不慮泄精於腦，信房中之至精，實人間之好妙。」〔註99〕

《大樂賦》接著寫幾種不同身份、不同情境的性生活。先是描寫帝王縱慾無度的生活：「女奴進膳，昭儀起歌，婕妤侍宴，成貴妃於夢龍，幸皇后於飛鸞。然乃啓鴛帳而選銀環，登龍媒而御花顏，慢眼星轉，羞眉月彎。侍女前扶後助，嬌容左倚右攀，獻素臀而宛宛，內玉莖而閒閒。三刺兩抽，縱武皇之情慾；上迎下接，散天子之髭鬢。乘羊車於宮裏，插竹枝於戶前。然乃夜御之時，則九女一朝；月滿之數，則正後兩宵。……今則南內西宮，三千其數，逞容者俱來，爭寵者相妒。矧夫萬人之軀，奉此一人之故！」〔註100〕皇帝退朝以後，回到後宮，宮娥、采女、歌妓、昭儀、婕妤等一大群美女前呼後擁，競相爭寵，只求滿足皇上的情慾。帝王後宮網羅美女三千以上，如此多的女人只供帝王一個人享樂，害得眾多女子守活寡。帝王每天傍晚乘坐羊車，信步前往後宮過夜，妃子們為了爭寵，紛紛在門窗前插上翠綠的竹枝或青草，引誘駕車的羊往她那裡去。然而對絕大多數宮女來說，不論她打扮得多麼花枝招展，嬌豔無比，也很難與皇帝見一面，只能在惆悵憂鬱之中度過一生。

《大樂賦》接著描寫了幾種非正常的性生活。婚外性生活包括偷情通姦或嫖娼宿妓：「在室未婚，殊鄉異客，是事乖違，時多屈厄。宿旅館而鰥情不寐，處閒房而同心有隔。」夫妻性生活不和諧，丈夫也會偷情，而偷情的對象常常是美貌的使女：「更有久闕房事，常嗟獨自。不逢花豔之娘，乃遇人家之婢。一言一笑，因茲而有意。」在慾望不得滿足的情況下，男子會與醜女發生性關係：「每念糟糠之婦，荒淫不擇，豈思同於枕席之姬，此乃曠絕之大急也。」〔註101〕偷情通姦者於夜深人靜時悄悄行動，不敢驚動狗叫，有的順暢，只圖苟且地繼續下去，有的遭到拒絕，有的因此而身敗名裂。有的在

〔註99〕張錫厚《敦煌賦匯》第246頁，南京：江蘇古籍出版社，1996。
〔註100〕張錫厚《敦煌賦匯》第246頁，南京：江蘇古籍出版社，1996。
〔註101〕張錫厚《敦煌賦匯》第247～248頁，南京：江蘇古籍出版社，1996。

牆畔草邊，亂花深處，有的在荒郊野外，只能惶恐不已地進行交合，這樣做既違背禮節和法度，又有害於身心健康。賦甚至還寫了僧尼的偷情，寫道姑僧人「口雖不言，心常暗許」的魂牽夢繞的春情：「更有金地名賢，祇園幼女。各恨孤居，常思同處，口雖不言，心常暗許。或是桑間大夫，鼎族名儒，求淨捨俗，髡髮剃鬚，漢語胡貌，身長莖粗。心思不觸於佛法，手持豈忘於念珠。」〔註102〕賦最後寫到國君與寵臣的關係，反映了同性戀問題，由於文字殘缺，全賦未完。

　　唐代之前的文學作品極少有對性愛的直接的鋪陳描寫，即使有個別句子寫性交，也是用暗示、象徵等手法。在原始社會，兩性關係是動物性的，進入文明社會，性行爲具有了道德因素。男女之事不是不能寫，但應含蓄地表達，直露地渲染性交，容易變成淫穢，且影響社會風氣。從這個意義上說,《天地陰陽交歡大樂賦》鋪陳兩性動作，淋漓盡致地渲染肉慾，追求感官刺激，有把人還原爲動物的意思。但又如清初金聖歎在《西廂記‧酬簡》批語中所說：「誰人家中無此事，而何鄙穢之與有？」〔註103〕現代學者譚正璧在《詩歌中的性慾描寫》中也說：「性慾如果是淫穢之事，則世間何以有人類，何以人類必作此淫穢之事！」〔註104〕

　　《大樂賦》描寫了各階層人士的性生活，上自帝王將相，下至庶民百姓，反映了中晚唐時期的性風習。那個時候的文人士大夫追求色慾的滿足，嘗試多種交接技巧，甚至追求變態的性慾發洩。也就在唐朝，各種房中書流行一時。唐代孫思邈有《房中補益》，張鼎有《沖和子玉房秘訣》，見於有關文獻記載或史志目錄。唐代相對的性開放風氣，有各種原因。朱熹說：「唐源流出於夷狄，故閨門失禮之事不以爲異。」〔註105〕皇室貴族男女彼此通淫，並不隱諱，上行下效，唐人對婦女失節或已婚婦女另覓情人之事習以爲常，當作風流韻事。由於女性活動範圍比較狹小，婚外性關係一般是與鄰里男子，或者在家做佛道法事的和尚、道士。敦煌變文《韓朋賦》說：「婦聞夫書，何故不喜？必有他情，在於鄰里。」宗教的世俗化也影響到社會風氣。道教到唐代空前繁榮，兩千多座官修道觀以及數以百計的王公貴族施捨的道觀遍佈全

〔註102〕張錫厚《敦煌賦匯》第248～249頁，南京：江蘇古籍出版社，1996。
〔註103〕〔清〕金聖歎《第六才子書西廂記》第190頁，鄭州：中州古籍出版社，1987。
〔註104〕譚正璧《詩歌中的情慾描寫》第10頁，上海：上海光明書局，1928。
〔註105〕〔南宋〕朱熹《朱子語類》第3245頁，北京：中華書局，1986。

國。作為道教修行之術的房中術隨之普及。道士遊僧「多談容成御女之術」，士大夫也津津樂道於此。道觀中有數量相當多的女道士。女道士擺脫家庭、丈夫羈絆，擺脫世俗綱常倫理的管束，教門清規戒律又不甚嚴格，女道士們往往自由風流，常常四處遊歷，廣交達官名士，詩詞酬唱，吟風弄月，彈琴對弈，同席共飲，聯袂出遊，戲謔談笑，無所不至。唐代娼妓業盛行，不但有官妓、營妓，富貴人家多蓄家妓。據孫棨《北里志》記載，長安妓女分為三等，一二等與公卿舉子往來，文人墨客、進士新貴多以風流相高。唐代長安妓女往往善於談謔逢迎，多陪席佐談，陪宿賣淫，裝飾崇綺，擅長媚惑，精於房中。文人多與妓女往來，如韓偓以忠節著稱，而其《香奩集》中多淫豔之詞，杜牧剛直奇節，又「十年一覺揚州夢，贏得青樓薄倖名」，元稹、白居易、劉禹錫等與薛濤往來，陸羽、劉長卿與李冶等交往，其詩歌描寫男女情愛性愛，恣肆程度甚至超過南朝宮體詩。

八、海棠花謝春融暖：宋代豔詞的雅與俗

到了宋代，詩被用來寫嚴肅的事，豔情則用詞來寫。宋詞中有不少豔情詞，如張先的《夜厭厭》（昨夜小筵歡縱）、《迎春樂》（城頭畫角催夕宴），歐陽修的《醉蓬萊》（見羞容斂翠）、《滴滴金》（尊前一把橫波溜）、《南鄉子》（好個人人），秦觀的《河傳》（恨眉醉眼），賀鑄的《菩薩蠻》（章臺遊冶金龜婿）等。即使像歐陽修這樣的一代文宗，也寫作數量不少的豔情詞，而且其豔情詞寫得很直露，如其《繫裙腰》描寫男女歡會的整個過程：「水軒簷幕透薰風，銀塘外，柳煙濃。方床遍展魚鱗簟，碧紗籠。小墀面、對芙蓉。玉人共處雙鴛枕，和嬌困，睡朦朧。起來意懶含羞態，汗香融。素裙腰，映酥胸。」〔註106〕

最值得注意的是柳永。柳永有詞210多首，其中近180首與男女情愛有關，或寫一般的男女戀情，或寫自己與歌妓的感情，或讚美歌妓色藝，代其言情，而其中直接描寫詞人與歌妓性愛歡愉的詞屬於真正的豔詞，如《晝夜樂》：「秀香家住桃花徑。算神仙、才堪並。層波細翦明眸，膩玉圓搓素頸。愛把歌喉當筵逞。遏天邊，亂雲愁凝。言語似嬌鶯，一聲聲堪聽。洞房飲散簾幃靜。擁香衾、歡心稱。金爐麝嫋青煙，鳳帳燭搖紅影。無限狂心乘酒興。

〔註106〕黃佘《歐陽修詞箋注》第166頁，北京：中華書局，1986。

這歡娛、漸入嘉境。猶自怨臨雞，道秋宵不永。」〔註107〕詞的上片寫歌妓含情脈脈的眼神、潔白細膩的頸項及甜美動人的歌喉，下片具有香豔色彩的意象，描寫香暖花燭洞房，表現情人歡娛嫌夜短的心情。再如《兩同心》：「嫩臉修蛾，淡勻輕掃。最愛學、宮體梳妝，偏能做、文人談笑。綺筵前、舞燕歌雲，別有輕妙。飲散玉爐煙嫋。洞房悄悄。錦帳裏、低語偏濃，銀燭下、細看俱好。那人人，昨夜分明，許伊偕老。」〔註108〕上片讚美歌妓的容貌與才藝，下片描寫詞人與歌妓歡愛的情景，內容上極爲豔俗。《菊花新》寫閨房歡愛：「欲掩香帷論繾綣。先斂雙蛾愁夜短。催促少年郎，先去睡、鴛衾圖暖。須臾放了殘針線。脫羅裳，恣情無限。留取帳前燈，時時待、看伊嬌面。」〔註109〕這些詞運用白描手法描寫男女性愛，大膽直接。再如其《鳳棲梧》：「蜀錦地衣絲步障。屈曲迴廊，靜夜閒尋訪。玉砌雕闌新月上。朱扉半掩人相望。旋暖薰爐溫斗帳。玉樹瓊枝，迤邐相偎傍。酒力漸濃春思蕩。鴛鴦繡被翻紅浪。」〔註110〕描繪了夜半尋訪青樓佳人，並與之歡愛的情景。其中「玉樹瓊枝」比喻男女胴體，兩人先是「迤邐相偎傍」，酒力漸濃，春思蕩漾，於是開始「繡被翻紅浪」。

北宋周邦彥的《花心動》寫男女情愛不遜色於柳永詞：「簾卷青樓，東風暖，楊花亂飄晴晝。蘭袂褪香，羅帳褰紅，繡枕旋移相就。海棠花謝春融暖，偎人恁、嬌波頻溜。象床穩，鴛衾謾展，浪翻紅縐。濃似酒，香汗漬鮫綃，幾番微透。鶯困鳳慵，婭姹雙眸，畫也畫應難就。問伊可煞於人厚。梅萼露、胭脂檀口。從此後、纖腰爲郎管瘦。」〔註111〕此詞描寫風流才子和青樓女子的歡愛，「蘭袂褪香，羅帳褰紅，繡枕旋移相就」寫前戲，「偎人恁、嬌波頻溜」寫漸入佳境，「鴛衾謾展，浪翻紅縐」進入正題，「香汗漬鮫綃，幾番微透」寫高潮迭起，酣暢淋漓。周邦彥還有一首《意難忘》寫的也是詞人與歌妓的情愛：「衣染鶯黃。愛停歌駐拍，勸酒持觴。低鬟蟬影動，私語口脂香。蓮露滴，竹風涼。拼劇飲淋浪。夜漸深，籠燈就月，子細端相。知音見說無

<hr>

〔註107〕　〔北宋〕柳永著，薛瑞生校注《樂章集校注》第21頁，北京：中華書局，1994。
〔註108〕　〔北宋〕柳永著，薛瑞生校注《樂章集校注》第43頁，北京：中華書局，1994。
〔註109〕　〔北宋〕柳永著，薛瑞生校注《樂章集校注》第162頁，北京：中華書局，1994。
〔註110〕　〔北宋〕柳永著，薛瑞生校注《樂章集校注》第88頁，北京：中華書局，1994。
〔註111〕　〔北宋〕周邦彥著，孫虹校注《清真集校注》第223頁，北京：中華書局，2002。

雙。解移宮換羽，未怕周郎。長顰知有恨，貪要不成妝。些個事，惱人腸。試說與何妨。又恐伊、尋問消息，瘦減容光。」〔註112〕南宋女詞人李清照有一首《醜奴兒》詞寫的是性愛，但寫得比較含蓄：「晚來一陣風兼雨，洗盡炎光。理罷笙簧，卻對菱花淡淡妝。絳綃縷薄冰肌瑩，雪膩酥香。笑語檀郎，今夜紗廚枕簟涼。」〔註113〕在涼爽的夏夜，女主人公身著性感內衣，雪肌體香一起透出來，「笑語檀郎」一句有大膽挑逗的意味。這首詞據說是在李清照新婚的第二天寫的，寫的是她自己的新婚性愛。最後一句「今夜紗廚枕簟涼」是說性愛過後，才感覺到席子涼，寫得比較含蓄。

宋人小說中的性描寫有詞的意味，如《張浩》寫張浩與李氏逾牆相會：「秋水盈盈，纖腰嫋嫋，解衣就枕，羞淚成交。」〔註114〕《蘇小卿》寫小卿和雙漸在花園裏交歡：「亂紅深處，花為屏障，尤雲殢雨，一霎懂情。」〔註115〕《西蜀異遇》中李褒與狐女宋媛相會：「至夜闌，衣卸薄羅，裀鋪市繡，芙蓉帳悄，雲雨聲低，曲盡人間之歡。」〔註116〕《雙桃記》寫李生與蕭娘偷歡：「於是與生入一小室中，生以手擁抱之，嬌羞融冶，喜而復驚，翠羅微解，香玉乍倚，眉黛輕蹙，花心已破。生以人間天上，無以易之。」〔註117〕描寫都很含蓄。宋代小說多假託歷史，對後宮逸事特別感興趣，如秦醇的《趙飛燕別傳》《驪山記》《溫泉記》，無名氏的《海山記》《迷樓記》，樂史的《楊太真外傳》，佚名的《梅妃傳》等，其中的性描寫方式對後來的性愛小說有很大影響，如《驪山記》寫楊貴妃與安祿山的私情，與明皇的調情。安祿山醉戲貴妃傷其乳，貴妃出浴後，明皇、安祿山詠其美乳：「一日，貴妃浴出，對鏡勻面，裙腰褪，微露一乳，帝以指捫弄曰：『吾有句，汝可對也。』乃指妃乳言曰：『軟溫新剝雞頭肉。』妃未果對，祿山從旁曰：『臣有對。』帝曰：『可舉之。』祿山曰：『潤滑初來塞上酥。』妃子笑曰：『信是胡奴只識酥。』帝亦大笑。」〔註118〕在《溫泉記》中，男主人公在夢中與已成仙的楊貴妃共浴：「仙去衣先入浴，俞視，若蓮浮碧沼，玉泛甘泉，俞思意蕩漾。俞因以手拂水，沸熱不

〔註112〕〔北宋〕周邦彥著，孫虹校注《清真集校注》第24頁，北京：中華書局，2002。
〔註113〕〔南宋〕李清照著，許培均箋注《李清照集箋注》第181頁，上海：上海古籍出版社，2002。
〔註114〕〔北宋〕劉斧《青瑣高議》別集卷四第125頁，上海：上海古籍出版社，1983。
〔註115〕李劍國《宋代傳奇集》第247頁，北京：中華書局，2001。
〔註116〕李劍國《宋代傳奇集》第379頁，北京：中華書局，2001。
〔註117〕李劍國《宋代傳奇集》第388頁，北京：中華書局，2001。
〔註118〕李劍國《宋代傳奇集》第213頁，北京：中華書局，2001。

可近。仙笑，命左右別具湯沐。侍者進金盆，爲俞解衣入浴。仙與俞相去數步耳，一童以水沃仙，一童以水沃俞。俞白仙曰：『俞塵骨凡體，幸遇上仙，似有宿契，然何故不得共沐？』仙曰：『爾未有今日之分。』」浴後對榻而寢：「俞情思蕩搖，不能禁。俞曰：『召之來，不與之合，此繫乎俞命之寡眇也。他物弗望，願得共榻，以接佳話，雖死爲幸。』仙笑曰：『吾有愛子心，子有私吾意，宿契未合，終不可得。』」〔註119〕

與宋並存的遼是契丹族，有的契丹人會寫漢語詩，比如遼國皇后蕭觀音，據說她寫有《十香詞》，描寫女子的體臭，每首描寫身體的一個部分，依次是髮、乳、頰、頸、舌、口、手、足、陰部及肌膚，是一組有較高藝術水平的豔詩：

> 青絲七尺長，挽作内家裝；不知眠枕上，倍覺綠雲香。
>
> 紅綃一幅強，輕闌白玉光；試開胸探取，尤比顫酥香。
>
> 芙蓉失新豔，蓮花落故妝；兩般總堪比，可似粉腮香。
>
> 蝤蠐那足並？長須學鳳凰；昨宵歡臂上，應惹領邊香。
>
> 和羹好滋味，送語出宮商；安知郎口内，含有暖甘香。
>
> 非關兼酒氣，不是口脂芳；卻疑花解語，風送過來香。
>
> 既摘上林蕊，還親御苑桑；歸來便攜手，纖纖春筍香。
>
> 風靴拋含縫，羅襪卸輕霜；誰將暖白玉，雕出軟鉤香。
>
> 解帶色已戰，觸手心愈忙；那識羅裙内，消魂別有香。
>
> 咳唾千花釀，肌膚百和裝。無非噉沉水，生得滿身香。〔註120〕

九、花嬌難禁蝶蜂狂：元代豔曲中的俗世情慾

到了元代，散曲拋棄含蓄蘊藉的審美標準，用通俗的語言直率地表現性愛。元代散曲描寫女性美，特別喜歡寫女人的小腳和指甲，如曾瑞〔正宮・醉太平〕（美足小）、貫雲石〔中呂・陽春曲〕（金蓮）、仇州判〔中呂・陽春曲〕（和酸齋金蓮）等都是寫小腳。呂止菴的〔雙調・夜行船〕（詠金蓮）借詠鞋寫性活動，如其中的〔離亭宴煞〕曲：「比如常向心頭掛，爭如移上雙肩搭。問得冤家既肯，須當手內親拿。或是肐膊上擎，或是肩兒上架。高點銀釭看咱，掂弄著徹心兒歡，高蹺著盡情兒耍。」〔註121〕劉時中〔中呂・紅繡

〔註119〕李劍國《宋代傳奇集》第218頁，北京：中華書局，2001。
〔註120〕蔣祖怡、張滌雲《全遼詩話》第19頁，長沙：嶽麓書社，1992。
〔註121〕隋樹森《全元散曲》第1133頁，北京：中華書局，1964。

鞋）（鞋杯）寫用女子的鞋當酒杯，這是當時文人的癖好：「幫兒瘦弓弓地嬌小，底兒尖恰恰地妖嬈。便有些汗浸兒酒蒸做異香飄，瀲灩得些口兒潤，淋漓得拽根兒漕，更怕那口淹唶的展浣了。」〔註122〕喬吉〔雙調‧水仙子〕（紅指甲贈孫蓮哥時客吳江）、張可久〔雙調‧水仙子〕（紅指甲）、徐再思〔雙調‧水仙子〕（紅指甲）、周文質〔雙調‧水仙子〕（賦婦人染紅指甲）等借詠女子紅指甲來表現女性的柔媚，表現性心理。

元曲中的詠妓之作，有詠美妓者，但有特色的是寫醜妓的嘲妓散曲，如杜遵禮〔仙呂‧醉中天〕（妓歪口）、無名氏〔中呂‧紅繡鞋〕（嘲妓劉黑麻）、無名氏〔南呂‧一枝花〕（嘲黑妓）等嘲妓女的容貌；喬吉〔雙調‧折桂令〕（勸求妓者）、張可久〔越調‧寨兒令〕（收心二首）、無名氏〔中呂‧朝天子〕（嘲妓家區食）等嘲諷妓女虛情假意、迎新送舊、破人家財、認錢不認人等低劣品質。這類散曲中性愛描寫較少，不是典型的豔曲。

元代散曲寫性交合，多數很直白，如關漢卿〔雙調‧新水令〕套曲中的兩支曲子：

> 〔梅花酒〕兩情濃，興轉佳。地權爲床榻，月高燒銀蠟。夜深
> 沉，人靜悄。低低的問如花，終是個女兒家。

> 〔收江南〕好風吹綻牡丹花，半合兒揉損絳裙紗。冷丁丁舌尖
> 上送香茶，都不到半霎，森森一向遍身麻。〔註123〕

再如無名氏〔雙調‧水仙子〕：「後花園裏等才郎，相抱相偎入洞房。笑吟吟先倒在牙床上，羞答答怎對當。不由人脫了衣裳，錦被裏翻了紅浪，玉腕上金釧響，恰便似戲水鴛鴦。」〔註124〕無名氏〔雙調‧沽美酒過太平令〕：「燈直下靠定壁衣，忙欸下素羅幃，拂掉牙床鋪開錦被。彩雲，我這裡低聲兒問你，你一頭睡兩頭睡？情濃也如癡如醉，情濃也語顫聲低。情興也蛾眉緊繫，情急也星眸緊閉。撒些兒啼呢。則那會，況味，最美，不枉了顛狂一會。」〔註125〕王和卿〔雙調‧撥不斷〕〔胖夫妻）：「一個胖雙郎，就了個胖蘇娘。兩口兒便似熊模樣，成就了風流喘豫章，繡幃中一對兒鴛鴦象，交肚皮廝撞。」〔註126〕商挺〔雙調‧潘妃曲〕：「煞是你個冤家勞合重，今夜裏

〔註122〕隋樹森《全元散曲》第656頁，北京：中華書局，1964。
〔註123〕隋樹森《全元散曲》第180～181頁，北京：中華書局，1964。
〔註124〕隋樹森《全元散曲》第1757頁，北京：中華書局，1964。
〔註125〕隋樹森《全元散曲》第1773頁，北京：中華書局，1964。
〔註126〕隋樹森《全元散曲》第47頁，北京：中華書局，1964。

效鸞鳳。多情可意種，緊把纖腰貼酥胸。正是兩情濃，笑吟吟舌吐丁香送。」〔註 127〕寫的都很質樸直露。

元代描寫愛情婚姻的雜劇中往往有性愛描寫，比如王實甫的《西廂記》。《西廂記》的故事原型是唐代元稹的《鶯鶯傳》。《鶯鶯傳》的著眼點在張生的風流韻事，性愛描寫只有短短的幾句，非常簡單。董解元的《西廂記諸宮調》對崔鶯鶯和張君瑞的性愛有了較爲大膽而細緻的描寫。到了雜劇《西廂記》，描寫張生與鶯鶯幽會一場曲文，雅俗結合，既直露又有韻味。第四本第一折以張生口吻演唱與崔鶯鶯初夜的性體驗：

〔元和令〕繡鞋兒剛半拆，柳腰兒夠一搦，羞答答不肯把頭抬，只將鴛枕捱。雲鬟彷彿墜金釵，偏宜鬆髻兒歪。

〔上馬嬌〕我將這紐扣兒鬆，把縷帶兒解，蘭麝散幽齋。不良會把人禁害，咍，怎不肯回過臉兒來？

〔勝葫蘆〕我這裡軟玉溫香抱滿懷。呀，阮肇到天台，春至人間花弄色。將柳腰款擺，花心輕折，露滴牡丹開。

〔麼篇〕但蘸著些兒麻上來，魚水得和諧，嫩蕊嬌香蝶恣採。半推半就，又驚又愛，檀口揾香腮。〔註 128〕

這段文字描寫男女性交合，以「鴛枕」「雲鬟」「蘭麝」「幽齋」「軟玉溫香」「阮肇天台」「露滴牡丹」「蝶採嫩蕊」「檀口香腮」等事典，雜以「羞答答」「不良會把人禁害」「但蘸著些兒麻上來」等口語，隱喻象徵迭用，典雅俚俗結合，爲後世小說傳奇《嬌紅記》《龍會蘭池錄》《牡丹亭》《聊齋誌異》《紅樓夢》等所取法。

十、囑郎莫便從容住：明代山歌中的情色

明代文人很少寫作豔詩，但明代中期以後流行的春宮畫上多配有詩詞韻語，這些詩詞韻語描繪春宮畫中的場景，特別是對畫中男女性交動作的描寫很直接。如春宮畫冊《花營錦陣》第二圖所配詞《夜行船》：「眼花臥柳情如許，一著酥胸，不覺金蓮舉。雲髻漸偏嬌欲語，嬌欲語，囑郎莫便從容住。」第五圖所配詞《法曲獻觀音》：「花滿雕欄，春生玉院，樂奏九成將倦。口品動蕭，手摩花鈸，不數鳳笙龍管。細細吹，輕輕點，各風情無限。情無限，

〔註 127〕隋樹森《全元散曲》第 64 頁，北京：中華書局，1964。

〔註 128〕〔元〕王實甫著，王季思校注，張人和集評《集評校注西廂記》第 143～144 頁，上海：上海古籍出版社，1987。

畢竟是雨偏雲半，怎療得兩人饑饞渴戀？鷂子撲翻身，方遂了一天心願。」
第十二圖所配詞《解連環》：「狂郎太過，喚佳人側臥，隔山取火。摩玉乳，
雙手前攀。起金蓮，把一支斜度。桃腮轉貼吮朱唇，亂曳香股。好似玉連環，
到處牽連，誰能解破？」第二十三圖所配詞《東風齊著力》：「綠展新篁，紅
舒蓮的，庭院深沉。春心撩亂，攜手到園林。堪愛芳叢蔽日，憑修竹、慢講
閒情。綠陰裏，金蓮並舉，玉筍牢擎。搖盪恐難禁，倩女伴、暫作肉幾花茵。
春風不定，簌簌影篩金。不管腰肢久曲，更難聽、怯怯鶯聲。休辭困、醉乘
餘興，輪到伊身。」〔註129〕

有些小說中穿插有豔情詩詞。明代前期瞿祐的《剪燈新話》中有一篇《聯
芳樓記》，寫蘇州一個姓薛的富戶家的兩個女兒，大的叫蘭英，小的叫蕙英，
與崑山一個世家大族出身的姓鄭的青年相好。二女用秋韆的絨索掛一隻竹網
兜將鄭生拉上樓，馬上相挽著上床，竭盡纏綿，大女兒隨口吟了一首詩送給
鄭生：「玉砌雕欄花兩枝，相逢恰是未開時。嬌姿未慣風和雨，吩咐東君好護
持。」小女兒也吟誦道：「寶篆煙消燭影低，枕屏搖動鎮幃犀。風流好似魚游
水，才過東來又向西。」後來鄭生寫了一首詩：「誤入蓬山頂上來，芙蓉芍藥
兩邊開。此身得似偷香蝶，遊戲花叢日幾回。」〔註130〕明代中期的小說《金
瓶梅詞話》中描寫性交合的韻文很多，如第四回中有一段韻文描寫潘金蓮與
西門慶第一次偷情：「交頸鴛鴦戲水，並頭鸞鳳穿花。喜孜孜連理枝生，美甘
甘同心帶結。一個將朱唇緊貼，一個將粉臉斜偎。羅襪高挑，肩膊上露兩彎
新月；金釵斜墜，枕頭邊堆一朵烏雲。誓海盟山，搏弄得千般旖旎；羞雲怯
雨，揉搓的萬種妖嬈。恰恰鶯聲，不離耳畔；津津甜唾，笑吐舌尖。楊柳腰，
脈脈春濃；櫻桃口，微微氣喘。星眼朦朧，細細汗流香玉顆；酥胸蕩漾，涓
涓露滴牡丹心。直饒匹配眷姻諧，真個偷情滋味美。」〔註131〕再如明代的豔
情小說《浪史》中點綴多首詩詞，大都是豔情詩詞，如《紅衲襖》：「夢兒裏
相偎的是伊，夢兒裏相抱的是伊。卻才舒眼來倒是你，又顧閉眼去想著伊。
鳳倒鸞顛雖便是你，雨意雲情都只是伊。你今便耐久兒，學吾乖巧也。我只
圖個快活兒，顧不得傷了你。」〔註132〕

〔註129〕〔荷蘭〕高羅佩《秘戲圖考》第337～343頁，廣州：廣東人民出版社，1992。
〔註130〕〔明〕瞿祐《剪燈新話》第28頁，上海：上海古籍出版社，1981。
〔註131〕〔明〕蘭陵笑笑生《金瓶梅詞話》第44頁，北京：人民文學出版社，2000。
〔註132〕〔明〕風月軒又玄子《浪史》第16回，《思無邪匯寶》第4冊《浪史》第123
頁。

　　表現情愛的戲劇中常常有描寫性愛的曲子，如湯顯祖《牡丹亭》第十七
齣《道覡》寫石道姑生爲石女，婚姻失敗，不得已出家當道姑。她上場自述
身世，全篇用《千字文》中的成句串成，句句不離開性和色情，其中描述新
婚之夜的一段：

　　　　早是二更時分，新郎緊上來了。替俺説，俺兩口兒活像「鳴鳳
　　在竹」，一時間就要「白駒食場」。則是被窩兒「蓋此身發」，燈影裏
　　褪盡了這幾件「乃服衣裳」。天呵！瞧了他那「驢騾犢特」，教俺好
　　一會「悚懼恐惶」。那新郎見我害怕，説道：新人，你年紀不少了，
　　「閏餘成歲」。俺可也不使狠，和你慢慢的「律呂調陽」。俺聽了口
　　不應，心兒裏笑著：新郎新郎，任你「矯手頓足」，你可也「靡恃已
　　長」。三更四更了，他則待陽臺上「雲騰致雨」，怎生巫峽內「露結
　　爲霜」！……新郎，新郎，俺這件東西，則許你「徘徊瞻眺」，怎許
　　你「適口充腸」？〔註133〕

　　但明代最有情趣的豔情作品還是民歌。以男女情愛爲主要內容的山歌以
其清新自然的風格爲文人所喜愛，特別是到明代後期，興起了搜集整理山歌
的熱潮，最有名的是馮夢龍編輯的《山歌》《掛枝兒》《夾竹桃》。馮夢龍在《敘
〈山歌〉》中強調「眞」，爲民間色情歌謠辯護：「今所盛行者，皆私情譜耳。
雖然，桑間濮上，《國風》刺之，尼父錄焉，以是爲情眞而不可廢也。山歌雖
俚甚矣，獨非《鄭》《衛》之遺歟？且今雖季世，而但有假詩文，無假山歌。
則以山歌不與詩文爭名，故不屑假。苟其不屑假，而吾藉以存眞，不亦可乎？
抑今人想見上古之陳於太史者如彼，而近代之留於民間者如此，倘亦論世之
林云爾。若夫借男女之眞情，發名教之僞藥，其功於《掛枝兒》等，故錄《掛
枝詞》而次及《山歌》。」〔註134〕

　　收集在這些山歌集中的歌謠描寫男女情愛，異常大膽率眞，如收在《夾
竹桃》中的《野渡無人》：「來時正是淺黃昏，吃郎君做到二更深。芙蓉脂肉，
貼體伴君。翻來覆去，任郎了情。姐道：情哥郎弄個急水裏撐篙眞手段，小
阿奴奴做個野渡無人舟自橫。」〔註135〕《爲有源頭》：「郎多容貌中奴懷，

〔註133〕〔明〕湯顯祖著，徐朔方、楊笑梅校注《牡丹亭》第76～77頁，北京：人
　　　　民文學出版社，1963。
〔註134〕〔明〕馮夢龍著，高洪鈞箋注《《馮夢龍集箋注》第147頁，天津：天津古籍
　　　　出版社，2006。
〔註135〕〔明〕馮夢龍、〔清〕華廣生等《明清民歌時調集》第464頁，上海：上海
　　　　古籍出版社，1987。

抱住子中間腳便開。擘開花瓣，輕籠慢挨。酥胸汗濕，春意滿懷。郎道：姐呀，你好像石皮上青衣那介能樣滑，爲有源頭活水來。」〔註 136〕末句取自朱熹的《觀書有感》二首其一：「半畝方塘一鑒開，天光雲影共徘徊。問渠那得清如許？爲有源頭活水來！」這本是一首談讀書心得的好詩，在此被用來表示淫水漫流。再如《掛技兒》中的《消息子》：「消息子，我的乖，你識人孔竅，捱身進，抽身出，蹅上幾遭。撚一撚，眼朦朧，渾身都麻到。撚重了把眉頭皺，撚輕時癢又難熬。撚到那不癢不疼也，你好把涎唾兒收住了。」〔註 137〕《粽子》：「五月端午是我生辰到，身穿著一領綠羅襖，小腳兒裏得尖尖趫。解開香羅帶，剝得赤條條。插上一根梢兒也，把奴渾身上下來咬。」〔註 138〕

有的更流於俚俗，如《新增一封書》裏的兩首山歌：

> 紅綾被，象牙床，懷中摟抱可意郎。情人睡，脫衣裳，口吐舌尖賽砂糖。叫聲哥哥慢慢耍，休要驚醒我的娘。俊才郎，俏才郎，剪髮拈香切莫忘。

> 床兒上，枕兒邊，一雙玉手挽金蓮。身子動，腿兒顛，一陣昏迷一陣酸。叫聲哥哥緩緩耍，等待妹子同過關。俊心肝，俏心肝，小妹子留情在你身上。〔註 139〕

再如《風月錦囊》中的《新增山坡羊》其一：「兩情濃，銷金帳裏鏖戰，一霎時魂靈兒不見，我和你波翻浪滾，香汗交流，淚滴一似珍珠串，枕頭兒不知墜在那邊，烏雲鬢散了亂挽。一霎時雨收雲散，舌尖兒一似冰冷〇。雙手摟抱心肝來也，哎，似睡不睡，朦朧磕眼。心肝，哎，一個昏昏，一個氣喘。心肝，嗏，哥哥腰痛，小妹子腰酸。」〔註 140〕

〔註 136〕 〔明〕馮夢龍、〔清〕華廣生等《明清民歌時調集》第 481 頁，上海：上海古籍出版社，1987。

〔註 137〕 〔明〕馮夢龍、〔清〕華廣生等《明清民歌時調集》第 191 頁，上海：上海古籍出版社，1987。

〔註 138〕 〔明〕馮夢龍、〔清〕華廣生等《明清民歌時調集》第 185 頁，上海：上海古籍出版社，1987。

〔註 139〕 〔明〕程萬里《鼎鍥徽池雅調南北官腔樂府點板曲響大明天下春》，景印日本尊經閣文庫藏明福建金氏刊本。

〔註 140〕 周玉波、陳書錄編《明代民歌集》第 55～56 頁，南京：南京師範大學出版社，2009。

十一、嬌啼歇處情何限：清代淫詞小唱中的情慾描寫

明代中後期搜集整理民歌的熱潮一直延續到清代。《霓裳續譜》《白雪遺音》中所收多為豔歌，很多甚至流於淫穢。《白雪遺音》中有一首《滿江紅·變一面》：「變一面青銅鏡，常對姐兒照。變一條汗巾兒，常繫姐兒腰。變一個竹夫人，常被姐兒抱。變一根紫竹簫，常對姐櫻桃，到晚來品一曲，才把相思了，才把相思了。」〔註141〕曲中連用四句排比，把情人對「姐兒」的熱戀和追求表現得情真意切。《情人愛我》寫情人交歡：「情人愛我的腳兒瘦，我愛情人典雅風流。初相交就把奴家溫存透。……象牙床上，羅帷懸掛鉤，哎喲，咱二人，今夜晚上早成就。舌尖嘟著口，哎喲情人莫要丟，渾身上酥麻，顧不的害羞。哎喲，是咱的不由人的身子往上湊。湊上前，奴的身子夠了心不夠。」〔註142〕《舟遇佳期》寫一位書生坐船時，船家之女主動傳情，投懷送抱，與書生成就了雲雨之歡：「大姐是，撮泡香茗茶一盞，連忙打舵進艙中。……書生是，左手接茶盅，右手是，拍一拍香肩摸一摸胸。大姐縮一縮，書生手，鬆一鬆，嘩啷啷茶杯打碎在船中。大姐嚇，打碎你茶杯奉還你的價，願出花銀一大封。正所謂有緣千里來相會，牛郎織女喜相逢。」〔註143〕

約成書於清代中葉的豔情小說《豔桃記》附有 5000 餘字的《閨豔秦聲》，以組歌形式用第一人稱刻畫了一位女子在新婚前後的性心理和性生活感受。或以為《閨豔秦聲》為清初蒲松齡所作，但現 1923 年《大公報》本《閨豔秦聲》曲文後《自序》，《閨豔秦聲》源於《豔情·兩頭忙》，而《兩頭忙》曲見於成書於乾隆四十一年（1776）的《時尚南北雅調萬花小曲》，《萬花小曲》中《兩頭忙·閨女思嫁》內容與《閨豔秦聲》同。或據此認為《閨豔秦聲》當成於乾隆後期或嘉慶年間。〔註144〕關於其作者，《大公報》本與《未刻珍品叢傳》本《閨豔秦聲》均署「古高陽西山樵子譜」、「齊長城外餅槍氏評」，而《閨豔秦聲》序云「阿蒙興之所觸，偶為秦聲，以詼諧之詞，寫幽

〔註141〕〔明〕馮夢龍、〔清〕華廣生等《明清民歌時調集》下冊第 677 頁，上海：上海古籍出版社，1987。

〔註142〕〔明〕馮夢龍、〔清〕華廣生等《明清民歌時調集》下冊第 640 頁，上海：上海古籍出版社，1987。

〔註143〕〔明〕馮夢龍、〔清〕華廣生等《明清民歌時調集》下冊第 800 頁，上海：上海古籍出版社，1987。

〔註144〕黃霖《〈閨豔秦聲〉與「易性文學」》，《文學遺產》，2004 年第 1 期。

豔之意」，「堅誓獅子座下人」所作《閨豔秦聲卷尾》謂「今爲單居士痛下一摺」，可知作者或姓單名阿蒙。另一種說法認爲，明末陝西地區即流傳著一種曲調爲《兩頭忙》、起句是「豔陽天」的民歌，內容是少女思春、待嫁、婚後生活等，後來其中一篇名爲《恨媒人》或《閨女思嫁》的民歌傳入山東，一個叫阿蒙的人加以增補，以抄本形式流傳，蒲松齡也抄得一個曲白本，題名爲《琴瑟樂》。蒲松齡死後，其後人以爲《琴瑟樂》爲蒲松齡所作，遂編入文集。〔註145〕

《閨豔秦聲》是文人創作的豔情俗曲。這是一部很特別的長篇敘事組詩，共分四十一組，每組由內容相同的一曲一歌合成，構思巧妙，語言詼諧，重複而有變化，按內容分爲幽恨、媒議、得情、遇歡、行聘、親迎、于歸、交歡、歸寧、還家等十節，用第一人稱描寫一位閨中女子從思春到婚後各個階段的感情生活，細緻而生動地刻畫了她的心理活動，如「交歡」一節：

又喜又羞，又喜又羞，冤家合俺睡在一頭，輕輕舒下手，解我的鴛鴦扣。委實害羞，委實害羞，事到其間不自由，勉強脫衣裳，半推還半就。

仔說那人年紀小，偏他生的臉子老，一頭睡著不肯閒，摸了頭來又摸腳。百樣方法鬼混人，輕輕把我腮來咬。我的手兒仔一鬆，褲帶早又解開了。

把俺溫存，把俺溫存，燈下看著十分眞，冤家甚風流，與奴眞相近。摟定奴身，摟定奴身，低聲不住叫親親。他仔叫一聲，我就麻一陣。

渾身衣服脫個淨，兩手摟定沒點縫，腿壓腿來手摟脖，就有力氣也難掙。摟一摟，叫一聲，不覺連我也動興。麻抖搜的沒了魂，幾乎錯失就答應。

不慣交情，不慣交情，心窩裏不住亂撲登，十分受熬煎，只是強扎掙。汗濕酥胸，汗濕酥胸，相依相抱訴衷情，低聲央及他，你且輕輕動。

聽不的嫂子瞎攘咒，這椿事兒好難受，熱燎火燒怪生疼，口咬著被頭把眉兒皺。百般央及他不依，仔說住住就滑溜。早知這樣難爲人，誰待搶著把媳婦做。

〔註145〕郭長海《〈琴瑟樂〉作者與源流考證》，《長春師範學院學報》，2001 年第 1 期。

又是一遭，又是一遭，漸漸熟滑摟抱著，口裏不好說，其實有些妙。魂散魄消，魂散魄消，杏臉桃腮緊貼著。他款款擺腰肢，不住的微微笑。

做了一遭不歇手，就是喂不飽的個饞牢狗。央給他歇歇再不肯，恨不能把我咬一口。誰知不像那一遭，不覺伸手把他摟；口裏只說影煞人，腰兒輕輕扭一扭。〔註146〕

到了清代，思想一改晚明的放縱而趨於保守，但還有文人寫豔情詩詞，彭孫遹有豔體詩《香奩唱和集》和《金粟詞》，幾乎都涉及性愛內容。清代文人喜歡詠女子的身體特別是乳房，如董以寧《沁園春·詠乳》：「拊手應留，當胸小染，兩點魂銷。訝素影微籠，雪堆姑射，紫尖輕暈，露滴葡萄。漫說酥凝，休誇菽發，玉潤珠圓比更饒。開襟處，正粉香欲藉，花氣難消。」〔註147〕豔情小說中穿插的韻文自然多寫豔情，世情小說中也多點綴有涉及男女性愛的詩詞韻語。《紅樓夢》第二十八回描寫賈寶玉和薛蟠、妓女雲兒等人飲酒行令、吹拉彈唱，幾乎全部涉及性，如雲兒唱的描寫偷情和男女三角關係的曲子：「兩個冤家都難丟下，想著你來又記掛著他。兩個人形容俊俏，都難描畫。想昨宵幽期私訂在荼蘼架，一個偷情，一個尋拿，拿住了三曹對案，我也無回話。」用比興手法寫性交的曲子：「豆蔻花開三月三，一個蟲兒往裏鑽，鑽了半日不得進去，爬到花兒上打秋韆。肉兒小心肝，我不開了你怎麼鑽？」〔註148〕涉及情愛的戲劇中往往有情色描寫段落，如《長生殿》的《窺浴》一齣描寫楊貴妃洗浴：「悄偷窺，亭亭玉體，宛似浮波菡萏，含露弄嬌輝。輕盈臂腕消香膩，綽約腰身漾碧漪。明霞骨，沁雪肌。一痕酥透雙蓓蕾，半點春藏小麝臍。愛殺紅巾幗，私處露微微。」〔註149〕

清代後期，朝廷地方不斷查禁色情文學，但淫詞小唱等仍然在民間流行。比如《十八摸》，同治年間被列入丁日昌查禁「小本淫詞唱片目」及余治《勸收毀小本淫詞唱片啟》中「各種小本淫褻攤頭唱片名目單」，但直到清末民初仍然傳唱甚廣。《十八摸》的主要內容是描寫女性的頭髮、額角、眉毛、眼睛、鼻頭、小嘴、耳朵、頭頸等身體器官，其中有的曲詞穢褻不堪入耳，如其中

〔註146〕盛偉校點《閨豔秦聲》，《蒲松齡研究》第175～185頁，1997年第4期。

〔註147〕〔清〕董以寧《蓉渡詞》，康熙康熙七年留松閣刻本。

〔註148〕〔清〕曹雪芹《脂硯齋重評石頭記》第28回，《古本小說集成》第2輯第68冊《脂硯齋重評石頭記》第638～642，上海：上海古籍出版社，1992。

〔註149〕〔明〕洪昇《長生殿》第100頁，北京：人民文學出版社，2005。

一個版本中的幾段：

> 伸手摸姐奶頭邊，出籠包子軟又宣。伸手摸姐大肚兒，就像一塊栽秧田。
>
> 伸手摸姐肚臍兒，好相當年老古錢。伸手摸姐屁股邊，好相揚場大麥掀。
>
> 伸手摸姐大腿兒，好相冬瓜草裏眠。伸手摸姐肐腿灣，好相犁把滔泥尖。
>
> 伸手摸姐小腿兒，忽的伸來忽的拳。伸手摸姐小腳兒，小腳尖尖上郎肩。
>
> 渾身上下下全摸了，去了兩頭摸中間。〔註150〕

晚清黃遵憲的《新嫁娘詩》組詩寫新婚夫婦的性愛，從提親一直寫到懷孕生子，其中寫到洞房歡愛的幾首與張衡的《同聲歌》有異曲同工之妙。如寫新嫁娘新婚之夜性交合前的心理活動：「背面常教依壁角，私情先已到衾窩。千回百轉難猜度，畢竟宵來事若何？」寫新婚夫妻的調情和歡愛：「深藏被底心偏怯，乍解衾情笑亦莊。私怪檀郎太輕薄，破題先索口脂香。」「雲鬟低擁鬢斜倚，此是千金一刻時。又是推辭又憐愛，桃花著雨漫支持。」寫第二天晚上的夫妻歡愛：「雞頭凝白火齊丹，未許郎君仔細看。恰好深深碧羅帳，巧將燈影替遮攔。」「暗中摸索任伊人，到處香肌領略眞。兩腋由來生怕癢，故將玉臂曲還伸。」「玉鉤青帳放遲遲，細膩風光應獨知。生怕隔牆人有耳，囑郎私語要昵昵。」回娘家省親，短短幾天就思念丈夫：「平生從不識相思，今日才知此事奇。歸去爲郎稠疊語，一般滋味兩人知。」從娘家回來，與丈夫歡愛嬉戲：「低笑輕憐情意投，此鄉眞個是溫柔。一枝紅玉軟如錦，遞與香郎做枕頭。」「十二珠簾護繡房，懨懨春困憑湘床。羞眸斜睇嬌無語，爛嚼紅絨欲唾郎。」夫妻二人一起欣賞秘戲圖：「曲曲雕欄夜已鋪，背燈偷解繡羅襦。嬌羞不敢同郎看，十幅屏風秘戲圖。」很快懷了孕，生了兒子：「報產麟兒乍寢床，一時歡笑到重堂。錦繃抱向懷中看，道似阿爺還似娘？」閒來無事，夫妻偎依而坐，回想新婚之夜的情景，感覺意味無窮：「閒憑郎肩坐綺樓，香閨細事數從頭。畫屏紅燭初婚夕，試問郎還記得否？」〔註151〕

〔註150〕青雅山房本《新刊出大姑娘十八摸》，澤田瑞穗舊藏，現藏早稻田大學風陵文庫。

〔註151〕〔清〕黃遵憲《人境廬集外詩輯》第12頁，北京：中華書局，1960。

民國時王驥叟的《男女媾精賦》則是近代版的《天地陰陽交歡大樂賦》。賦寫男女調情：「春滿洞房，淺笑華燈之下；夜憐遲暮，低坐寶帳之時。互解羅襦，冰肌半露；共倚山枕，粉頰雙偎。……秀色可餐，有時涎欲滴；熱誠所感，不斷膚相親。擁柳腰妥帖酥胸，滿懷玉暖；破檀口輕含巧舌，噴鼻蘭香。興至神弛，妙手從而摸索；弩張劍拔，盲目起而周旋。」接著寫兩人情慾勃發後的身體反應：「時則玉杵動而肥，高聳威積，棄左右芳鄰於局外；甘泉香而膩，緩流春水，膏一叢瑤草於溪邊。籠煙峻嶺迴環，帶雨夭桃爛漫。一個酒窩清淺，半隻瓶梨倒懸。雙幹外聯，獨仁中露；長縫上夾，細孔下通。薄薄猩唇掩，重重鳥道幽。軟溫離罩乳，圓潤放歌喉。蚌珠潛伏兮待時，花蕊集聚兮當道。卷既無隙兮舒亦能保，滑可直前兮澀宜漸進。」於是開始交合：「於是會師赤壁，問鼎中原，非尋歃血之盟，務窮不毛之地。昂起撞針頂點，俯對原子核心。談笑指揮，宜深入不宜淺出；從容進展，許酣戰不許投降。」詳細描寫男女交合的動作：「洪纖合度，進退兮緊張；吞吐有方，迎送兮靈活。攘皓腕兮抑抱，舉玉趾兮斜鉤。細腰擺兮生姿，屈膝勞兮茹苦，臀相湊兮貼切，毛互融兮糾纏。……乍深乍淺，唯意所適；旋開旋合，應物而施；有急有徐，往還飛隼；如饑如渴，接喋遊魚。鳳倒鸞顛，花樣時翻饒有趣；面紅耳熱，呻吟迭起幸無傷。蹂躪枕席之秋，堪稱健者；飄蕩神魂之境，不亦仙乎！」最後達到了高潮：「香汗淫淫，熱渾難耐；嬌喘細細，弱不禁支。驀然一陣麻上來，堤崩蟻穴，思阻遏而忍窮；快哉霎時注下去，水漲瓊池，勢汪洋而滿溢。」〔註152〕

十二、滑膩初凝塞上酥：豔情詩詞中的身體書寫

綜觀古代豔情詩詞，對女性身體的描寫是主要內容，尤值得注意的是對女性乳房的描寫。在隋唐之前，詩詞歌賦描寫女性的身體，從頭髮到腳，無所不寫，獨獨極少寫乳房，似乎乳房不是審美對象。《詩經》中有一篇《碩人》，用多個比喻，詳細形象地描寫女子的全身，包括眉毛、手、皮膚等，唯獨沒有寫乳房。辭賦作品中，屈原的《九歌》等作品勿論，即宋玉的《高唐賦》《神女賦》《登徒子好色賦》描寫女子的體態，描寫女子的皮膚，寫女子的神韻，都沒有提及乳房曲線。西漢司馬相如的《美人賦》對美人之美極盡鋪敘之能事，「雲髮豐豔，蛾眉皓齒，顏盛色茂，景曜光起」，「奇葩逸麗，淑質豔光」，

〔註152〕劉達臨《中國情色文化史》第26～27頁，北京：人民日報出版社，2003。

「皓體呈露，弱骨豐肌。時來親臣，柔滑如脂」，〔註153〕沒有寫乳房。三國時曹植的《洛神賦》描寫洛水女神，寫她的神韻風姿，寫她的身材「穠纖得中，修短合度」，寫她的肩、腰、頸項：「肩若削成，腰如約素。延頸秀項，皓質呈露，芳澤無加，鉛華弗御。」寫她的頭髮、她的眉毛、她的嘴唇和牙齒：「雲髻峨峨，修眉聯娟，丹唇外朗，皓齒內鮮。」寫她的眼睛和兩腮：「明眸善睞，靨輔承權，瑰姿豔遠，儀靜體閒。」〔註154〕可謂詳盡，但偏偏沒寫乳房。東晉謝靈運《江妃賦》也一樣，對胸部不贊一詞。六朝豔體詩詳盡描寫女子的頭髮、牙齒和手，對女性乳房卻視而不見。

隋唐時期，女性乳房開始成為審美對象，受到文人的關注。敦煌曲子詞中有不少篇寫到乳房，如《鳳歸雲》：「幸因今日，得睹嬌娥。眉如初月，目引橫波，素胸未消殘雪，透輕羅。」〔註155〕再如《南歌子》：「翠柳眉間綠，桃花臉上紅，薄羅衫子掩酥胸。一段風流難比，像白蓮出水中。」〔註156〕也只是寫胸部多麼白嫩。〔註157〕晚唐詩人韓偓《席上有贈》描寫女子頸部和胸部：「鬢垂香頸雲遮藕，粉著蘭胸雪壓梅。」〔註158〕也只是泛泛而寫，對乳房本身並沒有細緻描繪。唐代歌妓趙鸞鸞有一首《酥乳》寫女人沐浴的詩：「粉香汗濕瑤琴軫，春逗酥融綿雨膏。浴罷檀郎捫弄處，靈華涼沁紫葡萄。」〔註159〕將女性乳頭比作晶瑩玲瓏的紫葡萄，此後詩詞經常以紫葡萄描寫乳房，如明代王偁《酥乳》詩：「一雙明月貼胸前，紫禁葡萄碧玉圓。夫婿調疏綺窗下，金莖幾點露珠懸。」〔註160〕署漢無名氏作，實為中晚唐小說的《漢雜事秘辛》描寫梁瑩的身體，鉅細無遺：「目波澄鮮，眉嫵連卷，朱口皓齒，修耳懸鼻，輔靨頤頷，位置均適。姁尋脫瑩步搖，伸髻度髮，如黳髹可鑒；圍手八盤，墜地加半握。……規前方後，築脂刻玉。胸乳菽發，臍容半寸許珠，私處墳

〔註153〕〔清〕嚴可均《全上古三代秦漢三國六朝文》全漢文卷22第1頁，北京：中華書局，1958。

〔註154〕〔三國魏〕曹植著，趙幼文校注《曹植集校注》第283頁，北京：人民文學出版社，1984。

〔註155〕曾昭岷等編著《全唐五代詞》第802頁，北京：中華書局，1999。

〔註156〕曾昭岷等編著《全唐五代詞》第904頁，北京：中華書局，1999。

〔註157〕任半塘《敦煌歌詞總編》，上海：上海古籍出版社，2006。

〔註158〕〔唐〕韓偓著，齊濤箋注《韓偓詩集箋注》第251頁，濟南：山東教育出版社，2000。

〔註159〕〔清〕彭定求等編《全唐詩》卷802第9033頁，北京：中華書局，1960。

〔註160〕〔明〕馮夢龍《情史》卷13，《古本小說集成》第4輯第155冊《情史》第1014頁，上海：上海古籍出版社，1994。

起。為展兩股，陰溝渥丹，火齊欲吐。」〔註161〕其中也寫到了乳房，不過只有「胸乳菽發」四字，是說她的雙乳剛剛發育，彷彿初生的豆苗，非常嬌嫩。宋代小說《驪山記》寫楊貴妃浴後微露雙乳，唐玄宗李隆基一邊捫弄一邊說：「軟溫新剝雞頭肉。」一旁的安祿山馬上對句：「潤滑初來塞上酥。」〔註162〕即使到了明清時期，小說描寫女性形象，對女性的乳房也很少有細緻的刻畫。《西遊記》第七十二回寫妖精洗澡：「褪放紐扣兒，解開羅帶結。酥胸白似銀，玉體渾如雪。」〔註163〕《金瓶梅》對女性形象進行細緻刻畫，對女人乳房卻很沒有具體形象的描繪。《肉蒲團》這樣的情色小說竟然沒有對女性乳房的描寫。

相對於乳房，宋代之後的文人更喜歡吟詠女人的小腳。元代曾瑞的〔正宮〕〔醉太平〕（美足小）、貫雲石的〔中呂〕〔陽春曲〕（金蓮）、喬吉的〔仙呂〕〔賞花時〕（睡鞋兒）等都是詠女子的三寸金蓮，或借詠金蓮和鞋寫性活動。明代的春宮畫中，女人的小腳被突出描繪，世情小說、豔情小說中，女人的小腳引起男性的極大興趣。明代的唐寅有一首豔詞《詠纖足俳歌》詠女人小腳：「第一嬌娃，金蓮最佳。看鳳頭一對堪誇。新荷脫瓣月生牙，尖瘦幫柔滿面花。從別後，不見她，雙鳧何日再交加？腰邊摟，肩上架，背兒擎住手兒拿。」〔註164〕清初蒲松齡的《聊齋誌異》中的《績女》篇裏有一首詞《南鄉子》，吟詠女人的小腳：「隱約畫簾前，三寸凌波玉筍尖。點地分明蓮瓣落，纖纖，再著重臺更可憐。花襯鳳頭彎，入握應知軟似綿。但願化為蝴蝶去，裙邊，一嗅餘香死亦甜。」〔註165〕姚靈犀主編的民國史料筆記《採菲錄》中有一首詠小腳的詩，將小腳寫到了極致：「褪去香鞋見玉鉤，嫩如春筍實溫柔。捉來不向牙尖齧，總覺情絲嫋不休。」〔註166〕

從古代文學作品中對女性乳房的描寫可以看出，中國古代以晶瑩玲瓏的小乳為美，與西方大不相同，西方以碩肥豐盈的大乳為美。即使在以豐滿為美的唐代，也以小乳為美，小說筆記中寫楊貴妃的乳房，以「雞頭肉」作比，

〔註161〕〔明〕梅鼎祚《東漢文紀》卷4《漢雜事秘辛》，《文淵閣四庫全書》第1397冊第76～79頁，臺北：臺灣商務印書館，1986。
〔註162〕〔北宋〕劉斧《青瑣高議》第61頁，上海：上海古籍出版社，1983。
〔註163〕世德堂本《西遊記》第72回，《古本小說集成》第4輯第69冊《西遊記》第1839頁，上海：上海古籍出版社，1994。
〔註164〕〔明〕唐寅《唐伯虎全集》卷4第30頁，北京：中國書店，1985。
〔註165〕〔清〕蒲松齡《聊齋誌異》第1223頁，上海：上海古籍出版社，1986。
〔註166〕姚靈犀《採菲錄》，天津：天津書局，1934。

「雞頭」指一種叫「芡實」的水生植物，其果實狀若雞頭。直到明清時代，詩詞歌賦小說戲曲寫女性乳房，極少寫形狀大小，而是強調其白酥軟，強調其晶瑩玲瓏。明代馮夢龍《醒世恒言》卷八《喬太守亂點鴛鴦譜》描寫慧娘的胸：「一對小乳，豐隆突起，溫軟如綿；乳頭卻像雞頭肉一般，甚是可愛。」〔註167〕文人詩詞形容女性乳房，或曰雞頭肉，或曰丁香乳，又常以「菽」或「菽發」作比，菽爲豆類總稱，「菽發」指初生豆苗，形容乳房鮮嫩小巧。如清人朱彝尊《沁園春・乳》：「隱約蘭胸，菽發初勻，脂凝暗香。似羅羅翠葉，新垂桐子，盈盈紫藥，乍擘蓮房。寶小含泉，花翻露蒂，兩兩巫峰最斷腸。添惆悵，有纖褂一抹，即是紅牆。」〔註168〕

中國上古時代也曾崇拜過大乳。我國曾出土一些新石器時代的女體雕像，雕像中的女性乳房肥碩，臀部豐滿。在人類社會早期，女性的乳房主要用於哺乳，所以越肥碩越好。現存的遠古時期的袒胸露乳的女性石雕，大多是與生育有關的神聖女神，大乳與生殖崇拜密切相關。到了後來，女性的乳房具有了多重文化象徵意義。在西方，到了中世紀，性愛被視爲罪惡，女性乳房被認爲是邪惡的誘惑，乳房被禁錮隱藏起來，不允許裸露。在中世紀末期，乳房具有了情色意義。文藝復興時期，乳房回歸，文藝復興的大師們悄悄地將聖母畫成了一位有著豐滿乳房的凡間女人，使聖母的乳房成爲人慾回歸的轉折點。同時期的女人們把領口開得極低，用透明薄紗遮住胸口，欲蓋彌彰，透露出無限春機。乳房的裸露成爲性解放高潮的標誌。歐洲人欣賞碩大挺拔的乳房，社會生活中一面嚴禁肉體裸露，卻又容許女子在雍容華貴衣冠齊楚的場合裏把乳部垂露於外。乳房與性、色情的關聯，到後來有了性別意義，男人可以裸露上身，女性裸露上身卻被認爲有傷風化，這種性別上的不平等，再進一步就有了政治意義。女性乳房的解放成爲女性解放的象徵，再進一步，女性乳房成爲人類解放的象徵。歷史上法國大革命的象徵就是一個裸露乳房的婦女形象。1850 年法國藝術家德拉瓦克的《帶領百姓的自由女神》畫的是裸露乳房的自由女神帶領人民勇敢向前，裸露的乳房成了反抗舊秩序、崇尚自由的象徵。

〔註167〕〔明〕馮夢龍《醒世恒言》卷 8，《古本小說集成》第 4 輯第 9 冊《醒世恒言》第 431 頁，上海：上海古籍出版社，1994。

〔註168〕〔清〕朱彝尊著，〔清〕李富孫注《曝書亭集詞注》卷 5 第 14 頁，嘉興李富孫校經廎嘉慶 19 年刊刻。

　　中國人特別是文人對女性的乳房感興趣，崇尚豐碩高聳的大乳房，是在新文化運動之後，是受外國審美思想的影響。性學家張競生於 1927 年發表「大奶復興」一文，陳述束奶之弊端，提倡大奶，認為「女子奶的突起確爲特別的性徵」，「女子之美，奶部極占重要的部分」。〔註169〕當時很多小說中寫到女子的身材，大都強調豐滿的乳房，如茅盾描寫革命的小說裏，女主人公大都是挺立著一雙高聳挺拔的豐乳。到了後來，中國文人對女性乳房的崇尚和讚歎達到了無以復加的地步。據說是陳獨秀所作的《乳賦》讚美女性的乳房：「乳者，奶也。婦人胸前之物，其數爲二，左右稱之。發於豆蔻，成於二八。白晝伏蟄，夜展光華。曰咪咪，曰波波，曰雙峰，曰花房。從來美人必爭地，自古英雄溫柔鄉。其色若何？深冬冰雪。其質若何？初夏新棉。其味若何？三春桃李。其態若何？秋波灩灩。動時如兢兢玉兔，靜時如慵慵白鴿。高顚顚，肉顫顫，粉嫩嫩，水靈靈。奪男人魂魄，發女子騷情。俯我憔悴首，探你雙玉峰，一如船入港，又如老還鄉。除卻一身寒風冷雨，投入萬丈溫暖海洋。深含，淺蕩，沉醉，飛翔……」〔註170〕當代的文學作品到處都充斥著肥碩的雙乳。陳忠實《白鹿原》中的女人似乎都有著一對「大白奶子」，賈平凹的《廢都》中隨處可見「飽滿的乳房」，莫言乾脆將自己的小說直截命名爲《豐乳肥臀》。

　　到了現代，女性乳房被商業化了。一方面，商業部門從生產和出售乳房相關產品獲得巨大利潤。比如胸罩，如今已成爲一個利潤豐厚的工業。另一方面，乳房也成爲女性盈利的工具。今天的中國，大乳房文化比起舶來的西方國家有過之無不及，乳房的商業化在中國被發揮到了極致。隆胸、豐乳成爲產業，乳房成爲消費品。女性乳房審美中還有傳統文化的因素，男女兩性的不平等使女性成爲男性的玩賞對象，所謂「女爲悅己者容」，女人以大胸爲傲，誇耀展示，用以挑情，不是出於自己的審美，而是爲了取悅男人社會。在西方乳房文化和傳統文化的雙重影響下，女性的乳房喪失了多重意義，商品性更爲突出。所以，從乳房文化上看，在女性日益獲得解放的今天，女性的主體意識、獨立人格仍然存在缺陷。外在美與內心體驗統一，變得健康、自信、獨立，女人才能在自己改造身體或進行身體革命的過程中保持女人的特質。

〔註169〕張競生《大奶復興》，《張競生文集》下卷第 283 頁，廣州：廣州出版社，1998。
〔註170〕據說爲陳獨秀所作，陳獨秀文集中未收。一說爲後人拼湊而成。待考。

後　記

　　首先要說說本書的寫作緣起。

　　「食色，性也」，食色是人生的兩大基本欲求，人生的其他慾望都與食色相關。衣食維持生命，飽暖之後就會渴求歡娛，而最純粹的快樂就是男女情愛。唐代的白行簡在《天地陰陽交歡大樂賦》中說，與性愛的快樂相比，功名利祿顯得微不足道：「衣食既足，莫遠乎歡娛。歡娛至精，極乎夫婦之道，合乎男女之情。情所知，莫甚交接。其餘官爵功名，實人情之衰也。」另一方面，性與生育有著密切的關係，而生育對種族的生存發展至關重要，因此性愛被賦予了神聖的意義。但到了後來，本來給人帶來無限快樂的神聖的性，被附著上了太多東西，變得複雜而曖昧。人們一方面將生殖視爲神聖，另一方面又將孕育生命的性愛視爲污穢；一方面將肉體之美與精神之崇高相提並論，另一方面又將身體的裸露視爲色情。

　　禁慾主義一度使性變得邪惡。在中世紀的西方，宗教禁慾主義一度盛行。在中國，宋代之後，理學曲解原始儒家的學說，將人慾與天理嚴格區別開來，強調通過對慾望的削減直至滅絕來達到天理的流行，這種人慾與天理的分別，直接影響了元明時代的社會生活。禁慾主義是不人道的，但縱慾主義也是反自然的；自然慾望的滿足是無可厚非的，但慾望又需要適度的節制。明代後期的思想解放潮流，反對禁慾，張揚慾望，主張對財貨的追求，肯定情慾，承認性爲快樂之源泉，對慾望不加節制，無所不用其極，徹底放棄了性交的生育目的，專注於性愛的刺激之樂，甚至連同基本的倫理道德一起拋棄了，欲之惡被演繹到了極致。

　　性之所以變得複雜，是因爲性與生活倫理、現實政治有著千絲萬縷的關係。在西方文化中，女人、性和原罪被聯繫到了一起，這構成了西方男權制思想的根本模式。很多文化中存在著性別歧視，性別倫理甚至延伸到社會的各個方面，成爲性別政治。體現性與政治的關係的另一個例子是性交易。在性無禁忌的上古時代，性交易被看作自然之事。妓女眞正出現是在性被納入道德倫理的範疇，家庭婚姻制度形成之後。人性的好逸惡勞，對食色的本能追求，喜新厭舊的心態，尋求刺激的心理，資本世界的誘導，權力本位社會的畸形，如此等等，都是性交易產生的原因，但社會的不公平才是最主要的原因。直到今天，即使在將賣淫嫖娼列爲犯罪的國家和地區，賣淫嫖娼仍然以各種形式存在著。娼妓現象隱含著太多的東西，要徹底消滅娼妓現象，很不容易。

　　性愛是快樂的源泉，但性愛不是畸形的瘋狂。性關係當然不是男女之間的唯一關係，精神的智性的東西在男女關係中更爲重要，也正由於忽視了精神、智性的重要性，才會使男女之情充滿了雜質甚至污穢，很難有純粹的性快樂。徹底放棄道德和法律，任由人慾自由宣洩，獸性就會被解放出來，會出現不可預知的後果。馬克思的一段話具有啓發意義：「誠然，飲食男女等等也是眞正人類的機能。然而如果把這些機能同其他人類活動割裂開來並使它們成爲最後的和唯一的終極目的，那麼在這樣的抽象中，它們就具有動物的性質。」古希臘哲學家柏拉圖說，性愛是靈魂對故鄉的牢記和嚮往，是雙方協同尋求眞理的過程。色諾芬認爲，相對於性慾的短暫，基於智慧和道德的平等、互惠的友誼才是永恆的，因而要努力把愛情中的肉慾成分擺脫掉。性愛當然不能沒有性，但只有瞭解性的社會政治意義，明白性在現實社會中的地位，回歸本然，享受自然，才有可能享受純粹的性愛，才能在獲得性歡樂的同時，不會淪爲動物。

　　性是人生的重要內容，文學反映人生，也就無法迴避性。性本身無所謂污穢，反映性愛的文學作品也就無所謂穢褻。清初的金聖歎批《西廂記・酬簡》時說：「夫論此事，則自從盤古至於今日，誰人家中無此事乎？若論此文，則亦自盤古至於近日，誰人手下有此文章乎？誰人家中無此事，而何鄙穢之有？誰人手下有此文，而敢謂其有一句一字之鄙穢哉？」性可以寫，但也要看怎麼寫，關鍵在於描寫的態度和方式。正因爲性愛是各種文化的敏感和禁忌話題，所以關於性愛的文藝作品反而更容易受到關注。早期文藝創作中所

體現的開放性觀念，多爲原始性觀念的遺留。在很長一段時間內，因爲情感和慾望渾然一體，對情色的表現被視爲自然之事。在這種情況下，也就沒有眞正的色情文藝。色情文藝眞正氾濫是在明代中後期。在那個時期，隨著商業的發展，市民階層壯大，社會習俗和思想發生了很大變化。在文人層面，理學演變爲心學，從王陽明開始，經過王艮、王畿到李贄，感性生命在心學的理論框架中的位置越來越重要，世俗的食色享受作爲感性生活的重要組成部分得到容認，特別是性成爲帝王到市井百姓所關注的熱門話題，也就在這個時期，以春宮畫和豔情小說爲代表的色情文藝大爲興盛，特別是豔情小說專力描寫性交，男女亂交場面描寫充斥全書，描寫手法亦多直露甚至粗俗，從整體上看藝術性不高，有的小說思想主旨上也有問題。但即使如此，豔情小說也並非如很多人所想像的那樣，除了誨淫之外一無是處、毫無價值。豔情小說的創作情況比較複雜。在明朝中後期，豔情故事在市井社會和文人階層中同樣流行，而故事的編寫者，既有媚俗求利的書商和他們所雇傭的下層文人，又有文人階層的精英。這些小說所採用的敘事形式，既有直到明代中期才最後定型的章回體，又有宋元以來一直流行的說話體，還有介於傳奇和話本之間的通俗傳奇體。這些小說所體現的思想心態也值得注意，文人思想上表面激進而實保守，市井社會表面上保守而實際上很解放。在這些小說中，男人的放縱與女人的禁忌，文人的放縱與世俗的禁忌，自我放縱與外在的禁忌，如此等等，奇怪地雜糅在一起。文人參與豔情文學的寫作和傳播，豔情文學從素材、創作方法到主題表現多個方面，對明清文學的發展產生了重要影響。

　　豔情小說在一定程度上較眞實地反映了當時的社會思潮和習俗。明代後期的豔情小說反映了晚明時期的個性解放思潮及受其影響的縱慾主義。明清之際，與社會思潮轉變和由放縱走向自我檢束的文人風氣相應，以道德勸誡爲主旨的擬話本小說集大量湧現。即使是專力描寫性交的豔情小說，也與前一時期有所不同，多在豔情描寫中加上以因果報應爲主要內容的道德勸誡。清朝統治者對於理學的鼓吹，使得社會思潮發生了轉化，但對世俗情慾的肯定已成爲不可逆轉之勢，豔情小說在社會上廣泛流行，屢禁不止。性愛是清代世情小說、才子佳人小說、狹邪小說、傳奇雜劇、文言小說等表現的重要內容之一。文人創作的小說中常常穿插豔情描寫片段，雖然作者再三聲明這類描寫是爲縱慾者提供反面的鏡鑒，但其描寫的細緻程度和方式與豔情小說沒有本質差別。

　　明清通俗小說對理情慾的分辨值得注意。豔情小說雖然反覆宣揚「情」，實際上是以慾爲情，在慾望橫流的小說世界中，兩性間的關係被簡單化爲赤裸裸的性關係，有關性的一切都被極度誇大了，以致於性成爲這個世界唯一值得注意的東西，同時也使得生命的意義變得極度蒼白空洞。與豔情小說相對，才子佳人小說標榜純情，壓制慾望。在多數才子佳人小說中，以「禮」爲限，「情」與「慾」被嚴格分開，才子佳人甚至沒有需要克服壓制的性衝動，男女主人公談論的話題是詩文技巧、功名事業和未來的理想婚姻，盡力避免與性有關的話題，與以慾爲情的豔情小說形成明顯的兩極對照。調和純情和豔情的小說，被有的研究者稱爲豔情化的才子佳人小說。在這這類小說中，男女主人公之間保持純情關係，男主人公則與其他女性發生性關係，在純情之外容留局部的色情化情節。文人創作的世情小說則調和慾與禮的矛盾。清代前中期文人創作的小說中對情與慾的分辨，是對哲學和社會思潮的反映，另一方面，這些小說中的情理調和、情慾分辨與作者懷才不遇的感慨以及知遇之感的表現緊密地聯繫在一起，使這些小說中的情愛觀有著複雜的內涵。

　　更值得注意的是包括豔情小說在內的明清通俗小說中的性別觀念。豔情小說一面渲染淫慾，另一方面，在極度淫亂的小說世界中，貞節又被以奇怪的形式反覆強調。男性主人公的縱慾被稱爲「情」，女性的放縱則是淫蕩。女性放蕩，男性才有縱慾的對象，豔情小說中的未央生們一方面希望女人淫蕩，另一方面又希望女人對自己忠誠和貞潔，這種奇怪的悖謬源於男性自我中心主義。這種悖謬也被轉移到同性戀故事中。中國歷史上和古代小說中的同性戀實際上極少有真正的同性戀，基本上都是雙性戀。在這類故事中，處於被動地位的變童小官，更多的情況下是爲了生存而出賣肉體，牙，他們被當作女性來描寫，被要求貞節、忠誠，否則就受到嚴厲的譴責和殘酷的懲罰。豔情小說中的果報觀念也充滿悖謬。保存至今的明清豔情小說，半數以上涉及因果報應。在這些豔情小說中，極度淫亂的男主人公不僅沒有得到應當的懲罰，反而常常財、色、功名兼得。與對縱慾的男主人公的寬容相對的，是對沉迷色慾的女性的嚴厲果報懲罰。小說中的女性承擔了雙重果報重負，不僅要爲自己的淫慾受到報應，更是男性縱慾所犯下的果報懲罰的當然承擔者。明清豔情小說中的情理觀、因果觀所體現出的性別歧視，實際上也是一個普遍的人類學問題。在人類歷史的不同階段，在不同的民族那裡都有類似的自然性別社會化的過程，男女的性徵差異被視爲社會性別政治的基礎，而性別

政治又反過來證明自然性別等級的合理性，如此雙向循環，最終使得男權政治得以確立，男性自我中心主義成為日常生活倫理有機成分，這種性別政治觀念在後世以各種變形存在著。

在現代社會中，與科技和經濟的飛速發展相比，社會思想的發展顯得滯後了，性觀念就是一個例子。人們對性的態度依然比較矛盾，對愛情本質的理解，在深度上並沒有超過古代。特別是在市場經濟為主導的商業化社會中，男女情愛婚姻越來越受到物慾的嚴峻考驗，性愛的本質需要新的界定。隨著性愛的種族繁衍意義逐步淡化，男女情愛在人生中的意義更為重要了，有的時候甚至可以成為人生的重要精神支柱。現代文明中的性愛與政治倫理的關係不是疏遠了，而是更加緊密了，性別政治已經滲入到社會政治的各個角落，性別政治甚至關乎人格尊嚴的確立。即使是今天，由於種種原因，特別是由於傳統文化的根深蒂固的影響，性仍然非個人之事，不僅要受社會規範的約束，更與社會生活的各個方面緊密關聯。研究明清通俗小說的情慾問題，可以給今天的社會形態研究提供一些借鑒，給今天的文學創作提供參考。

以上的想法，我在十年前寫作出版的《禁忌與放縱》中都提到了，但由於篇幅所限，有的觀點沒有充分展開論述。那本書雖然寫得浮淺了點，不過承蒙很多研究者的厚愛，書中不少觀點被多次引用，甚至海外的一些學者也注意到了這個小冊子。這或者是因為當時國內對豔情小說的系統研究還不多，所以我的這本小冊子才會引起關注。幾年來，我就明清小說中的情慾觀問題，寫了數篇文字，有的在學術期刊上發表了，有的以隨感雜談的形式發在博客中，結果在網絡上被反覆轉載。當年寫作《禁忌與放縱》時，準備了很多材料，大部分都沒有使用，這部分材料棄之可惜，於是最近一年，又利用這些材料寫了一些東西，與發表的論文、網絡博客上發的帖子整合在一起，根據論題分成幾個部分，算是有個體系，成為一部書。《禁忌與放縱》出版之後的十年間，不少學者對明清豔情小說作了深入研究，本書寫作中借鑒引用了他們的研究成果，在此一併感謝。

在此再次感謝我的老師張先生和葉先生，我從他們那裡學到的不僅是知識，也不僅僅是做學問的方法，更重要的是做學問的原則，儘量遠離功利目的，為思考而寫作，為學術而學術，以學術研究連通歷史和現實人生。

2019 年 1 月